Infirmier depuis six ans, Nicolas Druart a commencé l'écriture il y a trois ans à la suite d'un arrêt longue maladie pour des problèmes de dos. *Nuit blanche* (2018, Nouveaux Auteurs) est son premier roman, récompensé par le Prix du suspense psychologique 2018.

NUIT BLANCHE

NICOLAS DRUART

NUIT BLANCHE

NOUVEAUX
AUTEURS

MIXTE
Papier issu de sources responsables
FSC® C003309
FSC
www.fsc.org

Pocket, une marque d'Univers Poche,
est un éditeur qui s'engage pour la préservation
de l'environnement et qui utilise du papier fabriqué
à partir de bois provenant de forêts gérées
de manière responsable.

Éditions Les Nouveaux Auteurs
Éditions Prisma

ISBN 978-2-266-29194-1
Dépôt légal : avril 2019

Ce roman est pour toutes les blouses blanches
qui passent des nuits blanches…

1

Vendredi 14 avril 2017, 20 h 05.

— Cher confrère, merci de m'avoir adressé votre patiente, Mme Andrieu, cinquante-sept ans, aide-ménagère à Luzech, pour le bilan mensuel de sa cardiomyopathie. L'échographie réalisée le jeudi 13 avril 2017 ne met pas en évidence de dilatation des ventricules ni de… Ah ! Super !

Julie pousse un soupir de résignation et expédie le dictaphone contre la pile branlante de dossiers médicaux. Le voyant rouge de l'appareil enregistreur clignote : plus de pile. Julie grogne, peste à voix haute en commençant à fouiller dans les tiroirs de son bureau. Avec un peu de chance, une pile neuve se cache quelque part dans un recoin poussiéreux de cette salle des internes lugubre – de la taille d'un placard à balais – où elle essaie désespérément de mettre à jour ses courriers médicaux.

Elle dérange une tribu de trombones, un troupeau d'agrafes et un rouleau de scotch vide, mais rien ne ressemble de près ou de loin à ce qu'elle convoite.

La pièce est empreinte d'austérité, aucune fenêtre, aucune vue sur l'extérieur, une odeur de renfermé imprègne l'air chaud et humide.

Julie se lève. Avec un agacement croissant, elle passe en revue les étagères remplies de dossiers kraft, de clichés d'imagerie médicale, de bons d'examen et de labo, de blocs d'ordonnances vierges et de feuilles d'observations volantes. Elle s'énerve, impatiente.

La recherche est infructueuse. Découragée, elle regagne son siège et se laisse aller contre son fauteuil. Elle observe d'un air abattu le monticule de dossiers posés en équilibre, à côté de l'ordinateur, et souffle en pensant à la charge de travail astronomique qui l'attend.

La nuit de garde s'annonce longue.

Pourtant, la soirée avait bien commencé. Elle a bouclé sa contre-visite rapidement, a terminé d'ajuster ses prescriptions avant la mutinerie infirmière de vingt heures, mais le plus fastidieux reste à faire : dicter les courriers des derniers patients sortants. De la paperasse. De l'administratif. Un boulot rébarbatif. Tout ce que Julie déteste.

Elle abandonne l'investigation « pile » et opte pour le plan B.

Elle pêche son smartphone dans la poche de sa longue blouse blanche et fait défiler les pages d'applications en quête du dictaphone numérique. Mais ce plan alternatif comporte des risques et, inévitablement, Julie échoue sur la discussion de groupe Facebook.

La soirée prévue demain, à Toulouse, par ses anciennes collègues d'internat, lui redonne du baume au cœur. Sa seule échappatoire de la semaine. L'occasion de sortir de son quotidien déprimant : quitter l'enfer lotois ! Sur la conversation virtuelle, ses amies débattent du lieu de la soirée. Où ? Comment ? À quelle heure ? Qui vient ? Qui ne vient pas ? Combien il faut donner ? Tout ça, Julie s'en fout. Du moment qu'il y a des mojitos et Olivier, l'interne mignon qu'elle a rencontré lors de son dernier semestre, à Purpan, elle sait que tout ira bien. Elle laisse à ses copines fêtardes invétérées le soin de régler les modalités. Elles en ont l'habitude. Et absolument rien ne peut empêcher une horde d'internes de faire la fête quand elles l'ont décidé. Julie n'a pas d'inquiétude, la soirée promet d'être mémorable.

Elle ferme le réseau social addictif et laisse ses pensées divaguer, voyager, naviguer vers des contrées roses. Toulouse lui manque. Malheureusement, elle ne choisit pas ses lieux de stage. Quand on est en troisième année d'internat, on va où l'on vous dit d'aller. Point. Quel être humain sain d'esprit aurait choisi Saint-Florentin-sur-Lot ? Le bled le plus paumé du département le plus paumé. Pas vraiment une destination paradisiaque…

Saint-Florentin-sur-Lot : trois mille deux cents habitants répartis entre deux collines, prisonniers dans un isthme, encerclés par le Lot, à vingt-cinq kilomètres à l'ouest de Cahors. La presqu'île est accessible uniquement grâce à deux ponts qui enjambent la rivière, de chaque côté du village, au milieu de la pampa de vignobles. Le cœur de la commune bat au rythme des matchs du club de rugby local, la fierté des autochtones, le seul divertissement sur un périmètre de vingt kilomètres à la ronde : le XV Florentin. Chaque samedi, ambiance garantie ! Le château en ruine qui surplombe le versant sud, en rénovation depuis des années, est l'unique attraction touristique. L'église, qui fait face aux vestiges moyenâgeux sur le versant nord, ne vaut même pas le coup de faire le déplacement et ne figurera probablement jamais au patrimoine mondial de l'Unesco. Une mairie, un bureau de poste, une école maternelle, primaire, un collège, un lycée agricole, une caserne de quatre pompiers bénévoles et une brigade de proximité de gendarmerie représentent l'intégralité de l'administration du village. Les rares touristes ont la chance d'être logés à l'hôtel Le Quercy, ou L'Occitanie, et peuvent boire un canon de blanc – dès six heures du matin – Chez Dédé : le dernier bar d'irréductibles de Saint-Florentin-sur-Lot à n'avoir pas mis la clé sous la porte. On y parle rugby ou vin et parfois rugby et vin. Chez Dédé est la plaque tournante, l'incontournable, le forum, la grand-place, le Times Square du village.

Qu'est-ce qu'un hôpital fait dans un bled aussi perdu ?

Julie l'ignore toujours et maudit le gouvernement – tous les matins en se réveillant – de ne pas avoir appliqué ici son plan de délocalisation hospitalier. À cause de l'absence de cette réforme territoriale, elle se retrouve coincée depuis trois mois à l'extrémité nord de l'isthme, avec deux collègues ennuyeux – Baptiste et Lydia –, à dormir dans un internat enfoui dans les bois jouxtant l'hôpital, desservi par une malheureuse départementale de quatre kilomètres qui longe le Lot.

Le trou du cul de la France.

Loin de ses amies. Loin de Toulouse. Loin de la civilisation.

La soirée de demain s'avère indispensable si elle veut préserver un semblant d'équilibre mental.

— Cher confrère, merci de m'avoir adressé votre patiente… Mme… Mme… oh, et puis merde ! Et sinon, moi, c'est Julie Bertoumieu, j'ai vingt-huit ans, je suis en troisième année d'internat, en service de médecine interne, je suis châtain, les yeux verts ; un mètre quatre-vingt-un pour cinquante-neuf kilos, j'espère que vous n'êtes pas un vieux généraliste pervers proche de la retraite et, si vous disposez d'une résidence sur la Côte d'Azur, je suis prête à accepter un rendez-vous avec vous…

Julie pouffe de ses âneries, pose son smartphone devant le clavier de l'ordinateur. Décidément, elle n'arrive pas à s'y mettre. Son stylo passe de sa main droite à sa main gauche, descend en rappel le long d'une mèche de cheveux et termine en équilibre sur sa lèvre supérieure : imitation moustache. Une nouvelle alerte fait vibrer son portable. Julie se jette dessus. La distraction mobile est irrésistible.

Discussion Facebook. Smiley. Olivier sera présent. Deuxième smiley.

Elle passe une main dans ses cheveux longs, dégage sa frange en arborant un sourire satisfait. La voilà rassurée. L'excitation pétille déjà dans son ventre. Maintenant, plus d'excuse qui tienne, elle doit s'atteler à la tâche qui lui incombe. Elle attrape le dossier patient suivant en espérant être plus inspirée qu'avec celui qu'elle a sous les yeux depuis dix minutes. Elle se remémore succinctement le cas du nouveau patient et appuie sur le micro de l'écran tactile.

— Cher confrère, j'ai reçu…

La porte du bureau de Julie s'ouvre avec fracas. Une petite infirmière d'une trentaine d'années, boudinée dans sa tenue blanche, d'origine thaïlandaise, des cheveux bruns attachés en queue-de-cheval, au visage sévère et peu amical, se plante dans l'encadrement de la porte.

— Julie ! Va voir la patiente de la 10 ! Ça fait deux fois que je te le dis. Elle a du mal à respirer. Elle désature ! J'arrête pas de lui monter l'oxygène.

Julie observe Malee, l'infirmière autoritaire, avec dédain. À peine a-t-elle trouvé le courage de s'y mettre que l'on vient l'interrompre. Elle jure intérieurement. Jamais elle n'arrivera à finir ses courriers.

— Mais ça fait une semaine qu'elle est comme ça… Bon, je vais venir, *scope*-la en attendant.

Malee ne semble pas se satisfaire de cette réponse et hausse les épaules.

— OK, mais pas dans une heure ! Au fait, la dernière entrée ne va pas tarder, l'ambulance est au rez-de-chaussée.

— Oh, merde ! Je l'avais oublié, celui-là. OK, préviens-moi quand il arrive et laisse-moi cinq minutes. Je viens voir ta patiente.

Malee sort de la pièce comme un coup de vent, sans commentaire. Julie bascule dans son fauteuil.

La garde s'annonce plus longue que jamais. Elle qui espérait une nuit calme, c'est raté. Ce nouveau patient lui était complètement sorti de la tête. Des heures, déjà, qu'il aurait dû arriver. Une histoire de coma, c'est le vague souvenir qui lui reste de l'appel de l'hôpital psychiatrique d'où il doit être transféré.

Comme si elle avait besoin de boulot en plus. Comme si la semaine qu'elle venait de réaliser n'était pas suffisante : cinq journées de dix heures ; la nuit de garde de vendredi et celle de dimanche. Une autre semaine de soixante-dix heures en perspective. Normal.

Vivement la fiesta toulousaine de demain, sinon, elle n'aura pas le courage de tenir le coup.

Dans un élan d'efficacité, elle termine son courrier, jette un ultime coup d'œil sur la conversation Facebook et sort de son bureau.

Arrivée dans le couloir, une voix fluette l'interpelle.

— Le nouveau patient est là.

L'accent exagéré du Sud-Ouest est sans équivoque, Julie reconnaît immédiatement Chloé, la seconde infirmière du service. Aussi petite que sa collègue d'origine asiatique, cheveux mi-longs d'un noir de jais coiffés en carré plongeant, un visage de poupée fragile, délicat, avec de grands yeux bleus suppliants, Chloé paraît toute frêle à côté de la grande interne.

Les mains dans les poches interminables de sa blouse, Julie tourne avec nonchalance sur ses bottines et scrute le visage presque apeuré de la jeune recrue du service, récemment diplômée à l'institut de formation en soins infirmiers de Cahors.

— Super ! Pile quand j'allais voir la patiente de Malee à la 10. C'est le type dans le coma, c'est ça ? Le transfert de l'HP ?

Chloé, craintive, acquiesce de plusieurs hochements de tête.

— C'est pas trop tôt ! Installe-le aux soins, à la 5. Je récupère son dossier et j'arrive.

Julie emboîte le pas aux Crocs roses de Chloé jusqu'aux ascenseurs, à une extrémité de l'étage.

Dans le hall, devant les cabines élévatrices, un brancard est escorté par un couple d'ambulanciers. Julie plisse les yeux en découvrant le couple qui les précède : deux gendarmes. Le premier, en uniforme, le second en civil – à la cool, col roulé bleu marine et blouson de cuir jeté sur l'épaule. Il empeste le poulet gradé à des kilomètres, comprend aussitôt Julie dont le sonar interne anti-gendarme émet des signaux.

Elle s'approche, salue les uniformes blancs d'un signe de tête et dévisage les bleus, restés prostrés près du panneau signalétique, d'un air suspicieux.

— Salut les gars ! lance Julie au plus jeune des ambulanciers – pas moche, de surcroît. Vous avez de la compagnie ?

Elle indique les deux gendarmes d'un geste dédaigneux.

— Oui, répond l'ambulancier qui lui a tapé dans l'œil. L'hôpital a insisté pour qu'ils viennent avec nous. On a bien cru qu'on n'arriverait jamais !

— Pourquoi ça ?

— Pourquoi, qu'elle demande ! Non mais vous avez vu le temps qu'il fait dehors ?

L'ambulancier paraît accablé, choqué par la question, et scrute l'interne ignare d'un air hautain. Prise au dépourvu, Julie tourne la tête à la recherche d'une fenêtre donnant sur l'extérieur. Rien. Cantonnée dans le troisième étage du centre hospitalier de Saint-Florentin-sur-Lot depuis des heures, elle n'a aucune idée du temps qu'il fait dehors.

— Non, balbutie-t-elle, un peu honteuse.

Les ambulanciers échangent un regard condescendant et lèvent les yeux au plafond.

— C'est le déluge ! La tempête ! Météo France a annoncé que nous sommes en alerte rouge depuis une heure. Les autorités parlent déjà de déclencher le plan ORSEC. Le Lot déborde de partout, le vent a fait tanguer l'ambulance. On va se prendre un bon café avant de repartir dans ce foutoir, croyez-moi. Si on arrive à sortir !

L'ambulancier se tourne vers son collègue qui opine avec vigueur. Julie, penaude, cherche du soutien dans les yeux de Chloé qui s'attelle à préparer le patient pour le brancarder vers sa nouvelle chambre. Trop concentrée sur l'ensemble de tubulures, de sondes et de dispositifs médicaux, la jeune diplômée ne capte pas le regard de son interne. Julie décide d'oublier les péripéties météorologiques des ambulanciers et se focalise sur le nouvel entrant.

— Vous avez son dossier ? demande-t-elle en retrouvant son aplomb.

L'ambulancier lui tend une pochette kraft volumineuse en guise de réponse. Julie la réceptionne et constate, avec surprise, le poids du dossier.

— Et les gardes du corps ? continue l'interne en désignant les gendarmes postés en retrait.

Le « beau gosse » approuve en suivant le regard de Julie.

— Comme je vous l'ai dit, c'est l'hôpital psychiatrique qui a insisté pour qu'ils nous escortent. C'est la procédure avec ce patient, apparemment.

Julie, éberluée, ouvre grand les yeux. Ses pupilles se dilatent sur la forme longiligne, étendue sur le brancard, complètement recouverte par les draps et la couverture argentée de survie. Invisible.

— Mais, il n'est pas dans le coma ?

— Si… Mais, comme je vous dis, c'est la procédure avec ce genre de patient.

— Comment ça, ce genre de patient ?

Chloé tend l'oreille, ses doigts se mettent à trembler.

— Il paraît qu'il est dangereux, poursuit le jeune homme.

Julie observe à tour de rôle Chloé, étriquée dans sa tenue, l'ambulancier au physique de rugbyman – la seule chose agréable et digne d'intérêt dans cette région perdue – puis le corps allongé, inerte, sur le brancard.

— Comment un homme dans le coma peut-il être dangereux ? Ça fait longtemps qu'il est dans cet état ?

— Plusieurs mois, apparemment. Écoutez, voyez ça avec eux, élude l'ambulancier en inclinant la tête vers les gendarmes. Moi, je vous répète ce qu'on nous a dit. Tout doit être dans son dossier.

Julie observe avec circonspection l'épais dossier qu'elle tient entre les mains. Un mélange de curiosité et d'inquiétude s'empare d'elle. Elle se racle la gorge avant de poser une dernière question.

— Et on vous a dit pourquoi il est transféré ? Je n'ai eu aucune transmission par téléphone. Seulement qu'il chauffe.

— Ça aussi, c'est plutôt curieux, répond l'ambulancier, gêné.

Le regard inquisiteur de Julie déstabilise le jeune homme vêtu de blanc. Penchée au-dessus du patient inconscient, Chloé a arrêté tout mouvement, toute respiration. Elle attend la réponse avec impatience. Julie commence à s'agacer du manque d'informations données par l'hôpital psychiatrique. L'interne qu'elle a eu au téléphone, en fin d'après-midi, a visiblement omis de lui dire l'essentiel. Ses oreilles vont siffler à celui-là ! pense-t-elle, énervée.

— Alors ? s'enquiert-elle.

L'ambulancier s'éclaircit la voix avant de répondre.

— Il paraît qu'il a la malaria.

2

Vendredi 14 avril 2017, 20 h 15.

Pour une nuit calme, c'est définitivement fichu.

Julie ordonne qu'on isole le patient sur-le-champ, qu'on l'installe dans le box 5 des soins continus. Elle râle contre la négligence des ambulanciers, contre l'hôpital psychiatrique qui a dissimulé cette information colossale et potentiellement dangereuse, puis intérieurement contre le destin pour l'avoir collée dans les confins du Lot, un vendredi soir, par un temps exécrable. Pourquoi faut-il toujours que ça tombe sur elle ? Pourquoi n'a-t-elle pas droit à sa nuit calme ?

Julie se rue dans la salle des internes, les talons de ses bottines claquent sur le lino. Elle jette la pochette kraft sur le bureau, au milieu du bazar, et se laisse tomber sur son fauteuil.

Comment un patient dans le coma depuis des mois peut-il contracter la malaria ?

Julie est rebutée à l'idée de prévenir son titulaire, le Dr Philipo, probablement en train de s'égosiller devant sa télé, vautré sur son canapé en regardant le concert des *Enfoirés*. Le médecin chef du service a été catégorique avant de rentrer chez lui à dix-sept heures pétantes, comme tous les jours, que le service soit surchargé de travail ou pas. Il ne pardonnera à Julie de le déranger qu'en cas d'extrême urgence. Il compte profiter du premier week-end des vacances de Pâques en famille et n'autorisera aucun impondérable. Il a largement insisté sur ce point avant de quitter le service.

Julie réfléchit. Un patient infecté dans le coma n'est pas une situation qu'elle qualifie de vitale. Elle doit se débrouiller seule. Comme d'habitude. Heureusement, l'autonomie ne lui fait pas peur. Au contraire. Julie est très débrouillarde. Une aventurière des temps modernes. Une jeune femme volontaire, téméraire, intrépide. Elle qui a traversé la cordillère des Andes et l'Asie, de New Delhi à Tokyo, avec ses chaussures de randonnée et son sac à dos, avant de démarrer ses études de médecine, ne va pas se laisser intimider par un patient énigmatique régurgité des profondeurs du Lot. Elle peut relever ce défi haut la main. Ce cas clinique est dans ses cordes.

En professionnelle de santé irréprochable, exemplaire, brillante, prochainement détentrice d'un doctorat en médecine, Julie se rafraîchit la mémoire sur la malaria en surfant sur Wikipédia…

Soit le cours sur les maladies tropicales a eu lieu un lendemain de soirée particulièrement arrosée à l'internat et, dans ce cas-là, un élément lui échappe ; soit elle n'y comprend plus rien. À moins, bien sûr, que le patient n'ait roulé sur son brancard jusqu'en Afrique ou en Asie du Sud-Est. Et là, effectivement, tout s'explique.

Peu convaincue par cette possibilité, Julie repense aux deux gendarmes présents avec ce mystérieux patient.

Sentant un picotement inédit sur la nuque, une vague de fraîcheur le long de son échine, elle ouvre la pochette kraft.

— Julie ! À la 10 ! Vite !

Malee déboule dans la salle des internes comme une tornade. Julie sursaute, manque laisser tomber le dossier et se lève aussitôt. Au pas de course, pestant en silence, elle suit Malee dans le couloir.

Le service de médecine interne de Saint-Florentin-sur-Lot forme un U. Il héberge dix patients dits traditionnels, compte tenu de leur pathologie stabilisée, et cinq patients de soins continus, dont l'état de santé nécessite une surveillance accrue. Les malades dits traditionnels sont installés à gauche et à la base du U, alors que les plus lourds, médicalement parlant, sont alités dans la partie droite.

Julie arpente le couloir à petites foulées. Les murs sont peints en vert, le sol, recouvert d'un lino imitation feuillage, les portes et les poignées tendent vers le marron noisette.

Avec l'arrivée du dernier entrant, Julie a oublié d'aller voir la patiente de la 10 et elle s'en veut. D'une démarche énergique, elle talonne Malee et a du mal à suivre le rythme imposé par la petite infirmière. Elles dépassent les w.-c. collectifs, sur leur gauche, la salle de bains commune, l'office alimentaire, technique, la réserve de matériel, laissant les chambres individuelles se succéder sur leur droite, puis tournent à la base du U. La salle de soins infirmiers fait l'angle. Elles continuent leur marche rapide jusqu'à la frontière du service traditionnel et des lits de soins continus.

La chambre 10 est la dernière, Julie se présente devant la porte. Elle aperçoit sur sa gauche, dans la partie droite du U, Chloé et les ambulanciers installer le patient comateux dans la chambre voisine, sous les regards méfiants des deux gendarmes.

— Tu te fous de moi, Julie !

L'interne chasse ses interrogations sur ce nouvel entrant et suit Malee la colérique dans la chambre 10.

Vendredi 14 avril 2017, 20 h 30.

Julie a fait tout ce qu'elle a pu.

Elle laisse tomber la sonde d'aspiration dans le champ stérile et regarde la patiente au teint gris avec peine et compassion. Le combat était perdu d'avance. Un silence funeste envahit la chambre. Une lueur de tristesse étincelle dans les prunelles de Julie. Elle observe tour à tour le binôme affecté à cette partie du service : Malee, dont l'impassibilité est perturbante ; Yazid, l'aide-soignant du secteur traditionnel – un jeune homme athlétique de vingt-huit ans, barbu au crâne rasé –, qui reprend son souffle après les cinq minutes intensives de massage cardiaque. L'équipe a tenté de réanimer, sans s'acharner, conformément à la décision collégiale prise avec le staff médical et la fille de la patiente.

Julie range son stéthoscope dans la poche de sa blouse et cherche, par principe, une dernière fois le pouls jugulaire. Rien. Pas de miracle. Seulement la mort.

— Ça fait une semaine qu'on s'y attendait, annonce Julie solennellement. La famille s'y était préparée. C'était une question de jours.

Yazid approuve en jetant les emballages des instruments médicaux dans un grand sac poubelle jaune. Il tire sur les draps de la patiente décédée, veille à ce qu'elle conserve un semblant de dignité.

— Tu t'occupes des papiers ? lance Malee, imperturbable, en direction de Julie.

Surprise par le comportement de l'infirmière revêche, Julie recule la tête.

— Euh… Oui, je vais appeler Philipo. Lui seul est habilité à les signer. Je me charge du dépôt mortuaire et de prévenir la famille. T'as son dossier ?

Malee indique le classeur bleu sur l'adaptable, au milieu des dessins des petits-enfants de la défunte, d'une boîte de chocolats, d'un dentier et d'un inhalateur posé sur un polar d'Harlan Coben.

Julie ravale ses émotions et sort avec le dossier sous le bras. Elle atterrit dans le couloir, jette un coup d'œil curieux en direction de la chambre 5 des soins continus, là où le dernier patient a dû être installé. La porte est fermée, les ambulanciers et les gendarmes ont disparu. Elle fait le tour du U, passe devant la salle de soins infirmiers et s'arrête.

Bouche bée. Elle fixe la fenêtre.

Dehors, l'apocalypse. La météo est chaotique. Le ciel est plongé dans les ténèbres. L'orage redoutable foudroie la nuit de ses éclairs scintillants, le vent catapulte des trombes d'eau contre la porte-fenêtre du troisième étage de l'hôpital. Un paysage de jugement dernier.

Fascinée, Julie contemple la tempête qui s'abat avec violence sur la colline surplombant Saint-Florentin-sur-Lot, de l'autre côté du vallon.

— Julie ?

— Hein ?

Julie recouvre ses esprits. Assise devant un ordinateur, dans la salle de soins, Chloé l'observe avec tout le désespoir du monde sur ses épaules menues. L'infirmière croule sous les dossiers patients éparpillés autour d'elle. Les néons sont aveuglants, les chariots de soins encombrent la pièce aménagée de bureaux juxtaposés en équerre et d'armoires remplies de paperasses médicales.

— Julie, ça va ?

— Euh oui, je n'en reviens pas du temps qu'il fait.

— C'est la tempête !

— C'est ça. J'ai vraiment dû passer pour une gourde, tout à l'heure.

— On est enfermés toute la journée. On court tellement qu'on n'a pas le temps de regarder par la fenêtre. J'ai même pas pu faire pipi depuis ce midi.

Julie opine, pose une fesse sur le bureau et toise Chloé qui manque renverser le dossier du patient comateux.

— C'est fini avec la dame de la 10 ? susurre la jeune diplômée d'une toute petite voix.

— Oui, c'est fini. C'était à prévoir. J'espérais juste qu'elle tiendrait au moins le week-end. Je vais appeler Philipo et avertir la famille. T'as vu le nouveau, comment il est ?

— Dans le coma, répond Chloé en s'essayant à l'humour avec son accent chantant, malgré les circonstances.

Julie la dévisage d'un air perplexe.

— Et il a de la fièvre, reprend brusquement Chloé, sérieuse. J'ai pris ses constantes, tu peux aller le voir quand tu veux.

— OK, super. Je termine avec la 10 et j'y vais. Les ambulanciers sont partis ?

— Oui, il y a cinq minutes.

Un peu déçue, Julie regrette de ne pas avoir dit au revoir à l'ambulancier mignon et, éventuellement, de ne pas avoir noté son numéro de téléphone sur ses pectoraux. Elle dissipe ses délires de célibataire endurcie et reporte sa concentration sur le sujet qui la chagrine depuis l'arrivée du patient transféré.

— Et les poulets ?

— Les gendarmes, tu veux dire ? Je ne sais pas où ils sont. Ils ont dû partir. En même temps, le monsieur est dans le coma… Donc bon… Tu penses qu'il était dangereux ? Qu'il a tué des gens ? Et s'il se réveille ? Qu'est-ce qu'on va faire ? Ça ne me rassure pas trop, tout ça… Tu verras, en plus, il fait un peu flipper. Il a une tête bizarre. J'aurais préféré que les gendarmes restent là.

Julie ignore les remarques de Chloé et se lève d'un bond.

— Mouais, bon, je vais potasser son dossier, à ce monsieur… monsieur…

Julie réalise qu'elle ne connaît même pas le nom de son nouveau patient.

— Comment il s'appelle, au fait ?

Chloé, malicieuse, cache l'étiquette où figure l'identité du nouvel entrant en souriant comme une chipie.

— Je te laisse la surprise ! Je n'ai jamais vu un nom pareil. Tu verras !

Julie se sauve de la salle de soins, épuisée par la vitalité de la jeune infirmière. Elle remonte le couloir, passe les portes coupe-feu et entre dans le placard à balais qui lui sert de bureau. Elle fouille dans les armoires, trouve les papiers de décès, note les renseignements et, après avoir pris une longue inspiration, contacte son chef, le Dr Philipo.

Vendredi 14 avril 2017, 21 heures.

Julie raccroche.

Si le premier appel a été éprouvant, le deuxième a été encore pire. Le chef de service ne viendra signer les papiers que demain matin. Selon lui, le déplacement ne vaut pas le coup. Son ton condescendant, bourré de reproches, a failli faire culpabiliser Julie. Mais elle a beau se triturer les méninges, selon elle, elle a fait ce qu'il fallait. Ce vieux con ne réussira pas à l'ébranler. La patiente souffrait d'une grosse insuffisance respiratoire et, comme elle l'a expliqué au binôme du secteur traditionnel, ce n'était qu'une question de temps. Peut-être même la meilleure chose qui puisse lui arriver.

Le centre hospitalier de Saint-Florentin-sur-Lot ne dispose que d'une chambre mortuaire, située au sous-sol, près des cuisines. Le corps y sera donc entreposé toute la nuit avant d'être évacué seulement le lendemain matin, à l'aube. Julie a ensuite prévenu les proches de la patiente. Ils passeront demain se recueillir avant l'arrivée de l'ambulance et seront autorisés à suivre le corps jusqu'à Cahors, où les services de pompes funèbres prendront le relais.

Julie souffle, se fait violence pour ne pas lire les derniers potins sur la discussion Facebook et attrape la volumineuse pochette kraft de son nouveau patient. Elle a besoin de se concentrer sur autre chose. Elle débroussaille son bureau des dossiers attendant leur courrier et se fait un minimum de place pour travailler correctement. Elle décolle l'enveloppe géante, extrait un tas de papiers. Elle pose le tout sur son bureau quand un cri retentit depuis le couloir.

Julie roule sur son fauteuil, ouvre la porte et tend la tête à travers l'entrebâillement.

— Ça va pas de crier comme ça ! Qu'est-ce qui se passe ?

Dans le couloir, Malee se retourne, furieuse. Elle est toujours en tenue, sac à main sur l'épaule – malgré l'heure tardive – et empoigne son smartphone rageusement.

— On est coincés ici ! Voilà ce qui se passe !

— Comment ça ? demande Julie en rejoignant l'infirmière dans le couloir.

— J'ai eu la cadre infirmière de garde. L'équipe de nuit est bloquée à Saint-Florentin. Le Lot déborde de partout et des coulées de boue ont complètement recouvert la départementale qui mène à l'hôpital. On l'a dans le cul ! On est tous bloqués ici !

Julie comprend le désarroi de Malee même si, pour elle, ça ne change rien. De toute manière, elle était condamnée à errer ici jusqu'au matin.

— Ils vont dégager la route, j'imagine.

— Tu ne m'as pas comprise, Julie ! Tout un pan de la colline s'est affaissé à cause du déluge ! On est toujours en alerte rouge et il paraît que ça empire ! On va être coupé du monde !

Julie pense tout à coup à la soirée toulousaine du lendemain. Tous ses voyants passent au rouge. Sa crainte se métamorphose en angoisse.

— Ils ont intérêt à dégager la route pour demain ! s'écrie-t-elle.

Malee fronce les sourcils en consultant son smartphone.

— J'en sais rien. Ça a l'air d'être du sérieux, je…

Bruit sourd. Coupure de courant. Noir complet.

Tout l'étage est soudainement plongé dans l'obscurité. La coupure n'excède pas les cinq secondes, le temps que les groupes électrogènes du générateur de secours se mettent en marche.

Paniquée, Julie échange un regard incrédule avec Malee, traverse le bureau de la secrétaire et se fige devant la fenêtre donnant sur la forêt qui grimpe à flanc de colline. Malee la rejoint, aux aguets. Les deux femmes contemplent le cataclysme, impuissantes, silencieuses, interdites, et réalisent que la nuit va être très longue.

Les éclairs scindent les ténèbres, déchirent le ciel. Le tonnerre rugit dans un fracas étourdissant, faisant vibrer l'hôpital à chaque détonation. Les arbres sont pliés par la force du vent, certains sont couchés, déracinés, emportés par les torrents boueux. Des coulées de boue et de pierres se déversent vers le parking du centre hospitalier, telles des cascades brunes, ravageant toute la végétation et les pylônes électriques sur leur passage. La colline s'affaisse, imbibée par la pluie diluvienne qui ramollit la terre. Le paysage dégringole. La nature s'effondre.

Julie se reconnecte avec la réalité. Elle demande à Malee de prévenir le reste de l'équipe et de vérifier qu'aucun appareil électrique branché à un patient ne s'est déréglé pendant la brève coupure. Ses yeux verts n'arrivent pas à décrocher de cette vision cauchemardesque. Dépitée, elle se demande ce qu'il va advenir de sa Twingo bleue garée sur le parking, proche, trop proche du glissement de terrain. Pas moyen de sortir par ce temps. Et pour la mettre où ? C'est à cet instant que Julie comprend. Malee a raison : elle est seule au monde.

Le centre hospitalier de Saint-Florentin-sur-Lot est composé de trois bâtiments. Ils forment un T, couché et désarticulé. L'édifice nord abrite le laboratoire, les cuisines, la pharmacie et, au premier niveau, l'internat. L'édifice central est un établissement d'hébergement pour personnes âgées dépendantes (EHPAD) de deux étages. Au sud se trouve l'hôpital à proprement parler. Le rez-de-chaussée est réservé aux consultations et aux imageries médicales. Deux radios et un scanner, la fierté de l'établissement. Au premier : deux blocs opératoires et un service de chirurgie. En raison des vacances de Pâques, toutes les activités sont suspendues. Le deuxième étage héberge un hôpital de jour et un hôpital de semaine gériatrique qui, par définition, sont fermés le week-end. Et enfin, au troisième, il y a Julie qui se démène pour essayer de ne pas tuer les quinze patients dont elle a la responsabilité.

Julie fait un rapide calcul. À cette heure-ci, les techniciens du labo, les pharmaciens, les brancardiers, les agents des services hospitaliers (ASH) et les manipulateurs radio sont tous partis. Le personnel des cuisines, de la cafétéria et de l'accueil a déjà dû débaucher, car c'est Chloé qui s'est occupée de la dernière admission.

À cause des vacances de Pâques, les blocs et le service de chirurgie sont déserts et, à la nuit tombée, un cortège d'ambulances et de taxis a déjà dû ramener tous les patients de l'hôpital de jour et de l'hôpital de semaine. L'infirmière et les aides médico-psychologiques (AMP) qui y travaillent sont certainement en week-end, très loin d'ici.

Les deux autres internes du centre hospitalier sont absents. Baptiste, celui de chirurgie – en vacances, comme son service –, a bouclé ses valises ce matin et rejoint sa famille en Normandie. Lydia, la seconde interne du service de médecine, profite de son jour de repos à Toulouse, avant d'assurer la nuit de garde de samedi. Et enfin le chef de service, le Dr Philipo, se la coule douce avec sa rombière devant Jean-Jacques Goldman et toute sa clique, à plus de vingt kilomètres, dans son pavillon dc banlieue à Cahors.

Julie se statufie devant la fenêtre. Elle réalise avec stupeur que, si elle exclut le veilleur de nuit qui vadrouille dans l'EHPAD, elle, les deux infirmières et les deux aides-soignants de son service sont les seules blouses blanches de l'hôpital de Saint-Florentin-sur-Lot.

Seule au monde...

3

Vendredi 14 avril 2017, 21 h 05.

Julie n'est pas pessimiste.

Oui, la route sera dégagée avant demain soir. Oui, elle pourra aller à la soirée toulousaine. Oui, l'alcool coulera à flots. Oui, Olivier succombera au petit ensemble qu'elle s'est acheté chez Mango le mois dernier. Avec la bonne paire de chaussures – un choix cornélien dont elle cherche vainement la solution depuis déjà une semaine –, son mascara volume spectaculaire et le push-up des grands soirs, aucune chance que le beau brun ténébreux résiste à son charme. Julie se détend. Pas de raison de paniquer.

Sereine, décontractée, elle pose ses bottines sur le bureau et attrape le premier document du dossier de son nouveau patient. Elle parcourt les premières lignes puis, subitement, se redresse sur le fauteuil. Elle n'en croit pas ses yeux.

— Archibald Perceval Ulysse Tourmenteur ! relit-elle à voix haute. C'est quoi, ce nom ?

Julie laisse échapper un rire, étudie la feuille de transmission attentivement.

Archibald Tourmenteur est adressé par l'hôpital psychiatrique de Villeneuve-sur-Lot, dans le Lot-et-Garonne, pour un épisode de fièvre intermittente, accompagnée de diarrhées depuis une semaine. Les examens sanguins réalisés le lundi 10 avril 2017 mettent en exergue une infection par *Plasmodium*, le parasite de la malaria.

Julie repose le document. Stop ! Fini les conneries. Comment un patient cloué à son lit, inconscient, peut-il avoir attrapé la malaria ? Elle est sceptique à l'idée qu'une famille de moustiques anophèles ait pris un vol long-courrier pour poser ses valises dans le Lot-et-Garonne. Et comme le patient n'a pas pu se déplacer dans un pays endémique, Julie mordille le bout de son stylo, complètement perdue. Comment est-ce possible ?

Contrariée, elle reprend sa lecture.

Archibald Tourmenteur, cinquante-cinq ans, a été transféré de l'unité pour malades difficiles (UMD) de Cadillac, près de Bordeaux, le 10 mars 2017, pour un état végétatif persistant, dans le centre hospitalier psychiatrique de Villeneuve-sur-Lot. À son arrivée dans le service, il présente un coma profond, de stade 3, avec une abolition des réflexes et une absence de réponse aux stimuli douloureux. Son Glasgow[1] est à 3. Aucune amélioration n'a été notée depuis ce jour. Archibald Tourmenteur respire de façon autonome, son bilan cardio-pulmonaire reste stable. Il est alimenté

1. Échelle de 0 à 15 qui permet d'apprécier la profondeur d'un coma, le 15 définissant une personne parfaitement réveillée.

grâce à une sonde naso-gastrique et hydraté par l'intermédiaire d'une perfusion en voie veineuse périphérique sur le bras gauche. Son état cutané est satisfaisant, cependant des changements de position réguliers et des préventions d'escarres sont indispensables. Il élimine normalement grâce à une sonde urinaire à demeure, mise en place lors de son arrivée. En raison de son infection particulière à traiter – la malaria – il est adressé dans le service de médecine interne de Saint-Florentin-sur-Lot le vendredi 14 avril 2017.

Julie dégage les mèches de cheveux châtains qui lui masquent le visage et s'affaisse dans le fauteuil.

L'unité pour malades difficiles de Cadillac a une triste réputation. Cet établissement hébergeant les patients les plus difficiles, atteints de graves maladies mentales, a régulièrement défrayé la chronique et fait couler beaucoup d'encre dans les rubriques de faits divers. Il accueille une population dangereuse, exclue par les autres structures psychiatriques ou les centres pénitentiaires. Il récupère ceux dont personne ne veut.

Pour intégrer une pareille institution, Archibald devait être violent, sans aucun doute. S'agissait-il d'un criminel ? D'un violeur ? D'un psychopathe ? Cela expliquerait l'escorte militaire.

Julie sait qu'elle n'a pas été tendre avec les deux gendarmes. Chloé et les ambulanciers s'en sont certainement rendu compte. Mais Julie a une excuse. Quand on est la fille du commissaire divisionnaire de la police judiciaire de Toulouse, des flics, ou même des gendarmes, on en fait vite une overdose. Julie a vécu et grandi entourée d'uniformes bleus. Elle sature. Elle ne peut plus voir de képi sans repenser aux absences incessantes de son père, aux dîners ratés, aux « bien sûr que je viendrai, ma chérie », balancés dans le vent et jamais respectés, à la peur quotidienne de ne jamais le revoir lorsqu'il quittait leur maison de l'Union le matin.

Non, les bleus, Julie en a largement eu sa dose.

Elle s'apprête à attraper le plus volumineux des dossiers d'Archibald Tourmenteur, celui de l'UMD de Cadillac, quand des coups intempestifs sont frappés à la porte du bureau. Julie sait aussitôt de qui il s'agit. Chloé glisse son visage de poupée timide dans l'interstice minuscule.

— Julie, excuse-moi de te déranger, on va manger un morceau, ça te dit ?

Julie réfléchit brièvement. Même si elle est de plus en plus curieuse de découvrir le visage de ce Tourmenteur, dont elle ignore toujours le physique, elle se dit qu'il ne va pas se sauver sur son brancard – sauf s'il a déjà fait le coup pour chopper la malaria – et accepte l'invitation. En plus, elle a faim.

Vendredi 14 avril 2017, 21 h 10.

Julie entre sous les néons éblouissants de la salle de pause.

Autour de la table, Malee et Yazid dévorent les barquettes alimentaires dont les patients n'ont pas voulu. L'ambiance est ostensiblement glaciale, personne ne parle, chacun se morfond sur son sort, écœuré de rester piégé une nuit entière dans le service.

— Il reste quoi ? demande Julie en ouvrant le frigo.

— Omelette ou petits pois carotte, répond Chloé en s'asseyant et en ôtant l'opercule de son yaourt nature.

Dépitée, Julie opte pour l'omelette et s'installe à la table.

— Où est la quatrième ?

Chloé s'empresse d'ouvrir la bouche, presque euphorique :

— Noémie ? Elle n'a pas faim. Elle est restée dans la salle de soins.

Julie opine, fixe Yazid d'un air grave.

— Vous avez terminé la toilette mortuaire de la 10 ?

Le jeune homme lève les yeux de son smartphone.

— Ouais. C'est bon. Et on vient de la descendre au dépôt.

— Super. Elle ne partira que demain matin par contre, à la première heure. La famille arrivera avant.

— Si la route est dégagée ! intervient Malee, toujours aussi énervée.

Julie repense à la soirée de demain et évite de se plaindre. Devant elle, les deux infirmières et l'aide-soignant ont déjà huit heures de boulot dans les pattes, s'apprêtent à en faire dix de plus, sans avoir la certitude que leurs collègues du matin seront là pour prendre la relève. Elle s'abstient de tout commentaire, prend son courage à deux mains avant d'enfourner la première bouchée d'œufs en poudre.

— T'as vu son nom, au nouveau ? demande Chloé de sa petite voix fluette.

Julie se redresse, bombe la poitrine en observant Chloé comme un soldat au garde-à-vous.

— Archibald Perceval Ulysse Tourmenteur, récite-t-elle sur le ton de la rigolade.

Chloé se force à sourire, Malee laisse échapper sa cuillère.

— Il s'appelle réellement comme ça ?

Julie partage un regard complice avec Chloé avant d'approuver.

— Un nom comme ça, ça ne s'invente pas, déclare l'interne avant d'avaler sa deuxième bouchée – aussi infecte que la première.

Yazid, absorbé par son smartphone et complètement étranger à la conversation, repousse sa chaise subitement.

— Bien, ça ! Un à zéro à la mi-temps !

Julie lance un regard d'incompréhension vers Malee. Cette dernière hausse les épaules et lève les yeux au ciel.

— Du foot…

— Quoi, du foot ? s'insurge Yazid en se redressant. Bien sûr, du foot ! Paris va exploser Angers. Vous allez voir.

— Si tu le dis, soupire Malee.

— Un p'tit remontant, les filles ?

Heureux, l'aide-soignant ouvre la porte du frigo. Julie hausse un sourcil châtain et se tourne vers Malee.

— Pourquoi pas ? répondent-elles en chœur.

Chloé paraît choquée. Elle écarquille ses grands yeux bleus.

— De l'alcool ? Au travail ? Alors ça, non ! Sans moi.

Malee esquisse un sourire face à la naïveté de sa jeune collègue.

— Pète un coup, Chloé, plaisante Yazid, ça te fera du bien. Fais pas ta précieuse. Je ne te dis pas de te bourrer la gueule, juste de boire un verre. La nuit va être longue.

L'aide-soignant sort une bouteille de rosé, quatre gobelets en plastique puis sert ses convives.

— Et Noémie ? chuchote Chloé en attrapant timidement le verre de vin diabolique – un geste qui va à l'encontre de ses principes juvéniles.

— Elle a qu'à être là ! crache Malee en levant son verre. Tant pis pour elle. À un week-end de merde !

Et l'équipe du service porte le toast amer en silence.

Julie fait un bilan avec Malee et Chloé sur l'état des patients. Le centre hospitalier de Saint-Florentin ne disposant pas de logiciel pour les prescriptions informatisées, les infirmières introduisent leur chariot de soins contenant les dossiers papier dans la salle de pause, puis transmettent leurs observations à Julie sur leur secteur respectif. Malee, pour le secteur traditionnel. Chloé, pour les soins continus.

Le service est calme. Tout le monde va bien. Les traitements du soir ont été administrés et la plupart des malades sont en train de dormir. Après avoir contrôlé les stocks de la pharmacie du service, Julie prescrit un antipaludéen pour Archibald Tourmenteur, ainsi qu'un gramme de Perfalgan pour diminuer la fièvre. Elle suggère également à Chloé d'installer des pains de glace sur le patient pour aider à faire baisser sa température corporelle.

À situation exceptionnelle mesures exceptionnelles. Julie décide d'alléger la tâche de ses collègues déjà au bord du gouffre, déprimés à l'idée de passer une nuit imprévue à l'hôpital. Elle revoit ses dossiers, assouplit ses prescriptions, annule les bilans sanguins les moins importants puis pose ses couverts dans l'évier.

— Hey ! Miss Toulouse ! T'as vu ma tronche ? Est-ce que j'ai la tête du type qui va faire ta vaisselle ?

Julie observe Yazid avec amusement, comprend le message et s'exécute sans broncher.

— Bien, femme.

Chloé tape Yazid avec son coude, outrée par le comportement de l'aide-soignant.

— Comment tu lui parles !

— Quoi ? Tu veux ta fessée, toi ? Va me chercher une bière, femme.

Chloé glousse, retient son rire entre ses mains et devient rouge écarlate.

Soudain une sonnette de patient retentit. Yazid s'extrait de la vidéo du match de foot qui défile sur son smartphone et s'étire bruyamment.

— Dites adieu à ce corps de rêve, les filles. Le devoir m'appelle. Ne soyez pas jalouses, il y en aura pour tout le monde quand je reviendrai.

L'assemblée sourit aux bêtises de l'aide-soignant qui s'éclipse de la salle de pause. Sous ses fanfaronnades, Yazid est le jeune papa d'une petite fille de deux ans et un époux dévoué. Toutes les filles du service se battent pour travailler avec lui, car son efficacité n'a d'égale que sa bonne humeur.

— Oh, merde…

Julie se tourne vers Malee. L'infirmière a le visage livide, décomposé.

— Quoi ?

— Il y a eu un accident à Saint-Florentin. C'est Ludivine, l'infirmière de nuit qui m'envoie un message. Elle est bloquée Chez Dédé, le bar des rugbymen. Les gendarmes empêchent les gens de reprendre la route. Les deux ponts sont submergés par le Lot et le niveau de l'eau monte encore. Les berges sont inondées. Les pompiers essaient de dégager la départementale, mais ils sont trop peu nombreux et aucun renfort n'est prévu pour le moment. Il paraît qu'ils ont retrouvé une ambulance ensevelie sous la boue.

— Oh non, s'offusque Julie en portant la main à sa bouche. Ce doit être celle qui est venue tout à l'heure.

— Sûrement… En tout cas, ils disent que les occupants sont tous morts.

4

Vendredi 14 avril 2017, 21 h 25.

Un café instantané dans une main, une madeleine dans l'autre, Julie regagne son bureau avec mélancolie.

Difficile de se concentrer après l'annonce de la mort des deux ambulanciers. Elle a du mal à concevoir qu'ils étaient encore ici, une heure plus tôt, en pleine forme. Insensé. La mort de la patiente de la 10 l'a affectée, bien évidemment. Elle n'est pas insensible, elle n'est pas un robot. Pas encore.

Mais ce décès, aussi tragique soit-il, est intervenu dans le cadre de son travail. Julie connaissait la pathologie, les risques et, comme la famille, elle s'y était préparée psychologiquement. Et aussi terrible que cela puisse paraître, elle s'est habituée à ce genre de situation. La mort des ambulanciers, en revanche, était imprévisible et particulièrement brutale. Julie est davantage touchée. Elle est sous le choc.

Distraitement, elle épluche le dossier d'Archibald Tourmenteur et ouvre la chemise la plus volumineuse, celle de l'UMD de Cadillac, près de Bordeaux.

Une feuille volante s'échappe. Julie la saisit et entame sa lecture.

Compte rendu du Pr René Moutrut, chef du service de psychiatrie de l'unité d'hospitalisation spécialement aménagée (UHSA), unité pour malades difficiles, centre hospitalier de Cadillac.

À l'attention du service de psychiatrie de Villeneuve-sur-Lot

10/03/2017

Synthèse du patient détenu : Archibald Tourmenteur

Cher confrère,

Je vous adresse M. Archibald Tourmenteur, cinquante-cinq ans, pour la suite de la prise en charge du coma de stade 3 persistant depuis un mois chez ce patient. Son état semble irréversible, comme le montrent les tracés de ses différents électroencéphalogrammes. Informations cliniques : cf. dossier ci-joint.

Sur un plan psychique, Archibald Tourmenteur reste une énigme pour moi. Après vingt longues années d'hospitalisation dans notre établissement, je ne saurais dire exactement de quoi il souffre. Bien qu'une chose soit sûre : cet homme est malade. Gravement malade.

Avant toute chose, il faut savoir qu'Archibald Tourmenteur possède un QI de 176. C'est un génie, un surdoué. Je pense que c'est de là que la plupart de ses problèmes proviennent : il n'a jamais compris le monde dans lequel il vivait. Il a toujours eu le sentiment d'être étranger à la race humaine. Cinq minutes en entretien avec lui m'ont suffi à le comprendre. Je me suis souvent demandé s'il simulait lors de nos rendez-vous, si toute sa vie n'était qu'un jeu pour lui. En effet, il s'est toujours montré extrêmement coopératif, volontaire, désireux de progresser dans sa thérapie. Peut-être un peu trop. Si bien que je m'interroge : ne cache-t-il pas son jeu ; tout ce qu'il m'a raconté est-il vrai ? Il était le patient exemplaire, friand de communiquer et de répondre à mes questions avec sincérité. Cependant je dois vous mettre en garde, c'est un homme terriblement manipulateur. Il est fourbe, perfide, il a toujours dupé son monde. Il m'a narré toute sa vie, toutes ses expériences. Son histoire est édifiante.

Je pense sans me tromper qu'il ne ressent absolument rien. Une froideur émotionnelle qui, au début, a fait pencher mon diagnostic vers une personnalité de sociopathe, antisociale, mais sa totale maîtrise de soi et son aisance relationnelle réfutent cette hypothèse. J'ai immédiatement éliminé tout comportement psychopathe car Archibald Tourmenteur a pleinement conscience de son état et n'est pas quelqu'un de violent ni d'impulsif. Au contraire, il est réfléchi, pondéré, organisé et très lucide sur ses agissements.

Tous ses symptômes sont contradictoires et c'est pour cette raison qu'à ce jour, jour de son transfert dans votre établissement, je n'ai toujours pas déterminé la maladie qui le ronge. Peut-être est-il le premier cas d'une nouvelle pathologie mentale, je ne saurais le dire. Il aura été un sujet d'étude passionnant. Professionnellement, pour moi, il reste un échec thérapeutique. C'est de loin le patient le plus intrigant que j'aie eu dans ma carrière. Je me souviendrai toute ma vie du jour où il est arrivé dans l'unité pénitentiaire de Cadillac, en hélicoptère, escorté par le GIGN. Son histoire mériterait un livre.

Tous les comptes rendus de nos entretiens se trouvent dans le dossier ci-joint. Un conseil : lisez-les à tête reposée. Et si, à un moment donné, vous doutez de l'exactitude de ces informations, mettez-vous à ma place. Moi qui ai entendu son histoire de sa propre bouche, en face-à-face. Après des années de recherches, d'exploration, de vérifications, de collaboration avec les différentes structures qui ont eu affaire à lui j'ai dû faire ce constat alarmant : tout est vrai. Absolument vrai.

Pour conclure cette brève synthèse, je finirai en m'éloignant momentanément de mon domaine de prédilection, la psychiatrie, de tout ce à quoi j'ai toujours cru dans mon travail et de tout ce pour quoi je me suis battu. Si je devais résumer en une phrase, je dirais que, si le Mal existe, Archibald Tourmenteur en est l'incarnation.

Julie repose le document, incrédule.

Dans quelle dimension est-elle passée ? Qu'est-ce que c'est que ce courrier ? On nage en plein délire ! Une histoire romanesque digne d'un mauvais polar de série B. À croire que ce psy, René Moutrut, s'est véritablement exercé à écrire la biographie d'Archibald Tourmenteur pour le plus grand bonheur des amateurs de thrillers à suspense.

Julie soupire en évaluant l'épaisseur du dossier médical de l'hôpital de Cadillac. Des heures de lecture en prévision. Comme si elle n'avait que ça à faire. Comme si elle gagnait une misère pour ça !

La prose du psychiatre a beau être distrayante, elle ne répond pas aux questions que Julie se pose. Pourquoi Archibald Tourmenteur est-il dans le coma ? Comment a-t-il été infecté par la malaria ? Était-il dangereux ? Sans l'ombre d'un doute. Qu'avait-il bien pu faire pour nécessiter une escorte de la gendarmerie, alors qu'il était dans le coma depuis un mois ? Et où sont passés ces gendarmes ? Ont-ils réussi à éviter les coulées de boue et à regagner Saint-Florentin ?

Julie commence à perdre les pédales. Le doute s'insinue et germe dans son esprit. Esseulée, elle ne peut compter sur personne en cas de problème avec Tourmenteur, le site est inaccessible, aucun renfort armé ou médical dans le périmètre.

Brusquement, elle se jette sur la pile de dossiers, repère l'enveloppe contenant les renseignements cliniques et les résultats biologiques. Elle feuillette à toute vitesse, comme emportée par un vent de panique. Son pouls s'accélère. Elle tombe sur les tracés des électroencéphalogrammes, les étudie attentivement puis se laisse choir au fond du fauteuil avec l'impression d'être la dernière des idiotes. L'examen est sans équivoque. Aucun doute possible. Archibald Tourmenteur est dans un état végétatif. Aussi vif qu'une aubergine. Julie est rassurée.

Son café est froid. L'interne l'ingurgite en trois gorgées, mange sa madeleine et déboutonne sa blouse pour se mettre à l'aise. Bottines sur le bureau, jambes croisées, elle ouvre l'épais dossier psychiatrique d'Archibald Tourmenteur.

Compte rendu du Pr René Moutrut, chef du service de psychiatrie de l'unité d'hospitalisation spécialement aménagée (UHSA), unité pour malades difficiles, centre hospitalier de Cadillac.

Séance du 02/09/1996

Patient : Archibald Tourmenteur

Son arrivée est digne d'un film hollywoodien. La prison de la Santé, à Paris, m'a appelé tous les jours depuis une semaine. Le directeur du centre pénitentiaire parisien semble aussi soucieux que soulagé de se débarrasser d'Archibald Tourmenteur. Toute la semaine, il m'a rabâché les mêmes instructions, les mêmes recommandations, tous les dispositifs de sécurité à mettre en place pour le transfert et l'arrivée d'Archibald Tourmenteur dans nos locaux de Cadillac. Je me suis retenu de lui rétorquer que nous avions l'habitude de prendre en charge des patients difficiles, incarcérés, nécessitant des soins psychiatriques. Et que c'était même pour cette raison que nous, pionniers de la psychiatrie contemporaine, avons accepté d'accueillir ce patient. Notre unité d'hospitalisation spécialement aménagée est une des plus réputées de France. Une référence. Nous connaissons notre métier.

Au téléphone, le directeur de la Santé ne cache pas son angoisse. Il insiste. Me prie de prendre en considération toutes ses remarques et d'accorder un traitement particulier à cet Archibald Tourmenteur. La sécurité doit être renforcée. L'organisation doit être réglée comme du papier à musique. À l'entendre, on croirait qu'on s'apprête à transférer un vélociraptor, comme dans ce film sorti récemment au cinéma. Cependant, le directeur a réussi à éveiller ma curiosité et c'est avec une pointe d'anxiété, je le reconnais, que j'assiste à l'atterrissage de l'hélicoptère de la gendarmerie nationale.

Bien entendu, je suis au courant de ce qu'Archibald Tourmenteur a fait. Comme toute la France, j'ai vu les journaux télévisés, les reportages, les spectacles, le documentaire diffusé sur France 2, et même les concentrés d'inepties du journaliste Clément Lorrain. J'ai lu tous les articles le concernant et j'ai même dévoré ses deux romans. Pour la première fois depuis mes débuts dans le métier, l'inquiétude me gagne quand l'hélicoptère se stabilise sur la piste. Les hommes du GIGN sortent de l'appareil comme s'ils débarquaient en territoire ennemi. Armes sur l'épaule. Pointées dans toutes les directions. À l'affût. Ils quadrillent le secteur, ouvrent la portière de l'hélicoptère et extraient énergiquement Archibald Tourmenteur. Celui-ci est menotté des pieds à la tête et peine à suivre le rythme imposé par les forces de l'ordre. Il est transféré sans encombre jusqu'à la cellule spécialement aménagée pour lui.

À l'usure, le directeur de la Santé a fini par me convaincre. J'ai pris des précautions. Je l'ai isolé à l'extrémité du bâtiment, à côté du poste de surveillance. Tout mon personnel a arrêté ses activités pour assister au spectacle, et c'est sous un déluge de protestations et d'indignations que le transfert d'Archibald Tourmenteur s'achève. Il est l'attraction du moment, celui qui va faire parler de notre établissement à l'échelle nationale.

Après une nuit de repos, dans le calme, je reçois Archibald pour notre premier entretien. J'essaie de dissimuler mon excitation car, je le reconnais, ce patient n'a rien de comparable à ceux que j'ai eu le loisir de suivre en thérapie. Archibald s'installe devant moi. Les gardiens, même si je n'aime pas ce mot dans un centre de soins, lui ôtent ses entraves métalliques, sortent de la pièce et, j'imagine sans peine, se plantent devant la glace sans tain pour nous observer. Je sais qu'ils mettront moins de dix secondes pour intervenir en cas de problème. Mais ce n'est pas mon souci. Je suis déjà fasciné par l'homme qui est en face de moi. Hypnotisé. Je démarre l'entretien comme un jeune interne. Je ne me reconnais plus. Ma prestance s'en est allée. Mon autorité a disparu. Une vie entière dédiée à la psychiatrie s'est volatilisée. Moi qui, selon les propos de mes collègues, transpire d'assurance, j'ai la désagréable impression de n'être qu'un agneau devant un loup affamé.

Durant une heure, Archibald Tourmenteur ne prononce pas un mot. Il m'écoute, me fixe imperturbablement. Impassible. Ce type me fait froid dans le dos. En une heure, je n'ai noté que deux battements de cils. Je suppose qu'il a dû fermer les yeux en même temps que moi. Son regard n'a pas dévié de tout l'entretien. Même à la fin de l'heure, alors que le silence dure depuis quinze minutes, il ne cesse de me toiser. Calmement. Silencieusement. Son comportement me laisse dubitatif. Est-il désintéressé ? Apathique ? Ou au contraire excessivement sûr de lui ? En pleine maîtrise de ses émotions ? Je ne saurais le dire. Encore plus extraordinaire, Archibald Tourmenteur n'a pas bougé ses mains de toute la séance. Il les a gardés sur ses cuisses, à plat, sans les déplacer d'un millimètre. Sauf une fois, au bout de trente minutes, où il a remué les fesses pour s'adosser à son siège, il est demeuré complètement statique. Presque catatonique. J'avoue qu'il m'a déstabilisé. Ses yeux semblent sonder mon âme, comme s'il lisait à l'intérieur de moi. Je fuis régulièrement son regard.

La fin de la séance approche. Je suis lassé de parler dans le vide et légèrement déçu de la tournure des événements. Le silence se prolonge, insoutenable, et curieusement le poids de son regard me fait penser à des choses personnelles, mes débuts de médecin, mes patients les plus difficiles, mes échecs, ma vie sentimentale… Je deviens nerveux. Lors de cette introspection, je note un mouvement discret sur sa lèvre supérieure. Le premier signe ostentatoire depuis le début de notre tête-à-tête. Il me dévisage. Comme s'il savait à quoi je pense. Embarrassé, j'arrête l'entretien cinq minutes avant la fin. Et je me rends à l'évidence : pour cette première séance, ce n'est pas moi qui ai analysé le comportement d'Archibald Tourmenteur, mais c'est lui qui a analysé le mien.

Julie s'étire comme un chat – langoureusement – et bâille à s'en décrocher la mâchoire. La psy, ce n'est pas son truc. Apparemment, Archibald Tourmenteur a fait parler de lui dans les journaux. Julie est trop jeune pour s'en souvenir. Peut-être que son père est au courant ? Certainement, suppose-t-elle. Une affaire aussi médiatisée n'a pas pu s'évaporer de la mémoire d'un commissaire divisionnaire de police judiciaire.

Julie est une jeune femme cartésienne, logique, rationnelle. La maladie mentale la dépasse. Ce qu'elle aime, c'est le concret, ce qui est palpable. Une infection, par exemple, est une chose tangible. Ça lui parle, ça a du sens. Elle peut la traiter, soigner le problème. Une psychose, en revanche, est une notion trop abstraite pour elle, difficile à appréhender. Non, décidément, la psy, ce n'est pas son rayon. Mais elle reconnaît que l'histoire de son nouveau patient la chamboule et l'intrigue.

Avec une once d'excitation morbide, elle attrape le second compte rendu du dossier. Qui est donc cet homme, Archibald Tourmenteur ? Qu'a-t-il fait pour susciter autant de peur ?

Julie n'en revient toujours pas de ce nom invraisemblable. Elle repousse ses cheveux en arrière, respire un grand coup avant de replonger dans sa lecture.

Compte rendu du Pr René Moutrut, chef du service de psychiatrie de l'unité d'hospitalisation spécialement aménagée (UHSA), unité pour malades difficiles, centre hospitalier de Cadillac.

Séance du 04/09/1996

Patient : Archibald Tourmenteur

Je me sens comme à mes débuts, lors de mes études. Curieux, espiègle, avide de savoir et de connaissances. Archibald Tourmenteur est comme le dernier jouet à la mode, un matin de Noël, entre les mains du petit garçon que je suis redevenu. Bien sûr, je garde en mémoire toutes les atrocités qu'il a commises, tous les malheurs qu'il a engendrés et toutes les victimes qu'il a faites. Mais le professionnel que je suis est en ébullition face à un esprit aussi tourmenté que le sien. D'ailleurs, il porte bien son nom : Tourmenteur. Comme s'il était prédestiné à cette vie-là.

J'ai préparé le second entretien méticuleusement. Je vais lui tendre des pièges, des perches, le but est de le provoquer pour qu'il éprouve des émotions. Je dois arriver à le faire parler. C'est l'objectif du jour. J'en ai maté des plus coriaces et je pense, non, je sais que je me montrerai plus malin que lui. J'en ai vu d'autres ! J'ai plus de trente années de psychiatrie derrière moi. Je n'ai pas eu ce poste par hasard, après tout ! Mon personnel me craint et me respecte, mes confrères m'adulent, je suis chaudement recommandé par mes pairs, j'ai été publié à plusieurs reprises dans des revues américaines, j'assiste à des congrès internationaux chaque année, j'ai ma réputation ! Ce type ne me résistera pas. Je l'aurai.

Archibald s'assoit devant moi avec la même désinvolture glaciale. Il m'observe silencieusement et place ses mains sur ses cuisses. Flegmatique. Mutique. Je débute mon monologue. Et je le pique au vif. Son QI. Son intellect. Les gros ego succombent inévitablement à la flatterie. Je lui demande quand il s'est rendu compte de son potentiel. Car Archibald Tourmenteur est un génie. Il a un QI de 176. Ce type aurait pu devenir tout ce qu'il voulait. Je discute, seul, lui parle de son enfance, de ses facilités à l'école, de ses études. Il me fixe toujours, immobile. Je chasse les pensées sur ma vie, me focalise sur la sienne. Curieuse, cette façon dont je me remets si vite en question face à cet homme. Indéniablement, il me perturbe.

Une fois encore, il est resté silencieux toute la séance. Je m'apprête à l'écourter quand, soudain, au moment où je m'y attends le moins, j'entends pour la première fois le son de sa voix : « C…

Hurlement dans le couloir. Bruits de pas. Tambourinement de la porte du bureau.

— Julie ! À la 2 ! Tout de suite !

5

Vendredi 14 avril 2017, 21 h 35.

Dehors, l'orage gronde.

Le tonnerre fait trembler la nuit, les éclairs pilonnent l'isthme de Saint-Florentin-sur-Lot avec violence et acharnement. Les rafales atteignent les cent quatre-vingt-dix kilomètres-heure, soufflent sur les collines avec une force redoutable, meurtrière. La tempête fait rage, virulente, impétueuse, balayant la commune et ses alentours.

Au dernier étage du centre hospitalier, coupée du monde, Julie court derrière Chloé, l'infirmière jeune diplômée. Les couloirs sont éteints depuis la coupure générale, plongés dans les ténèbres, angoissants, les ombres des extincteurs et des chariots de soins se démarquent faiblement dans l'obscurité environnante.

Que se passe-t-il ? Pourquoi l'a-t-on appelée ? Une urgence ? Une chute ? Le patient de la chambre 2 – M. Dupain – est peut-être celui qui pose le moins de problèmes dans le service. Julie aimerait en avoir quinze comme lui.

— M. Dupain !

Julie entre dans la chambre individuelle et se précipite au chevet du malade, éclairé par la veilleuse vacillante au-dessus du lit. Autour de l'homme inconscient au ventre bedonnant, allongé sur le dos, Malee et Yazid s'agitent dans tous les sens.

— Qu'est-ce qui se passe ? s'égosille Julie.

— Mais j'y comprends rien ! s'écrit Malee, à bout de souffle. Il allait bien, il y a une demi-heure et là, j'ai plus de pouls !

Julie écarte l'infirmière, place son stéthoscope sur la cage thoracique du patient. Au même moment, Chloé surgit dans la chambre avec le chariot d'urgence du service, équipé de la planche de massage cardiaque et du défibrillateur semi-automatique.

D'un coup sec, Yazid tire sur les draps du lit, tourne le patient sur le côté et installe la planche de massage sous M. Dupain. Julie fait reculer l'équipe paramédicale, place les patchs sur la poitrine de M. Dupain et allume l'appareil semi-automatique. Elle intime à Yazid de se tenir prêt à masser. Chaque seconde est primordiale.

De son côté, Malee branche le ballon de ventilation à la bouteille d'oxygène et se positionne à la tête du patient, jambes fléchies, dos droit, prête à lui envoyer de l'air manuellement dans les poumons.

En retrait, complètement paniquée, Chloé observe la scène en se tortillant sur ses jambes, stressée au point d'arracher la peau autour de ses ongles. Elle aimerait aider mais ne sait pas quoi faire. Elle ne trouve pas sa place. Tout son corps flageole. Julie suit les consignes de la voix masculine du défibrillateur, concentrée, attentive, déterminée à sauver la vie de M. Dupain.

L'appareil annonce le diagnostic : fibrillation ventriculaire.

— Écartez-vous ! ordonne Julie.

Délivrance du choc. Massage de Yazid. Insufflations de Malee.

Les trois soignants répètent l'opération en connivence, sans précipitation, toujours sous la direction de la grande interne.

Et ils recommencent. Encore et encore.

Les minutes défilent. Plus le temps passe, plus les séquelles risquent d'être importantes. Sur le seuil de la porte, Chloé se dandine comme si elle retenait une envie pressante d'aller aux toilettes. Des plaques rouges apparaissent sur son cou et son torse. Le stress la fait somatiser et perdre ses moyens.

Julie ne faiblit pas. Elle motive ses troupes, s'obstine à faire repartir le cœur de M. Dupain. Coûte que coûte. Même si les raisons de l'arrêt cardiaque lui échappent et défient la logique médicale, elle s'efforce de faire abstraction de ses interrogations, de l'angoisse qui la cisaille, et reste focalisée sur l'état de santé de son patient.

Les minutes s'égrènent encore.

Délivrance du choc. Massage de Yazid. Insufflations de Malee.

Les protagonistes se relaient, échangent leur place, tiennent bon dans ce combat contre la mort.

Yazid est en sueur, son front caramel ruisselle, goutte sur la chemise de M. Dupain. Il renifle, peine à reprendre son souffle.

Malee s'énerve, peste contre elle-même, M. Dupain, Julie, Yazid, contre cette nuit de merde qui ne cesse d'empirer d'heure en heure. Son agacement n'influe en aucun cas sur son professionnalisme, la précision de ses gestes, sa dextérité, et elle s'octroie un court répit pour vérifier une nouvelle fois tous les médicaments qu'elle a administrés au patient.

Le temps s'écoule. Inlassablement. Les chances de survie s'amenuisent.

La réanimation est inefficace. Julie cesse de s'obstiner, éteint le défibrillateur semi-automatique et consulte son smartphone. Elle scrute gravement chacun de ses collègues avant de prononcer la phrase qu'elle redoutait tant :

— Heure du décès : 21 h 52.

Julie est passée d'une nuit agitée à une véritable nuit de merde.

Deux décès en deux heures. Dans son service, sous sa responsabilité. Et sans son titulaire. Même lors de son dernier semestre aux urgences de Purpan, au CHU de Toulouse, elle n'a pas souvenir d'avoir eu deux arrêts en si peu de temps.

C'est incompréhensible. Comment M. Dupain – un homme diabétique de soixante-trois ans, hospitalisé pour un pied infecté – a-t-il pu faire un arrêt cardio-respiratoire ? Autant la patiente de la 10 avait un mauvais pronostic vital, autant M. Dupain pouvait prétendre à de longues années devant lui. Tout ce qu'il risquait, c'était de perdre son gros orteil…

Julie est décontenancée. Cette mort inattendue va enclencher un processus dont elle se serait bien passée : prévenir son chef, le docteur Philipo ; autopsie ; enquête du comité médical. À cause de la départementale obstruée, Julie réalise qu'elle va passer la nuit avec un cadavre dans le service, car la patiente de la 10 occupe la seule place du dépôt mortuaire de l'hôpital au sous-sol. Nuit de merde !

Julie abandonne ses collègues épuisés, démoralisés à l'idée d'effectuer une seconde toilette mortuaire. Elle s'isole dans son bureau et contacte son titulaire.

Vendredi 14 avril 2017, 22 h 15.

Julie est exténuée.

Philipo lui a carrément gueulé dessus. Comme si c'était sa faute si les décès s'additionnent dans le service, si le département est passé en alerte rouge et si la départementale est bloquée. Quel connard, ce type ! Toujours là pour repasser derrière elle ; pour la rabaisser au moindre faux pas ; pour l'humilier ; pour lui poser des questions embarrassantes ; pour reluquer son derrière quand elle se penche en pleine auscultation ; ça, oui ! Mais jamais là quand on a réellement besoin de lui. Un plouc de la campagne ! pense Julie, furieuse. Plus que trois mois à tirer avant de se barrer de ce trou du cul de la France. Julie a hâte. Terriblement hâte.

Une fois encore, elle a prévenu le dépôt mortuaire de Cahors et, cette fois-ci, la femme de M. Dupain. Ce coup de fil l'a bouleversée. Elle imagine Mme Dupain, pleurant toutes les larmes de son corps en pensant à son mari qu'elle ne reverra jamais. La boule présente dans la gorge de Julie n'arrive pas à descendre, obstrue sa trachée, l'asphyxie ; l'interne a du mal à déglutir.

Depuis dix minutes, elle examine le dossier de M. Dupain en détail, cherchant la moindre anomalie dans ses prescriptions. Rien. Absolument rien ne justifie un arrêt cardio-respiratoire. Aucun de ses traitements, aucun de ses antécédents ne permet d'expliquer pourquoi le cœur du senior s'est arrêté.

Julie n'y comprend rien. Elle en a marre. Elle est fatiguée, usée.

Cette nuit est en train de la détruire. Elle ne rêve que d'une chose : un verre. Julie tuerait l'intégralité de ses patients pour un verre d'alcool. Un verre de vin blanc, bien frais. Ou mieux : un mojito ! Et pourquoi pas les bras musclés d'Olivier ? Protecteurs. Rassurants. Virils. Sentir son corps se comprimer sous la pression des biceps du bel interne. Elle rêve ardemment de ce moment.

Julie n'arrive pas à travailler.

Le cas de M. Dupain la ronge, l'obsède. Elle ne parvient plus à se concentrer sur quoi que ce soit. La pile des dossiers médicaux attendant un courrier s'élève toujours plus haut, et Julie est épuisée rien qu'en les regardant. Ses yeux verts se posent sur le dossier ouvert, sur le clavier de l'ordinateur. Archibald Tourmenteur. Julie l'avait presque oublié, celui-là. Elle se demande si cet homme dans le coma lui porte la poisse. C'est sa faute ! Depuis son arrivée, deux patients sont décédés et les ambulanciers ont eu un accident mortel. Julie fronce ses fins sourcils châtains. Une phrase du compte rendu résonne dans son cerveau.

Si le Mal existe, Archibald Tourmenteur en est l'incarnation... Julie secoue la tête en soupirant. Elle délire. Simple coïncidence. Elle glisse ses cheveux derrière ses oreilles puis reprend le dossier où elle l'a laissé. Se changer les idées. Penser à autre chose. Elle compte sur le professeur René Moutrut, le psychiatre de Cadillac, pour s'évader du cauchemar lotois.

Compte rendu du Pr René Moutrut, chef du service de psychiatrie de l'unité d'hospitalisation spécialement aménagée (UHSA), unité pour malades difficiles, centre hospitalier de Cadillac.

Séance du 04/09/1996

Patient : Archibald Tourmenteur

… Il me fixe toujours, immobile. Je chasse les pensées sur ma vie, me focalise sur la sienne. Curieuse, cette façon dont je me remets si vite en question face à cet homme. Indéniablement, il me perturbe.

Une fois encore il est resté silencieux toute la séance. Je m'apprête à l'écourter quand, soudain, au moment où je m'y attends le moins, j'entends pour la première fois le son de sa voix : « Croyez-vous en Dieu, professeur Moutrut ? » Je me redresse, interloqué. Ma surprise doit se lire sur mon visage. Pourquoi aborde-t-il ce sujet ? Quelle partie de mon monologue lui a suggéré de mettre la religion sur le tapis ? Comme à mon habitude, je ne me livre pas. Jamais. C'est une règle. J'esquive la question :

« Pourquoi voulez-vous savoir ça, monsieur Tourmenteur ?

— Simple curiosité. Je me suis toujours demandé si les psychiatres croyaient en Dieu. Est-ce votre cas ?

— Vous pensez les deux incompatibles ?

— Pas nécessairement. Mais je serais curieux d'entendre l'avis d'un expert sur le sujet. »

Il n'arrivera pas à me faire parler. Je ne lui répondrai pas. J'ai du mal à imaginer qu'un homme comme lui puisse croire en une puissance supérieure. Je m'apprête encore à éluder la question quand, à mon grand étonnement, je m'entends rétorquer :

« Non, je ne suis pas croyant.

— Aimeriez-vous le devenir ? »

Sa question me trouble. Pendant une seconde, je ne sais pas quoi répondre. Finalement, je me lance : « Je pense être ouvert d'esprit. Je peux tout entendre. Si les arguments sont légitimes, je ne vois pas d'objection à me laisser convaincre. »

Je constate que je fais tout ce que je me suis interdit de faire et dis tout ce que je me suis défendu de dire. Je me livre personnellement. Comme un débutant. Sa réponse, à nouveau, me laisse sans voix : « C'est tout à votre honneur. Je vous propose un marché, professeur Moutrut. Je m'engage à vous raconter ma vie dans les moindres détails. Cela prendra du temps. À la fin de mon récit, je vous reposerai la question. Et vous me direz, à ce moment-là, si vous croyez en Dieu. » Je l'observe avec scepticisme. Dit-il la vérité ? Acceptera-t-il vraiment de me parler, de me raconter sa vie ? Me manipule-t-il ? Je ne sais pas sur quel pied danser. Son regard est toujours aussi pénétrant, froid et à la fois vide. Vide de vie.

Comme lors de la première séance, aucun de ses membres n'a bougé de tout l'entretien. Son langage corporel est indéchiffrable. Je pense qu'il le sait et qu'il se maîtrise intentionnellement. Son *self-control* m'impressionne, je suis obligé de l'avouer. Je repense à ce qu'il m'a dit, à sa proposition. Évaluant rapidement la situation, je finis par répondre :

« Marché conclu.

— Heureux de l'entendre, alors à la prochaine séance. »

Cette thérapie me glisse entre les doigts. Les rôles s'inversent et j'ai horreur de ça. C'est lui qui vient de clôturer l'entretien. Je n'en reviens pas. Je l'observe se lever et attendre les gardiens qui le raccompagneront jusqu'à sa cellule. Il ne m'adresse pas un regard, se contente de fixer la glace sans tain. Il sort de la pièce comme il est entré : silencieux, maître de la situation. Cette fois, j'en suis sûr, ce patient va me faire connaître des nuits blanches. Mais, au plus profond de moi, j'ai déjà hâte d'être à la prochaine séance pour entendre ce qu'il a à dire.

Avachie, Julie se redresse sur son fauteuil. À force d'écluser le dossier, sa curiosité a décuplé de façon exponentielle. En immersion dans l'intimité d'Archibald Tourmenteur, une seule question l'obnubile à présent : à quoi ressemble-t-il ? Elle ne connaît toujours pas son visage. Seule Chloé l'a déjà vu. Et elle se rappelle encore les paroles de la jeune infirmière.

... Tu verras, en plus, il fait un peu flipper. Il a une tête bizarre...

De façon logique, à force de lire son histoire trépidante, Julie éprouve le désir irrépressible de découvrir le visage de l'homme qui a terrorisé la France, il y a une vingtaine d'années ; l'homme qui est l'incarnation du Mal, selon son psy ; le patient infecté par la malaria, dans le coma, transféré lors de la tempête qui foudroie le département du Lot.

L'homme qui a apporté la malédiction sur l'hôpital de Saint-Florentin. Archibald Tourmenteur.

6

Vendredi 14 avril 2017, 22 h 15.

Chloé a peur.

Elle a peur de se retrouver isolée au nord de Saint-Florentin, à cause de la tempête, dans un hôpital désert, lugubre, loin de toutes habitations. Elle a peur que l'état de santé d'un autre malade ne se détériore. Peur de l'arrêt cardiaque. Comme tout à l'heure. Elle ne sait pas comment réagir, quoi faire, quelle conduite adopter. Le stress la fait paniquer trop facilement. Elle a peur de mal faire, peur de ne pas savoir faire, peur de demander de l'aide.

En plus, Chloé a peur de Malee. L'infirmière d'origine thaïlandaise est parfois méchante avec elle. Elle ne lui parle pas toujours très bien et Chloé n'ose pas lui poser de questions quand elle ne sait pas. Malee l'impressionne et lui fait perdre ses moyens.

Et, pour finir, Chloé a peur de son dernier malade : Archibald Tourmenteur. Même s'il est dans le coma, même s'il ne bouge pas et ne bougera sans doute plus jamais, elle n'aime pas entrer dans sa chambre. Elle se sent mal à l'aise en sa présence. Elle n'arrive pas à se l'expliquer mais cet homme la rend nerveuse. Comme ces couloirs austères, plongés dans l'ombre, illuminés par les flashs sporadiques des éclairs déchirants ; comme le tonnerre, imprévisible, qui la fait sursauter à chaque déflagration ; comme les branches sectionnées par le vent et les buissons qui viennent heurter les vitres de la salle de soins ; comme toute cette nuit épouvantable.

Chloé aimerait être avec Sylvain – son chéri depuis qu'elle a seize ans –, qui l'attend seul, sous le vent et la pluie, dans le grand lit froid de leur maison de Saint-Florentin. Sylvain est l'amour de sa vie depuis qu'ils ont échangé leurs premiers baisers sur les bancs de la cour du lycée agricole de Saint-Florentin-sur-Lot. Ils sont fiancés, le mariage est prévu pour cet été.

Sylvain est agriculteur. Il a repris l'entreprise familiale d'élevage de canards : cinq hectares d'exploitation jalonnés sur le flanc ouest de la colline, au nord du village. Les amoureux vivent dans la maison accolée à la ferme, en aval des canardières, des prés et des plans d'eau, à moins d'un kilomètre du terrain de rugby où le jeune homme a joué pendant quatre ans comme demi d'ouverture.

Chloé pense à son Sylvain avec nostalgie. Les trois années d'études à l'institut de formation en soins infirmiers de Cahors ont été une rude épreuve. Ces cinq jours par semaine loin de son amoureux, Chloé a eu du mal à les supporter. Heureusement qu'elle rentrait le week-end. À vingt-trois ans, elle n'avait jamais quitté Saint-Florentin, sauf pour ses études et des stages dans la métropole du Lot : Cahors. Elle déteste les très grandes villes, comme Cahors. Tout ce qu'elle désire, c'est vivre à la campagne avec son Sylvain. Des champs, des bêtes, ses chiens, ses chats, la vie en plein air.

Le poste au centre hospitalier de Saint-Florentin était une aubaine pour eux. Chloé a juste à contourner la colline, en passant par le centre-ville de Saint-Florentin, puis à suivre la départementale pour se rendre à son travail. Son travail… Peut-être que sa mère avait raison depuis le début ? Peut-être qu'elle n'a pas la force de caractère pour être infirmière ? Chloé a du mal à gérer ses émotions. Elle se laisse trop facilement submerger. Trop stressée. Elle manque de confiance en elle. Elle ne compte plus les fois où elle s'est mise à pleurer pendant son service. Les médecins lui font peur, ses collègues lui font peur, les responsabilités la terrorisent, même les patients l'intimident. Elle est trop fragile.

Diplômée au mois de novembre, en poste depuis décembre, Chloé a passé les cinq mois les plus éprouvants de sa vie. Tous les jours, elle s'accroche à l'idée de retrouver son Sylvain à la nuit tombée. Elle tient grâce à cet espoir. Mais aujourd'hui, l'espoir s'en est allé.

Chloé entre timidement dans la chambre 5 des soins continus. Scrupuleuse, comme on le lui a appris à l'école, elle toque avant de franchir le seuil, même si, dans le cas présent, le patient est plongé dans le coma. Elle porte une surblouse jetable attachée dans le dos et derrière la nuque, des surchaussures dans la même matière et des gants en vinyle. Elle respecte l'isolement instauré par Julie pour protéger le personnel de la maladie tropicale.

Transmise par les moustiques anophèles, la malaria peut être contagieuse par l'intermédiaire des fluides d'un patient infecté. L'équipe s'habille donc en conséquence pour éviter tout contact physique, conformément aux préconisations de Julie. Chloé aime bien Julie. Même si parfois, quand elle est énervée, il vaut mieux s'abstenir de la déranger.

Chloé pénètre dans la chambre sur la pointe des pieds.

Le patient est hérissé de tuyaux et de tubulures. Une sonde dans son nez, qui descend jusqu'à son estomac, l'alimente grâce à une pompe de nutrition. Une perfusion plantée dans son bras permet de l'hydrater et une sonde évacue ses urines. Un méli-mélo de fils le relie à un moniteur qui mesure sa respiration, son rythme cardiaque et sa tension artérielle. Les courbes oscillent sur l'appareil, régulières, constantes. Stationnaires.

Chloé fait le tour du lit, saisit le thermomètre tympanique et introduit l'embout dans l'oreille d'Archibald Tourmenteur. Elle reste à une distance exagérée du patient dans le coma. Le bassin en arrière, pliée en deux, ses Crocs roses tournés vers la porte, prête à s'enfuir au moindre bruit suspect. Ses grands yeux bleus, tristes et apeurés, observent avec méfiance le visage de l'homme qui, inévitablement, sera à l'origine de ses futures insomnies.

Archibald est étendu sur le lit, immobile, noyé dans les limbes de l'inconscient. Il est grand. Ses pieds dépassent du lit. Chloé a du mal à évaluer précisément sa taille à cause de la position allongée mais, à vue de nez, elle dirait plus d'un mètre quatre-vingt-dix. Archibald est cadavérique. Une maigreur extrême. La peau sur les os.

Chloé ignore si le coma est la cause de cet amaigrissement ou s'il était déjà aussi cachectique avant son transfert de Cadillac. Elle distingue les articulations de ses épaules, ses clavicules, ses côtes, son sternum, tous les reliefs de son squelette à travers sa peau livide, dénutrie, fine, aussi fragile que du papier à rouler. Un grand sac d'os, pense Chloé. Avec une tête bizarre.

Archibald Tourmenteur a la mâchoire excessivement proéminente, le front haut, comme si on avait tiré des deux côtés pour lui allonger le visage. Son faciès est comme son corps : cadavérique. Sa peau frêle épouse les gouffres de ses orbites caverneuses, ses pommettes saillantes, ses joues creuses, les contours de sa mâchoire protubérante ornée de récentes coupures de rasage. Une tête de mort. Avec une fine pellicule de peau pardessus. Des touffes de poils grisonnants encerclent l'arrière de son crâne dégarni, prolongeant son front, tel un bas-relief de rides, de sillons et de cicatrices. Sous une paire de sourcils blancs broussailleux, mystérieux, ses paupières demeurent fermées, au grand soulagement de Chloé.

Bip !

Elle sursaute.

Catastrophée, elle se tourne vers le moniteur. Aucun signe particulier. Elle comprend que c'est seulement le thermomètre qui a achevé sa lecture. 38 °C. La fièvre d'Archibald a légèrement baissé. Chloé débranche la perfusion d'antipaludéen (le Perfalgan) terminée puis ôte les pains de glace qu'elle a disposés sur le haut des cuisses d'Archibald. Elle note tous les paramètres vitaux sur la feuille de surveillance suspendue au lit du malade. Elle se réjouit que l'état du patient s'améliore. Traduction : elle n'a pas à revenir de sitôt.

Mais en validant les prescriptions de Julie, elle appréhende déjà sa prochaine venue, inévitable, dans moins d'une heure avec Noémie – l'aide-soignante de son secteur – pour assurer les soins d'hygiène et de confort d'Archibald.

Heureuse de pouvoir quitter cette chambre angoissante, elle déchire sa surblouse, jette ses gants et se lave les mains avec la solution hydroalcoolique.

Chloé ouvre la porte, soulagée de prendre enfin congé d'Archibald Tourmenteur.

Elle met un pied dans le couloir.

Soudain, elle hurle.

Un bruissement de draps !

Elle le jure. Elle a entendu un bruit infime, presque inaudible. Un froissement imperceptible. Les draps ont frémi. Elle en est persuadée. Sans se retourner, elle court vers la salle de pause au bout du couloir.

Elle en est sûre : Archibald Tourmenteur a bougé !

Vendredi 14 avril 2017, 22 h 25.

Julie accélère.

Ses bottines trottent sur le revêtement vert bouteille du sol du troisième étage. Elle apparaît à l'angle du couloir, intriguée par le cri qu'elle a entendu. Chloé sprinte dans sa direction.

— Qu'est-ce qui t'arrive, poulette ? T'as vu un fantôme ?

Paniquée, Chloé bafouille. Elle retient ses larmes et tremble comme une feuille morte.

— Il a bougé, Julie. Je l'ai entendu. Archibald Tourmenteur a bougé !

Julie la toise, incrédule.

— Mais enfin, Chloé, c'est impossible. Il est dans le coma depuis des semaines. Il ne présente aucun signe d'amélioration. Son état est irréversible. Tu es surmenée, ma pauvre. Tu verrais ta tête, tu fais peur à voir. Va te poser un peu. T'en as besoin. J'allais justement l'ausculter, le père Tourmenteur. Voir la tête qu'il a. Prends un café, détends-toi. Je te rejoins quand j'ai fini.

Nullement rassurée, Chloé s'éclipse dans la salle de pause, penaude, encore traumatisée par ce qu'elle est sûre d'avoir entendu.

Julie arpente le couloir et pense à la petite infirmière au bord du *burn-out*. Cette soirée est difficile pour tout le monde. L'isolement, la tempête, la fatigue, les heures supplémentaires et les deux décès ont créé un contexte particulièrement anxiogène. L'équipe est épuisée. Leur résilience est mise à rude épreuve.

Avec une certaine crainte, Julie s'habille et entre dans la chambre 5 des soins continus, celle d'Archibald Tourmenteur.

Pendant dix minutes, elle examine, étudie, ausculte, écoute, palpe, effectue un bilan complet de son patient mystérieux. Elle analyse les résultats des examens, l'historique des constantes vitales et l'état clinique d'Archibald. Julie est formelle. Impossible qu'il ait pu bouger. Son cerveau est aussi dynamique qu'un plat de lasagnes.

Une partie d'elle est rassurée. Pendant un instant, avant de pénétrer dans la chambre, elle reconnaît avoir eu un doute. Elle avait même espéré le retour des gendarmes.

Archibald peut-il se réveiller ? Invraisemblable.

Cette nuit va finir par la rendre folle. La lecture des comptes rendus stimule trop son imagination. Elle a besoin de choses concrètes. Des faits. Des chiffres. Des dates. Du tangible. Elle ne peut plus se permettre de perdre son temps avec les rapports du professeur Moutrut – certes passionnants – et doit glaner des infos précises.

Déterminée, elle sort de la chambre, remonte le couloir et se dirige vers son bureau. Une fois installée à son poste de travail, elle attrape le téléphone fixe, mémorise le numéro du service de psychiatrie de l'hôpital de Villeneuve-sur-Lot avec la ferme intention d'obtenir des réponses. Si elle attend de finir le pavé de documents du professeur Moutrut, elle ne les aura que demain matin. À condition de passer sa nuit à lire, ce qui est inenvisageable. Impossible d'attendre jusque-là.

Julie compose le numéro.

Pas de tonalité.

L'orage a dû endommager les lignes téléphoniques.

Elle peste, vocifère contre le département du Lot et l'anarchie météorologique, puis pioche son smartphone dans la poche immense de sa blouse.

Et là, c'est le drame. L'abjection. L'infamie.

Plus de réseau. Plus de 4G.

Julie retient son souffle et avale sa salive avec difficulté. La tempête l'a définitivement coupée du monde. En mode ermite. Plus de téléphone. Plus d'Internet. Le trouble grandit en elle. Que se passera-t-il si un problème technique survient ? Combien de temps tiendra le générateur de secours ? Comment fera-t-elle en cas de panne ? Julie se demande comment elle va faire pour survivre sans communication avec l'extérieur.

Seule au monde...

Vendredi 14 avril 2017, 22 h 30.

Chloé se morfond devant sa tasse de thé.

Elle donnerait n'importe quoi pour se téléporter dans les bras de son Sylvain, devant un bon feu de cheminée, dans le salon cosy de leur maison de Saint-Florentin. Assise dans la salle de pause, en bout de table, la tête enfouie dans ses mains, elle se cantonne, taciturne, dans sa bulle de solitude.

— Je suis sûre qu'elle s'est chiée à un moment donné, la Julie.

— Je croyais qu'elle assurait, Miss Toulouse ? C'est ce que tu disais.

— Je croyais aussi. Mais franchement, c'est un truc de fou ce qui est arrivé à M. Dupain. Le gars clamse, comme ça, sans raison. Obligé qu'elle ait merdé. J'ai jamais vu un truc pareil.

Vautrés à l'autre extrémité de la table, Malee et Yazid déblatèrent. Chloé ne les écoute pas. Elle n'entend plus rien. Elle ne supporte plus la présence de Malee, qui a failli éclater de rire quand elle a parlé du frottement de draps dans la chambre d'Archibald Tourmenteur.

Chloé préfère Yazid. Yazid est gentil, attentionné. C'est lui qui lui a apporté le thé fumant qu'elle n'arrive pas à boire, lorsqu'il l'a vue entrer en sanglots dans la salle de pause.

— Tu veux dire qu'elle aurait prescrit un truc qui a tué M. Dupain ? demande l'aide-soignant à Malee.

— J'ai déjà vérifié. Y a rien qui justifie l'arrêt cardiaque. Mais il s'est forcément passé un truc. Un truc qui n'a pas été tracé dans les dossiers, un truc qui ne figure pas sur les prescriptions. On ne fait pas un arrêt comme ça, sans raison.

— Et si c'était le tonnerre ? Le type sursaute et hop, le cœur lâche. C'est possible ?

— Ça serait la première fois que j'entends un truc pareil.

Irritée, Malee secoue la tête. Son regard froid se déporte sur Chloé qui se lamente dans son coin.

— C'est peut-être le patient comateux de Chloé qui s'est levé pour lui faire peur ? lance-t-elle, sarcastique, en direction de la jeune recrue.

Chloé ravale de nouveaux sanglots, tente de faire abstraction de la cruauté de Malee la sadique. Ses grands yeux bleus globuleux et humides débordent de larmes.

— T'es pas cool, Malee, intervient Yazid en notant le désarroi de Chloé.

— Oh, ça va, je rigole. Il a fait quoi, ton patient pour que tu flippes à ce point ? demande-t-elle à Chloé qui se cache toujours le visage.

— C'est vrai, ça, souligne Yazid en se tournant vers la jeune diplômée. Pourquoi il était escorté par des gendarmes, ce type ? Tu sais ce qu'il a fait, Chloé ? C'est genre un psychopathe ?

— Je crois qu'il a violé et assassiné plusieurs infirmières, crache Malee, venimeuse. Elles étaient toutes petites, brunes, fiancées et originaires du Lot.

— T'as un problème, toi ! constate Yazid en fronçant les sourcils en direction de Malee. Regarde-la. Elle n'en peut plus. Vous, les filles, vous êtes vraiment des pestes entre vous.

— Ça va, je blague.

— J'ai pas l'impression qu'elle rie beaucoup, argue Yazid en inclinant la tête vers Chloé. Sérieusement, tu sais ce qu'il a fait ?

Chloé renifle, sèche ses larmes et évite de regarder Malee. Elle plonge ses grands yeux bleus dans les perles noires de l'aide-soignant.

— Je ne sais pas. C'est Julie qui a son dossier, articule-t-elle en hoquetant.

Yazid acquiesce, compatissant. Il fait un clin d'œil complice à Chloé avant d'ouvrir la bouche.

— Vas-y, Malee, tape sur Internet : Archibald Tourmenteur.

— Connard !

— Hé hé.

Chloé pouffe entre ses mains. Yazid lui remonte timidement le moral. L'aide-soignant dévoile toutes ses dents en narguant Malee avec un rictus. Cinq minutes plus tôt, Malee est celle qui a fait le plus gros scandale en constatant la coupure des réseaux.

— Ça te fait marrer ? lance-t-elle avec, malgré tout, un sourire en coin.

— Mais trop ! Ça, c'est marrant.

La porte de la salle de pause s'ouvre au même moment. Julie surgit dans l'encadrement et examine les personnes présentes avant de parler.

— Vous avez du réseau ?

Malee frappe du poing sur la table.

— Non mais vous le faites exprès ou quoi ?

Yazid explose de rire. Chloé l'imite. Après deux décès, une situation extraordinaire provoquée par les intempéries et une pléthore d'heures supplémentaires, les nerfs craquent. Malee finit par se détendre, succombe à la bonne humeur générale et au craquage collectif. C'est la première fois que Chloé l'entend rire.

Sur le pas de la porte, Julie ne semble pas comprendre ce qu'il y a de si amusant.

— Eh non, Miss Toulouse, plus personne n'a de réseau, résume Yazid en reprenant son souffle.

— Et la quatrième ? Elle est chez qui ? Vous lui avez demandé ?

— Noémie ? Elle est chez Bouygues, comme moi, elle est partie dans la salle de soins un peu avant que t'arrives. Pas de réseau non plus.

— Merde, faut que j'appelle le centre hospitalier de Villeneuve.

— Le fixe est mort ? demande Malee.

— Ouais.

Chloé rassemble son courage et prend la parole.

— On ne peut plus du tout contacter l'extérieur ?

— Il n'y a plus de réseau, répond Malee avec un ton condescendant. Et Julie te dit que la ligne fixe est coupée.

Julie mime la pause de celle qui réfléchit.

— Y a qui d'autre dans l'hosto, cette nuit ? Le veilleur de nuit de l'EHPAD, c'est ça ?

— Ouais, Marc, c'est tout, confirme Malee.

— Peut-être qu'il a un opérateur qui a du réseau ? s'enthousiasme Julie, optimiste. Les appels internes fonctionnent toujours à votre avis ?

— Essaie, tu verras bien.

L'animosité de Malee envers Julie devint de plus en plus flagrante. Chloé scrute la réaction de la grande interne, espérant secrètement qu'elle remette Malee à sa place.

— T'as son numéro ? rétorque sèchement Julie.

— Je ne suis pas un annuaire.

Outrée par le comportement de sa collègue, Chloé extrait un petit calepin à spirales de la poche kangourou de sa blouse. Studieusement, elle a noté dessus tous les numéros utiles du centre hospitalier de Saint-Florentin.

Chloé dicte le numéro, Julie le compose.

Tonalité !

— Ça sonne ! s'écrie la grande interne en souriant à Chloé.

Tout le monde semble ravi par la nouvelle. Même Malee. Un contact humain. Le sentiment de ne plus être seuls au monde dans l'établissement abandonné. Un espoir de solidarité.

La tonalité dure encore, encore, encore…

Et encore…

7

Vendredi 14 avril 2017, 22 h 50.

— Qu'est-ce qu'on fait ?
— Comment ça, qu'est-ce qu'on fait ?
— On devrait faire quelque chose, non ?
Malee dévisage Chloé avec arrogance.
— Et tu veux faire quoi ?
La jeune diplômée baisse les yeux, effrayée par le regard menaçant de sa collègue. Appuyée contre le mur de la salle de pause, les mains dans les poches de sa blouse gigantesque, Julie approuve en fixant la malheureuse Chloé.
— Chloé a raison. On doit faire quelque chose.
Malee soupire.
— Laissez-moi rire.
— Tu ne trouves pas étrange que le veilleur de nuit ne réponde pas ? s'indigne Julie.
Malee secoue la tête, faisant virevolter sa queue-de-cheval.
— Il est peut-être aux chiottes, en train de fumer un

joint, ou dans une chambre, en train de se tripoter, j'en sais rien. Vous me faites rire à dramatiser tout de suite.

Julie se décolle du mur, croise les bras sur sa poitrine en se penchant vers Malee.

— Et s'il lui était arrivé quelque chose ? Ou s'il n'avait même pas pu atteindre l'EHPAD à cause de la tempête ?

— C'est pas mon problème.

Chloé, spectatrice de la joute verbale, rassemble son courage et s'exprime à voix haute. Son accent chantant a disparu.

— Mais il y a des patients là-bas ! Si Marc a eu un accident ou s'il n'a pas pu venir, ils sont tout seuls.

Julie approuve d'un geste du menton.

— T'as raison, Chloé. On ne peut pas les laisser sans surveillance.

Malee repousse violemment sa chaise contre le frigo.

— Vous délirez, fulmine-t-elle en se levant. Arrêtez d'halluciner. Le gars est juste aux chiottes ou un truc à la con comme ça.

— Ça fait plus de dix minutes qu'il ne répond pas, argue Julie en haussant le ton.

— Ben, il est constipé ! Qu'est-ce que j'en sais, moi ? Vous me soûlez ! Et ne comptez pas sur moi pour aller vérifier. Certaines devraient plus se concentrer sur leur boulot plutôt que sur une bande de vieux croûtons desséchés.

Du haut de son mètre soixante-cinq, Malee s'approche et tend le cou vers la grande interne avec un air outrancier.

— Ça veut dire quoi, ça ? s'insurge Julie.

— Je veux dire que tu devrais faire un peu plus attention aux patients qui sont ici !

Julie avance encore vers Malee. Ses bras sont plaqués contre sa poitrine, écrasent ses petits seins. Ses doigts se crispent sur sa blouse, deviennent moites et s'enfoncent dans ses biceps contractés.

— Je ne suis pas sûre de bien comprendre ! Tu peux être plus précise ?

— Arrête de faire de la merde !

— Développe, Malee ! Arrête de tourner autour du pot ! Qu'est-ce que tu me reproches exactement ?

Malee colle ses yeux bridés à trente centimètres du visage de Julie.

— Tu t'es plantée avec M. Dupain ! Voilà ce qui se passe !

— Alors c'est ça ! On y vient ! C'est ma faute s'il est mort, selon toi ?

— Comment tu l'expliques, sinon ?

Renfrognée, Julie lève les yeux au ciel d'exaspération.

— Je sais pas. Peut-être que l'infirmière s'est chiée sur les prescriptions ? Qu'elle s'est trompée de dosage ?

— Tu m'accuses, salope toulousaine ? Moi, j'ai fait mon boulot correctement ! Tu peux en dire autant ?

— Je ne te permets pas de me parler sur ce ton ! hurle Julie, écarlate. Comment tu peux me…

— LA FERME !

Jusqu'à présent silencieux, Yazid se lève avec une autorité insoupçonnée.

— Vous me cassez les couilles ! Vous êtes ridicules. On est tous crevés et, au lieu de vous entraider, vous vous crêpez le chignon comme des gamines. Ça suffit ! Julie, retourne dans ton bureau. Malee, ça va être l'heure de rincer tes perfs. Chloé, repose-toi ici. J'irai *nurser* tes patients avec Noémie. En attendant, je vais aller faire un tour dans l'EHPAD pour voir si tout va bien. Allez ouste ! Femmes insoumises !

La dernière pointe d'humour passe totalement inaperçue.

Chloé, choquée et terrorisée par la dispute, a cessé de respirer depuis une minute. Elle hoche frénétiquement la tête en direction de Yazid, soulagée de ne pas avoir été désignée pour arpenter les couloirs lugubres de l'hôpital désert. Malee murmure une flopée de mots inaudibles, fuit la pièce à toute vitesse en claquant la porte, sans lâcher des yeux sa rivale.

La foudre présente dans les iris verts de Julie s'estompe. Elle fait un signe de tête à Yazid – mélange d'assentiment et de reconnaissance – puis sort précipitamment de la salle de pause sans dire un mot.

Vendredi 14 avril 2017, 23 heures.

Enfermez quatre femmes une nuit entière dans une pièce. Ajoutez-y quatre morts sur leur conscience, une tempête déferlante. Assaisonnez avec onze heures de labeur dans les pattes et elles finiront inévitablement par se dévorer entre elles.

C'est ce que pense Yazid en sillonnant le couloir austère du troisième étage du centre hospitalier de Saint-Florentin-sur-Lot.

À l'extérieur, le tonnerre rugit. Les éclairs se fracassent sur la colline et ses environs, illuminant le ciel d'une lueur artificielle, électrique, foudroyante. La tempête s'abat avec véhémence contre l'hôpital, expédie ses bourrasques sur les façades, faisant tanguer et grincer les volets métalliques baissés, décrochant les jointures et les panneaux isolants du toit.

Les fenêtres tremblent, le vent siffle dans les interstices de l'infrastructure comme un animal à l'agonie. La pluie s'insinue par les plinthes, s'écoule, se fraie un chemin le long des cloisons et forme de petites flaques éparses dans le couloir.

À l'intérieur, le bruit des Nike Air de Yazid martelant le lino est étouffé par l'orage. Il est seul. Pas un son humain. Pas âme qui vive. Seulement ses pas et les hurlements incessants du cataclysme au-dehors. L'aide-soignant progresse à l'aveugle. Le couloir est plongé dans le noir, seuls les néons des sorties de secours projettent une lumière verte, tamisée et discrète, orchestrant des jeux d'ombres angoissants dans les anfractuosités de l'étage.

Yazid ne le montre pas devant ses collègues mais il est à bout de forces. La journée a été éprouvante et il n'a jamais connu un début de nuit aussi tragique. Deux décès en deux heures. Deux toilettes mortuaires pendant la même vacation. Il n'a jamais vécu ça de toute sa jeune carrière.

Contrairement à ses collègues, Yazid est plus chamboulé par le décès de la patiente de la 10. Il s'en est occupé toute la semaine. Il l'a écoutée, l'a réconfortée, a enduré ses pleurs, ses tourments, et il l'a aidée dans des gestes de la vie quotidienne parfois dégradants et humiliants. Il est entré dans son intimité. Il est devenu son confident, son oreille attentive, ses bras et ses jambes, sans jamais la juger. Toujours dans l'empathie. Un lien spécial s'était noué entre eux. Un lien que seuls les aides-soignants peuvent créer.

Yazid a fait de son travail un art. Son boulot ne consiste pas qu'à torcher des culs, comme il se plaît à le clamer haut et fort. Lui, il prolonge la vie. Il repousse la mort. Mieux qu'un médicament, il puise dans les ressources des gens pour les pousser à combattre eux-mêmes la maladie. Il valorise toujours ses patients, il les encourage pour préserver leur autonomie et, contrairement à certains de ses collègues, il prend dans chaque chambre le temps nécessaire pour répondre aux besoins.

Yazid est aide-soignant depuis six ans. À vingt-huit ans, il n'a connu que deux services. Celui de cardiologie, au CHU de Rangueil, à Toulouse, pendant quatre ans, et le service de médecine interne de l'hôpital de Saint-Florentin-sur-Lot. Depuis deux ans, il a quitté la Ville rose, qui l'a vu grandir, son quartier des Minimes, ses potes, son club de foot en salle, sa vie de célibataire dévergondé. Une rencontre a changé sa vie. Sa femme Yasmina. Une belle Algérienne – comme ses parents – arrivée tout droit d'Oran pour lui voler son cœur.

Fruit de leur amour, une petite Leïla est venue égayer leur bonheur conjugal. Deux années de calvaire, de stress, de paranoïa, de « tu es sûre que c'est normal, ça ? », d'inquiétudes et d'angoisses. Et, entre tous ces tracas, de rares instants d'extase inoubliables. Yazid ne se savait pas si protecteur, si gaga, capable de gazouiller et d'être si débile devant un mini-être humain de quelques kilos. Pour sa femme, il a quitté son fief toulousain et emménagé à Cahors, où Yasmina travaille comme kinésithérapeute.

Toujours pour sa femme, il a dû apprendre et se familiariser avec l'islam. Yazid n'est pas croyant. La seule religion qu'il pratique assidûment, chaque semaine, est celle du PSG. Mais Yasmina, elle, est croyante, une fervente pratiquante. Comme toute sa famille. Elle porte le voile, fait ses prières, va à la mosquée, traverse la vie guidée par les préceptes du Coran. Yazid ne s'est pas converti. Cela le dépasse complètement. Dieu, tout ça, ce n'est pas son truc. Par respect pour sa belle-famille, en leur présence, il se plie aux usages musulmans. Mais il se rattrape allègrement avec ses potes devant les matchs de foot, enchaînant bière sur bière, quelques joints, avec une part de pizza poivrons-chorizo toujours à portée de main.

Mais ça, c'était avant. La vie dans le Lot le déprime par moments, comme le fait de se taper cinquante bornes par jour pour aller bosser dans un trou paumé, mais toutes ses contrariétés disparaissent à la seconde où il pose les yeux sur sa petite Leïla. Sa fille lui a révélé sa véritable capacité à aimer. Et, même s'il regrette parfois les soirées Champions League, les pétards qui tournent, les packs de 12 et les tournois de foot en salle, il ne souhaiterait revenir en arrière pour rien au monde, et rater le spectacle quotidien de la vie qu'il a donnée. Sa fille. Sa raison de vivre. Sa princesse du Parc. Son PSG à lui tout seul.

Loin du bitume, loin de la circulation, de la cacophonie urbaine et des tapages nocturnes, il mène une vie de provincial paisible et s'efforce d'être le meilleur père possible pour sa fille.

Deuxième étage. Premier étage. Rez-de-chaussée.

Le hall est entièrement envahi par les ténèbres. Par souci d'économie, le groupe électrogène de secours n'alimente pas cette partie de l'établissement, seuls les panneaux des sorties de secours sont visibles.

Yazid progresse devant l'accueil. Le sol est humide. Le vent pénètre dans l'hôpital. Les bourrasques font vaciller Yazid et l'agressent aussitôt. Il remonte le col de sa tenue. En tournant la tête, il découvre que le sas en verre de l'entrée est fracassé. Des débris jonchent le sol mouillé. Des poubelles éventrées répandent leur contenu devant la salle d'attente et le guichet d'accueil. Yazid continue sa marche, se défend de penser à l'état dans lequel il retrouvera sa 206, préférant éviter de se faire davantage de mal, et traverse le bâtiment.

L'EHPAD du centre hospitalier de Saint-Florentin se situe au premier et au second étage de la partie centrale du T que forme le complexe. Yazid emprunte l'escalier et grimpe directement au second, là où vivent les personnes les plus dépendantes. Si le veilleur de nuit est dans les parages, il se trouvera forcément à ce niveau.

Yazid ouvre les portes coupe-feu. Pénètre dans le couloir.

Le bruit des portes qui se referment résonne dans tout l'étage, entre deux coups de tonnerre. Les lieux sont immergés dans un noir abyssal. À la lumière de l'écran de son smartphone, Yazid progresse dans les profondeurs de l'EHPAD.

Au fond, de l'autre côté du bâtiment, une faible lueur s'échappe des rainures d'une porte. La seule source lumineuse de l'étage.

Yazid se dirige prestement dans cette direction. Il faut avouer que le contexte, les locaux, l'obscurité, tous ces éléments conjugués, créent un climat un tantinet anxiogène.

Il se rapproche de la source de lumière.

La tempête couvre la plupart des sons. Quelques éternuements, des râles gutturaux, toux et bruits pharyngés s'échappent des chambres lugubres, toutes plongées dans le noir complet.

Puis Yazid entend des cris…

Les cris de la démence, des maladies neurodégénératives, des menaces récurrentes de la Faucheuse.

Il parvient enfin à la source de lumière : la salle de soins. Avec soulagement, il entre. La clarté est éblouissante et l'oblige à plisser les yeux.

— Marc, t'es là ?

Yazid fait le tour de la pièce : un ordinateur posé sur un bureau, une fontaine à eau, un évier, un grand tableau d'affichage avec le numéro des chambres et leurs occupants, un pupitre avec des voyants de contrôle, une paillasse pleine d'emballages médicaux, une armoire à pharmacie.

Personne.

Il rebrousse chemin, longe un couloir, puis un autre, au rythme des hurlements séniles et des déflagrations de l'orage. Puis il sprinte. Suffoquant. Éperdument. Balaie les murs, le sol, le plafond avec son smartphone. Les cris des pensionnaires lui emplissent les oreilles, il fait noir partout, les branches fouettent les volets des fenêtres, le vent s'engouffre dans la structure, les *plic ploc* des fuites d'eau battent le rythme et l'aide-soignant sent la panique poindre en lui.

Se ressaisir. Se calmer. Respirer.

Yazid n'est pas un froussard. Il se considère même comme un dur à cuire. Il s'est souvent battu, a déjà passé vingt-quatre heures en garde à vue pour voie de fait et a fréquenté des milieux peu recommandables. Il n'est pas du genre à fuir le danger. Il a trop vu *Scarface* pour se défiler devant l'adversité. Rien ne lui fait peur. Ou du moins, il tente de s'en persuader.

Yazid appelle Marc – le veilleur de nuit – le plus doucement possible. Pas envie de réveiller le régiment de vieux. Il fait un tour, deux tours, revient à son point de départ et se rend à l'évidence : Marc n'est pas là.

Premier étage. Même opération. Zéro lumière. Bordel de merde !

Yazid court à perdre haleine. Ici, les patients sont autonomes. Ils vivent en communauté. Ou plutôt ils essaient. Yazid fait le tour de l'étage, plus silencieux cette fois, mais avec la même angoisse qui lui noue le ventre. Il scande le nom du veilleur de nuit.

Après une exploration minutieuse, il doit constater qu'il n'est pas là.

Direction les escaliers.

Il passe devant la salle à manger commune de l'étage, quand un bruit spongieux l'alerte. Il vient de marcher dans une flaque d'eau. Machinalement, il lève le rayon de sa lampe pour essayer d'identifier l'origine de la fuite, puis baisse le smartphone pour évaluer les dégâts des éclaboussures sur ses baskets collector et son pantalon blanc.

Ce n'est pas de l'eau. C'est rouge.

Yazid touche le liquide suspect du bout des doigts. Sombre. Visqueux. Du sang.

Il oriente la lumière sur le revêtement du sol. La mare pourpre s'étend sur la moitié du couloir et semble provenir des w.-c. communs.

Yazid enjambe la crue d'hémoglobine, place ses pieds de chaque côté et ouvre la porte. Il éclaire le trône ensanglanté.

Instantanément, il se retourne et vomit l'intégralité du contenu de son estomac.

Devant lui, une scène ignoble.

La vision la plus affreuse qu'il ait jamais eue.

8

Vendredi 14 avril 2017, 23 heures.

Julie n'arrive pas à se calmer.

De quelle façon Malee lui a parlé !

Salope toulousaine…

Cette petite garce va le regretter. Julie se le jure. Cependant l'infirmière a frappé là où ça fait mal. Un point sensible. Depuis l'altercation, Julie potasse le dossier de M. Dupain, à nouveau, avec un sentiment effroyable de culpabilité. Malee a réussi à l'ébranler, à semer le doute, à la faire se remettre en question. Julie réfute toute responsabilité dans la mort de son patient. Elle n'y est pour rien. C'est l'infirmière qui a merdé quelque part. Elle, elle a fait tout ce qu'il fallait. M. Dupain n'est pas mort par sa faute !

Ses joues sont toujours empourprées, son cœur bat à plein régime et l'adrénaline de l'engueulade tarde à retomber dans son organisme sous tension.

Comment survivre de nos jours sans Internet ? Comment faisait-on avant ? Julie se pose la question, écœurée de ne pas pouvoir surfer sur une page web, sur Snapchat ou simplement Facebook. Un verre. Un putain de verre d'alcool. Juste un. Julie en bave. Elle fantasme sur l'effet euphorisant d'un shooter, n'importe lequel, du moment qu'il la fasse s'évader de cette soirée cauchemardesque. Mieux ! Un shooter dans le nombril d'Olivier. Enivrant et sensuel. Très coquin ! Ça y est, elle pète les plombs.

Une fois encore, son regard se pose sur le dossier entrouvert d'Archibald Tourmenteur. Encore toi, pense Julie. Toujours toi… Dorénavant, elle peut mettre un visage sur le nom « Tourmenteur ». Elle visualise cette tête disproportionnée, ce front interminable, cette mâchoire proéminente de carnassier, cette expression figée dans les méandres de l'inconscient. Les traits tirés pour toujours. Pétrifié. L'esprit déjà dans l'au-delà. Un faciès sculpté par la mort.

Julie en a des frissons.

Elle se retrousse les manches et, avec étonnement, constate qu'elle a la chair de poule. Les poils fins et blonds presque invisibles sur ses bras sont tout hérissés. Elle souffle sur sa mèche, déboutonne le bas de sa blouse pour croiser les jambes et se laisse aller dans le fond du fauteuil. Elle respire profondément et poursuit sa lecture.

Compte rendu du Pr René Moutrut, chef du service de psychiatrie de l'unité d'hospitalisation spécialement aménagée (UHSA), unité pour malades difficiles, centre hospitalier de Cadillac.

Séance du 05/09/1996

Patient : Archibald Tourmenteur

Ce matin, je me suis réveillé avant la sonnerie du réveil. Excité. Impatient. Archibald va-t-il tenir sa promesse ? Va-t-il me raconter sa vie, comme il me l'a annoncé hier ? Respectera-t-il les clauses du marché ? Et, d'un point de vue purement théologique, réussira-t-il à me faire croire en Dieu ?

J'ai ressassé toute la nuit les phrases qu'il m'a dites. Je les ai toutes en mémoire. Je ne comprends toujours pas pourquoi il m'a parlé de religion. Rien dans mes propos n'a pu l'aiguiller dans cette direction. Je suppose qu'il avait déjà décidé d'aborder le sujet. Soit, pourquoi pas ? C'est une base comme une autre pour démarrer notre relation. J'espère juste qu'il ne va pas partir dans un panel de délires mystiques incohérents. Connaissant sa réputation, j'en doute.

Avant la séance, je réunis tous les documents administratifs envoyés par le directeur de la Santé à Paris. Un monticule de photocopies. État civil, extrait de naissance, carte de Sécurité sociale et de mutuelle, permis de conduire, casier judiciaire, des rapports psychiatriques et même des feuilles de paie, des avis d'imposition, un procès-verbal, des témoignages, des attestations d'assurances et diverses factures. Plus vraiment mon domaine de compétence.

Archibald Perceval Ulysse Tourmenteur est né le vendredi 13 avril 1962 dans le XVe arrondissement de Paris. Son père, Alain Tourmenteur, est un architecte réputé dans la France entière. Il a participé, entre autres, à la construction du phénomène architectural de l'époque, le plus célèbre des gratte-ciel parisiens, chez lui, sur la rive gauche de la Seine, dans son quartier du XVe : la fameuse tour Montparnasse. La mère d'Archibald, Michelle Tourmenteur, est femme au foyer et s'occupe exclusivement de son fils unique. À sa naissance, Archibald est un petit Parisien tout ce qu'il y a de plus ordinaire, cajolé, bercé, entouré d'amour, dans un foyer aisé, harmonieux, disposant de tout le confort nécessaire pour s'épanouir. Une mère attentionnée, à l'écoute, qui prend soin de son petit prince. Un père travailleur, strict mais juste, qui donne au petit Archibald toutes les chances pour réussir dans la vie. Ils partent en vacances chaque été au bord de l'océan, en Bretagne, à Saint-Malo, ils pratiquent des loisirs en famille, des sorties éducatives, des soirées jeu de société, bref les Tourmenteur représentent la famille modèle, survivant à la crise économique des années soixante-dix. Le carnet de santé d'Archibald est minutieusement rempli, ses vaccins sont scrupuleusement mis à jour, sa courbe de croissance est tracée avec soin et les paliers inscrits au crayon à papier sur le mur de sa chambre, datés avec précision. Un cadre idyllique pour grandir.

Quand je lis ça, je m'interroge. Rien ne prédestinait Archibald Tourmenteur à la vie qu'il a vécue. Ça me change des histoires d'orphelins violés et séquestrés par leur famille d'accueil, des pères alcooliques violents qui se défoulent à coups de ceinturon sur leur fils, des jeunes filles abusées, humiliées, qui enchaînent les automutilations et les tentatives de suicide pour appeler à l'aide.

J'ai croisé toutes sortes d'horreurs dans ma carrière. Malheureusement, c'est le métier qui veut ça. Des histoires de vie impossibles, inimaginables. Des pères ou des mères qui torturent leurs enfants et leur font subir les pires sévices. Vous n'avez pas idée de ce que j'ai déjà entendu. Ces traumatismes survenus dans l'enfance me permettent parfois de comprendre le comportement des patients ayant atteint, je ne sais par quel miracle, l'âge adulte.

Mais, quand j'examine le cas d'Archibald Tourmenteur, je suis perplexe. En trente ans de carrière, je n'ai jamais rien vu de semblable. Je n'ai jamais rien lu d'aussi « normal ». Et quand je compare ce qu'il a fait avec le récit de son enfance, je ne comprends pas. C'est incohérent. Illogique. Les chiens ne font pas des chats. Un enfant battu aura plus de chances de reproduire ce cycle de violence avec sa progéniture. C'est indéniable. Idem pour les victimes de viol, d'inceste et autres monstruosités. Ils partent avec un handicap dans la vie. Une marque au fer rouge. Indélébile. Une prédisposition à la déviance. Mais, devant les rapports d'Archibald, je reste sans voix.

Les premiers éléments dont je dispose me confortent dans ma première impression : cet homme est une énigme. Son cas est aussi passionnant qu'intrigant. Qu'est-ce qui a pu se passer dans sa vie pour qu'il devienne celui dont tout le monde parle ? L'homme qui a terrorisé la France. L'homme dont on prétend qu'il a fait plus de victimes que la grippe. J'espère qu'il se livrera, comme il me l'a promis.

J'accompagne l'aide-soignant et le gardien jusqu'à la chambre d'isolement d'Archibald. Je déroge au protocole, et alors ? C'est moi, le patron. Nous gagnons la salle d'entretien et, sans le lâcher des yeux, j'observe Archibald, pieds et poings liés, s'installer silencieusement devant moi. Spontanément, avant même que j'ouvre la bouche, il prend la parole : « Tout a commencé avec un merle. » Pris au dépourvu, je lui demande de répéter.

« Vous vouliez savoir quand je me suis rendu compte de mon potentiel ? N'est-ce pas ? »

J'approuve un peu trop vivement, heureux qu'il tienne parole mais curieux de la tournure que vont prendre les événements.

Immobile, parfaitement droit, les yeux plongés dans les miens, il reprend son histoire : « Donc c'était un merle. Noir. Grand. Magnifique. Posé sur le balcon de notre appartement du XVe. J'avais deux ans et je n'avais jamais rien vu de semblable. D'aussi beau. Un être vivant capable de voler, librement. Où bon lui semblait. Il m'a fasciné. Ma mère, constatant mon émerveillement face à ce merle, a décidé de m'offrir un livre sur les oiseaux. »

Je l'écoute attentivement. Il déballe tout. Il s'exprime avec éloquence, distinctement, sa voix grave est captivante. Presque ensorcelante. Son ton est posé, calme et monocorde. Inexplicablement, je me sens envoûté. Hypnotisé. Dans un état second. En transe. C'est la première fois qu'une voix me transporte comme ça.

Archibald a appris à lire, seul, grâce à ce livre sur les oiseaux. À deux ans. En un rien de temps, il assimile tous les noms d'oiseaux que le livre contient. À cinq ans, il en connaît plus de dix mille. Ses parents l'emmènent régulièrement au zoo de Vincennes, où il admire avec enchantement les volatiles. Il a une préférence pour les rapaces.

À l'école, il saute les classes, apprend tout plus vite que les autres. Pour lui, toutes les matières sont faciles, évidentes. Ses instituteurs n'ont jamais vu ça. Devant ses capacités de mémorisation et de compréhension, ses parents lui font rencontrer un pédopsychiatre. Le verdict tombe : QI de 176 ; Archibald Tourmenteur est un surdoué. Il pourra faire ce qu'il veut dans la vie.

C'est un petit garçon timide, déjà grand pour son âge, réservé et solitaire. Il ne parle presque pas. Il reste cantonné dans son mutisme, fuit le regard des autres et s'exprime uniquement quand il ne peut pas faire autrement. Exclu par ses copains de classe, il fait l'objet de moqueries et de mauvaises farces. Les récréations sont un enfer. Le petit Archibald est le souffre-douleur de son école. Son génie n'est pas accepté par ses camarades. Il est jugé différent, bizarre, anormal. Les coups pleuvent, les insultes fusent, le « chouchou de la maîtresse » est obligé de se cacher dans la cour ou de rester dans la salle de classe pour éviter la cruauté des autres élèves.

En toute logique, ses parents lui font intégrer une école pour enfants précoces. La pionnière en région parisienne. Un établissement privé, réservé à une élite, et qui coûte honteusement cher. Là encore, l'intégration est difficile, les relations avec ses camarades, complexes, et, à la demande des parents d'élèves et du conseil d'administration, le petit Archibald est expulsé pour « perturbation de la vie scolaire ». Les élèves sont tous issus de milieux particulièrement aisés, de l'aristocratie d'après-guerre, et Alain Tourmenteur, malgré sa réputation, ne peut aller contre les pressions que subit la direction. Archibald est banni.

Il suit alors des cours à domicile jusqu'à l'âge légal pour entrer au collège. En attendant la rentrée, il passe ses journées à lire, seul ou avec sa mère. Il adore lire. Livres de science-fiction, d'aventures, thrillers, policiers, les ouvrages s'empilent dans sa bibliothèque. Quand il lit, Archibald se sent bien. Il oublie tout, s'immerge dans sa bulle fictive, fuit la réalité éreintante de son enfance compliquée. La littérature le fait rêver, s'évader de son quotidien et stimule son imagination.

Il entre au collège à neuf ans, dans une classe spécialement aménagée pour les enfants précoces, au sein de l'établissement Georges-Duhamel, à cinq minutes à pied de l'appartement de ses parents, rue du Général-Beuret, dans le XVe arrondissement. Archibald est le plus jeune élève de sa classe. Mais il s'y plaît. Il se fait des copains. Il joue avec ses camarades et n'éprouve plus ce sentiment d'exclusion qui l'oppresse depuis l'école primaire. Archibald est heureux. Pour la première fois de sa vie, il rit. Il s'amuse. Il parle. Il s'ouvre aux autres et apprend à vivre en communauté.

À cette époque, la vie est belle dans le XVe arrondissement de Paris. Les Tourmenteur forment un couple comblé, leur fils unique rayonne de joie. Jusqu'à ce jour du 17 octobre 1972. Le jour du traumatisme. Le jour où Archibald va…

Un grincement.

On frappe une série de coups brefs et répétitifs à la porte de la salle des internes.

Julie manque pousser un cri. Elle pivote sur le fauteuil à roulettes, bien décidée à passer un savon à ce visiteur impromptu. Sa colère s'évanouit à la seconde où elle reconnaît le visage de Yazid, pâle comme un linge, qui contraste avec l'obscurité du couloir derrière lui.

L'aide-soignant jette un œil à gauche, à droite, puis entre dans la pièce sur le qui-vive. Julie comprend aussitôt qu'il y a un problème. Elle ne l'a jamais vu dans un tel état. Un état de peur panique.

Yazid referme la porte sans faire de bruit. Il approche le siège voisin de Julie, s'assoit dessus, se penche et plonge ses yeux vitreux dans les prunelles de la grande interne. Sans préambule, il lâche sa bombe :

— Julie, il y a un assassin dans l'hôpital.

Vendredi 14 avril 2017, 23 h 20.

Chloé observe le déluge.

Elle est installée sur la banquette de la salle de pause, le dos au mur, le menton posé sur ses genoux repliés. Ses bras encerclent ses jambes, fermement, comme pour se protéger du monde extérieur.

Ses yeux bleus se perdent à travers la fenêtre, dans le néant, vers le lacet du Lot qui entoure l'isthme et isole l'hôpital du reste de l'humanité. Chloé devine les berges inondées, les arbres déracinés, les pylônes électriques arrachés à leur socle en béton, les coulées de boue et la pluie cinglante qui se déversent dans le fleuve. Tout ce qu'elle voit n'est que paysage d'ombres et de ténèbres, dardé par les éclairs fulgurants de l'orage.

Sur le poste de télévision, la neige crépite toujours dans le petit écran. Chloé n'a pas la force de chercher la télécommande. Ses yeux sont rouges comme si elle était allergique à cette soirée désastreuse. Elle n'arrive pas à stopper l'hémorragie de larmes. Elle alterne les pleurs et les sanglots depuis qu'elle est toute seule dans la salle de pause. Ses vannes lacrymales sont grandes ouvertes – impossible de fermer les écoutilles.

Chloé en est sûre : Archibald a bougé. Elle ne se fie pas complètement au jugement de Julie. Même si la grande interne soutient que c'est impossible, Chloé, elle, sait ce qu'elle a entendu. Serait-il possible qu'elle déraille ? Comme le prétendent sa mère, ses collègues, les médecins ? Peut-être est-elle arrivée à un point de saturation tel qu'elle s'imagine des choses ? Hallucine-t-elle ? Et si Malee avait raison ? Et si ce froissement de draps n'était que le fruit de son imagination ? Le contexte de cette nuit éprouvante pourrait expliquer qu'elle ait eu un moment d'absence, un égarement. Paniquée comme elle est, elle aurait pu tout inventer, fabuler et croire possible l'impossible.

Le souffle haletant, Chloé essuie ses yeux globuleux et humides. Elle doit se ressaisir. Prouver qu'elle peut être forte. Pour que son Sylvain soit fier d'elle. À la seconde où elle décide de relever la tête, la porte de la salle de pause s'ouvre violemment. Chloé perd aussitôt ses moyens.

— T'es toujours là, toi ?

Malee siphonne toute la motivation de Chloé en une seule question, ouvre le frigo, râle et s'assoit lourdement autour de la table.

— Je… Oui… balbutie Chloé qui sent de nouvelles larmes affluer.

Les yeux bridés de Malee dévisagent sa collègue avec dégoût. Elle sort son smartphone de la poche de sa blouse, déverrouille l'écran et, se remémorant l'absence de réseau, insulte l'appareil en l'expulsant à l'autre bout de la table. Chloé sursaute. Les gestes brusques de Malee l'intimident et la rendent nerveuse. En ce moment, tout ce dont elle a besoin, c'est des bras protecteurs et bienveillants de son Sylvain. Elle veut son câlin du soir. Un instant de tendresse.

— Bon, t'en es où ? Il te reste des trucs à faire ? aboie Malee en s'affalant sur son siège.

— Je… Non. Mes prochaines injections sont à deux heures.

— OK. Et Yazid, il est revenu de Pinpinland ?

Chloé essaie de se calmer. Elle s'assoit. Ses Crocs roses entrent en contact avec le sol. Elle réajuste sa blouse – beaucoup trop grande – et affronte le regard hostile de Malee.

— Pas encore. En tout cas, je ne l'ai pas revu.

— Putain ! Quelle connerie, cette histoire ! Et l'autre conne toulousaine qui s'excite direct.

Chloé évite tout commentaire susceptible de jeter de l'huile sur le feu.

— Tu penses que Marc va bien ?

Malee lâche un rire sardonique.

— Marc, c'est un branleur. Bien sûr qu'il va bien ! Il doit être défoncé dans un coin ou en train de tirer son coup dans une chambre vide avec une des pétasses habituelles qu'il ramène.

Chloé est abasourdie. Elle renifle, déglutit face aux propos crus de sa collègue.

— Marc se drogue à l'hôpital ? Et il ramène des filles ?

— Mais tu crois quoi, toi, poupée jolie ? C'est un queutard fini, ce type ! Et il sniffe ou fume tout ce qui lui passe entre les doigts ! C'est un secret pour personne.

— Eh bé. Je savais pas.

— Tu m'étonnes, Cendrillon. S'il est sympa avec toi, c'est uniquement pour voir comment tu t'épiles sous ta petite culotte. C'est un pervers.

Chloé est choquée par les révélations de Malee. La curiosité efface peu à peu son chagrin.

— Il t'a fait des avances, à toi ?

Malee se lève et explose de rire.

— Tu m'as bien regardée ? Moi, avec ce type ? T'es folle, toi ! Mais il m'a draguée, ouais. Je l'ai envoyé bouler chaque fois. C'est un têtu, ce Marc. Bon ! Assez parlé de ce connard !

— Et tu sais qui il a déjà ramené ici ?

— Aucune idée et je m'en fous. T'as vu Noémie ? Je vais avoir besoin d'aide avec un patient, et comme Yazid joue les toutous aventuriers sur la demande de Miss Casse-couilles…

— Non, en fait, ça fait un moment que je ne l'ai pas vue. Je dois aller *nurser* M. Tourmenteur avec elle, en plus.

— Quelle branleuse, celle-là aussi ! Hôpital de merde ! Vivement que je me tire ! Et aucun de vous ne me manquera !

Malee la harpie sort de la salle de pause. Chloé se laisse aller contre le fond de la banquette, soulagée par le départ de sa collègue. Elle prie pour que le vœu de Malee – quitter le centre hospitalier de Saint-Florentin – soit exaucé dans les plus brefs délais. Et même avant.

Chloé se lève, un peu contrariée. Et elle qui croyait être la seule à qui Marc avait ouvert son cœur.

Vendredi 14 avril 2017, 23 h 20.

Noémie tire sur sa cigarette comme une condamnée à mort. Elle la fume jusqu'au filtre et jette le mégot brûlant dans les w.-c. Elle disperse la fumée avec ses mains – comme si ce geste pouvait atténuer l'odeur du tabac. La chasse d'eau risque de trahir sa présence, elle s'en veut aussitôt de l'avoir actionnée.

Elle est enfermée dans les w.-c. communs du service et ne souhaite voir personne. Tous ses collègues l'insupportent au plus haut point.

Personne ne la comprend. Toute sa vie, ses choix ont été critiqués. Elle a le sentiment permanent de n'être jamais à sa place, de toujours déranger. Son père s'est tiré – apparemment – avec une fille de vingt ans, dès sa naissance, et sa mère n'a jamais su l'écouter ni communiquer avec elle. Élevée par une factrice qui carbure au Ricard avant la première tournée du matin, Noémie s'est éduquée elle-même, endurant – année après année – les assauts répétés des habitants de Saint-Florentin.

Depuis le collège, la vie de Noémie est une longue désespérance. Elle subit les jugements, les colportages, les ragots. Et les rumeurs circulent vite dans un petit village. Elle est la cible de tous ceux qui cherchent un bouc émissaire à leurs problèmes existentiels, celle que les gens montrent du doigt. La marginale. Celle qui est différente. Celle qui est à l'origine de tous les problèmes en ce bas monde.

Personne ne comprend son régime alimentaire. Noémie est végane. Elle est adepte de l'antispécisme et place toutes les espèces sur un pied d'égalité. Elle maudit ceux et celles qui, par égoïsme, maltraitent et exploitent les animaux pour rassasier leurs besoins primaux. Elle ne mange pas de viande ni de poisson, aucun dérivé des matières animales. Elle est une végétarienne 2.0, et persiste à expliquer à sa mère qu'elle ne souffre d'aucune carence. Son mal est bien plus profond.

Personne ne comprend son orientation sexuelle. Noémie n'aime pas les mecs. Point. C'est comme ça. Elle aime les filles. C'est tout. Il n'y a pas d'explication, pas de traumatisme ou autre ineptie liée à son enfance, elle préfère les femmes. Elle revoit encore le mépris dans les yeux de sa sœur Mathilde ; trente-quatre ans, mariée, deux enfants, directrice d'une agence bancaire à Bordeaux, quand elle lui a révélé ses penchants. Mathilde est sa demi-sœur, leur mère a été engrossée par un autre homme que le père de Noémie – encore un – et la réussite dans la vie de son aînée ne cesse de renvoyer Noémie à ses échecs, ses désillusions. Sa vie sentimentale notamment, qui déroge aux mœurs rurales, et a été synonyme d'un parcours du combattant : amourettes clandestines ; parties de cache-cache avec les autres ados de Saint-Florentin ; sorties nocturnes pour assouvir ses fantasmes jugés contre nature.

Personne ne comprend son look. Dans une région comme Saint-Florentin-sur-Lot, les vêtements noirs – style gothique –, les teintures de cheveux, les piercings au nez, aux oreilles, au nombril, à la langue ou les tatouages apparents ne passent pas inaperçus et font mauvaise impression.

Depuis son adolescence, elle collectionne les CD de hard rock, de heavy metal, de rock progressif, de punk. Elle se plaint de ne pas être née à la bonne époque. À vingt-quatre ans, Noémie est incollable sur les vieux groupes – des années soixante-dix à deux mille – avec une préférence pour le début des années quatre-vingt-dix. Elle a grandi avec les paroles de *Nirvana*, bercée par des riffs de guitare électrique. Et comme son idole – Kurt Cobain – elle a tenté de mettre fin à ses jours. À de nombreuses reprises. Cachets, entailles aux poignets : Noémie a tout essayé. Timidement mais sûrement. Un murmure à l'aide que personne n'a entendu. Elle a été hospitalisée un mois après une tentative de suicide médicamenteuse au Témesta, sur la demande d'un tiers – sa mère – qui, ironiquement, laisse traîner ses saloperies chimiques en plaquettes partout dans la maison.

Après une année épouvantable au guichet du bureau de poste de Saint-Florentin – exposée comme derrière une vitrine – à encaisser les désagréments, les regards en coin, les insultes, elle passe le concours d'aide-soignante et obtient son diplôme l'année d'après. Elle désire se spécialiser en psychiatrie, rencontrer ceux qui ont subi des traumatismes, se fondre avec les névrosés, les psychotiques, les aliénés, les gens étiquetés « différents ». Eux au moins ne la jugeront pas. Mais, comme si le destin s'acharnait sur elle, aucun établissement du département ne retient sa candidature et, la mort dans l'âme, Noémie accepte le poste en médecine interne à Saint-Florentin. Elle y travaille depuis deux ans, mais elle a l'impression que ça en fait dix.

Incapable de voler de ses propres ailes, elle vit dans une chambre de bonne, au-dessus de chez sa mère, près de la mairie, toujours à Saint-Florentin. Elle rêve de partir mais elle manque de courage et d'ambition. Même se tuer, elle n'y arrive pas. Noémie a perdu le goût de la vie. Dire qu'elle souffre de dépression est un euphémisme. Noémie ne va pas bien. Vraiment pas bien. Et depuis très longtemps.

Penchée sur le lavabo, elle s'observe dans le miroir. Une jeune femme extrêmement pâle et maigre la regarde : cheveux noirs et lissés qui encadrent son visage fin et camouflent ses oreilles percées et décollées, nez aquilin avec un diamant noir sur la narine droite, yeux marron foncé où aucune étincelle ne s'allume. Un serpent enroulé dans une tête de mort orne son cou, des symboles sataniques pigmentent sa peau sur sa nuque et derrière les lobes de ses oreilles.

Soudain, elle entend qu'on l'appelle dans le couloir. Elle sait qu'elle ne pourra pas se cacher éternellement dans les toilettes. Elle reconnaît l'accent exagéré du Sud-Ouest de cette sainte nitouche de Chloé.

Noémie déteste Chloé. Autant que Yazid, Malee et cette grande perche d'interne médisante des hôpitaux de Toulouse. Contrairement à ses « collègues », Noémie se fout de la tempête. Qu'elle se lamente dans le service ou au-dessus de chez sa mère, son destin tragique l'accompagne partout. Comme une ombre malfaisante. Alors, ici ou ailleurs, quelle importance ? Son monde sera toujours tout noir.

Son nom résonne encore dans le couloir. Noémie doit sortir. Elle ne peut plus se défiler.

Cependant, elle a oublié un détail.

Ses mains sont couvertes de sang.

9

Vendredi 14 avril 2017, 23 h 25.

Julie emboîte le pas aux Nike Air de Yazid.

Sous les déflagrations de l'orage, ils progressent à pas feutrés dans le hall central du centre hospitalier. Le sas de l'entrée est en miettes, le sol est trempé, une partie du plafond s'écroule. Des bruits électriques crépitent dans la cafétéria inondée, des câbles d'alimentation jonchent le revêtement humide. Des étincelles bleues jaillissent par endroits. Des panneaux entiers se détachent de la façade et s'amoncellent sur les parterres boueux, devant le parking, érigeant une barricade de tôle improvisée.

Le vent s'engouffre dans le hall, éparpillant le contenu des poubelles éventrées, des distributeurs automatiques en morceaux, les formulaires d'admission entreposés sur le guichet d'accueil et les revues de la boutique du Relais H.

Julie se croit dans un épisode de *The Walking Dead*. Elle s'attend à tout moment à voir surgir un groupe de zombies. Elle suit Yazid comme son ombre, encore sous le choc de la terrible révélation de l'aide-soignant.

Julie, il y a un assassin dans l'hôpital...

En trois mois, Julie n'a jamais vu Yazid dans un état pareil. Venant de n'importe qui d'autre dans le service, elle aurait pris cette information avec des pincettes, attendant de constater par elle-même l'étendue de la tragédie pour se faire sa propre idée. Mais, annoncée de la bouche du jeune homme, Julie est certaine que quelque chose de terrible s'est produit. Yazid est celui en qui elle a peut-être le plus confiance. Elle ne met pas sa parole en doute.

Le premier étage de l'EHPAD est entièrement plongé dans le noir. Toutes les portes sont fermées.

— C'est par ici.

La voix de Yazid est fébrile, hésitante. Il susurre, ostensiblement effrayé. Il indique la direction à suivre et Julie se laisse guider. Le couloir s'ouvre sur une vaste salle à manger. Les chaises sont rangées autour des tables, en cercle, les couverts sont déjà installés pour le petit déjeuner du lendemain matin. De l'autre côté de la baie vitrée, le ballet aérien des bourrasques poursuit sa représentation aqueuse. La tempête ne semble pas décroître et reste en vol stationnaire au-dessus de l'isthme.

Julie s'arrête à côté de Yazid, devant les w.-c., qui jouxtent la salle à manger. Une odeur rance, nauséabonde, parfume l'atmosphère déjà pesante. Une flaque sombre s'étend au milieu du couloir, jusqu'à leurs pieds. Un coup de tonnerre fait sursauter Julie. Elle tente de conserver son calme, jette un regard inquiet en direction de la porte. Yazid lui conseille de contourner la marée sanglante et recule de quelques pas. Son visage est d'une sévérité troublante.

Julie souffle pour se donner du courage. L'odeur qui se dégage est infecte. Elle pointe la lumière de son smartphone vers la poignée. Jambes écartées, le bassin en arrière, elle pousse la porte. Le halo de la lampe tactile livre une vision d'épouvante.

Marc est assis sur les w.-c. Son pantalon blanc et son caleçon sont baissés sur ses chevilles – comme si on l'avait dérangé pendant la grosse commission. Son torse n'est plus qu'une bouillasse brune et rouge en lambeaux. Abject. Le haut de sa tenue est lacéré de dizaines et de dizaines d'entailles, plus ou moins profondes. Ses parties génitales ont été transformées en une purée de viscères, d'appendices de chair en décomposition et de caillots de sang coagulé. Méconnaissable, sa tête est projetée vers l'arrière, contre le mur. Son visage est déchiqueté, cisaillé, zébré de lacérations. Yeux crevés. Sourire immonde anormalement large. Ses oreilles – à moitié arrachées – pendent de façon répugnante – comme celles d'un cocker –, la pointe de son nez est sectionnée. Une plaie horizontale, béante, transperce son cou, dévoilant sa trachée et ses cordes vocales. Sa gorge tranchée vomit une collerette de sang pourpre, déjà sèche, qui cascade vers son buste tailladé. Le corps de Marc ressemble à un tableau macabre, exécuté avec un pinceau tranchant. Un déversoir de haine. Un déchaînement de violence.

Julie réprime un haut-le-cœur. Elle porte la main à sa bouche, recule et se laisse glisser le long du mur. En état de choc. Quelle horreur ! Comment un être humain peut-il être capable d'infliger un tel châtiment ? Comment peut-on contenir autant de violence en soi ?

Comment peut-on en arriver à faire ça ? Julie tremble. Elle n'en revient pas. Elle refuse de croire à ce qu'elle a vu. Un meurtre abominable a été commis et le personnel présent dans l'hôpital – suspects potentiels – se compte sur les doigts d'une seule main. L'état d'urgence est déclaré.

— Viens ! On se casse.

Yazid tend une main moite à la grande interne et l'entraîne dans le couloir. Ils font le tour du service endormi, paisible, à mille lieues de se douter de ce qu'il s'est passé dans les w.-c. Ils entrent dans la salle de soins de l'étage. Yazid se hisse sur la paillasse. Julie attrape un gobelet de la fontaine à eau et le remplit.

— On fait quoi, maintenant ? C'est la merde, là ! La grosse merde !

Julie observe Yazid. Le jeune homme gesticule, ses pieds vibrent contre les placards, ses yeux balaient le secteur avec frénésie. Il se mord l'intérieur des joues et fait craquer les articulations de ses doigts.

— Laisse-moi deux minutes, je réfléchis, quémande Julie en décalant le clavier de l'ordinateur avec ses fesses et en s'asseyant sur le bureau.

Soudain, Yazid frappe de toutes ses forces contre l'armoire à pharmacie.

— Putain ! Yazid ! Arrête ! Tu vas réveiller tout le monde.

— C'est un truc de fou ce qu'il vient de se passer ! crache-t-il en massant son poignet douloureux à cause du coup de poing. Merde ! Merde ! Merde !

— Parle moins fort !

— Non mais t'as vu dans quel état il est ? Bordel ! C'est quoi, ce délire ? On est où, là ? C'est vraiment la merde, Julie !

— Parle moins fort, bordel ! Si les vieux se réveillent, bonjour la panique générale.

— Parce que c'est pas déjà la panique, pour toi ?

— Si, mais n'envenimons pas la situation.

— Réveille-toi ! Un fou furieux se promène dans l'hosto ! C'est déjà une putain de situation !

— Baisse d'un ton, Yazid, merde ! Faut qu'on soit le plus discrets possible. Les vieux doivent pas voir ce bain de sang.

Yazid extrait son smartphone de la poche de sa blouse.

— Tu fais quoi ? demande Julie.

— Il faut prévenir les flics.

Julie secoue la tête. Sa mèche retombe devant ses yeux.

— Même si on arrive à les joindre, ils ne pourront jamais venir jusqu'ici. La départementale est bloquée, le Lot déborde et aucun hélico ne peut décoller avec ce temps.

— Et tu veux faire quoi d'autre ? On n'a pas le choix, on doit appeler les flics. T'as une meilleure idée ?

Julie a du mal à réfléchir. La vision du veilleur de nuit sur les w.-c. l'empêche de se concentrer. Yazid s'excite sur son portable.

— Merde ! lâche-t-il. Le 17 et le 18 ne marchent pas sans opérateur ! Merde !

— Essaie le 112, propose Julie en se rapprochant de l'aide-soignant.

Lors de ses nombreux voyages, Julie a toujours pris le temps d'apprendre les numéros d'urgence internationaux. Yazid compose celui de l'Union européenne. Il plaque le mobile contre son oreille. Son souffle est saccadé.

Tonalité !

— Ça sonne ! beugle Yazid.

— Moins fort !

— J'ai… Allô ? Allô ? Hein ? Putain, je comprends rien !

Yazid obstrue les haut-parleurs du smartphone avec son autre main et se tourne vers Julie.

— Tu parles espagnol ? Je capte rien à ce que la meuf me dit.

Julie, honteuse, fait signe que non de la tête. Elle culpabilise car, si Yazid savait qu'elle a passé deux mois à vadrouiller en Amérique du Sud, il ne manquerait pas de lui reprocher méchamment de ne pas pouvoir aligner deux mots d'espagnol.

Yazid s'énerve.

— Écoutez-moi ! Je suis à Saint-Florentin-sur-Lot, c'est la tempête. Y a un type qui s'est fait trucider dans les… Allô ? Allô ? Non ! Merde !

— Putain, Yazid, moins fort !

— La conne, elle a raccroché !

— Les plates-formes d'appels sont parfois hébergées dans d'autres pays avant que les communications soient orientées vers les flics, les pompiers ou le SAMU.

— Fait chier ! On ne peut prévenir personne, alors ?

— On doit se débrouiller.

— T'as une idée ?

— Il faut condamner l'accès aux chiottes. Personne ne doit voir ça. Si un résident tombe sur le cadavre, la situation deviendra ingérable. On devrait aussi nettoyer le couloir pour que personne ne glisse sur le sang.

— Et si c'était un des vieux qui avait fait ça ?

Sceptique, Julie ne sait pas quoi répondre, mais elle a du mal à imaginer un scénario qui inclurait une personne âgée.

— On devrait prévenir les autres, suggère Yazid.

Julie ouvre la bouche, puis la referme. Son instinct lui dicte d'attendre avant de mettre les filles au courant. Elle termine son verre d'eau, jette le gobelet dans un grand sac noir et ôte sa blouse.

— Viens. Avant, on va camoufler un peu ce massacre.

Elle récupère les clés des w.-c., le téléphone du service – pour les appels internes –, un stylo, une feuille de papier, du scotch, une pile de draps propres et des gants. Yazid et elle épongent et essuient le couloir du mieux qu'ils peuvent. Leurs smartphones, posés sur le sol, éclairent faiblement l'étage lugubre. Puis ils jettent le linge sale dans les w.-c. en se bouchant les narines.

Julie évite de regarder le trône ensanglanté. Mais, inconsciemment, c'est plus fort qu'elle. Son regard émeraude se tourne – comme aimanté – vers le veilleur de nuit sauvagement assassiné. Elle scotche la pancarte en papier sur la porte avec l'inscription « Hors-Service » notée dessus. Elle insère la clé dans la serrure, jette un ultime coup d'œil vers la monstruosité qu'est devenu Marc, quand un objet attire son attention.

Dans les plis du caleçon du veilleur de nuit, Julie remarque une faible luminosité.

Un smartphone.

En temps normal, elle sait qu'on ne doit toucher à rien ni déplacer quoi que ce soit sur une scène de crime. Élevée par un père commissaire divisionnaire de la PJ de Toulouse, abreuvée par des séries policières et des thrillers depuis son plus jeune âge, Julie n'est pas censée l'ignorer. Mais, comme personne ne viendra enquêter ici avant des heures et qu'elle va devoir cohabiter avec un meurtrier, elle prend la liberté d'entrer dans les w.-c. Laisser ses empreintes digitales est le cadet de ses soucis. En apnée, elle pose un pied sur le sol et attrape le téléphone de Marc en grimaçant.

— T'es folle ! Qu'est-ce que tu fous ?

Yazid, resté en retrait, se demande ce que fabrique la grande interne. Il trifouille sa barbe hirsute avec nervosité. Julie ferme les w.-c. à clé et se dirige vers la salle de soins en brandissant le téléphone.

— C'est le portable de Marc ? demande Yazid une fois qu'ils sont revenus dans la lumière de la salle de soins.

— Ouais. Peut-être qu'il y a des indices à l'intérieur.

Yazid observe Julie avec circonspection.

— Des indices, répète-t-il. Tu comptes mener une enquête, Miss Toulouse ?

Le trait d'humour décrispe le visage de Julie.

— Combien de fois t'as essayé d'appeler les secours ?

— C'est la cinquième fois, avoue Yazid d'une voix morne, en regardant son portable comme s'il le suppliait de trouver du réseau.

— Il faut se faire une raison. Personne ne viendra dans l'immédiat. Et si un psychopathe circule dans les couloirs, on va devoir s'en occuper nous-mêmes.

Yazid paraît interloqué.

— Tu sors d'où, toi ?

Julie sourit.

— Mon père était flic, genre une légende. L'ADN du poulet doit couler dans mes veines.

Yazid rend le sourire, à la fois impressionné et amusé.

— T'es sérieuse ? Tu veux vraiment qu'on trouve qui a fait ça ?

— On n'a pas le choix. C'est notre sécurité qui est en jeu.

Soudain, Yazid se fige.

— On n'a pas prévenu les autres ! Elles sont peut-être en danger !

— Chut ! Moins fort. Oui, il faut qu'on s'organise. Laisse-moi deux secondes, le temps de fouiller dans le portable de Marc.

Julie appuie sur le bouton central de l'appareil et glisse son pouce sur l'écran tactile. Yazid la rejoint et penche son crâne rasé par-dessus son épaule.

Par chance, aucun code de verrouillage n'a été configuré sur le portable. Julie surfe allègrement sur les pages d'applications. Marc semblait inscrit à tous les sites de rencontres possibles et imaginables : Élite rencontre ; Attractive World ; Meetic ; Easyflirt ; mais aussi des applis pour les aventures d'un soir : Tinder, Meexy, et d'autres – carrément obscènes. L'absence de réseau empêche Julie de consulter les profils Tweeter et Facebook de Marc, mais l'historique du navigateur Internet ne fait que confirmer l'addiction du veilleur de nuit aux sites pornographiques. Julie décide de se concentrer sur l'essentiel.

Boîte mail. Messagerie vocale. SMS.

Toutes les boîtes refusent de se mettre à jour. Les mails ouverts et le journal d'appels ne glanent aucun élément probant, aucune piste. Les correspondants sont exclusivement féminins et Julie ne reconnaît aucun nom. Elle suspend sa recherche sur les SMS.

Ses yeux verts se plissent. L'adrénaline de l'investigation envahit son organisme et une excitation morbide éclôt en elle. Son débardeur noir lui colle à la peau. Son souffle s'accélère. Elle sent qu'elle tient quelque chose.

Un message daté du jeudi 13 avril, envoyé à 21 h 30, l'interpelle. Et plus particulièrement l'émettrice : Malee CH.

10

Vendredi 14 avril 2017, 23 h 25.

— Noémie ? Noémie ?

Chloé fait le tour du service en appelant le plus doucement possible le prénom de l'aide-soignante volatilisée. Elle n'a pas envie de réveiller tout l'étage et sa gorge est tellement sèche qu'elle ne peut plus élever la voix.

— Quoi ? Y a plus moyen de pisser tranquille ?

Chloé manque pousser un cri. Elle pivote sur ses Crocs roses et observe Noémie qui s'est matérialisée dans son dos – comme par magie – devant les w.-c. du service. Les joues de la jeune diplômée s'empourprent instantanément.

— Tu… T'as besoin d'aide ? Tu as vu M. Tourmenteur ?

— Non. Il me reste que lui et après j'ai fini.

Chloé rassemble son courage.

— Tu veux de l'aide ?

Noémie émet un grognement en guise d'assentiment et les deux jeunes femmes font le tour du U jusqu'à la chambre 5 des soins continus. Elles s'habillent avant d'entrer dans la chambre sous isolement contact. Archibald Tourmenteur est allongé – comme dans un sarcophage – les bras le long du corps, les yeux fermés, ses orteils effleurant le pied du lit, sa mâchoire proéminente projetée vers le haut. Exactement dans la même position que quand Chloé l'a quitté.

Imperturbable, Noémie attrape des serviettes, une protection propre et des gants de toilette jetables. Elle pose son matériel sur la table de nuit avec nonchalance. Chloé appuie sur la télécommande du lit médicalisé pour le mettre à sa hauteur. Elle évite de regarder le visage figé d'Archibald – cette expression de mort peinte sur son faciès cadavérique – et fuit également le regard méprisant de Noémie. Chloé pense à son Sylvain. Elle se couperait volontiers un bras pour pouvoir le rejoindre dans leur maison de Saint-Florentin.

— Prends-le de ton côté ! éructe Noémie.

Chloé opine, baisse la barrière de sécurité, rassemble ses forces et tire les draps contre son opulente poitrine. Archibald est tourné sur le côté, face à elle.

— Monsieur Tourmenteur, on va vous faire un brin de toilette, récite-t-elle, comme on le lui a appris à l'école.

Noémie, agacée, lève les yeux au plafond sans cacher son exaspération, et souffle de condescendance. Avec froideur, à la limite de la brutalité, elle change la protection souillée de selles glaireuses du patient comateux. Chloé maintient Archibald contre son corps miniature, une main sur la cuisse, l'autre derrière le dos. Il a la tête posée sur ses seins mais elle n'ose pas bouger. Elle est pétrifiée. Ce visage squelettique, en contact avec sa blouse, l'horripile. Elle alterne des regards entre les courbes du scope qui indique les constantes vitales, les éclairs que lance Noémie, et les rides sur le front interminable d'Archibald Tourmenteur.

Chloé fait une crise de tachycardie. Des plaques apparaissent sur son torse.

Les volets fermés claquent contre la fenêtre. Le vent cogne contre les vitres. Un silence angoissant règne dans la pièce, seuls les bips des machines se font entendre. Les tracés sont réguliers, les paramètres sont stables. M. Tourmenteur dort. Un sommeil lointain, profond, uniquement accessible grâce à l'autoroute de l'inconscient.

Noémie prend une serviette, tamponne énergiquement là où elle a lavé et frictionne le dos immense d'Archibald avec une huile de massage. Chloé est en apnée. La proximité avec ce patient mystérieux la paralyse. Son cerveau est en ébullition. Et si Archibald se réveillait maintenant, que se passerait-il ? Pourquoi les gendarmes ont-ils déserté leur poste ? Combien de temps va encore durer la tempête ? Pourquoi Yazid met-il autant de temps à revenir ? Où Julie est-elle passée ? Pourquoi…

Soudain, elle hurle en reculant vers le mur.

La main d'Archibald a glissé et frôlé sa hanche.

— Qu'est-ce qui te prend ? l'engueule Noémie.

— Il a bougé ! répond Chloé, les larmes aux yeux, au bord de la crise de nerfs.

Privé du maintien de la jeune infirmière, Archibald s'est affaissé sur le côté, à l'extrémité du lit. Sa tête bascule dans le vide.

— Ça va pas mieux, toi ! Sa main était en équilibre. Elle est tombée. Arrête d'halluciner !

Chloé a le souffle saccadé, elle peine à recouvrer sa lucidité.

— J'ai eu peur, avoue-t-elle de sa petite voix fluette.

Exaspérée, Noémie secoue la tête sans répondre.

— On le tourne de mon côté ! exige-t-elle avec autorité.

Chloé respire un grand coup, surmonte sa peur et aide sa collègue. Archibald lui tourne le dos et ça la rassure un peu. Elle étudie les tracés du moniteur et constate que tout est normal. Aucune accélération du rythme cardiaque. Aucune anomalie. Archibald Tourmenteur est dans un état végétatif. C'est ma raison qui me joue des tours, pense Chloé en avalant le peu de salive qu'elle a dans sa bouche aride. Elle essaie de se convaincre.

— Tu ne trouves pas que ça fait longtemps qu'il est parti, Yazid ? demande-t-elle pour changer de sujet, en gardant le maximum de distance possible entre elle et Archibald.

Noémie fixe la protection propre, tire sur les draps et répond sans lever la tête :

— Pourquoi ? Il est parti où ?

Chloé, abasourdie, ne cache pas sa surprise.

— Ben… Voir si Marc va bien. Tu n'es pas au courant qu'il ne répond pas ?

— Non. Et je m'en fous. Il pourrait être en train de crever dans un coin la gueule ouverte que ça me ferait ni chaud ni froid.

Chloé décolle ses lèvres mais reste muette.

— Aide-moi à le remonter ! ordonne Noémie.

Les deux jeunes femmes agrippent Archibald sous les aisselles, poussent sur leurs jambes et tirent le patient vers le haut du lit.

— Mais ça ne te fait rien de savoir que les résidents de l'EHPAD sont peut-être sans surveillance ? demande Chloé, déterminée à faire éprouver de l'empathie à sa collègue.

— C'est pas mon problème.

Chloé est offusquée. Encore. Elle observe Noémie jeter le linge sale dans les panières dédiées à la chambre isolée – à cause de la malaria. Elle ajuste maladroitement les draps, l'oreiller, vérifie le débit des perfusions, contrôle la température corporelle d'Archibald et relève la quantité d'urine contenue dans la poche vésicale. Elle se plante au pied du lit et note les paramètres vitaux avec son stylo quatre couleurs.

Noémie est dans l'encadrement de la porte. Elle déchire sa surblouse et balance ses gants en direction d'un grand sac poubelle jaune. Chloé lui lance des regards en coin, encore chamboulée par ce qu'elle a entendu. Elle griffonne en toute hâte ses initiales sur la feuille de surveillance, effrayée par le comportement de Noémie et le corps inanimé d'Archibald qui s'étend devant elle.

Bruit électrique. Chloé laisse échapper son stylo. Couinement. Grincement. Bruit de vérin. Chloé lève la tête, ouvre grand ses yeux bleus et pousse un cri strident.

Archibald Tourmenteur s'avance vers elle. Il approche doucement. Son buste se redresse. Mécaniquement. Son visage creusé, inexpressif – paupières fermées – arrive à la hauteur de Chloé. Les ombres de la chambre glissent sur son crâne dégarni. Les grondements du tonnerre accompagnent son mouvement. Il est assis dans le lit. Immobile. Parfaitement droit. Et il avance encore. S'approche de plus en plus.

Chloé est collée contre le mur, tétanisée. Sa cage thoracique est prise de spasmes incontrôlables, anarchiques. Ses poumons sont vides d'oxygène.

Noémie passe devant elle comme une furie, lui jette un regard consterné et soulève la main droite d'Archibald, appuyée sur la télécommande du lit médicalisé.

— Ne me dis pas que c'est normal ! hurle Chloé, entre deux respirations saccadées. Il a appuyé sur le bouton !

— Sa main a ripé sur le bouton qui relève le dossier. Et tu sais comme moi qu'il est super sensible, ce lit.

— Ne me prends pas pour une conne, Noémie ! C'est lui qui a appuyé !

L'aide-soignante recule subrepticement. Elle n'a sans doute jamais entendu un mot aussi grossier sortir de la bouche de Chloé. Elle traverse à nouveau la chambre, frotte ses mains avec la solution hydroalcoolique et dévisage avec arrogance l'infirmière assise par terre. Ses cheveux noirs – raides comme un balai – fendent l'air quand elle sort précipitamment de la chambre.

Chloé se redresse péniblement. Elle longe le mur, comme si Archibald pouvait lui sauter à la gorge. Elle se déshabille à toute vitesse, sort dans le couloir et se laisse glisser le long du mur, à côté de son chariot de soins.

Elle se met à pleurer. Elle n'en peut plus. Cette nuit va l'achever. Cependant, la mine qu'a faite Noémie en sortant la conforte dans le sentiment qu'elle n'est pas encore complètement folle. L'aide-soignante elle-même ne paraissait pas convaincue par la thèse du doigt qui tombe sur la télécommande et actionne l'élévation du dossier.

Chloé s'essuie les yeux. Cette fois, elle en est sûre : Archibald a bougé tout à l'heure et il vient d'appuyer – volontairement – sur le bouton.

Ce type joue la comédie.

Vendredi 14 avril 2017, 23 h 28.

Malee se lave les mains dans l'office technique quand la sonnette retentit. Elle qui espérait se poser un peu, après avoir accompagné la dame de la 1 aux toilettes – sans l'aide de son binôme –, elle se dit que la sieste, manifestement, ce n'est pas pour tout de suite. Et comme elle a aperçu Marilyn Manson et Mère Teresa entrer dans la chambre 5 des soins continus, elle en conclut que ça va être pour sa pomme.

Elle noue sa queue-de-cheval devant la glace qui surplombe l'évier et observe les cernes qui se dessinent sous ses yeux sombres et bridés. Elle replie l'ourlet à la taille de son pantalon blanc trop grand pour elle – qui ne cesse de descendre – et arpente le couloir vert en rouspétant. La sonnette provient de la chambre 7, située à la base du U. Un voyant rouge clignote au-dessus de la porte, éclairant par intermittence l'étage éteint. Malee entre discrètement.

— Madame Fernandez ? Y a un problème ?

— Mes draps sont tout mouillés, annonce un accent portugais dans le coaltar.

Malee appuie sur le bouton vert du boîtier, fixé près des gonds de la porte, et interrompt le tumulte de la sonnette. Elle allume la veilleuse, se penche sur le lit pour évaluer l'ampleur des dégâts.

— C'est votre perfusion qui a coulé, madame Fernandez. Votre cathéter n'est plus en place. Je vais devoir en poser un autre.

La septuagénaire allongée en pyjama dans le lit hoche la tête pour confirmer qu'elle a bien compris, rassurée et soulagée que la fuite ne vienne pas d'une certaine partie de son anatomie. Elle est petite, menue, ses cheveux poivre et sel sont emmêlés et elle porte la marque de l'oreiller sur son visage ridé.

Malee stoppe le débit de la perfusion et sort comme un ouragan de la chambre 7.

Perfuser, ça, Malee sait faire. C'est même la meilleure. Elle a piqué des malades dans les quatre coins du monde et dans les services les plus techniques qui existent.

Née dans la province de Nakhon Pathom, à l'ouest de Bangkok, au sud de la Thaïlande, Malee a atterri à Paris avec sa mère à l'âge de sept ans. Elle n'a jamais connu son père et ne s'en est jamais plainte. Elle a fait sans. En réalité, elle n'en a jamais eu besoin. Elle possède la double nationalité – française et thaïlandaise – mais n'a plus parlé le thaï depuis son enfance. Elle a presque tout perdu.

En grandissant, elle a outrepassé ses origines, elle est devenue un être supérieur : une Parisienne. Infirmière depuis ses vingt-deux ans, Malee a travaillé comme intérimaire dans les services de réanimation de toute l'Île-de-France. Elle a enchaîné les vacations pendant quatre ans avant de tout plaquer pour partir effectuer des missions humanitaires. Haïti, Cambodge, Libéria, Soudan, Malee a prouvé sa dextérité et son assurance dans des contextes éprouvants, au-delà de l'imaginable. Elle a côtoyé ce qu'il y a de pire :

la guerre, la famine, les maladies, l'eau contaminée. Elle a un tempérament de femme forte, réaliste, qui ne se laisse jamais marcher sur les pieds. Elle attend sa prochaine mission avec impatience.

En attendant, elle est venue se perdre dans le trou du cul de la France par un concours de circonstances. Comme dans la plupart des problèmes qui surviennent : à cause d'un mec.

Elle a rencontré Driss – un grand Black craquant comme elle les aime – en Côte d'Ivoire, après sa dernière mission en Centrafrique. Et, comme une idiote, elle s'est installée avec lui à Montauban. Driss est infirmier et s'est révélé un authentique connard une fois de retour dans sa région du sud de la France. Leur relation a tenu un mois avant que Malee l'expulse à coups de pompe de leur appartement.

Aujourd'hui, elle se retrouve perdue dans le Sud-Ouest de la France – la honte – comme une vulgaire provinciale, célibataire, employée depuis neuf mois dans un minuscule centre hospitalier, peuplé de bouffons. Elle fait le trajet matin et soir et, une fois chez elle, elle consulte aussitôt ses mails avec l'espoir de pouvoir repartir dans une région du monde où l'on ait vraiment besoin d'elle et où elle puisse s'épanouir.

À trente et un ans, Malee relativise énormément. Ses voyages, son parcours de vie et ses expériences traumatisantes ont façonné une personnalité lucide, déterminée et très terre à terre. Elle sait la chance qu'elle a de vivre en France et ne supporte plus d'entendre ses collègues se plaindre. Certes, le travail est éreintant, fatigant, stressant, tout ce qu'on veut, mais si ses « collègues » savaient comment ça se passe dans les autres pays, ils la fermeraient tous, illico. Malee ne les supporte plus. Entre Miss Dépressive qui fume en cachette dans les w.-c., Miss Je-chiale-tout-le-temps dans son monde de Bisounours et Miss Hautaine-Toulouse qui prend tout le monde de haut et rêve de se faire culbuter par son Olivier, Malee sature. Il n'y a qu'avec Yazid, à la rigueur, qu'elle arrive à avoir une conversation un tantinet intéressante. Les autres la rebutent. Elles ne se doutent pas du confort qu'elles ont et cela l'exaspère.

Malee revient dans la chambre de Mme Fernandez avec un plateau rempli de matériel et un drap propre. Elle enlève le drap mouillé, le jette en boule sur le sol – rien à foutre de l'hygiène : c'est la nuit et elle est coincée ici depuis douze heures. Elle sort son matériel, repère une veine bien rebondie sur la main de Mme Fernandez et fixe son garrot.

— C'est ça qui vous a réveillée ? demande Malee en indiquant d'un signe de tête le linge humide sur le sol.

— Oh non, je n'arrivais pas à dormir.

— À cause de la tempête ? suppose Malee en entendant les volets claquer.

— Impossible de dormir avec tout ce raffut.

— Je vous comprends, madame Fernandez.

En entretenant la discussion, Malee désinfecte la peau, plante son cathéter et, d'un mouvement sec, monte le tube de plastique dans la veine. Mme Fernandez n'a rien senti.

— C'était vous, déjà, cet après-midi ? remarque celle-ci.

— Eh oui, à cause de la tempête, ma collègue de nuit n'a pas pu venir.

— Ma pauvre…

Mme Fernandez pose une main tachée et déformée par l'arthrite sur le bras de l'infirmière.

— La route est bloquée, explique Malee. Vous aviez de la visite, demain, normalement ?

— Ma fille doit passer avec mes petits-enfants. Vous pensez qu'ils viendront ?

— Honnêtement, j'en sais rien. Je ne sais pas le temps qu'ils vont mettre à dégager la départementale.

Mme Fernandez opine tristement.

— Vous avez du courage, admet-elle.

Malee esquisse un sourire complaisant.

— J'ai pas le choix.

Soudain un hurlement retentit.

— Que se passe-t-il ? demande Mme Fernandez, paniquée.

— Ne vous inquiétez pas, c'est ma collègue qui craque, répond Malee qui a reconnu la voix aiguë de Poupée Barbie Chloé.

Elle applique l'adhésif sur le cathéter, branche la nouvelle perfusion dessus et règle le débit avec la molette.

— C'est terminé, madame Fernandez. Essayez de dormir un peu. Je vous promets de bâillonner ma collègue pour l'empêcher de crier à nouveau.

Mme Fernandez expose toutes ses dents en un sourire merveilleux – signe de gratitude, d'humour et de générosité. Cette fois, Malee lui retourne un franc sourire.

Que ce soit en Afrique, en Asie, dans les Caraïbes ou à Saint-Florentin-sur-Lot, un patient reste un patient. Malee note la même lueur de gratitude dans leur regard. C'est la seule chose qui puisse lui redonner le sourire en ce moment. C'est la seule raison pour laquelle elle continue de faire ce métier.

Elle ferme la chambre 7 quand un second cri résonne dans le service.

Qu'elle saute par une fenêtre, bon débarras ! pense Malee en imaginant Chloé réfugiée sous le lit de Tourmenteur. Elle dépasse la salle de soins, longe le couloir et entre dans l'office technique encombré.

Les poubelles sont entreposées n'importe comment sur les chariots surchargés. Les plateaux-repas s'empilent en équilibre sur la paillasse. Le bac à stérilisation déborde d'instruments métalliques et de plateaux usagés. Le sol colle sous les baskets de Malee, l'odeur du lave-bassin agresse ses narines.

Elle pose ses déchets dans le container – au sommet du tas – et force pour introduire son plateau vide dans le bac de désinfection. Que foutent les aides-soignants ? se demande-t-elle. Yazid est parti depuis un moment et Noémie est régulièrement introuvable.

Lavage des mains. Coup d'œil sur sa relève. Smartphone. Toujours pas de 4G.

Malee vomit mentalement sur les opérateurs nationaux et le réseau de téléphonie français. Elle qui vadrouille dans les régions les plus reculées du monde, elle juge inadmissible de ne pas avoir accès à Internet, ici, en France, et estime que le gouvernement a le devoir de lui assurer une connection à la 4G quand elle est sur le territoire. Pour services rendus.

D'une humeur toujours aussi exécrable, elle pousse le chariot contenant ses dossiers dans la salle de soins, s'affale sur un siège, pose ses baskets sur le bureau et passe ses mains sur ses cheveux plaqués en arrière par la queue-de-cheval.

Une nouvelle sonnerie retentit.

Elle entend Chloé et Noémie déblatérer de l'autre côté du service et comprend que c'est encore à elle d'aller répondre. *Fuck !* Elle repense à Chloé, à ses hurlements, et à la discussion qu'elles ont eue sur Marc dans la salle de pause. Malee se félicite de ne pas avoir tout raconté à l'échantillon d'infirmière au bord du *burn-out*. Si elle l'avait fait, le pays des merveilles dans lequel vit Chloé se serait effondré dans la seconde.

Malee a fait bien plus qu'écouter les avances de Marc. Elle y a succombé. Une fois. Une seule fois. Il y a un mois. Et il ne se passe pas une journée sans qu'elle s'en morde les doigts.

11

Vendredi 14 avril 2017, 23 h 50.

— Tiens, celui-là. Il est parfait.

— Hein ? Tu penses que c'est lui qui a massacré Marc ?

Yazid rend le smartphone de Marc à Julie en s'approchant de l'écran de l'ordinateur. Il transpire. Les derniers boutons de sa tenue sont ouverts, des touffes de poils bruns et drus s'échappent de l'encolure. Il reprend son souffle, récupère après avoir fait le tour du premier étage de l'EHPAD en sprintant afin de s'assurer que personne ne rôdait dans le service.

Julie réceptionne l'objet en dévisageant l'aide-soignant avec suffisance. Elle s'est liquéfiée, son débardeur noir colle à sa peau moite. Le choc de la découverte, l'adrénaline, le ménage du couloir, la peur du danger imminent et le SMS de Malee lui ont causé une grosse vague de chaleur.

— Mais non. Lui, il pourra nous aider.

— Nous aider à quoi ? C'est qui, ce type ?

Julie pivote sur son siège et observe Yazid comme un externe en médecine lors de son premier stage.

— Nous ne sommes pas assez nombreux pour nous occuper de tous les patients en même temps. On doit s'organiser, être méthodiques.

Yazid scrute la grande interne d'un air incrédule. Il ne semble pas voir où elle veut en venir. Ses carotides pulsent à vue d'œil, la sueur ruisselle dans sa barbe et sur la toison brune de son torse.

— Voilà le plan, poursuit Julie. On doit se séparer.

— On doit prévenir les autres ! l'interrompt Yazid en reniflant. Plus personne n'est en sécurité.

— Moins fort. Justement. On va s'organiser. On va morceler l'hosto et s'assurer, pièce après pièce, qu'il n'y a pas de danger.

— Tu ne veux pas appeler les autres ? répète Yazid, tenace et déboussolé.

— Si, mais pas de cette façon. Je pense qu'il faut les prévenir individuellement.

— Comment ça ?

Julie plonge ses yeux verts dans le regard sombre de Yazid. Elle cherche à capter toute son attention.

— Réfléchis, Yazid. Tu crois vraiment qu'un vieux est capable de faire ce qu'on a vu ?

— J'en sais rien. Mais si c'est pas un patient, ça veut dire que…

— Que c'est l'un d'entre nous, tranche Julie d'une voix implacable.

Yazid recule et avance les mains en signe de reddition.

— Oh ! Doucement, Miss Détective. Tu veux dire que c'est quelqu'un du service qui a tué Marc ?

— Y a des chances, oui.

Un ange passe dans la salle de soins de l'EHPAD.

Yazid gratte furieusement sa barbe hirsute.

— Non, attends, dit-il, et si un fou furieux était entré en douce, ou que quelqu'un d'autre était resté coincé ici ? T'y as pensé, à ça ?

— Oui. Mais jusqu'à preuve du contraire, je pense que l'assassin fait partie de l'équipe.

L'aide-soignant fronce les sourcils.

— Tu penses que c'est Malee, hein ?

— Tu as lu le message comme moi, non ?

Yazid secoue la tête en se levant et se met à tourner en rond.

— Même si j'avoue que le message est chelou, ça ne prouve rien !

— Chelou ? Tu déconnes, là ? Elle le menace ouvertement.

— Et t'imagines Malee mettre Marc dans un état pareil ! Non, impossible. Personne ne fait ça ! Y a que dans les films qu'on voit des trucs pareils. Seul un type complètement taré peut faire ça !

— Moins fort ! T'as raison, personne ne fait ça. Mais c'est arrivé. On doit s'y faire. Et ce SMS de Malee est notre seule piste. On doit l'explorer.

— L'explorer. Mais bordel, tu joues à quoi, là ? T'es profileuse, maintenant ?

— Yazid, écoute-moi. J'ai du mal à croire que Malee ait pu faire ça. Mais la réalité est que quelqu'un l'a fait. Aucun flic ne viendra avant un moment, donc, si on veut s'en sortir, on doit faire quelque chose. On doit enquêter.

— Et comment tu veux faire, alors ? C'est qui, ce vieux sur l'ordinateur ?

Julie croise les bras sur sa poitrine en méditant. Elle a effectivement du mal à imaginer un être humain en train de commettre ce qu'elle a vu dans les w.-c. Même si Malee est toujours d'une humeur acariâtre, froide, autoritaire, Julie doute qu'elle soit capable de s'abandonner à autant de haine et de violence. Car c'est le sentiment qui occupe l'esprit de Julie. Ce meurtre était d'une barbarie inhumaine, un déchaînement de rage, comme si une bête sauvage avait été libérée. Elle n'envisage pas qu'un inconnu puisse infliger ça à un autre inconnu – sauf si un psychopathe se promène librement dans l'hôpital. Non. Pour en arriver à un tel niveau de haine, Julie pense que le meurtrier a emmagasiné une frustration depuis des années, qu'elle est restée terrée – en sommeil – pendant longtemps, et qu'elle a explosé cette nuit. Ce meurtre a un caractère personnel. Marc connaissait son assassin.

Julie tapote l'angle du bureau pour inciter Yazid à s'asseoir. Elle a la tête qui tourne à force de voir l'aide-soignant remuer dans tous les sens. Elle a la nausée. Depuis la découverte du corps de Marc, de l'odeur, son estomac fait le yo-yo dans son ventre. Des relents acides lui brûlent l'œsophage et emplissent son palais d'un goût âcre. Elle inspire calmement, attend que Yazid s'installe.

Sur l'ordinateur, Julie a examiné le profil des résidents du premier étage de l'EHPAD. Un nom a fait tilt dans son esprit. Un allié potentiel. Le doigt brandi vers l'écran et le portrait d'un homme d'un certain âge – petits yeux bleus et cheveux blancs coupés en brosse – elle expose son plan.

— Lui, c'est M. Bruno. Il a soixante-seize ans. Il est parfaitement autonome et souffre d'un début de

Parkinson. Un peu d'hypertension, du cholestérol, une prostatectomie, mais sinon il va bien. C'est un ancien militaire, sa pension ne lui permet plus de boucler les fins de mois, alors il vit ici.

— Hum…

— Tu vas voir où je veux en venir. Ce type a l'air en forme, et il a dû être confronté à des situations terribles durant sa carrière. Il va nous aider.

— Comment ?

— Voilà le plan. Tu vas le voir et tu lui expliques tout. Il restera enfermé ici, au premier, et il surveillera les résidents de cette partie de l'EHPAD. Toi, pendant ce temps, je veux que tu grimpes au second. Tu vérifies qu'aucun *serial killer* ne traîne dans les parages et tu te barricades dans la salle de soins avec le téléphone du service. Si c'est OK, je t'envoie Chloé.

— Comment ça, tu m'envoies Chloé ?

— Je retourne dans le service. Je veux annoncer la nouvelle aux filles séparément. J'étudierai leur réaction. J'analyserai leur comportement. Je commencerai par Chloé, c'est en elle que j'ai le plus confiance. Dès que j'ai fini, je te l'envoie et vous vous occuperez des vieux déments ensemble. Ensuite, je parlerai à Malee.

Julie tend le téléphone du service à Yazid avant de reprendre :

— Si tu ne m'appelles pas, c'est que le second étage est sécurisé. Ferme toutes les portes coupe-feu, tous les locaux à clé. On doit contrôler qui entre et qui sort. En cas de problème, reviens ici avec M. Bruno et enfermez-vous jusqu'à ce qu'on vienne vous chercher.

Yazid attrape le téléphone et l'enfouit dans la poche de sa blouse. Il est impressionné par le tempérament et l'opiniâtreté de Julie. Il reste coi. Il la fixe avec respect et admiration. Ses yeux se promènent brièvement sur le débardeur humide qui moule les petits seins de la grande interne. Il se ressaisit aussitôt et acquiesce à tout ce que Julie vient de dire.

— T'as des couilles, Miss Toulouse ! lâche-t-il en singeant la dégaine du type cool qu'il n'est plus du tout depuis la vision du cadavre de Marc. Appelle-moi s'il y a quoi que ce soit. Je rappliquerai direct. Ça va aller avec Malee ? Tu ne veux pas qu'on inverse les rôles ? C'était plutôt tendu tout à l'heure.

Julie se lève, attrape sa blouse dans la foulée.

— Ça ira. Je préfère te savoir ici sain et sauf. Tu gères les vieux et tu t'assures que cette partie de l'hosto est *safe*. T'inquiète. Je garde le téléphone de la salle des internes dans ma poche. Chloé te rejoindra bientôt.

— Je vais continuer à essayer d'appeler les secours. On ne sait jamais.

— OK, bonne chance.

Yazid et Julie font un *check* avec le poing.

— Bonne chance, Miss Toulouse. Tu m'as bluffé sur ce coup-là. Dis, tu penses vraiment que ça peut être Malee qui a fait ça ?

Julie s'arrête devant l'interstice de la porte, ses épaules s'affaissent.

— J'en sais rien, avoue-t-elle d'une voix cassée. Mais je te rappelle le SMS qu'elle a envoyé à Marc : SI TU FAIS ÇA, JE TE JURE QUE JE TE CRÈVE !

Samedi 15 avril 2017, 0 h 10.

Julie court à perdre haleine.

Elle se demande à quoi ont servi les quarante-cinq euros par mois à la salle de sport, les programmes de fitness, les circuits-training – pour un cul de déesse –, la course à pied et l'arrêt de la cigarette. Du fric foutu en l'air, pense-t-elle, pliée en deux, le visage rouge écarlate, après avoir grimpé les trois étages du centre hospitalier.

Le couloir qui relie le hall de l'étage au service de médecine interne est plongé dans le noir. Glauque. Silencieux. À cette hauteur, le vent frappe plus violemment la façade. La structure tremble. L'orage se déchaîne au-dessus de l'hôpital, obstinément, comme s'il l'avait pris pour cible. Personnellement.

Le souffle court, Julie entre discrètement dans son bureau placard à balais. La lumière est éteinte. Seul l'écran de l'ordinateur diffuse une lueur blanchâtre. Assise à sa place, sur son fauteuil, la petite Chloé manque pousser un cri.

— Julie ! Tu m'as fait peur.

Julie jette un œil dans le couloir, s'assure que personne ne la voie et entre dans la salle des internes. Elle observe Chloé avec insistance, presque de la tendresse. Elle sait que, dans quelques secondes, l'infirmière perdra sa candeur et qu'elle n'aura plus l'innocence et la naïveté de croire que le pire n'a pas déjà eu lieu dans cette nuit infernale.

— T'étais où, Julie ? Tu as vu Yazid ? Tu sais s'il a trouvé Marc ?

Julie déglutit. Elle ne sait pas comment aborder le sujet.

— Tu sais où est Malee ? demande-t-elle en procédant par priorité.

— Dans une chambre. Je l'ai vue entrer à la 8 avant de venir ici. Écoute, Julie, il faut que je te parle de quelque chose de super important. J'étais dans la chambre de M. Tourmenteur, quand…

— Chloé, ne me refais pas le coup d'Archibald, s'il te plaît. Ferme son dossier.

— J'ai commencé à lire les rapports du psy, le professeur Moutrut. Cet homme n'est pas dans le coma, Julie, il fait semblant.

— Écoute, Chloé, crois-moi, ce n'est vraiment pas le moment. Je…

— Il a bougé !

— Arrête, Chloé, tu ne vas pas recommencer avec cette histoire.

— Noémie était là, aussi, elle l'a vu !

Le cerveau de Julie se déconnecte.

— Quoi ? Comment ça ? Vous l'avez vu bouger ?

Chloé remue sur le fauteuil, elle penche la tête et fuit le regard de Julie. Ses chevilles se contorsionnent vers l'intérieur de ses jambes, ses doigts trifouillent les plis de sa tenue ample. Elle rougit.

— Pas exactement, minaude-t-elle.

— Putain ! Chloé ! Écoute-moi, maintenant, je…

— Mais il a appuyé sur le bouton !

Les neurones de Julie disjonctent à nouveau.

— Le bouton ? Quel bouton ?

— Le bouton qui rehausse son siège. Il s'est retrouvé assis droit dans le lit. J'étais devant lui et Noémie était déjà presque sortie. Elle dit que son doigt a ripé sur le bouton mais moi, je ne crois pas. Son doigt était au-dessus de la télécommande, je suis d'accord, mais il a forcément dû appuyer volontairement sur le bouton, non ?

Julie ne sait pas quoi dire. Si elle entre dans le jeu de Chloé – qui semble avoir vieilli de dix ans –, elle sent que la conversation va durer éternellement.

— Marc est mort, lâche-t-elle brusquement.

Le visage de Chloé se fige. Ses grands yeux bleus s'écarquillent. Les larmes commencent à affluer.

Julie s'en veut d'avoir annoncé la nouvelle aussi brutalement mais elle ne savait pas comment faire taire la jeune infirmière. Elle la couve d'un regard protecteur – presque maternel – et décide de lui épargner les détails sordides.

— Mort, répète Chloé en tremblant et en hoquetant.

— Oui. J'aimerais que tu rejoignes Yazid au deuxième étage de l'EHPAD. Un résident autonome va surveiller le premier. Yazid et toi, vous vous occuperez des séniles. L'EHPAD semble être sous contrôle, il n'y a aucun danger.

— Aucun danger… Mais… Où est Marc ? Qu'est-ce qui s'est passé ?

— Je ne sais pas encore.

Chloé se décompose. Julie s'approche et lui frotte le dos avec affection.

— Je ne comprends pas, dit soudainement Chloé en se redressant – les larmes coulent sur son joli minois. Marc était à son poste ? Tu veux dire qu'il a eu un accident ?

Julie a de la peine pour Chloé. Elle pense que l'infirmière fiancée ne tiendra pas le choc, qu'elle ne supportera pas la pression. Cependant, elle lui doit la vérité.

— Ce n'était pas un accident.

— Marc a été tué ?

Julie opine gravement. Chloé vacille, se rattrape *in extremis* au bureau en faisant tomber la pile branlante de dossiers médicaux. Ses jambes se dérobent, elle fait un malaise.

Julie se précipite à son secours, l'accompagne jusqu'au sol et lève ses pieds sur le fauteuil à roulettes.

— Tout va bien se passer, Chloé. Fais-moi confiance. Respire. Tu vas courir jusqu'au deuxième étage de l'EHPAD. Yazid t'attend. Ça va aller.

Allongée par terre, sur le dos, Chloé sanglote.

— OK, parvient-elle à articuler.

— Mais avant, j'aimerais que tu ailles me chercher Malee. J'ai besoin de lui parler. Je dois la mettre au courant, tu comprends ?

Toujours étendue, Chloé approuve de la tête. Julie refuse de prononcer le mot « suspect », en parlant de Malee, pour ne pas achever la petite infirmière. Elle pose un genou au sol et lui sourit gentiment.

— Super, t'assures. Allez, lève-toi. Préviens Malee que je l'attends et fonce retrouver Yazid. C'est une vraie lopette, celui-là. Sans toi, il ne tiendra pas cinq minutes, froussard comme il est.

La plaisanterie déclenche un rire nerveux chez Chloé. Elle sourit, prend appui sur ses bras et se relève doucement. Elle époussette sa tenue, son carré plongeant, range ses seins dans son soutien-gorge et inspire profondément. Elle ouvre la porte du bureau en reniflant.

— Jette quand même un œil au dossier d'Archibald Tourmenteur, conseille-t-elle avec une assurance insoupçonnée et inadaptée, compte tenu de l'état de panique dans lequel elle était trente secondes auparavant. Cet homme n'est pas dans le coma, affirme-t-elle en fermant la porte.

Julie, bouche bée, regarde sa collègue disparaître dans le couloir. La dernière réplique de Chloé l'a désarçonnée. L'aplomb dans sa voix également. Curieuse, cette façon dont elle a repensé à Archibald, malgré le contexte, s'interroge Julie en fronçant ses sourcils châtains.

12

Samedi 15 avril 2017, 0 h 12.

Yazid éclaire le couloir avec son smartphone.

Sa batterie est presque vide, le voyant rouge projette des flashs dans la pénombre de l'étage. Les numéros des chambres défilent dans le halo de la lampe tactile.

Yazid cherche celle de M. Bruno. Il pense à Yasmina – sa femme – à sa petite princesse – Leïla – et les imagine toutes les deux recroquevillées dans le lit conjugal, en position fœtale, cherchant le sommeil, comptant les heures avant que papa revienne.

D'un autre côté, il pense à Julie, à la façon dont elle a gardé la tête froide, à la détermination avec laquelle elle a dicté ses consignes, à ses petits seins ondulants derrière son débardeur noir et humide. Il n'a jamais vu Julie autrement que comme l'interne speed et directive, parfois hautaine – limite prétentieuse – et se retrouve déstabilisé par l'attirance qu'il éprouve pour elle. Il met ça sur le compte du contexte horrible de cette soirée et chasse ses pensées incongrues. Il doit être l'homme de la situation. Celui sur qui les autres comptent. Il est le seul mec – excepté le malade mental qui déambule dans l'hôpital. Il en est convaincu. Personne dans le service n'a pu faire ça. Il doit rester maître de lui-même, retrouver sa sérénité habituelle, accepter le fait qu'il ait perdu ses moyens pour mieux se relever. Le contre-coup de la découverte de Marc est passé, maintenant il doit agir. Montrer qu'il est fort, qu'il est le caïd qu'il s'est toujours imaginé être et que Julie peut s'appuyer sur lui.

Silencieusement, il continue de balayer le couloir avec la lumière de son portable.

Chambre 109. *Toc toc toc*. Main sur la poignée. Ouverture de la porte.

Yazid pénètre dans la chambre de M. Bruno. La pièce est peu décorée : quelques cadres, les vêtements du lendemain méticuleusement pliés sur les accoudoirs du fauteuil, une montre à gousset posée sur la table de nuit, à côté d'une paire de lunettes, sur le programme TV.

— Monsieur Bruno, murmure Yazid.

Dans le lit, une forme robuste grogne puis change de côté. Yazid réitère l'appel. Pas de réponse. Il se risque à poser une main sur l'épaule de M. Bruno, quand celui-ci sursaute et se redresse instantanément.

— T'es qui, toi ? Qu'est-ce que tu me veux ?

Yazid recule, surpris par autant de vigueur. M. Bruno le dévisage avec méfiance et fermeté. Son visage est d'une sévérité troublante : mâchoire carrée et contractée, rasée de près ; coupe en brosse et favoris blancs ; petits yeux bleus, très clairs, inquisiteurs ; nez plat. Il ressemble à un bouledogue. Une expression de crainte fige ses traits. Il s'imagine sans doute que l'établissement est aux mains d'un groupe de djihadistes, pense Yazid en observant son crâne rasé et sa barbe hirsute dans le reflet des volets fermés. La réaction de M. Bruno le surprend. Agréablement.

— T'es pas le même que d'habitude, mon gars ! Qu'est-ce que tu fous dans ma chambre au beau milieu de la nuit ? T'es de la jaquette ?

Yazid peut anticiper en une phrase comment va se dérouler toute l'hospitalisation d'un patient. En ce moment, il sait que M. Bruno va être conciliant. Ça va le faire. Le plus calmement possible, avec diplomatie, il expose la situation au militaire retraité : la tempête ; le centre hospitalier coupé du monde ; le cadavre de Marc en putréfaction dans les w.-c. Il veut lui laisser le choix. Ne pas l'obliger. Si M. Bruno accepte de les aider, la décision doit venir de lui.

— Alors, acceptez-vous de nous aider ? demande Yazid, une fois son récit achevé.

L'attitude de M. Bruno est étrange. Il ne semble pas réaliser l'ampleur de la tragédie. Il est encore dans les vapes, sourcils froncés, et observe l'aide-soignant avec la même perplexité. Une autorité naturelle émane de sa personnc. Soudain il bascule dans le lit, ses pieds – comme téléguidés – entrent dans ses pantoufles.

— T'as bien fait de me réveiller, mon gars.

Yazid est soulagé. Le plan de Julie fonctionne. Ils peuvent compter un allié supplémentaire dans leurs rangs. Il s'approche du lit avec les meilleures intentions mais M. Bruno le chasse d'un mouvement du bras.

— J'ai pas besoin d'aide pour me lever, mon gars. Occupe-toi plutôt de tes fesses bronzées.

Le senior enfile une robe de chambre et se hisse sur ses jambes. Lentement mais sûrement, ils sortent de la pièce, empruntent le couloir et pénètrent dans la salle de soins. Yazid ferme toutes les portes battantes sur leur passage, il doit quadriller le secteur, connaître les moindres déplacements dans l'étage. Il s'adresse à M. Bruno qui s'installe devant l'ordinateur.

— Vous avez bien compris, monsieur Bruno ? Vous restez enfermé ici et vous actionnez la sonnette, comme dans votre chambre, s'il y a quoi que ce soit. Je descendrai vous aider.

— Appelle-moi Albert, mon gars. Et je ne suis pas encore sénile. J'ai tout compris. T'étais pas encore dans le ventre de ta mère que je faisais déjà ça. Quand j'étais au Tchad, en 83, j'étais…

— Ouais, vous me raconterez ça une autre fois. Ne sortez d'ici sous aucun prétexte. Les sonnettes sont connectées aux deux étages. Donc s'il y a un souci, vous m'appelez mais vous ne bougez pas, OK ?

Les rôles sont inversés et Yazid constate que le retraité n'a visiblement pas l'habitude de recevoir des ordres. M. Bruno devient grincheux, marmonne dans sa barbe, ostensiblement contrarié de ne plus être aux commandes.

— OK, OK, mon gars.

— Ça va aller, Albert ? demande Yazid avec une pointe de défi calculée.

M. Bruno sort de ses gonds. Il prend appui avec ses mains sur ses genoux, sa carrure massive se redresse.

— Tu me prends pour qui, gamin ? Je le fais déjà tous les jours, de m'occuper de cette bande de vieux dégénérés !

— Vous n'êtes pas si différent d'eux, objecte Yazid de façon humoristique, avec une once de provocation pour détendre l'atmosphère.

M. Bruno comprend que l'aide-soignant le taquine.

— Fiche le camp d'ici !

Yazid arbore un rictus amusé. Il aime faire marcher les personnes âgées et entrer dans leur jeu. En général, elles le lui rendent bien. Le contact passe toujours mieux, après. Comme il se plaît à le dire, il a toujours eu un bon *feeling* avec les vieux.

Il récupère le téléphone du service et, par mesure de précaution, une seringue de cinquante centimètres cubes avec un trocart vissé au bout en guise de poignard improvisé. Il tape sur l'épaule de M. Bruno et sort de la salle de soins. À l'affût, il trotte vers la sortie de secours. La poche de sa tenue est pleine à craquer, les objets frottent les uns contre les autres à l'intérieur. Il se demande dans quel état il va retrouver le deuxième étage de l'EHPAD.

Dans la cage d'escalier, le vent s'engouffre avec une telle violence que Yazid est obligé de se coller contre le mur. Les déflagrations du tonnerre rythment ses pas.

En grimpant les marches, quatre à quatre, il se réjouit secrètement que Marc ait effacé les SMS qu'ils ont échangés, il y a deux semaines.

À coup sûr, si Julie était tombée dessus, ses soupçons se seraient immédiatement portés sur lui.

Samedi 15 avril 2017, 0 h 30.

Les doigts de Julie tambourinent sur le bureau. Elle mâchouille une mèche de cheveux châtains avec nervosité, sa frange lui masque les yeux, son pied droit bat un rythme effréné.

Elle est stressée. Sa blouse est tombée du dossier de son fauteuil, les dossiers médicaux sont éparpillés sur le sol. Le bureau placard à balais ressemble à un chantier. Le cerveau de Julie fonctionne en surrégime.

Un fou est-il enfermé avec eux ? Pourquoi Malee a-t-elle juré de tuer Marc ? L'infirmière d'origine asiatique est-elle l'auteur du massacre dans les w.-c. de l'EHPAD ?

Julie s'interroge. Les coups de tonnerre et les sifflements du vent la font frémir, elle sursaute à chaque bruit suspect, s'attendant à voir Freddy Krueger surgir à tout moment par la porte du bureau. Julie fronce les sourcils en se concentrant sur son enquête. Résoudre l'énigme influera directement sur sa sécurité et celle des patients de l'hôpital. Pour survivre, elle doit trouver qui a tué Marc. Elle pense en être capable, mais elle sait que la frontière est maigre entre la logique et la folie causée par le confinement. Si elle ne le fait pas, personne ne le fera. Elle a décrété que c'était à elle, que c'était son rôle – en tant que supérieure hiérarchique – de résoudre ce crime atroce.

Comment font-ils, les policiers, dans les films ? Comment réagirait son père ? Par où commencer ?

Une série de questions plus pertinentes s'établit dans sa tête. À quelle heure Marc a-t-il été tué ? Julie doit définir l'emploi du temps de tous les membres du service, trouver le créneau qui aurait pu permettre à l'un d'entre eux de commettre le meurtre. Avec quoi Marc a-t-il été attaqué ? Quelle arme a pu infliger ces dizaines, ces centaines de blessures ? Qui – à part Malee – avait des raisons de souhaiter sa mort ?

Julie constate que la tâche est ardue.

Elle repense à son plan, à la coopération de M. Bruno, à Yazid. Curieusement, elle se remémore les tendons saillants sur le cou de Yazid, sa blouse déboutonnée, son torse puissant, luisant de sueur, ses grandes mains aux veines apparentes. Stop ! Ça y est, elle déraille. L'isolement lui fait perdre ses moyens. Elle divague.

Elle souffle sur sa mèche de cheveux et se concentre sur Chloé. Elle imagine mal comment la jeune diplômée surmontera un tel stress. Réussira-t-elle à rejoindre Yazid ? Évitera-t-elle de sombrer dans une nouvelle crise d'angoisse ? Julie repense à l'obsession de Chloé pour Archibald Tourmenteur. Cet homme l'a terrifiée. Indéniablement. Même après l'annonce du décès de Marc, elle y pensait toujours. Julie se lève à toute vitesse, cesse de s'attarder sur les fabulations de Chloé et se focalise sur son suspect numéro un : Malee.

Impatiente, elle sort de son bureau. Elle ne se rappelle plus dans quelle chambre est Malee. Chloé le lui a pourtant dit tout à l'heure, mais impossible de s'en souvenir. Elle arpente le couloir vert du service, méfiante et attentive, ses bottines effleurent à peine le lino. Elle tend l'oreille. Rien. Elle fait le tour du U, maudissant Malee de ne pas avoir signalé sa présence dans la chambre où elle est, en allumant la lumière verte au-dessus de la porte, pour indiquer où elle se trouve.

Julie jure en silence. Elle passe devant la salle de soins quand elle remarque à l'intérieur une silhouette anorexique, pliée en deux, face à la porte-fenêtre, coiffée d'un balai-brosse noir – presque bleu – avec des tatouages bizarres sur le cou. Julie entre dans la salle de soins et interpelle Noémie.

— Excuse-moi, tu as vu Malee ?

Julie veut rester évasive. Elle ne souhaite pas prévenir tout de suite l'aide-soignante lunatique. Noémie tire sur les manches longues de son tee-shirt noir, sous sa tenue, et tourne une tête de chien battu vers la grande interne. Ses lèvres se décollent à peine.

— Je… Je ne sais pas. Désolée. Dans une chambre.

Julie expire bruyamment – avec condescendance – et tourne les talons en fusillant la jeune femme laconique et intimidée, observant les coulées de boue qui s'agglutinent devant les structures hospitalières.

Elle refait le tour du service au pas de course. Toujours pas de signe de Malee. Julie l'insulte carrément à voix basse et retourne dans son bureau exigu. Elle se laisse choir lourdement sur le siège. Ses yeux verts, cernés par la fatigue mais pétillants d'adrénaline, se posent sur le dossier ouvert, calé en équilibre contre le clavier de l'ordinateur.

Archibald Tourmenteur.

Encore et toujours lui, pense Julie. La dernière phrase de Chloé refait surface.

Cet homme n'est pas dans le coma…

Soudain, tous les événements lui reviennent d'un coup à l'esprit. Depuis l'arrivée du comateux infecté par la malaria, une tempête décime Saint-Florentin-sur-Lot, deux patients sont morts, les ambulanciers ont eu un accident, Marc a été sauvagement assassiné. Ce résumé est accablant. Julie vient d'élire – de façon incontestable – le patient le plus poissard de sa jeune carrière. De simples coïncidences, se répète-t-elle dans sa tête. Mais elle poursuit ses réflexions. Qui peut être capable d'un tel excès de rage ? Quel type de personne peut avoir autant de volonté pour massacrer un autre être humain avec un tel acharnement ? Yazid a sans doute raison, dans la vraie vie personne ne fait ça. Julie doute que Malee puisse agir de la sorte et remonter dans le service comme si de rien n'était. Un individu sain d'esprit ne peut pas aussi bien jouer la comédie ni duper son monde sans laisser d'indices.

Le pouls de Julie s'accélère.

Une phrase du professeur Moutrut, le psychiatre d'Archibald, vient de s'imprimer en gras dans son cerveau.

Si le Mal existe, Archibald Tourmenteur en est l'incarnation...

Julie se surprend à croire à l'inimaginable, l'extraordinaire. Elle se fige, droite comme un I sur le fauteuil. La fatigue, la peur, l'enfermement, trop de facteurs perturbent ses pensées. Elle repense aux paroles de Yazid.

Personne ne fait ça ! Y a que dans les films qu'on voit des trucs pareils. Seul un type complètement taré peut faire ça !

Or, en ce moment, à une vingtaine de mètres de son bureau, un homme inconscient dispose – selon toute vraisemblance – de toutes les aptitudes nécessaires pour réaliser ce que n'importe quel autre être humain trouverait à ce point répugnant, voire obscène, que le simple fait de l'imaginer lui donnerait envie de vomir.

Inconsciemment, comme si elle n'était plus maîtresse de ses mouvements, Julie se penche sur le bureau et poursuit la lecture des comptes rendus de l'hôpital de Cadillac.

Compte rendu du Pr René Moutrut, chef du service de psychiatrie de l'unité d'hospitalisation

spécialement aménagée (UHSA), unité pour malades difficiles, centre hospitalier de Cadillac.

Séance du 05/09/1996

Patient : Archibald Tourmenteur

… Archibald est heureux. Pour la première fois de sa vie, il rit. Il s'amuse. Il parle. Il s'ouvre aux autres et apprend à vivre en communauté.

À cette époque, la vie est belle dans le XVe arrondissement de Paris. Les Tourmenteur forment un couple comblé, leur fils unique rayonne de joie. Jusqu'à ce jour du 17 octobre 1972. Le jour du traumatisme. Le jour où Archibald va se poser la question qui hante encore son esprit aujourd'hui.

Ce jour-là, il m'explique que, pour faire comme les copains, en sortant du collège Georges-Duhamel, il ne prend pas à gauche, rue des Volontaires, pour tourner dans la rue de Vaugirard et rejoindre son appartement, rue du Général-Beuret. Non, ce jour-là, comme ses camarades, il tourne à droite. Il bifurque ensuite rue Blomet, jusqu'au square, rebaptisé depuis 2008 square de l'Oiseau-Lunaire. L'anecdote me fait sourire. À l'époque, il n'y a pas encore la statue en bronze de Joan Miró, m'explique-t-il.

Je sens qu'il a à cœur d'entrer dans les détails, de ne rien omettre. D'être le plus précis possible dans sa narration. Pour que je comprenne, que je m'imprègne de l'atmosphère de l'époque, que je remonte le temps pour m'immiscer dans l'esprit bobo des années soixante-dix. Cet épisode de son enfance a été déterminant, cet événement a fait basculer sa vie dans une problématique dont il cherche encore la réponse aujourd'hui. Il me confesse que c'est la première fois qu'il aborde ce sujet avec quelqu'un. J'éprouve une certaine fierté, je le reconnais. Je réalise que je n'ai aucune idée de l'heure qu'il est. Je jette un œil furtif sur ma montre. Encore cinq minutes avant la fin de la séance. Incroyable ! Je n'ai pas vu le temps passer. Son ton monocorde m'a transporté dans un état second, à mon insu, pulvérisant mes mécanismes de défense, me déconnectant de la réalité. Je le prie de poursuivre son histoire en masquant mon embarras. Archibald Tourmenteur continue son récit mais il a remarqué mon désarroi. Comme à son habitude, il reste impassible, mais je note une étincelle de satisfaction dans son regard.

Archibald a dix ans, il est dix-sept heures, les grilles du jardin public sont ouvertes, le ciel est gris, nuageux, menaçant, l'aire de jeux est libre et les bancs sont déserts. Les arbres sont en fleurs, une odeur d'herbe fraîchement coupée parfume les lieux. Pour la première fois, Archibald côtoie ses camarades à l'extérieur du collège. Il veut faire bonne impression. Il doit prouver sa valeur. Ses copains investissent le square, grimpent sur les bancs, marquent leur territoire. Certains allument une cigarette, les plus dissipés saccagent les parterres bourgeonnants et les pelouses. Archibald manipule les deux billes, au fond de la poche de son bermuda d'écolier, et ne sait pas comment faire comprendre aux autres qu'il a envie de jouer. Il n'ose pas. Des groupes se forment, un près du tourniquet, un autre sur un banc, mais Archibald reste au milieu, penaud, sans trouver sa place. Il veut déjà rentrer chez lui. Jamais il n'aurait dû les accompagner. Il regrette son choix et culpabilise de faire attendre sa maman, probablement déjà morte d'inquiétude.

Dans l'indifférence générale, il rebrousse chemin. Et c'est à cet instant qu'il entend le cri.

Il le décrit comme une plainte, un gémissement. Archibald longe la grille du jardin public, côté rue Blomet, jusqu'à un kiosque camouflé par la végétation. Cette partie du parc est inoccupée, les camarades de classe sont trop loin pour entendre les bruits qui proviennent du kiosque. Archibald s'avance, intrigué. À l'angle du jardin public, entre le kiosque et les grilles vertes, caché du monde, un homme agonise, étendu sur la terre battue. Il se contorsionne, laisse échapper des gémissements sourds de douleur. Penché au-dessus de lui, un autre homme, en trench-coat et chapeau sombre, plie un genou et approche son visage de la victime. Archibald les voit distinctement, de l'autre côté du grillage.

L'homme au chapeau se baisse vers le blessé. Ses lèvres forment des mots. Il murmure. Archibald est trop loin pour entendre. Il est pétrifié. Il se demande ce que l'individu coiffé d'un chapeau peut raconter. Archibald demeure immobile, incapable de bouger. La scène le fascine. Une curiosité morbide annihile tous les messages de son cerveau surdéveloppé. Devant lui, à travers les barreaux verts qui s'écaillent, l'homme au chapeau continue ses messes basses. Sa mâchoire remue. Il articule exagérément. Un murmure sans fin. Et, tout à coup, l'homme à terre cesse de geindre et de gesticuler. Sa tête heurte le sol. Son regard se fige dans le néant. Il ne bouge plus. L'homme au chapeau prend appui sur son genou, balaie les alentours du regard et s'éclipse en coupant à travers la pelouse, de l'autre côté du jardin.

Le petit Archibald est comme hypnotisé. Il ne comprend pas tout ce qu'il a vu. Il ne peut pas l'expliquer. Son esprit logique est confronté à un problème qu'il ne connaît pas. C'est son premier rapport à la mort. Il sait que l'homme allongé sur le sol est décédé. Il ne sait pas pourquoi, mais il en a la conviction. Mais c'est l'autre homme, celui avec le chapeau, qui le préoccupe le plus. Archibald, du haut de ses dix ans, ne peut pas interpréter correctement la scène à laquelle il a fortuitement assisté. Lui qui comprend toujours tout du premier coup se retrouve dans l'incapacité de rationaliser et de légitimer ce qu'il a vu. Les raisonnements s'échafaudent, les hypothèses affluent, mais Archibald, toujours figé devant les grilles du jardin public, n'arrive pas à résoudre l'énigme du problème dont il a été témoin. Il m'explique qu'à dix ans les raccourcis vont vite dans la tête d'un petit garçon. Il manque de discernement. Il me révèle la conclusion de ses déductions, celle que son intelligence hors du commun a établie quand il avait tout juste dix ans, devant ce kiosque, sous le ciel grisâtre parisien : l'homme au chapeau a tué un autre homme avec des mots.

Cette théorie dictera et régira l'ensemble de sa personnalité. Je le comprends instantanément. Depuis ce jour, une seule question l'obsédera au cours de son existence : les mots peuvent-ils tuer ?

Julie part d'un fou rire hystérique. De mieux en mieux ! Un ramassis de conneries, voilà ce que sont les torchons du professeur René Moutrut ! Elle se demande comment on peut choisir de faire carrière dans la psychiatrie et combien de pages de bobards elle va devoir encore se coltiner avant de connaître la vérité au sujet d'Archibald Tourmenteur.

Un tueur rôde dans l'hôpital et elle, pendant ce temps, elle se tape les délires d'un psy aussi aliéné que ses patients, flirtant avec l'érotomanie en ce qui concerne Archibald Tourmenteur.

Julie secoue la tête de dépit. L'heure tourne, Malee n'est toujours pas là, son enquête reste au point mort et le danger est loin d'être écarté. Bizarrement, ses yeux verts se dirigent à nouveau vers le dossier de l'hôpital psychiatrique de Cadillac.

Julie veut savoir. Au-delà du risque imminent, de la faucheuse en blouse blanche et du stress d'insécurité qui la cisaille, elle doit savoir qui est Archibald Tourmenteur. Ce qu'il a fait. Et, surtout, ce qu'il est capable de faire.

Julie évente son débardeur trempé, imbibé de sueur. La brise infime la rafraîchit un peu, le courant d'air frais hérisse le duvet blond en bas de son dos. Manquerait plus qu'elle chope la crève ! Dans la pénombre, uniquement éclairée par l'écran de l'ordinateur, elle décide de s'octroyer cinq minutes supplémentaires de lecture, avant de retourner tout le service pour débusquer Malee.

Un frisson parcourt sa colonne vertébrale, irradie dans ses membres et, avec une bouffée d'angoisse, elle attrape le compte rendu suivant.

Compte rendu du Pr René Moutrut, chef du service de psychiatrie de l'unité d'hospitalisation spécialement aménagée (UHSA), unité pour malades difficiles, centre hospitalier de Cadillac.

Synthèse des séances du 06, 11, 13 et 16/09/1996

Patient : Archibald Tourmenteur

Cette thérapie dépasse mes espérances. Archibald se livre de lui-même. Il joue le jeu. Nous dialoguons très peu durant les séances. Il débite son histoire comme un trente-trois tours. Je l'interromps rarement et le laisse s'exprimer à sa guise, à son rythme. Sa coopération est telle que je me demande s'il dit la vérité, s'il n'est pas en train de me manipuler, comme il l'a fait avec ses nombreuses victimes.

Je me suis habitué à sa froideur, son inexpressivité, sa catalepsie mesurée, sa tête difforme et son sang-froid déstabilisant. Je me sens plus à l'aise en sa présence, moins intimidé. Et comme j'aime l'écouter parler. Sa voix me fait voyager, planer au-dessus du monde et de ses problèmes. Je m'efforce d'être aussi impliqué et professionnel avec mes autres patients mais, je le concède, Archibald Tourmenteur accapare toute mon attention, toute mon énergie. Je suis aux petits oignons avec lui. Il n'est en rien comparable à mes autres pensionnaires. Il est unique. Son parcours est impressionnant.

Depuis l'épisode du square, Archibald se terre dans son univers analytique. Il décortique la réalité, cherche à comprendre le monde qui l'entoure. Il s'isole, refuse à nouveau de parler et poursuit ses études avec les félicitations du jury et le dédain des autres élèves. Au collège, il reste seul, à lire ou à étudier. Il est catalogué, jugé marginal, sa réussite scolaire suscite autant de jalousie que de représailles physiques. Additionnée à ses facultés tant convoitées, sa tête est disproportionnée, énorme, et paraît immense sur son corps chétif. Archibald en subit les conséquences dans la jungle de la cour de récréation. Il endure les agressions, les insultes, se focalisant sur son problème existentiel, sa nouvelle raison de vivre : les mots peuvent-ils tuer ?

Il poursuit sa scolarité en solitaire, silencieusement, en évitant d'interagir avec les autres élèves. Comme lors des premières séances, ces signes me rappellent ceux de l'autisme, mais Archibald Tourmenteur m'explique que son mutisme est un choix. Quand il y est contraint, il s'exprime déjà avec une éloquence presque majestueuse pour son jeune âge.

Dans son malheur, Archibald a la chance de grandir plus vite que les autres. Sa tête ne devient plus un sujet de moquerie, sa grande taille suffit à dissuader les camarades perturbateurs. Il obtient son brevet d'études à douze ans et quitte le collège. Il étudie alors chez lui, avec sa maman, dans le cocon familial. Sa soif d'apprendre ne connaît aucune limite. À quatorze ans, il participe aux épreuves du baccalauréat en candidat libre, car il n'a pas l'âge légal pour prétendre aux cours préparatoires. Cette année-là, il décroche trois fois le Bac, dans les filières A, C et D : philosophie et lettres ; mathématiques ; sciences physiques et sciences de la nature. Archibald est avide de connaissances. Il désire approfondir le sujet qui lui tient à cœur : les mots peuvent-ils tuer ? Il veut tout savoir. Faire le tour du sujet. Sous tous ses aspects. Dans sa globalité.

Il choisit de s'orienter vers la littérature, la mythologie, la sociologie et la philosophie : pour une approche théorique de sa problématique. En parallèle, d'un point de vue pratique, il passe le concours de médecine et, avec le reste des économies familiales, Alain Tourmenteur l'inscrit au campus de la

Pitié-Salpêtrière, une des antennes de l'université Pierre-et-Marie-Curie.

Archibald veut étudier le cerveau humain. Il est fasciné par cet organe, les synapses, les connexions neuronales, la mémoire. Selon lui, les êtres humains n'utilisent qu'un faible pourcentage des capacités de leur cerveau. Avec son QI de 176, il se vante de pouvoir éclairer les zones d'ombre de sa matière cérébrale, d'exploiter son potentiel intellectuel de façon optimale et, ainsi, de réaliser des prouesses. Je ne mets pas sa parole en doute. Comme la France entière, malheureusement, je sais de quoi est capable son esprit atypique : au sens dramatique du terme.

À dix-huit ans, Archibald a déjà un CV exceptionnellement étoffé. Il comptabilise une double licence de philosophie et de lettres, un Master 2 en logique et philosophie des sciences, et un autre Master 2 en philosophie contemporaine, tous obtenus dans la prestigieuse université Panthéon-Sorbonne, après son démantèlement à la suite des événements de Mai 68 et des blocages des manifestations étudiantes. En même temps, il poursuit ses études de médecine. C'est un étudiant studieux, discret et poli, une perle rare pour ses professeurs, un paria pour les autres élèves. Il parle uniquement quand on lui adresse la parole, ne reste pas une seconde de plus que nécessaire dans les amphithéâtres, et ne participe jamais aux activités du campus. Il vit en marge. Ses études, ses recherches, ses expériences monopolisent tout son temps, toute sa concentration. Il n'a aucun loisir. Ce qu'il a vu à dix ans est devenu une obsession, une addiction, une doctrine religieuse, un dogme. Une maladie. Il ne pense à rien d'autre, et rien d'autre ne l'intéresse.

À vingt ans, Archibald Tourmenteur achève son doctorat en philosophie. Il lui arrive même de donner quelques cours, le soir, pour les étudiants en licence. Il termine son internat la même année et, logiquement, s'oriente vers la spécialité médicale dédiée au cerveau : la neurologie. Il valide ses semestres, enchaîne les services de neurologie de la région parisienne, il collectionne les félicitations et les encouragements de ses seniors avec ce flegme unique qui le caractérise déjà.

En 1984, Archibald a vingt-deux ans. C'est un jeune adulte et il a du mal à contenir ses besoins, ses pulsions. La même question le taraude depuis ses dix ans et, jusqu'à maintenant, il a toujours su résister à la tentation d'appliquer les théories qu'il a façonnées pendant sa jeunesse. Il m'explique qu'il est comme une cocotte-minute : prêt à exploser. Il doit agir. Passer à l'acte. Faire ce à quoi le destin l'a prédestiné. Utiliser le don que lui a donné la nature. Assouvir son fantasme longuement mûri.

Et c'est lors de cette année 1984, durant un dimanche de garde dans le service de soins intensifs de neurologie de la Pitié-Salpêtrière, qu'Archibald Tourmenteur va révéler sa véritable identité. Sa vraie nature. Qu'il va choquer le monde hospitalier et être radié de l'Ordre des médecins. L'année de ses premières victimes, l'année où…

La porte du bureau s'ouvre brusquement. Julie sursaute et pivote sur son fauteuil en reculant. Sur le seuil, Malee est plantée dans ses baskets, poings fermés sur les hanches, et dévisage la grande interne avec hostilité.

13

Samedi 15 avril 2017, 0 h 35.

La pluie impétueuse déferle, virevolte par la force des bourrasques, tourbillonne, créant des cascades mouvantes, ondulantes, des courbes abstraites désordonnées – comme un maelstrom aérien – et s'écoule sur la terre meuble, détrempée, qui tapisse la colline au nord de Saint-Florentin-sur-Lot.

L'orage gronde, les éclairs scindent la nuit comme des impacts sur un pare-brise opaque fissuré. Les coulées de boue progressent vers les berges de l'isthme, ravageant tout sur leur passage. Les arbres sont happés, déracinés, les vignobles inondés se morcellent, le sol craquelle, le glissement de terrain entraîne inexorablement le vallon vers le Lot déchaîné.

Un mur de boue s'est formé contre la façade du centre hospitalier – l'unique rempart entre la colline, en amont, et la pointe nord de la presqu'île, en aval. L'édifice de terre argileuse, de cailloutis siliceux, de sédiments sableux, de roches calcaires, de troncs d'arbres, de branches, de vignes, de ronces, de clôtures et de buissons s'élève jusqu'au premier étage. Les coulées de boue ont brisé les vitres, saccagé le rez-de-chaussée, et enseveli le service des consultations, d'imagerie médicale, le laboratoire et la pharmacie.

Tout l'ouest de l'hôpital est détruit. Impraticable. Le parking, au nord, est recouvert d'éboulis, de gravats et de boue, la terre en mouvement emporte les rares voitures stationnées vers les bosquets qui bordent le Lot.

Le front appuyé contre la baie vitrée de la salle de soins, Noémie contemple les coulées qui s'amoncellent en contrebas. Elle aimerait sortir fumer sur le balcon, mais la puissance du vent l'empêche d'ouvrir la fenêtre coulissante et risquerait de tout faire s'envoler dans la pièce : les dossiers de soins, les bons d'examen, les feuilles de transmission, les notes de service aimantées sur le grand tableau blanc derrière elle. La cigarette lui coupe l'appétit. Elle aimerait manger un morceau mais rien dans cet hôpital ne répond aux critères de son régime alimentaire.

Qu'ils aillent tous se faire foutre ! Noémie est écœurée par ses collègues. Plus elle reste enfermée ici, moins elle peut les voir en peinture ! Elle ne cherche même plus à savoir où ils sont passés. Moins elle leur parle, mieux elle se porte. Elle les évite au maximum, se contentant de répondre paresseusement aux appels des malades.

Eux non plus, Noémie ne les supporte plus. Ils ont toujours un pet de travers, sonnent pour un rien – parce que leur petite cuillère s'est déplacée de dix millimètres. Ils ne sont jamais contents, deviennent de plus en plus exigeants et en oublient la politesse, la gentillesse. Ça fait belle lurette que « merci » est sorti de leur vocabulaire. Ils se croient à l'hôtel ! Ils se laissent dépérir comme des baleines échouées sur une plage, attendant leur seau d'eau. Ils guettent les heures des repas où ils pourront s'empiffrer de merdes industrielles comme des pachas, vautrés dans leur lit, gueulant après le personnel parce qu'il leur manque du sel ou du sucre. Noémie ne se donne même plus la peine d'être courtoise avec eux. Peut-être est-ce comme ça que commence la maltraitance ? Elle déambule avec lassitude, traîne ses Crocs noires sur le lino vert de chambre en chambre comme un automate. Elle n'a plus de compassion. Plus d'humanité. Qui en a pour elle, de toute manière ? Elle est dégoûtée par ce boulot sous-payé, ces horaires éreintants, l'absence d'entraide, d'esprit d'équipe, la mentalité obtuse des gens du coin.

Noémie est au bout du rouleau. Désabusée. Selon elle, on ne peut plus soigner une personne quand on est soi-même en souffrance.

Assise sur un fauteuil, les pieds posés sur un tabouret, Noémie repense à Marc. Elle connaît le veilleur de nuit depuis le lycée agricole où ils ont été dans la même classe, de la seconde à la terminale.

Trois années de calvaire.

Marc est un connard. Il l'a toujours été. Il s'est toujours entouré d'amis complètement débiles et de pouffes écervelées prêtes à tout pour qu'il glisse sa main dans leurs petites culottes. Il s'est toujours senti supérieur aux autres et ne s'est jamais privé de le leur faire savoir. Au lycée, Marc était le roi de la basse-cour. Le coq du poulailler. Un coq stupide, dangereux, sadique, accro aux drogues, à la violence, aux pornos et au sexe, à la méchanceté gratuite et au besoin de rabaisser ceux qu'il jugeait inférieurs. Le monde se porterait bien mieux sans lui, imagine Noémie, les yeux rivés vers l'immensité de la nuit, la joue collée contre la baie vitrée.

Un bruit de bottines résonne dans le couloir.

Noémie soupire. Elle va devoir interagir avec quelqu'un. Elle se gratte les avant-bras, tire sur les manches longues de son tee-shirt et mordille la peau fine autour de ses ongles. Elle stresse. Elle ne veut pas parler ni écouter une de ses collègues. Elle rêverait de rembarrer Malee, Yazid ou cette grande asperge de Julie. Mais elle manque de confiance en elle, de courage.

Alors, comme d'habitude, elle sait qu'elle va baisser la tête, faire le dos rond et intérioriser ses émotions.

Il n'y a qu'avec Chloé que Noémie se sent forte, supérieure. Importante. La jeune recrue du service sanglote à longueur de journée, elle perd régulièrement ses moyens et Noémie – qui la trouve ridicule – éprouve un sentiment inédit d'orgueil et se comporte comme une vraie mégère, un tyran. Elle se défoule, inconsciemment, sur la petite infirmière qui prend pour tout le reste du service, pour tout le reste du monde noir dans lequel vit Noémie.

Les bruits de pas se rapprochent, contournent le U, et cette grande asperge de Julie se dresse contre le chambranle de la porte de la salle de soins. Elle pose une question au sujet de Malee, Noémie bafouille, balbutie d'un air désintéressé. Elle a aperçu l'infirmière Malee répondre à une sonnette et entrer dans une chambre. Du boulot en moins !

Le visage nacré de Noémie s'empourpre. Elle frotte nerveusement ses avant-bras et sort son paquet de tabac à rouler de la poche kangourou de sa blouse.

Une autre personne dans le service l'effraie. Un patient. Celui de la chambre 5 des soins continus. Archibald Tourmenteur. Elle admet que ce qui s'est passé dans sa chambre n'a rien de naturel, de normal. Elle s'est retenue de partager ses craintes avec cette sainte nitouche de Chloé mais, au fond d'elle, elle sait qu'un phénomène étrange s'est passé avec le dossier du lit de Tourmenteur. Ce type lui file la pétoche.

Filtre. Feuille. Tabac. Glissement des doigts. Coup de langue.

Noémie roule sa cigarette. Le couloir est silencieux. La voie jusqu'aux w.-c. semble libre. Elle tasse le tube de nicotine sur le radiateur, derrière elle, et range son matériel dans la poche de sa tenue.

Le paquet de tabac se loge entre son smartphone dépourvu de réseau, sa feuille de transmission aide-soignante, une paire de gants.

Et un scalpel.

Samedi 15 avril 2017, 0 h 35.

Les râles de la démence résonnent, ricochent contre les murs, emplissent le deuxième étage de l'EHPAD.

Yazid est assis par terre dans la salle de soins de l'étage, le dos contre la pharmacie, il observe le couloir sinistre par l'interstice minuscule de la porte entrouverte. Il l'a laissée volontairement entrebâillée pour pouvoir écouter si quelqu'un approche.

Il transpire, son cœur cogne contre sa poitrine. Ses mains sont moites. Sa barbe hirsute a subi une déforestation massive à force d'être défrichée par ses doigts incapables de tenir en place, agités, stressés.

En fin de compte, il n'est peut-être pas le bonhomme qu'il s'imagine, le *bad boy* intrépide que rien ne choque, le tonton, le lascar toulousain qui n'a peur de rien. La soirée a pris des allures de *GTA Saint-Florentin*, et Yazid constate avec lucidité qu'il n'a rien à voir avec un dur à cuire.

Il jette un coup d'œil à son smartphone en miettes, désossé, répandu sur le sol, à côté de la fontaine à eau. Après une énième tentative infructueuse de joindre l'extérieur, ses nerfs ont lâché, il a expédié de toutes ses forces le portable contre le mur en carrelage au-dessus de l'évier. Il est furieux.

— De nos jours, en 2017, pas moyen d'avertir les flics ! Jamais là quand on a besoin d'eux ! vocifère-t-il en scrutant le couloir obscur.

Yazid visualise le cadavre de Marc et un spasme le fait frémir de la tête aux pieds. Il prend conscience qu'il y a un fossé entre regarder des films, des séries télé, jouer à des jeux vidéo violents et supporter l'abomination dont il a été témoin dans les w.-c. de l'EHPAD. Il n'imagine même pas comment on peut en être l'auteur.

Vulnérable, seul, languissant, c'est dans des instants comme celui-là qu'il rêve des effets euphorisants d'un joint. Un bon gros pétard de ganja. Comme il y a deux semaines, quand Yasmina suivait sa formation d'ostéopathie de trois jours à Toulouse et que Leïla était chez sa belle-famille.

Nostalgique des soirées toulousaines enfumées, il prit l'initiative de contacter la seule personne du coin susceptible de lui fournir un peu d'herbe : Marc. Marc... Marc... Yazid est choqué par le meurtre du veilleur de nuit mais n'éprouve pas de tristesse. Comment être affecté par la mort d'un type comme Marc ? Marc était un gros connard, un putain de raciste, misogyne, manipulateur, obscène et pervers. Non seulement il n'a jamais voulu dépanner Yazid en herbe, mais il l'a fait tourner en bourrique. Il l'a insulté, lui et sa famille – et tous ceux de sa race –, il a pris un malin plaisir à lui souffler sa fumée au visage en lui riant au nez et l'a harcelé toute la semaine pour avoir les numéros de téléphone des filles du service – notamment Malee et Chloé. Ce type était une ordure, il ne manquera à personne, pense Yazid en grattant sa barbe de manière compulsive.

Appuyé contre la réserve de médicaments, il espère secrètement que Julie n'apprendra pas la réaction qu'il a eue après son altercation avec Marc.

Les volets métalliques de la salle de soins sont restés ouverts, la pluie pilonne les fenêtres, de grosses gouttes éclatent contre les vitres comme des impacts de balles.

L'air est lourd, chaud, humide, l'atmosphère est étouffante et Yazid sent la sueur couler dans son dos. Il surveille le couloir en priant pour que personne ne l'appelle. Il veut laisser les personnes âgées dormir, autant que faire se peut, et attendre – si possible – que le jour se lève pour aller les *nurser*. Il se promet d'y passer deux fois plus de temps que nécessaire – pour se faire pardonner – et appréhende l'instant où une sonnerie retentira et où il devra s'exposer hors de son retranchement.

Au loin, à l'autre extrémité de l'étage, près des ascenseurs, les portes coupe-feu grincent.

Yazid se lève subitement.

Chloé est-elle déjà là ? Yazid est sceptique car Julie est partie depuis une vingtaine de minutes seulement.

Et si c'était quelqu'un d'autre ? Un psychopathe en liberté, par exemple ? Le fou furieux qui a exterminé Marc ? L'incertitude paralyse Yazid, l'interrogation lui cisaille les tripes et une vague de chaleur l'envahit. Ce n'est que Chloé, se répète-t-il dans sa tête. Ou pas…

Au milieu du couloir, les secondes portes coupe-feu claquent en se refermant.

Yazid réagit au quart de tour. Il est temps de passer à l'action. Prouver qu'il n'est pas la poule mouillée qui se lamente dans ce mouroir depuis dix minutes.

Avec agilité, il traverse la pièce et se positionne derrière la porte de la salle de soins. Son cœur explose dans sa poitrine mais il se concentre sur sa respiration pour ne pas céder à l'affolement. Il évalue la distance le séparant de la porte. En faisant un pas sur le côté et en prenant appui – comme quand il crochète au foot – il se retrouvera juste derrière son agresseur et pourra viser une veine jugulaire ou, mieux, la carotide. Yazid répète mentalement sa chorégraphie mortelle, empoigne la seringue dans sa main droite. Les jointures de ses doigts sont blanches tellement il serre sa prise. La sueur coule le long de ses tempes.

Soudain il entend des pas. À quelques mètres de lui. Ils se rapprochent.

Yazid cramponne son poignard de fortune et retient son souffle. Son cœur bat si fort qu'il suspecte son assaillant de pouvoir l'entendre aussi. Il sautille, roule les épaules – en guise d'échauffement –, se tapote les joues et se plaque contre le mur, près du lavabo, derrière la porte. S'il fait preuve de rapidité, aucune chance que le tueur résiste à son attaque. Il a l'avantage de l'effet de surprise.

Les pas se rapprochent encore. Deux mètres.

Yazid est en apnée. Tétanisé. *Chloé or not Chloé ?* Il brandit la seringue à hauteur de sa tête, le bras plié, légèrement penché en avant, les jambes fléchies. Paré à attaquer.

Un mètre. Yazid est prêt. La porte s'ouvre.

14

Samedi 15 avril 2017, 0 h 45.

Julie considère Malee d'un air suspicieux. Elle est plaquée contre le dossier de son fauteuil, les sourcils froncés, et toise l'infirmière revêche avec méfiance.

Malee, campée sur le seuil de la porte, immobile, lance un regard furibond à la grande interne.

— Tu voulais me parler ? lâche-t-elle d'un ton toujours empli d'animosité.

— Oui, ferme la porte, s'il te plaît.

Malee lève ses yeux sombres vers le plafond en soupirant. Elle claque la porte du cagibi-salle des internes et s'installe en tailleur sur le second fauteuil. Avec nervosité, elle renoue sa queue-de-cheval en glissant l'élastique enroulé autour de son poignet et se laisse aller, bras croisés, dans le fond du siège. La pièce semble encore plus exiguë. Julie a l'impression que les murs se rapprochent, elle s'étiole, se sent plus confinée et se demande si son bureau résistera aux secousses sismiques de son caractère et de celui de Malee. Contre toute attente, l'infirmière ouvre les hostilités.

— T'as compris où t'avais merdé avec M. Dupain ?

Julie se décompose. Pas à cause des sarcasmes de Malee, mais parce qu'elle a totalement oublié la mort suspecte de M. Dupain – le patient de la 2 –, la veuve en pleurs au téléphone, la future enquête du comité médical dont ses prescriptions feront l'objet. Tous ces problèmes sont à des années-lumière de ses préoccupations actuelles.

Un peu honteuse, Julie élude la remarque et décide de procéder par étapes, d'user d'un stratagème pour faire parler l'infirmière récalcitrante.

— Tu le connais bien, Marc ? tente-t-elle en parlant du veilleur au présent.

— Qu'est-ce que ça peut te foutre ? riposte sèchement Malee.

— C'est bon. Commence pas à t'énerver, Malee. Je te pose juste une question.

— En quoi ça t'intéresse ? Vous avez retrouvé Marc ? Et, au fait, Yazid est revenu ?

— Oui, on l'a retrouvé… Mais Yazid est encore là-bas.

— Ben dis-lui de rappliquer ses fesses fissa. J'en ai marre de répondre aux sonnettes et c'est pas avec l'autre dépressive de Noémie que je vais m'en sortir.

— Écoute, je…

— Et si tu vois Chloé, dis-lui qu'elle s'occupe de son secteur ! C'est la deuxième sonnette de son côté et je ne les connais pas, moi, ses patients. Qu'elle bosse un peu aussi, celle-là !

Julie se racle la gorge. Les supercheries ne fonctionnent pas avec Malee, jamais elle ne répondra à ses questions. L'infirmière esquive les ruses, évite de tomber dans le panneau et le ton grimpe aussitôt.

Mauvaise méthode. Julie dégage la frange qui lui barre le front et essaie une autre technique. Elle doit enterrer la hache de guerre.

— Écoute, Malee. On a toutes les deux dit des choses qui dépassaient nos pensées, tout à l'heure. On va devoir se supporter encore un moment, alors si on laissait tomber, hein ? Sérieusement. Si on levait le pied, toutes les deux ? Qu'est-ce que t'en dis ?

Malee arbore une moue sardonique, d'une jubilation malsaine. Elle savoure l'abdication de sa rivale. Elle resserre ses bras contre sa poitrine et plonge ses yeux sombres dans les prunelles de Julie. Son visage se crispe, sévère et froid.

— Toi, tu regrettes, moi pas. Je pense encore chaque mot de ce que je t'ai dit. J'assume ce que je dis, moi ! Reconnais que t'as merdé avec M. Dupain, Julie, et ne rejette pas la faute sur les autres. T'es incompétente ! Narcissique ! Tu prends tout le monde de haut.

— Arrête !

— Je pensais que tu allais me parler de M. Dupain. J'ai autre chose à foutre que d'écouter vos conneries, à toi et à Yazid, conclut Malee en se levant, furieuse.

— Marc a été assassiné !

Décidément, le tact n'est pas le point fort de Julie. Elle sent sa respiration s'accélérer, l'adrénaline s'insinuer dans ses veines à l'approche du conflit inévitable. Encore. Ses pommettes sont rouges, elle a chaud, annoncer la mort de Marc a été sa seule option pour mettre un terme aux offenses de Malee.

— Marc a été assassiné, répète-t-elle en essayant de conserver son calme. Yazid est encore là-bas et Chloé est partie le rejoindre.

Julie explique son plan, la collaboration de M. Bruno, les tentatives ratées pour contacter les autorités. Malee se rassoit. Elle reste muette, impassible, elle écoute avec attention les péripéties de l'EHPAD. Son regard perçant sonde Julie. Elle sort son stylo quatre couleurs de la poche béante de sa blouse, le fait passer entre ses doigts avec dextérité, enclenche à tour de rôle les mines noire, verte, rouge et bleue avec acharnement et nervosité.

Un silence pesant plane quelques secondes dans le placard à balais. Les deux jeunes femmes se jaugent. Face à face. La lueur discrète de l'écran de l'ordinateur les éclaire de profil, leur autre profil est plongé dans l'ombre. L'ampoule du bureau reste éteinte, par mesure de précaution, car personne dans le service ne peut prévoir combien de temps tiendra le générateur de secours, ni même où celui-ci se situe.

— Pourquoi tu voulais savoir si je connaissais Marc ? crache Malee au visage pâle de Julie.

— Je dois chercher qui avait des raisons de vouloir sa mort.

Malee pouffe de condescendance.

— Alors c'est ça, je suis suspectée de meurtre, maintenant !

— Tout le monde est suspect jusqu'à preuve du contraire. Yazid pense qu'un fou se promène dans l'hosto. Je ne suis pas de son avis.

Malee lève les yeux au plafond.

— Et tu m'accuses, direct. Tout ça parce que moi, je dis ce que je pense et qu'on s'est pris la tête tout à l'heure. Mais tu te prends pour qui, toi ? T'es flic, maintenant ? Va te faire foutre avec tes questions !

Julie s'emporte. La moutarde lui monte au nez. L'insubordination et les insultes de Malee la rendent folle de rage. Elle bouillonne. Cette petite garce va le regretter ! jure-t-elle dans sa tête.

— Et ça, c'est quoi ?

Julie a hurlé. Elle brandit le smartphone de Marc sous les yeux exorbités de Malee. L'infirmière se laisse choir sur le fauteuil sans rien dire et manipule son stylo quatre couleurs de plus belle.

— Je te le lis ! poursuit Julie avec un sentiment de triomphe – elle a enfin réussi à fermer le clapet de Malee. Tu l'as envoyé jeudi à 21 h 30 : SI TU FAIS ÇA, JE TE JURE QUE JE TE CRÈVE !

Malee fusille la grande interne du regard. Julie enchaîne, portée par l'excitation de sa petite victoire.

— Alors, arrête tes conneries, Malee ! Si je t'accuse, c'est que j'ai mes raisons. Ne sois pas ridicule !

Malee se renfrogne. Le stylo tombe de sa main et elle croise les bras sur sa poitrine. Elle se referme comme une huître.

— J'ai rien à te dire, je te dois rien, annonce-t-elle, un peu déstabilisée.

— Mais putain, Malee ! On a dépassé le stade où c'était toi et moi ! C'est plus de moi qu'il s'agit. Soit un fou se balade dans l'hosto, soit c'est l'un d'entre nous qui a tué Marc ! Réfléchis ! Il en va de notre sécurité à tous !

Malee marmonne des sons inaudibles au fond de son siège. Son regard scanne l'ensemble du mobilier de la petite pièce mais change aussitôt de direction quand il croise celui de la grande interne. Julie gagne en assurance, elle réitère sa question avec plus de fermeté.

— Dis-moi pourquoi tu as envoyé ce SMS à Marc.

— Ça ne te regarde pas.

— Ça nous regarde tous, au contraire ! Nous sommes peut-être tous en danger. Aide-moi à te rayer de ma liste des suspects.

— Sinon quoi ? T'es devenue profileuse ? Tu vas m'arrêter ? T'as la folie des grandeurs, ma vieille !

— Réponds simplement à ma question.

Malee tend son majeur en guise de réponse.

Julie ignore l'obscénité. Concentrée sur son rôle d'enquêtrice, elle refuse de céder à la colère qui l'assiège. Elle scrute les réactions de l'infirmière qui fuit toujours son regard. Malee lui sort par les yeux et elle est de plus en plus intriguée par son comportement.

— Qu'est-ce qu'il t'a fait pour que tu lui envoies ce message ? demande-t-elle en adoucissant sa voix et en feignant la compassion.

Malee ronchonne. Elle remue sur son siège, souffle d'exaspération et secoue la tête. Sa queue-de-cheval fouette l'air.

— Bon, ça suffit, Malee ! Réponds-moi, maintenant ! Mets-toi à ma place. Tu tombes sur ce message, qu'cst-ce que tu fais ? Comment tu réagis ? J'interrogerai les autres de la même façon mais, pour le moment, réponds à ma question. Qu'est-ce qu'il t'a fait, Marc ?

Malee part d'un rire jaune en examinant le plafond, puis s'incline en soupirant.

— Ça va. C'est une histoire à la con…

— Quoi, comme histoire ?

— Une histoire de cul.

— Et alors quoi ? Raconte.

Malee se redresse, dévisage Julie et expire bruyamment avant de répondre.

— Marc était un connard. Tous ceux qui le connaissaient te le diront. Quand je suis arrivée ici, je ne le savais pas. Il m'a fait des avances, du rentre-dedans et, bon, je vais pas te faire un dessin, mais il y a un mois on a couché ensemble. Voilà.

Julie observe attentivement Malee, sa gestuelle, ses mimiques, ses tics nerveux. Elle se surprend à penser au professeur René Moutrut quand il recevait Archibald Tourmenteur en entretien.

— Et c'est tout ? s'enquiert-elle.

Les yeux bridés de Malee poursuivent leur ballet aérien. Elle devient agressive, sa voix monte dans les décibels. Elle retrouve son tempérament.

— Non, ce n'est pas tout ! Ce connard nous a filmés avec sa webcam pendant qu'on baisait. Il a une vidéo. Et il menaçait de la publier si je refusais de recoucher avec lui et de lui faire ces trucs dégueulasses qui le font bander ! C'est quand j'ai appris l'existence de cette vidéo que je lui ai envoyé le SMS. Voilà, t'es contente, Miss Casse-couilles ? Maintenant, pour répondre à la prochaine question que tu vas me poser : non, je n'ai pas tué cette petite merde, même si j'en crevais d'envie !

Le ton ferme de Malee ne laisse aucune place à la négociation. La discussion est close, Julie le sait. Au-delà de ses soupçons, elle éprouve une certaine crainte en étudiant le visage autoritaire de Malee. Les yeux plissés, elle observe l'infirmière qui se plie en deux pour ramasser son stylo quatre couleurs et découvre – contre sa volonté – la moitié du postérieur de Malee et le string affriolant qui lui rentre dans les fesses, avant qu'elle quitte le bureau d'un pas précipité en claquant la porte.

Julie se fige. Elle n'est pas intriguée par les fesses hâlées ou la lingerie-ficelle de Malee. Non. Elle est interloquée par la grande taille de sa tenue. Une taille beaucoup trop grande pour elle. Julie le remarque pour la première fois.

Une vérité éclate dans son cerveau. Le meurtre de Marc a été d'une violence inouïe. Des dizaines, des centaines de blessures. Le veilleur de nuit s'est vidé de son sang, les projections ont repeint les murs des w.-c. de l'EHPAD. Celui ou celle qui a fait ça a dû s'en mettre partout. Forcément. Il ou elle a dû changer de tenue.

Samedi 15 avril 2017, 0 h 45.

Ses Crocs roses résonnent dans le couloir. Les dalles du faux plafond vibrent, certaines jonchent le lino de l'étage, d'autres tiennent en équilibre, menaçant de tomber sur sa tête brune. Il fait entièrement noir. Seul un rai de lumière provient de la salle de soins et attire la petite infirmière comme un phare dans un ciel d'encre.

Chloé presse l'allure, pousse la porte et passe son visage de poupon dans l'ouverture.

— Y a quelqu'un ?

Une ombre bouge sur sa droite. Chloé voit une forme humaine se mouvoir dans le reflet de la vitre étincelante de pluie, devant elle, derrière le bureau.

Elle hurle. Yazid hurle. Tout le monde hurle.

— Chloé ?

— Yazid ?

L'aide-soignant étreint Chloé avec vigueur, il la plaque contre lui comme s'il ne voulait plus jamais la relâcher. Il est pâle, luisant de sueur, ses yeux sont rouges, pigmentés par des vaisseaux sanguins éclatés. Il peine à reprendre son souffle.

— Ce que je suis content de te voir, soupire-t-il en reculant et en examinant l'infirmière de la tête aux pieds. Ça va ? Tu n'as rien ?

Chloé se remet de ses émotions. Péniblement. Elle tremble. Aucun son ne sort de sa bouche. La boule dans sa gorge l'empêche de déglutir, la morve coule de son nez. Les sanglots enraient ses cordes vocales et l'empêchent de parler de façon intelligible. Sa respiration est saccadée. Sa poitrine se soulève et s'abaisse au rythme des palpitations causées par la poussée d'adrénaline et la course effrénée qu'elle a faite pour monter au deuxième étage de l'EHPAD. Des plaques rouges ornent son cou et son buste.

— Qu'est-ce que tu faisais derrière cette porte ? demande-t-elle en hoquetant – la terreur assombrissant son regard de poupée.

— J'étais pas sûr à cent pour cent que c'était toi, confesse Yazid d'une voix éraillée.

Chloé ouvre ses yeux bleus aussi grands que possible.

— Co… Comment ça ?

— Julie t'a mise au courant pour Marc ?

Les yeux toujours exorbités, Chloé acquiesce nerveusement de plusieurs hochements de tête. Yazid grimace avant de poursuivre.

— Elle pense que l'assassin est parmi nous. Qu'il fait partie de l'équipe, peut-être même ! Mais moi, je ne suis pas d'accord. Si tu avais vu dans quel état est Marc, tu saurais, comme moi, que personne de normal n'est capable de faire un truc pareil. Un enfoiré de psychopathe se promène dans l'hosto, Chloé, c'est moi qui te le dis. Et quand j'ai entendu des pas dans le couloir, ben j'ai cru... j'ai cru... enfin tu vois, quoi. Que ça pouvait être lui...

Chloé n'en croit pas ses oreilles. Sa bouche forme un O, elle écoute Yazid avec tout le désespoir du monde sur ses épaules menues.

— Tu penses qu'un tueur rôde dans l'hôpital ? s'enquiert-elle.

— Obligé. Marc s'est fait zigouiller comme dans un film d'horreur. Un truc de ouf. Un carnage. Je ne vois personne dans l'équipe capable de faire ça.

Yazid ponctue ses propos en agitant ses mains comme un chanteur de rap récitant un couplet. Chloé, accablée, fait le tour du bureau et s'installe sur le fauteuil, devant la baie vitrée maltraitée par la pluie diluvienne. Elle a les yeux gorgés de larmes, elle renifle, s'essuie le visage avec le dos de sa main, elle essaie de se sortir de ce labyrinthe de pensées morbides.

— Julie pense que c'est quelqu'un du service ?

Yazid attrape le dernier gobelct de la fontaine à eau, appuie sur le bouton et sert un verre d'eau fraîche à l'infirmière dépitée. Il observe Chloé avec morosité et empathie – comme un grand frère bienveillant. Il l'incite à boire avant de continuer.

— Elle ne pense pas qu'il y ait quelqu'un d'autre dans l'hosto. Et comme il n'y a que nous, elle est persuadée que l'assassin fait partie de l'équipe. Perso, je ne crois pas.

— Mais elle pense à qui ? bredouille Chloé, choquée par les révélations de l'aide-soignant.

— On a trouvé un SMS, sur le portable de Marc. Une menace. Le genre de message très explicite. Il a été envoyé par Malee.

Chloé tend son petit cou, les yeux écarquillés.

— Malee ? C'est pour ça que Julie voulait absolument lui parler ?

Yazid opine en grattant sa barbe hirsute. D'un mouvement du menton, il indique le gobelet d'eau à Chloé pour la forcer à s'hydrater.

— Ouais. Julie s'est mis dans la tête qu'on devait enquêter. On n'est pas arrivé à joindre les flics à cause de la coupure de réseau. Ça m'a tellement soûlé que j'en ai explosé mon portable.

Yazid pointe du doigt les débris électroniques répandus sur le sol, près de l'évier. Chloé boit une gorgée d'eau. Cela lui fait du bien. Elle passe ses cheveux derrière ses oreilles, puis fixe gravement l'aide-soignant incapable d'arrêter de gesticuler avec les mains.

— Il disait quoi, ce message ?

— En gros : si tu fais ça, je te bute. Plutôt clair, quoi.

— Et tu sais de quoi elle voulait parler ?

— Non. Mais Julie voulait justement la voir pour en discuter.

Chloé trempe ses lèvres dans le gobelet, l'air perplexe.

— Julie pense que Malee a tué Marc ?

— Elle la soupçonne, en tout cas. Faut dire que son SMS était plutôt chelou. Perso, je vois mal Malee, ni qui que ce soit d'autre dans le service, mettre Marc dans un état pareil.

Chloé avale un peu d'eau puis, le nez dans son verre, fond en larmes.

— Tu le connaissais bien, Marc ?

Chloé relève la tête. Ses cheveux bruns collent sur son visage bouffi, rouge – marqué par les traces de ses paumes de main –, sillonné par les torrents de larmes inépuisables qui ruissellent de ses yeux bleus globuleux.

— Quoi ? articule-t-elle pitoyablement.

Yazid est assis sur le bureau, le dos appuyé au mur, ses baskets collector battent un rythme imaginaire sur le bois du meuble. Il observe Chloé avec tendresse – ou pitié –, sourit et tente de consoler la mini-infirmière.

— T'inquiète, Chloé. Ça va aller. On va s'en sortir.

Chloé renifle en guise de réponse.

— Je laisserai pas ce fils de pute de taré te faire du mal. T'as ma parole.

Chloé, pliée en deux au-dessus du bureau, esquisse un sourire en se redressant. Elle voit bien que Yazid essaie d'être gentil, de la rassurer, de l'apaiser, de la cajoler, mais son cœur est hermétique à toute tentative de réconfort. Elle doute d'être capable d'éprouver une certaine quiétude, tant que son petit corps ne scra pas comprimé entre les bras de son Sylvain.

— Tu le connaissais, Marc ? répète l'aide-soignant, sur son bureau perché.

— Euh… Non. Enfin, un peu.

— Vous étiez au lycée ensemble, non ?

— Oui, mais on avait un an d'écart. Quand je suis arrivée en seconde, il était en première. On se voyait aussi aux matchs de rugby, quand mon chéri y jouait. Mais je ne lui ai jamais vraiment parlé. Noémie le connaît mieux. Ils étaient dans la même classe, de la seconde à la terminale.

— Une chose est sûre : cet enfoiré ne manquera à personne, ponctue Yazid d'un mouvement de la main – les doigts en éventail – en secouant sa tête chauve.

Chloé note la colère dans la voix de Yazid. Elle opine timidement. Elle remarque également que l'aide-soignant dispose d'une vue plongeante sur son décolleté – sa blouse démesurément trop grande – dévoilant, sans aucune pudeur, beaucoup trop de ce que seul Sylvain est habilité à voir. Et personne d'autre ! Elle surprend le regard furtif et coquin de Yazid et tire prestement sur sa tenue au niveau des épaules. Son visage s'empourpre.

— Et… Et toi, tu le connaissais, Marc ? demande-t-elle dans la précipitation, pour masquer son embarras.

Une fois sa question posée, Chloé se souvient aussitôt de l'histoire entre l'aide-soignant et le veilleur de nuit et du scandale qui a secoué le centre hospitalier tout entier. Soudain galvanisée par son élan de lucidité, laissant sa gêne de côté, elle enchaîne avec son accent chantant du Sud-Ouest :

— Oh con ! Mais oui ! C'est vrai ! Ça avait chauffé entre vous deux, devant l'hôpital, un midi !

Le visage de Yazid se fige. Sévère. Glacial. Son regard se perd dans les ombres qui paradent sur les armoires de la salle de soins, de l'autre côté de la pièce.

— On peut dire ça comme ça, ouais. Marc n'avait eu que ce qu'il méritait. Ce type était un connard de la pire espèce.

Chloé se sent subitement mal à l'aise – encore plus que d'habitude. Elle se raidit. Un frisson parcourt son échine, ses yeux balaient l'espace avant de revenir à l'aide-soignant.

— Tu l'as dit à Julie ? Tu lui as dit comment ça s'est terminé entre vous, ce jour-là ? Tu lui as dit ce que tu as fait à Marc ?

Yazid tourne la tête vers Chloé et la dévisage.

— Non ! tranche-t-il. Et ça m'arrangerait que tu ne lui en parles pas. Si Miss Toulouse l'apprend, ça va m'attirer des ennuis.

15

Samedi 15 avril 2017, 1 h 10.

Julie cogite à toute vitesse.

Vautrée sur son fauteuil à roulettes, les mains posées sur la tête, doigts croisés, bottines sur le bureau, elle décortique sa discussion avec Malee.

La salle des internes est plongée dans les ténèbres, seul l'écran de veille de l'ordinateur éclaire le visage contrarié de Julie. Elle est furieuse. Elle repense à l'insolence et à la vulgarité de l'infirmière vers qui se tournent ses soupçons. Malee est ingérable. Elle ne respecte rien ni personne. On ne peut rien lui dire, son agressivité grimpe dans les tours à la moindre réflexion. Le dialogue est impossible avec cette garce, Malee est instable, pense Julie en se mordant la lèvre inférieure. Elle est toujours en colère contre l'infirmière revêche pour la façon dont elle lui a parlé, l'a insultée – encore –, pour son ton méprisant et son comportement agressif.

Julie n'a pas l'habitude qu'on ne lui obéisse pas ni qu'on la rembarre de cette façon. D'habitude – c'est vrai – on se plie à ses quatre volontés. Du coup, elle déteste Malee. L'infirmière lui résiste, la provoque, elle n'a fait qu'accroître le doute sur sa culpabilité dans l'esprit analytique de Julie, qui compte bien poursuivre ses investigations.

Affalée sur son siège, les mains en l'air, Julie tourne la tête, hume malencontreusement son aisselle droite et baisse aussitôt les bras en soupirant. Elle fouette ! Une douche avec un jet brûlant sur son dos la fait fantasmer. Elle rêve d'une bonne nuit de sommeil et qu'un hélico de la gendarmerie l'emmène le plus loin possible de ce pays de dégénérés.

Elle déplace la souris de l'ordinateur, la clarté de l'écran l'éblouit. Les yeux plissés, elle examine toutes les étapes de son interrogatoire avec cette insubordonnée de Malee. Julie est intriguée par le regard fuyant, les coups d'œil vers le haut, de sa suspecte. L'infirmière a délibérément évité son regard, elle s'est mise très vite sur la défensive et Julie se demande bien pourquoi.

Malee a-t-elle massacré Marc ? Est-elle capable d'un tel excès de rage, d'autant de monstruosité ? Julie ne sait pas quoi penser.

Elle estime Malee apte à commettre un meurtre, mais la frontière est immense entre un homicide *lambda* et l'abomination qu'elle a vue dans les w.-c. de l'EHPAD. L'infirmière a-t-elle assez de folie en elle pour avoir fait ça ? Julie en doute. Le mobile de la vidéo – la *sextape* – est un peu léger. Elle a du mal à imaginer Malee – ou n'importe qui d'autre – tuer Marc à cause d'une vidéo pornographique filmée à son insu. Cette histoire est tirée par les cheveux et manque de crédibilité.

Néanmoins, deux éléments perturbent le raisonnement de Julie. Premièrement, aux yeux de l'interne,

Malee a utilisé un peu trop rapidement le passé pour parler de Marc. Elle l'a employé pour le décrire, sitôt le meurtre annoncé. Plutôt curieux. Comme si elle savait déjà qu'il était mort… Deuxièmement, et c'est le point essentiel, elle a changé de tenue. Julie en est certaine, l'infirmière s'est changée. Pourquoi ? Était-elle tachée ? Par qui ? Par quoi ? Un flacon de Bétadine renversé ? Les urines d'un patient ? Des souillures pendant les toilettes mortuaires ? Ou bien est-ce à cause du sang que Marc crachait à profusion à chaque blessure qu'elle lui infligeait ?

Julie, sceptique, refuse que son jugement soit corrompu par sa haine envers Malee et décide de poursuivre son enquête. Elle doit rester neutre – autant que faire se peut. Prochain témoin : Noémie.

Julie sort de son bureau-placard à balais. Elle veut s'extraire de sa zone de confort – si on peut décrire son cagibi comme confortable – et interroger Noémie sur un terrain neutre, où l'aide-soignante taciturne ne sera pas intimidée.

Le couloir qui relie le service de médecine interne au hall des ascenseurs est éteint. Après la coupure d'électricité, l'équipe a décrété qu'il ne faudrait allumer les lumières qu'en cas de nécessité absolue, lors des soins, par exemple, et ainsi préserver au maximum l'autonomie du générateur de secours. Personne ne sait combien de temps les groupes électrogènes tiendront ni quand les secours viendront les aider.

Noémie est dans la même position que tout à l'heure, appuyée contre la baie vitrée de la salle de soins, les pieds sur un tabouret, la tête penchée et le regard perdu dans la nuit déchaînée.

Julie jette un coup d'œil en arrière, puis ferme la porte avant d'interpeller l'aide-soignante songeuse, en pleine contemplation du déluge.

— Excuse-moi, Noémie, tu aurais cinq minutes ?

La question est rhétorique, mais Julie veut tenter l'approche la plus douce possible avec l'aide-soignante au look gothique. Elle doit lui annoncer la mort de Marc avec tact – pour une fois – et étudier sa réaction. Elle ne connaît pas Noémie, elles ne se sont quasiment jamais parlé, et elle ignore ce qui peut bien se passer sous cette chevelure teinte en noir de jais. Julie remarque que les racines de Noémie sont plus claires, au sommet de son crâne : la couleur naturelle de l'aide-soignante n'est certainement pas si foncée.

— Qu'est-ce qu'il y a ?

Noémie est livide, le visage mangé par les cernes. Elle observe Julie d'un air las, ses yeux ressemblent à ceux d'un teckel auquel on aurait oublié de donner une friandise promise. Elle tire sur les manches de son tee-shirt, dégage ses cheveux d'un mouvement de nuque et encercle ses genoux avec ses bras.

Julie pose une fesse sur le bureau. Les ordinateurs sont tous éteints – économie d'énergie oblige –, l'ampoule du plafond se balance au rythme des courants d'air invisibles, créant un jeu d'ombres sur les murs, le grand tableau blanc magnétique et les portes fermées de l'armoire contenant la paperasse médicale.

Si elle devait diagnostiquer Noémie – outre son syndrome dépressif notoire – elle dirait que la jeune femme souffre d'anémie. Sa peau est d'une pâleur inquiétante et contraste avec l'obscurité du ciel en arrière-plan.

Julie inspire un grand coup, puis se lance avec prudence.

— Ça va, Noémie ? Tu tiens le choc ?

— Mouais.

— Tant mieux. Quand tu auras le temps, j'aimerais que tu étendes des draps sur les flaques d'eau du couloir. Pour éviter que ça se propage et qu'on finisse tous électrocutés.

Julie essaie de faire preuve de complaisance, de détendre un tantinet l'atmosphère avant d'atteindre le point de non-retour de la discussion. Elle n'a aucune idée de la façon dont va réagir l'aide-soignante, et ne souhaite pas que celle-ci pète les plombs en apprenant la nouvelle du meurtre de Marc.

— Si tu veux, renvoie Noémie, nonchalante, en grattant ses jambes squelettiques.

— OK, cool.

Julie se prépare mentalement à lâcher sa bombe, elle scrute Noémie en appréhendant la manière dont la jeune femme, triste et fatiguée, va digérer l'information. Elle se racle la gorge avant de démarrer.

— Il y a autre chose dont je voulais te parler.

— Quoi ?

— Comment dire… On a retrouvé Marc. Il a été assassiné dans les toilettes de l'EHPAD.

Julie marque un temps d'arrêt, étudie le visage inexpressif de l'aide-soignante. Le regard de Noémie passe des yeux verts de l'interne au lino, à ses Crocs noires recouverts de Pin's glauques, puis à la fenêtre, sur sa gauche.

— Ah, répond-elle en épiant le mur de boue qui s'élève maintenant au-dessus du premier étage.

Julie ouvre grand les yeux, sa mâchoire tombe. L'apathie de Noémie la déstabilise. Elle reste coite, les bras ballants entre ses cuisses.

— Tu le connaissais, Marc ? poursuit-elle malgré l'effet de surprise.

— Ouais.

L'attitude amorphe de Noémie commence à énerver l'interne.

— Et tu le connaissais d'où ?

— Du collège et du lycée.

Julie réprime l'envie de se lever, de bousculer ce sac d'os jusqu'à ce qu'elle lui crache tout ce qu'elle veut savoir. Elle inspire en silence et continue son interrogatoire le plus calmement possible.

— Vous étiez dans la même classe ?

— Ouais.

— Au collège et au lycée ?

— Qu'au lycée.

— Marc avait redoublé ?

— Ouais, la troisième.

Julie se met en rogne. Elle est obligée de tirer les vers du nez de Noémie qui s'efforce d'en dire le moins possible. D'un autre côté, elle reconnaît que l'aide-soignante coopère – à sa façon –, contrairement à Malee la rancunière.

— Vous étiez amis ? se risque Julie.

Pour la première fois depuis le début de l'entretien, Noémie plonge ses yeux sombres dans ceux de l'interne.

— Non ! crache-t-elle.

Elle frotte ses avant-bras, enfouit sa tête dans ses épaules maigrichonnes et repart dans la contemplation du paysage apocalyptique de la colline qui surplombe Saint-Florentin-sur-Lot.

Julie se maîtrise pour ne pas tordre le cou de la morte-vivante avachie devant elle et opine en signe de compréhension.

— Je ne le connaissais pas, personnellement, mais d'après ce que j'ai entendu, ça avait l'air d'être une belle ordure.

Elle opte pour la compassion, Noémie tourne la tête et la dévisage.

— Ouais. Bien contente qu'il soit mort.

Julie encaisse la réplique comme un uppercut dans l'estomac. Elle devient nerveuse, attrape une mèche de cheveux et l'enroule autour de son doigt en fixant Noémie, qui fuit toujours son regard. L'aide-soignante paraît totalement désintéressée, elle reste flegmatique, comme si elle ne réalisait pas l'ampleur de la tragédie ni le danger imminent.

Le pouls de Julie s'accélère. Le comportement de Noémie intensifie ses craintes et éveille de nouveaux soupçons.

— Il t'a fait du mal ? tente-t-elle au hasard.

— Marc a toujours pris un malin plaisir à faire du mal aux autres.

Julie constate qu'elle est à bout de patience. En temps normal, elle aurait proposé un café à Noémie, elle aurait essayé de jouer le rôle de la bonne copine pour entrer dans son cercle de confiance. À présent, elle a juste envie de la secouer comme un cocotier pour faire tomber la vérité.

— Tu as eu des soucis avec Marc ?

— Hum.

— Ça remonte à quand ? À l'époque du lycée ?

— Je veux pas en parler.

— Chloé aussi était au lycée avec vous ?

— Je veux pas en parler, je te dis, et me parle pas de cette sainte nitouche de Chloé !

Noémie se barricade dans son mutisme, les jambes pliées et enlacées par ses bras rachitiques. Elle se rabougrit. Ses piercings scintillent dès qu'elle tourne la tête, et Julie n'arrive pas à détourner le regard du tatouage de serpent enroulé dans une tête de mort sur son cou ni du clou qui apparaît sur la langue de l'aide-soignante quand elle ouvre la bouche.

— OK, je comprends. Écoute, comme les secours n'arriveront pas avant plusieurs heures, on doit trouver qui a tué Marc, tu comprends ?

— Ne me parle pas comme à une débile ! riposte sèchement Noémie sans détacher son regard de la tempête.

Julie, étonnée, relève la tête.

— Je ne te prends pas pour…

— Tu crois que je ne te vois pas venir avec tes accusations ?

— Je n'accuse personne, se défend Julie, qui préfère le nouveau ton de la conversation. Mais l'assassin est parmi nous. C'est incontestable. Toi qui le connaissais depuis longtemps, tu sais qui aurait des raisons de vouloir sa mort ?

Noémie tourne paresseusement la tête vers la grande interne.

— Tout Saint-Flo, j'imagine, à part ses abrutis de potes.

— Marc vivait à Saint-Florentin ?

— Ouais.

— Toi aussi ?

Noémie dévisage Julie avant de répondre.

— Ouais.

— Tu sais qui d'autre dans le service habite le village ?

— Non.

Julie se sent un peu bête avant de formuler la question suivante.

— Il était quoi, d'ailleurs, Marc ? Veilleur de nuit, c'est pas un diplôme, ça.

— Il est aide-soignant.

— Tu connais sa fiche de poste, tu sais quels étaient ses horaires ?

— Il bosse en douze heures. De 20 heures à 8 heures.

— Tu n'as jamais postulé pour ce boulot ? Ça ne t'a jamais intéressée ?

— Non.

— Tu sais où il a fait ses études ?

— À Cahors.

— Toi aussi, tu as eu ton diplôme là-bas ?

Noémie fronce les sourcils et scrute ses Crocs noires.

— Ouais.

— Vous étiez dans la même promo ?

— Hum.

— Décidément, vous vous êtes suivis. Collège, lycée, école d'AS, vous ne vous quittiez plus !

Noémie s'assoit d'un coup.

— Ça veut dire quoi, ça ?

— Rien. T'inquiète. J'essaie juste de faire des liens.

— Marc était un connard. Un gros connard. Il n'a que ce qu'il mérite ! Je le déteste, lui et toute sa bande de débiles profonds. Je suis bien contente qu'il soit mort. C'est ça que tu voulais entendre ? Fais pas style d'être ma pote. Tu m'as ignorée jusqu'à aujourd'hui et maintenant que l'autre con s'est fait tuer, tu t'amènes avec tes airs supérieurs en me passant la pommade pour savoir si j'ai tué Marc. Fous-moi la paix, Julie !

Noémie se gratte frénétiquement les avant-bras, coince ses mains sous ses aisselles et croise les bras en se tournant vers la fenêtre.

Julie n'a jamais entendu autant de mots sortir de la bouche de l'aide-soignante. Elle est sidérée par cette repartie inédite et décide de jouer la carte de la franchise.

Au loin, dans le couloir, une sonnette retentit.

— Excuse-moi, tempère Julie. Je n'insinuais rien, crois-moi. Je mène ma petite enquête. C'est tout. Un fou furieux est peut-être en liberté et on doit se serrer les coudes. S'assurer que l'on ne court aucun danger. Yazid et Chloé veillent sur l'EHPAD. Malee et toi, vous surveillerez les patients du service en attendant que je prenne une décision.

La sonnette tinte dans tout l'étage et parvient aux tympans de Julie. Elle se souvient qu'elle a des patients à charge – chose qu'elle a tendance à oublier depuis la découverte de Marc – et décide de boucler rapidement son interrogatoire.

— Avant que je te libère, dis-moi une dernière chose. Toi qui le connaissais depuis longtemps, tu sais si quelqu'un voulait sa mort ? S'il avait reçu des menaces ? S'il avait des ennemis en particulier ? Je ne sais pas, moi. Il n'a pas été impliqué dans une sale histoire récemment ? Une bagarre ? Un deal de drogue ? J'ai entendu dire qu'il consommait pas mal.

Noémie pouffe, à la grande stupéfaction de Julie.

— À part Yazid, qui lui a pété le nez il y a deux semaines, y a rien qui me vienne en tête, là, comme ça.

La respiration de Julie se bloque. Ses pupilles se dilatent.

— Yazid s'est battu avec Marc ? répète-t-elle, incrédule.

— Ouais. C'était il y a deux semaines. À midi, devant l'accueil du centre. Au moment de la relève. Y avait pas mal de monde. Marc fumait sa clope, ou son joint, j'en sais rien. Yazid et lui se sont embrouillés et, d'un coup, Yazid lui a mis un coup de boule. J'y étais. J'ai grave kiffé. Je terminais ma clope quand ça s'est passé. La Chloé aussi y était. On embauchait toutes les deux l'après-midi.

Julie est estomaquée. Elle boit les paroles de l'aide-soignante et note un rayonnement dans ses prunelles sombres, la souffrance de Marc semble la combler de bonheur. Julie se met sur ses gardes.

La sonnette retentit toujours dans le service.

— Et tu sais pourquoi il l'a frappé ?

— Non.

Julie réfléchit. Elle doit creuser davantage.

— Et entre toi et Marc, tu peux me dire si…

La porte de la salle de soins s'ouvre brusquement.

Malee apparaît dans l'embrasure.

— Les meufs, ça sonne ! lance-t-elle en fusillant Julie du regard.

Julie se redresse en adoptant une attitude de défi.

— J'ai presque terminé avec Noémie, rétorque-t-elle en fixant l'infirmière toujours aussi courroucée.

— C'est du côté de Chloé que ça sonne.

— Tu pourras aller voir, Noémie, s'il te plaît ? quémande Julie sans rompre le contact visuel avec sa rivale.

Enracinée sur le seuil, Malee – pour la première fois de la soirée – semble troublée.

— C'est la 5 qui sonne.

— La 5, répète Julie en tournant la tête vers Noémie.

Soudain le temps s'arrête. Les neurones se connectent. L'information monte au cerveau. Les trois jeunes femmes s'observent les unes les autres, sans prononcer un mot. Dehors, l'orage éclate, illumine la salle de soins, dévoilant leurs visages apeurés.

La chambre 5 sonne. La chambre d'Archibald Tourmenteur.

16

Samedi 15 avril 2017, 1 h 30.

Julie sature. Elle est à deux doigts de courir se réfugier sous son bureau, de verrouiller la porte et d'attendre l'arrivée des secours. Elle ignore si elle pourra en supporter davantage.

Les rebondissements s'enchaînent – tous plus invraisemblables les uns que les autres – et la nuit est encore loin d'être terminée.

C'est trop pour elle. Elle va devenir folle. Elle ne sait plus quel jour on est, l'heure qu'il est, ni depuis combien de temps elle est enfermée dans le centre hospitalier à courir partout pour maintenir un certain équilibre, une harmonie, surveiller ses patients et enquêter sur le meurtre atroce d'un type que tout le monde détestait. Elle va craquer, perdre ses moyens. Elle sent la crise d'hystérie poindre en elle. Elle imagine presque tous ses collègues coupables : Malee, Noémie, et même Yazid. Julie va finir dingue. La tempête, l'isolement, le confinement, la fatigue, la frayeur, tous ces paramètres faussent ses raisonnements, ses déductions, et perturbent son objectivité. Elle est exténuée, lasse, ses forces l'abandonnent. Et comme si cela ne suffisait pas, le même homme déboule toujours au moment le pire, dans des circonstances inexplicables : Archibald Tourmenteur.

Si le Mal existe, Archibald Tourmenteur en est l'incarnation...

Julie frissonne. L'homme à l'origine de tous les malheurs de cette nuit épouvantable, songe-t-elle, prostrée sur le bureau de la salle de soins, les épaules rentrées sous le poids de toutes les catastrophes qui s'accumulent.

Inspiration. Poitrine bombée. Tête haute. Retour à la réalité. Julie puise dans ses ressources et se lève d'un bond. Elle est forte, téméraire, c'est une battante. Cette détermination coule dans ses veines depuis son plus jeune âge : c'est une détective née. Son sens logique est inscrit dans son ADN, ancré dans son patrimoine génétique, hérité de son père – légende de la place Beauvau – qui a fini sa brillante carrière comme commissaire de la PJ de Toulouse.

Julie a une âme d'investigatrice. Oui, elle peut élucider le meurtre de Marc. Oui, il y a une explication plausible à l'activation de la sonnette d'Archibald Tourmenteur.

Du haut de son mètre quatre-vingt-un, Julie toise Malee et Noémie, figées dans la même position depuis deux minutes, silencieuses, spectatrices de l'expression du visage nacré de la grande interne ; l'une affiche un air méchant ; l'autre triture l'ourlet de sa blouse en regardant par la baie vitrée.

— Bon, on va tâcher de rester rationnelles. Pas de raison de paniquer.

— J'ai l'air de paniquer ? lâche Malee avec agressivité.

Julie ignore la remarque et dicte ses consignes.

— Noémie, je veux que tu éponges le couloir. Nettoie toutes ces flaques d'eau avant qu'elles atteignent une armoire électrique et qu'on se retrouve toutes rôties comme des dindes de Noël. Ferme toutes les portes coupe-feu. Si quelqu'un se pointe, je veux qu'on l'entende arriver de loin. OK ?

L'aide-soignante, ostensiblement contrariée par l'origine de la sonnette, acquiesce d'un discret hochement de tête, ses mains disparaissent dans les manches de son tee-shirt. Julie la remercie et, après une longue inspiration, se tourne vers Malee.

— Malee, je sais que tu en chies, mais tant que Chloé et Yazid s'occupent des vieux de l'EHPAD, je veux que tu gères le service. C'est provisoire. Le temps que je prenne ma décision. J'ai une totale confiance en ton travail. Si une infirmière peut y arriver, c'est bien toi.

Insensible au compliment, Malee défie toujours Julie du regard, sans ciller, ses yeux bridés semblent lancer des éclairs.

— Et pour la sonnette ? crache-t-elle.

Julie déglutit. Elle observe Noémie, qui baisse la tête, puis reporte son attention sur Malee.

— Je vais aller voir. Et… viens avec moi, s'il te plaît, s'entend dire Julie, à sa grande surprise.

Le visage de Malee se déride. Circonspecte, elle arque un sourcil en suivant l'interne, dans le vacarme de la sonnerie stridente. Direction la chambre 5 des soins continus. Direction la chambre d'Archibald Tourmenteur.

Samedi 15 avril 2017, 1 h 32.

Noémie se dirige vers la lingerie, installée dans la salle de bains commune du service, avant les w.-c. où elle fume ses cigarettes.

Une odeur de tabac émane des toilettes, l'appel de la nicotine émoustille les sens de l'aide-soignante. Elle réprime son envie, pénètre dans la réserve de linge. Avec sa Croc noire, elle glisse la cale en bois sous la porte, attrape un tas de draps soigneusement pliés et, d'un coup de talon, referme la porte en expédiant le triangle de bois à l'autre bout de la salle de bains.

Les flaques d'eau de pluie luisent dans le couloir obscur. Noémie bazarde grossièrement les draps, ici et là, sur le sol mouillé. Elle les étale de la pointe des pieds et, avec négligence, essuie le lino inondé. Elle éponge, distraitement, forme des boudins avec le reste du linge et les place au niveau des plinthes, sous les écoulements qui serpentent le long des murs.

La sonnette cesse de carillonner. Un silence angoissant emplit l'étage.

Noémie suppose que Julie et Malee sont entrées dans la chambre de Tourmenteur. Elle ferme les premières portes battantes, comme l'a stipulé la grande asperge interne des hôpitaux de Toulouse. Mais, au lieu de regagner le service, elle s'éclipse vers le fond du couloir, en direction des ascenseurs. Elle appuie sur le petit bouton qui actionne la fermeture des secondes portes coupe-feu. Jette un œil à travers le hublot et, après s'être assurée que la voie est libre, elle continue vers le hall de l'étage.

Noémie déserte le service.

Suppôts de Satan. Âmes impies. Rebuts de l'humanité. Les noms d'oiseaux pleuvent dans l'esprit tourmenté de Noémie. Qu'ils crèvent tous dans d'affreuses souffrances ! Elle blâme ses « collègues », tous sans exception. Ils sont stupides, intolérants, ils manquent de discernement et d'indulgence. Ils ne comprennent rien à rien. Noémie rêve de les voir morts.

Elle maudit Julie : cette mal baisée, snob et prétentieuse, qui pense valoir mieux que tout le monde parce qu'elle vient de Toulouse, qu'elle est pétée de thunes, qu'elle exhibe ses fringues de marque hors de prix et qu'elle a la science infuse. Madame est bientôt médecin ! Salope ! D'où elle s'octroie le droit de déballer la vie de chacun, de fureter dans l'esprit des gens et d'enquêter sur les membres du service ?

Toutes les vérités ne sont pas bonnes à dire ! Parfois, le passé est très bien là où il est.

Noémie fonce tête baissée en maugréant contre le reste de *l'équipe*. Elle n'a aucun scrupule à laisser Malee se démerder toute seule. L'infirmière la rebute.

Dans sa « haine liste », Noémie place Chloé en pole position. Incontestablement. Depuis les bancs du lycée, cette petite Dora l'exploratrice du Lot a toujours été là pour rappeler à Noémie ce vide immuable qui la poursuit. Et Chloé a vu des choses. Elle connaissait Marc. Elle sait ce qu'il a fait. Mais elle n'a rien dit, jamais bougé. Elle était trop occupée à faire l'autruche, à se consacrer à sa petite personne, à chérir son Sylvain et à choisir les noms qu'ils donneraient à leur futur élevage de mioches.

Noémie hait Chloé. Une haine viscérale, qui la prend aux tripes, lui tord les boyaux jusqu'à ce qu'elle implose. Elle la déteste. Toutes les fibres de son corps la détestent.

Arpentant le couloir, Noémie plonge la main dans la poche kangourou de sa blouse. Sous son paquet de tabac à rouler, il lui reste un scalpel. Le dernier.

Elle ne peut plus continuer comme ça. Elle ne supporte plus de vivre de cette manière. Elle doit le faire. Marc a été le catalyseur. Un moteur. Elle doit le faire. Encore. Pour la deuxième fois de la soirée.

Samedi 15 avril 2017, 1 h 32.

Albert Bruno regarde par la fenêtre. La nostalgie des années passées voile son regard, ses sourcils broussailleux forment un accent circonflexe au-dessus de ses yeux bleus vitreux.

L'ampoule de la salle de soins éclaire par intermittence, la lumière tamisée vacille – parfois clignote – victime des fluctuations de l'ampérage.

À l'extérieur, l'orage mugit, foudroie, pulvérise toute trace de civilisation avec la même véhémence, la même intensité. Les coulées de boue ont entièrement enseveli le parking et ont atteint un Lot en crue, alimenté en abondance par les pluies torrentielles.

Albert Bruno considère ce paysage dantesque d'un air préoccupé. Le moins qu'on puisse dire, c'est que cette soirée l'extirpe de sa routine. Fini les casse-tête du train-train habituel : les cachets arriveront-ils en même temps que le repas ? Le rasoir électrique est-il sur son socle ? La tisane du soir sera-t-elle assez chaude ? Y aura-t-il seulement de la tisane ? Le voisin de la chambre 110 arrêtera-t-il ses jérémiades et le laissera-t-il dormir en paix, pour une fois ? Et la résidente de la 103 – Simone – a-t-elle remarqué ses sourires espiègles lors du repas de la salle commune de 18 h 30 ?

Albert Bruno regrette déjà la monotonie quotidienne. Les habitudes ont la vie dure – surtout à son âge – et il constate que, désormais, le moindre changement dans son emploi du temps l'irrite au plus haut point. Il a fait son temps. Tout ce à quoi il aspire, aujourd'hui, c'est d'être au calme, en sécurité, ponctuel devant ses programmes télé préférés et, si possible, s'introduire dans la chambre de Simone une fois que le veilleur de nuit a fini son tour du soir.

Ses articulations le font souffrir, il est constamment fatigué, il urine vingt fois par jour et commence à craindre de plus en plus de ne pas arriver à temps aux toilettes. Jusqu'à présent, ses préoccupations se résumaient à ça. Et c'était très bien.

Assis dans le bureau de la salle de soins, une jambe sur l'autre, Albert Bruno fouille dans la poche de son jogging bleu marine. Il sort son mouchoir à carreaux en tissu, le déplie, puis se mouche bruyamment à l'intérieur.

Tout en se curant le nez, il repense au veilleur de nuit assassiné. Le rapprochement est de circonstance : Albert n'a jamais pu piffer ce jeune branleur de Marc. Il lui inspirait autant de confiance que la crotte de nez qu'il bataille à extraire de sa narine poilue.

L'ancien militaire avait l'habitude des jeunes morveux – nouvelles recrues indisciplinées – aux yeux rouges qui fuyaient son regard. Il a tout de suite cerné Marc. Un hippie. Un junkie, comme il disait à l'époque. Albert aurait pris un malin plaisir à lui donner un bon coup de pied au derrière pour le remettre dans le rang. Il est chamboulé par les révélations du jeune bronzé – qui dit s'appeler Yazid –, mais ne prend pas la menace très au sérieux. Il doute que quelqu'un s'en prenne à lui, ou aux autres résidents.

Il fait ce que lui a dit le jeune bronzé plutôt sympathique. Point. Il attend. Donnera l'alerte si quelqu'un arrive. Fin de sa mission.

Il comprend la situation et l'importance de ne pas l'ébruiter. Il approuve le plan mais il est persuadé que cette histoire ne le concerne pas. Il patiente en attendant que le jour se lève, que la tempête se calme enfin et que le petit déjeuner soit servi demain matin. Que tout rentre dans l'ordre.

Cependant, il aimerait bien que l'infirmière – qui dit s'appeler Chloé – revienne lui faire une petite visite. Il signerait volontiers pour se laisser glisser jusqu'à la démence, et observer ainsi la poitrine volumineuse de la petite infirmière pendant qu'elle lui fait sa toilette.

Albert Bruno sourit de ses idioties. Il ressent de plus en plus la fatigue, il n'a pas souvenir d'avoir été encore debout à cette heure-ci depuis très longtemps.

Claquement de portes.

Albert se redresse dans son fauteuil, la pantoufle de son pied en équilibre chute et claque contre le sol. Malgré ses états de service, l'âge le rend fragile, vulnérable. Il a peur. Ses petits yeux bleus inquisiteurs se referment. Sa respiration s'accélère. Il ne suppose même pas qu'il puisse s'agir d'un autre pensionnaire. Il envisage immédiatement le pire : le tueur dont lui a parlé le jeune bronzé.

Claquement de portes.

Albert entend distinctement des bruits de pas. Ils progressent dans le couloir. Dans sa direction.

Les bruits se rapprochent. Encore. Et encore. S'arrêtent devant la porte de la salle de soins. Albert a les bras tendus, appuyés sur les accoudoirs. Il retient son souffle. Il distingue les ombres des pieds d'un individu par-dessous la porte. Immobile. Planté de l'autre côté. Silencieux.

Puis les pas repartent dans l'autre direction. S'éloignent vers les escaliers.

Albert avale sa salive, il est pétrifié.

Samedi 15 avril 2017, 1 h 33.

Un hurlement ! Un cri d'horreur inhumain résonne dans tout l'étage.

— Putain ! C'était quoi, ça ?

Yazid pivote vers Chloé.

— T'as entendu ?

La petite infirmière écarquille ses yeux bleus globuleux débordants de larmes. Elle claque des dents en approuvant.

— On aurait dit que ça venait du couloir ?

Incapable de parler, Chloé porte ses mains à sa bouche en opinant. Yazid sent une nouvelle vague de chaleur le submerger. Sourcils froncés, il ouvre la porte de la salle de soins le plus doucement possible.

Un autre hurlement les fait tressaillir.

Yazid referme la porte en se plaquant contre le mur.

— Putain ! Les cons ! M'ont fait flipper ! Ça vient d'une chambre.

Chloé semble terrorisée à l'idée de sortir de leur retranchement. Yazid couve l'infirmière d'un regard paternel, attentionné, il gratte sa barbe hirsute avant de prendre ses responsabilités.

— Un des vieux a besoin de nous, déclare-t-il avec réticence. Viens, on va voir ce qui se passe.

Il empoigne son poignard de fortune – la grosse seringue – l'enfouit dans la poche de sa blouse et incite Chloé à lever son auguste postérieur du fauteuil.

Les deux soignants quittent la salle de soins à pas feutrés. Ni l'un ni l'autre ne remarque le voyant rouge qui s'est allumé sur le pupitre de contrôle, indiquant le signal de détresse muet de M. Bruno, à l'étage inférieur.

Yazid ne l'avouera jamais, mais la présence de Chloé le rassure. La vulnérabilité de l'infirmière jeune diplômée lui a redonné confiance en lui. Quand il voit son regard apeuré, ses membres tremblants, sa fragilité émotionnelle, Yazid se donne pour mission de la protéger. S'occuper de Chloé lui procure un sentiment de robustesse, une force qu'il ne soupçonnait plus, un élan de virilité qui bride les angoisses du danger omniprésent. Il a recouvré son assurance.

Guidés par les cris, Yazid et Chloé progressent dans le couloir lugubre en évitant les flaques d'eau, les câbles dénudés qui crépitent, les dalles du faux plafond qui dégringolent. Les plaintes sifflantes des bourrasques étouffent les hurlements séniles, la tempête assourdit les sons, les paroles. L'agonie.

À la lumière de l'écran du portable de Chloé – un Motorola hors d'âge – les deux soignants balaient l'étage et avancent l'un derrière l'autre, aux aguets, attentifs aux moindres bruits suspects.

Yazid se dirige vers la chambre d'où proviennent les hurlements, Chloé le talonne, elle pince l'arrière de la tenue de l'aide-soignant pour ne pas se laisser distancer et conserver cette proximité qui la rassure. Yazid s'arrête, l'infirmière lui rentre dedans et tous deux se figent devant la chambre. Il ouvre la porte.

La pièce est entièrement plongée dans le noir, on ne distingue que les ombres du lit médicalisé, du fauteuil et de la table de nuit. Les volets claquent, un nouveau hurlement fait sursauter Yazid, Chloé lui marche sur le pied, une forme longiligne se profile dans le lit. Yazid s'approche du chevet et allume la veilleuse.

La chambre est tout ce qu'il y a de plus impersonnelle : aucun cadre, aucun tableau, aucune photo ni autre preuve d'une vie passée. Enchevêtrée dans la barrière de sécurité, une femme oubliée de la mort se débat, la tête coincée entre les barreaux, à califourchon sur la dernière barre métallique.

Sa chute est imminente : Yazid se précipite. Il bascule les jambes de la résidente dans le lit, tire délicatement sur sa tête et l'accompagne en douceur sur le matelas. La femme hurle à en crever les tympans. Sa protection est souillée, l'odeur empeste. Elle s'agrippe à la blouse de Yazid et déboutonne la moitié des clips en gesticulant. Elle est recroquevillée sur elle-même – raide comme un piquet –, ses articulations forment des angles bizarres, ses poings sont serrés, impossibles à ouvrir. Yazid estime qu'elle doit peser trente kilos toute mouillée. Elle est débraillée, les trois cheveux qui se battent au sommet de son crâne sont emmêlés, sa chemise de nuit remonte jusqu'à son nombril, dévoilant les traces d'urine et de selles sur la couche sale.

Sans difficulté, Yazid la soulève et l'installe au centre du lit. Il pose sa grande main, chaude et rassurante, sur le front de la vieille dame, lui caresse l'épaule de son autre main et lui murmure des mots doux à l'oreille. L'effet est immédiat, elle s'apaise aussitôt. Yazid a usé de son don.

— Et sinon, tu peux m'aider ? chuchote-t-il avec un léger agacement en direction de Chloé, statique, portable à la main, bouche ouverte et spectatrice des symptômes de la maladie neurodégénérative.

Chloé s'exécute. Yazid tourne la patiente sur le côté.

La vieille femme ne bronche pas, ses yeux sont fermés, ses doigts trifouillent les draps et la blouse entrouverte de l'aide-soignant. Les limbes d'Alzheimer ou autre saloperie l'ont déjà kidnappée, emportée inexorablement vers un état de conscience indéchiffrable, mystérieux et irrévocable, une impasse spirituelle sans possibilité de retour. Le néant.

D'un air absent, Chloé tend le matériel à Yazid et se positionne de l'autre côté du lit. Elle maintient la patiente contre son petit corps pendant que l'aide-soignant s'attelle à la *mettre au propre*.

Yazid effectue ses gestes mécaniquement. Quand il travaille, parfois, il ne pense à rien. Changer cette patiente lui fait du bien au moral et le purge émotionnellement. Il en oublie tout le reste.

Il fixe la protection propre en se penchant davantage, son regard atterrit sur les deux protubérances mammaires, outrageusement visibles par l'encolure extra-large de la tenue de Chloé. Encore eux, pense Yazid avec un picotement dans le bas-ventre. Déjà tout à l'heure, son regard était aimanté par la poitrine opulente, curieusement exhibée de l'infirmière. Elle lui fait penser à un personnage de dessin animé japonais : une héroïne de manga. Chloé est toute petite, de grands yeux bleus, pétillants de larmes, brune, elle a des seins énormes, un visage pâle comme l'ivoire, desséché, ses joues sont creusées et des cernes maquillent le haut de ses pommettes comme un quarterback de football américain.

Yazid se redresse, étire ses lombaires douloureuses et fait signe à son binôme de se tenir prêt à monter la vieille dame dans le lit.

Les draps sont tirés, la veilleuse est éteinte, la vieille dame est retournée dans les abysses de la démence. Yazid et Chloé se lavent les mains, en silence, dans la salle de bains de la chambre.

Claquement des portes battantes.

Yazid se pétrifie. Son regard se tourne vers Chloé puis revient se river sur son reflet dans le miroir. Des bruits de pas résonnent dans le couloir.

Effrayé, il se tourne vers l'infirmière dont le visage est passé de pâle à translucide.

— Il y a quelqu'un, chuchote-t-il sans masquer la panique dans le timbre de sa voix.

Chloé grelotte en s'essuyant les mains. Sa respiration s'accélère et embue la glace de la salle de bains. Elle se laisse aller contre la poignée fixée au mur, celle qui permet aux personnes âgées de se relever toutes seules quand elles sont assises devant le lavabo. Ses yeux sont ternes, elle semble supplier l'aide-soignant du regard pour lui intimer d'agir, de faire quelque chose – n'importe quoi – pour les sortir de là.

Les bruits de pas s'éloignent, à peine audibles, en direction des escaliers.

Yazid prend sur lui, souffle plusieurs fois pour se donner du courage. Sa main pêche dans sa poche la seringue armée du trocart : son arme improvisée. Il attrape Chloé par les épaules, l'oblige à le fixer avant de s'exprimer solennellement.

— Je vais voir ce qui se passe. Toi, tu ne bouges pas d'ici. OK ?

Apeurée, Chloé secoue la tête à la limite du torticolis. Yazid quitte la chambre et pose un pied dans le couloir.

17

Samedi 15 avril 2017, 1 h 33.

Julie est figée devant la lumière rouge qui scintille au-dessus de la chambre 5 des soins continus. Elle n'en revient toujours pas d'avoir demandé à Malee – son éternelle rivale et principale suspecte – de l'accompagner jusqu'à la chambre d'Archibald Tourmenteur. Elle admet que l'infirmière *warrior*, par sa simple présence, la rassure et soulage ses angoisses. Une partie d'elle redoute ce qu'elle va découvrir en ouvrant la porte. L'assistance d'un tiers – même Malee – la réconforte un peu.

Julie s'exaspère. Elle décide d'écouter l'autre partie d'elle-même – la raisonnable – et, sans revêtir la tenue appropriée pour protéger le personnel de la malaria, elle entre comme une furie dans la chambre de Tourmenteur. Dans son dos, Malee, vaniteuse, esquisse un sourire suffisant et s'introduit dans la chambre à son tour.

Bien évidemment, Archibald Tourmenteur est à sa place, allongé, immobile, comme la dernière fois qu'on l'a laissé. Son grand corps maigre remplit l'intégralité du lit, sa mâchoire proéminente est projetée vers le plafond, ses yeux sont fermés. Insondables. Sa main gauche repose sur le pommeau de la sonnette, son index au-dessus du bouton.

Julie sait que l'équipe a l'habitude de placer les mains des patients dépendants ou inconscients sur les boutons de la sonnette – au cas où. Elle ne s'inquiète pas de voir Archibald dans cette position. En revanche, s'il est dans le coma, il n'a pas pu presser dessus. Sauf s'il simule…

Stop ! Fini les conneries !

Julie déplore les idées farfelues qu'elle a pu avoir avant de pénétrer dans la chambre. Elle se sent comme la dernière des idiotes. Qu'a-t-elle bien pu imaginer ? Elle déraille complet ! Assez de spéculations, elle doit en avoir le cœur net. Ne pas tourner autour du pot pendant une heure. Elle a déjà largement de quoi faire. Archibald simule-t-il ? Elle ne va pas tarder en avoir la confirmation.

Plus résolue que jamais, Julie retrousse les manches de sa blouse et se dirige volontairement vers Archibald Tourmenteur.

— Jc commence à en avoir plein le cul de toutes ces foutaises !

Elle décide d'attaquer par la méthode douce. Elle empoigne la main d'Archibald, sans aucune hésitation, se penche en avant et hurle dans ses oreilles.

— Serrez ma main, monsieur Tourmenteur !

Pas de réaction.

Elle attrape son smartphone, sélectionne l'application « lampe torche ». Avec son pouce, elle ouvre les paupières d'Archibald et l'aveugle avec le halo de la lumière.

Aucun mouvement des pupilles. Pas de myosis.

— Ah, ouais, tu veux la jouer comme ça, mon coco ?

Remontée comme une pendule, Julie parle toute seule, sous le regard amusé de Malee, en retrait, appuyée contre le mur. Elle fulmine contre elle-même, le patient comateux et cette soirée de merde – digne de figurer dans le *Guinness Book* des records de merde – en ignorant les railleries sarcastiques de l'infirmière en arrière-plan.

Julie opte pour la manière forte, celle qu'on utilise aux urgences à quatre heures du matin, un samedi soir, quand on n'a plus de patience, que les vagues de jeunes complètement bourrés déferlent dans les boxes, pour démasquer les simulateurs.

Elle saisit sèchement le poignet d'Archibald et le soulève aussi haut que possible au-dessus de sa tête difforme. Le bras est lourd, flasque, mais Julie le maintient entre son pouce et son index. Déterminée. Prête à le lâcher au visage de Tourmenteur. Elle sait que, parfois, quand les patients jouent la comédie – ce qui arrive souvent – ils dévieront la trajectoire, consciemment, évitant de recevoir leur membre en pleine figure et, ainsi, dévoilant leur fourberie.

Julie dévisage Archibald avec haine, elle le rend – sans aucune légitimité – responsable de la malédiction qui pèse sur le centre hospitalier de Saint-Florentin-sur-Lot. D'un air menaçant, elle soulève encore le poignet d'Archibald Tourmenteur, expire sa colère et écarte les doigts.

La main retombe sur le visage d'Archibald comme un poids mort.

— OK ? T'insistes, en plus ?

Derrière elle, Malee, qui n'en rate pas une miette, jubile devant cette scène surréaliste.

Julie découvre le torse du patient inconscient. Elle attrape un bourrelet de peau, entre le mamelon et la clavicule, puis pince de toutes ses forces en tournant.

Aucune réaction.

Julie peste à voix haute.

— Alors, ton diagnostic, Miss Détective ?

Julie pivote sur ses bottines, folle de rage devant la satisfaction de Malee.

— Ça va ! Je veux une surveillance neuro toutes les quinze minutes, règle l'alarme du scope à 80 battements par minute. Si son cœur accélère, je veux le savoir. Fais-lui un ECG. On a de quoi faire un EEG ?

Malee se renfrogne à mesure que l'interne énumère ses prescriptions orales.

— Non.

— Merde. Tu vas le prélever, aussi. Fais-moi une…

— Hé, meuf, y a plus personne au labo. Et tes bilans de demain, tu peux te les mettre où je pense. Vu comme c'est parti, le laborantin d'astreinte ne pourra pas venir bosser cette nuit ni demain matin.

— Merde ! Bon, fais l'ECG et surveille-le comme le lait sur le feu.

— Hé, je suis toute seule, je te rappelle. J'ai pas que ça à foutre de faire la baby-sitter pour un type dans le coma.

— Et le coup de la sonnette, tu l'expliques comment ? argue Julie, survoltée.

— J'en sais rien. Un réflexe, j'sais pas, moi.

Julie sort de ses gonds. Elle hurle comme une hystérique.

— Fais ce que je te dis, Malee ! Discute pas ! C'est vraiment pas le moment !

L'infirmière ouvre grand ses yeux bridés, interloquée par les beuglements de Julie. Son visage se crispe aussitôt. Elle recouvre sa sévérité habituelle et, tout en incendiant du regard la grande interne, elle disparaît de la chambre en marmonnant à voix basse.

Julie sort à son tour en claquant la porte. D'une démarche décidée, elle remonte la branche droite du U, tourne à gauche, sent les odeurs de tabac froid, bifurque à droite et entre dans son bureau avec une envie irrépressible de cigarette. Voilà autre chose ! Elle jette sa blouse en direction du fauteuil, rate sa cible et s'assoit lourdement à son poste de travail.

Elle est furieuse. Elle a l'impression que personne ne prend la situation au sérieux, que tout le monde la dupe. Elle n'a plus confiance. Elle est persuadée qu'on lui cache la vérité : que Malee lui ment, que Noémie lui ment, que Yazid lui ment, que même Chloé lui ment et, surtout, qu'Archibald Tourmenteur ment à tout le monde. Elle hésite une seconde à se servir un café instantané, puis estime qu'elle est déjà suffisamment énervée comme ça. Excepté Chloé, le « petit personnel » commence à l'épuiser et prend les événements de la chambre de Tourmenteur un peu trop à la légère. Archibald n'a pas pu appuyer sur ce putain de bouton, s'il est dans le coma. C'est physiologiquement impossible.

Enhardie et révoltée, Julie pose le dossier d'Archibald sur ses genoux, croise ses longues jambes et se replonge dans la lecture des comptes rendus du professeur René Moutrut.

Elle doit savoir qui est Archibald Tourmenteur. Ce qu'il a fait. Et ce qu'il est capable de faire.

Compte-rendu du Pr René Moutrut, chef du service de psychiatrie de l'unité d'hospitalisation spécialement aménagée (UHSA), unité pour malades difficiles, centre hospitalier de Cadillac.

Synthèse des séances des 06, 11, 13 et 16/09/1996

Patient : Archibald Tourmenteur

… Et c'est lors de cette année 1984, durant un dimanche de garde dans le service de soins intensifs de neurologie de la Pitié-Salpêtrière, qu'Archibald Tourmenteur va révéler sa véritable identité. Sa vraie nature. Qu'il va choquer le monde hospitalier et être radié de l'Ordre des médecins. L'année de ses premières victimes, l'année où la découverte des travaux de Milton Erickson va chambouler son univers, ses certitudes.

Ce jour-là, le service est calme. Il me décrit les locaux, ses patients, sa thèse de doctorat et l'état d'excitation dans lequel il se trouve. Il cible cinq patients pour mettre en œuvre son « étude ». Cinq cobayes. Il me présente leurs pathologies, leurs antécédents, les traitements en cours. Je m'y perds un peu. Mes cours et mes stages de neurologie ne datent pas d'hier. Il m'explique que ses cinq patients sont inconscients, hémiplégiques, qu'ils ont fait des AVC, hémorragiques ou ischémiques, et que leur pronostic vital est déjà engagé. Leurs lésions cérébrales sont localisées, pour trois d'entre eux dans l'hémisphère gauche, et les deux autres dans le droit, ce qui, selon Archibald, pimente davantage l'expérience : il pourra établir si un hémisphère est plus sensible que l'autre. Il m'explique que le but est simple : les mots peuvent-ils accélérer la mort inéluctable de ses cinq « sujets » ?

Dans le secret le plus complet, il interrompt tous les traitements, tous les médicaments curatifs et préventifs de ses cinq patients. Séparément, il va leur murmurer une longue série de mots. Archibald remplit un cahier de notes depuis ses onze ans. Il y a recueilli des phrases, des sonnets, des paragraphes entiers pouvant, selon lui, provoquer la mort. Ma curiosité atteint son paroxysme. Je sautille sur ma chaise. Je veux lire ces pages. Il calme aussitôt mes ardeurs en m'avouant que ce fameux cahier a été saisi par la police, juste avant qu'il quitte le pays. Je l'encourage à poursuivre en masquant ma déception.

Lors de ce dimanche de garde, loin des oreilles indiscrètes des infirmières, il prononce sa série de mots. Une prose salace, une poésie macabre, mélange d'allégories et d'apologies de la mort. Il me cite quelques exemples et je m'efforce de rester impassible. J'ai rarement entendu autant d'horreurs concentrées en si peu de mots. Il me balance ses monstruosités comme s'il me conseillait une recette de cuisine. J'en frissonne. Sa froideur m'indispose, ma gorge me gratte. Mes mains deviennent moites à mesure que son regard de prédateur me transperce de part en part. Un rictus microscopique se dessine sur sa lèvre supérieure et il reprend de sa voix ensorcelante. Il assène donc son traitement verbal à ses cinq cobayes en les maintenant dans un sommeil artificiel. Il adapte le bon dosage d'anesthésiant, récite *les mots qui tuent* et surveille les paramètres vitaux de ses patients. Pulsations cardiaques, tension artérielle, fréquence respiratoire, il retranscrit méticuleusement toutes ces constantes. Il réalise des prises de sang pour vérifier les sécrétions métaboliques, endocriniennes, et il fait des scanners cérébraux à tous ses cobayes pour examiner leurs réactions en temps réel. Archibald sait fabriquer des scanners et des IRM depuis l'âge de treize ans.

L'étude se révèle un échec. Les cinq patients succombent dans la nuit, mais leurs décès sont liées à l'arrêt des traitements. Et à rien d'autre. Ces morts interviennent dans le laps de temps calculé par Archibald, *les mots qui tuent* n'ont pas précipité l'échéance inévitable.

Cependant il a noté des modifications dans les clichés cérébraux et des perturbations chimiques qui ne sont pas imputables à l'interruption des thérapeutiques. Il juge cette découverte prometteuse et elle l'encourage à renouveler l'expérience.

Le lendemain, son titulaire découvre le scandale, le comité d'éthique est convoqué et, après vingt-quatre heures de garde à vue, Archibald Tourmenteur est radié par le conseil de l'Ordre des médecins. Il ne pourra plus jamais devenir neurologue. Il reconnaît que, ce jour-là, il a manqué de discernement, d'organisation. Il est jeune, en plein développement physique et hormonal, et il s'est laissé submerger par ses pulsions, son fantasme. Il n'a pas su les contenir. Une erreur qui a ruiné sa carrière.

La police l'interroge, le bouscule, mais ne possède pas d'élément permettant de l'inculper pour le chef d'accusation qui lui pend au nez : homicide involontaire. Il me raconte ensuite les heures d'interrogatoire.

Archibald Tourmenteur s'est mis dans la peau du parfait innocent. Il alterne entre incompréhension et incrédulité, adopte un comportement agressif quand on l'accuse ouvertement et exprime un profond chagrin pour les patients et leur famille lorsqu'il plaide l'erreur médicale. Son attitude réussit à convaincre les inspecteurs et, faute de preuves, la police le relâche à la fin de sa garde à vue.

Quand j'entends ça, je suis abasourdi. Arriverai-je un jour à diagnostiquer cet homme ? À lui coller une étiquette ? Il a tout du sociopathe : l'absence de remords, d'empathie, de sentiments. Cependant il sait feindre et imiter les réactions d'autrui. Il y parvient diaboliquement bien. Il peut se contrôler et dispose d'une maîtrise de soi que je n'ai encore jamais vue auparavant. Son *self-control* est hors du commun. Il n'y a aucune agressivité en lui, aucune impulsivité. Tout est ordonné dans son esprit. Sous contrôle. Archibald Tourmenteur est l'homme le plus dangereux que j'aie croisé dans ma carrière. Maintenant, j'en ai la certitude. Au-delà de tout ce que j'ai vu, lu ou entendu à son sujet, j'en ai la confirmation en l'observant lors de cet entretien. Il sait qu'il est différent. Fou serait le terme approprié. Il en a pleinement conscience. Mais il sait duper les autres, suivre le troupeau quand il faut et se fondre dans la masse pour passer incognito. Pour mieux frapper.

Après sa garde à vue, Archibald est libre mais reste sous contrôle judiciaire. Il ne peut plus exercer la médecine. Il est viré des campus universitaires, abandonne ses recherches et sa thèse de philosophie, ses parents lui coupent les vivres et tombent des nues jusqu'à le renier quand on leur annonce son arrestation.

À cet instant de l'entretien, pour la première fois de la séance et même de l'ensemble de la thérapie, son regard fuit vers le sol. Éprouve-t-il de la culpabilité vis-à-vis de ses parents ? Regrette-t-il ses actes ? Difficile à interpréter. Je note ça dans un coin de ma tête et je l'engage à continuer. J'aborderai le sujet ultérieurement.

Il m'avoue que son avenir en France est compromis. S'il veut poursuivre sa quête, atteindre son Saint Graal, il doit partir. Il a besoin de calme, de sérénité, d'un endroit où il pourra s'atteler librement à étudier et expérimenter les travaux de Milton Erickson : l'homme qui défie sa conception des choses.

Il décide de s'envoler pour la Thaïlande, sans attendre son jugement. Il y restera quatre ans. Quatre années incroyables qu'il promet de me raconter à la prochaine séance. Quatre années qui forgeront l'homme qu'il est devenu. L'homme qui a décimé la France. L'homme dont on compte les victimes par centaines. L'homme que les gens de ma génération connaissent sous le nom suivant : Tourmenteur l'hypnotiseur.

Julie est paralysée. *Tourmenteur l'hypnotiseur...*

La tête baissée, elle lève les yeux en direction – approximativement – de la chambre d'Archibald, comme si elle pouvait l'apercevoir à travers sa mèche châtain et les murs du service.

L'homme dont on compte les victimes par centaines...

Réflexe. Julie dégaine le smartphone de la poche de son jean. Elle ouvre le navigateur Internet, tape les premières lettres du prénom de Tourmenteur quand les rotations incessantes du sablier de la page d'accueil lui rappellent qu'il n'y a pas de réseau.

Agacée, elle expulse le portable sur le bureau. Comme si son esprit avait déserté son corps, Julie demeure immobile, éberluée, le dos voûté par le poids des mots du professeur René Moutrut. Elle reste dubitative mais sa curiosité a atteint des sommets. Une crampe d'estomac lui arrache une grimace et, avec empressement, elle tourne la page du dossier du centre hospitalier de Cadillac. Elle veut connaître la suite.

Une sonnerie retentit. Stoppe Julie dans son élan. Elle hurle de surprise.

Le petit écran du téléphone du service scintille dans l'obscurité. Julie décroche à toute vitesse.

— Yazid ? demande-t-elle à bout de souffle, encore sous le coup de l'émotion.

— Julie ! Y a quelqu'un qui se promène dans l'hôpital.

Samedi 15 avril 2017, 1 h 44.

Malee a pris son rouleau de scotch et fait dix fois le tour de sa taille pour fixer le bas de tenue dans lequel elle nage depuis qu'elle s'est changée.

Avant d'enchaîner la nuit, avant vingt et une heures, elle a été dégoûtée de ne trouver aucun pantalon à sa taille. Seulement un haut anonyme, un peu juste au niveau des épaules, et cette espèce de baggy blanc qui menace de montrer ses fesses dès qu'elle bouge. Le triple ourlet à la taille, encerclé de plusieurs couches d'adhésif, arrive au-dessus de son nombril et ressemble à une bouée de sauvetage posée sur ses hanches.

Malee court dans tous les sens. Elle ne s'est pas arrêtée depuis des heures, elle fait tourner le service à elle toute seule. La tempête réveille les patients les uns après les autres, Malee s'est métamorphosée en distributeur d'Imovane, de Stilnox et autres cachets hypnotiques. Sans prescription médicale, elle distribue les quartiers de Lexomil comme des petits pains, la plaquette dans sa poche est presque vide. Elle assomme les patients, modérément, les plonge dans un sommeil thérapeutique car, physiquement, elle ne peut plus assurer son rôle de confidente ni prêter une oreille attentive aux angoisses nocturnes de tous les malades. Elle fait au mieux, se concentre sur l'essentiel et établit ses priorités. Elle tient la boutique.

Malee les méprise tous. S'ils avaient vécu ce qu'elle a vécu, vu ce qu'elle a vu, ils ne s'exciteraient pas comme des pucelles et garderaient leur sang-froid, malgré les circonstances. Le *one woman show* de Julie, dans la chambre de Tourmenteur, a beaucoup distrait Malee et a confirmé son opinion sur la grande interne. Une bourgeoise, fille à papa, capricieuse, imbue de sa personne, qui se comporte comme une réfugiée politique dès qu'elle sort de l'hypercentre de Toulouse. Elle est désespérée et prête à croire n'importe quoi. Malee se dit qu'il suffirait d'une pichenette pour la faire basculer dans la folie. L'idée est tentante.

Que Julie la croie capable de meurtre la fait sourire. Une infime partie d'elle se sent même flattée. Malee a vu de quoi les hommes sont capables quand ils n'ont plus d'espoir, qu'ils meurent de faim ou de soif, que la maladie décime leurs proches, leurs enfants. Quand la peur des gouvernements ou des religions dicte leurs actes et qu'ils mutilent leurs semblables, quand la Nature les renvoie à l'état de simples passagers sur cette Terre et qu'ils commettent les pires horreurs par instinct de survie. Malee s'est sali les mains dans tout ça. Elle a côtoyé la misère. Elle connaît les tragédies du monde dans lequel elle vit et ne peut s'empêcher de trouver ses collègues ridicules quand elle les voit s'agiter dans tous les sens dès que leur quotidien ennuyeux et rassurant s'effrite.

Oui, elle est plus forte qu'eux. Oui, elle est capable de choses qu'ils n'osent imaginer.

Malee a envie de faire pipi mais le travail l'appelle. *Fuck !* Encore. Alors qu'elle aurait pu se poser – rien que cinq minutes –, Julie lui a donné du boulot supplémentaire à cause de sa psychose sur Archibald Tourmenteur. Quelle conne !

À Paris, en réanimation, Malee a déjà vu des patients dans le coma depuis un an avoir subitement le hoquet. Pourquoi Archibald ne serait-il pas sujet à des réflexes digitaux ? Une fois de plus, Malee reste lucide, sûre d'elle et, contrairement à Miss Toulouse la fêlée, elle réfute les hypothèses invraisemblables sur le coma de Tourmenteur.

Elle frictionne ses mains avec la solution hydroalcoolique et débranche l'électrocardiogramme qui charge dans le couloir. L'appareil est posé sur un petit guéridon en inox à roulettes.

Malee vérifie les soins restants sur sa feuille de relève infirmière, ainsi que sur la nouvelle qu'elle a griffonnée pour le secteur de Chloé – qu'elle ne connaît pas –, et constate qu'elle a cinq minutes à consacrer à Archibald Tourmenteur. Pas une de plus.

Elle abandonne son chariot et se dirige vers la chambre 5 des soins continus en faisant rouler le guéridon avec l'électrocardiogramme.

Patchs. Électrodes. Fils. *Bip !* Tracé en cours.

Malee observe le corps immense, cadavérique, d'Archibald. Ses pieds touchent le fond du lit, ses paumes sont tournées vers le plafond, en supination. Sa poitrine velue s'élève et s'abaisse lentement. Ses yeux demeurent fermés, sa tête disproportionnée est inexpressive, ses traits sont figés – comme s'il avait été congelé –, une certaine plénitude émane de son visage impassible.

La sonde naso-gastrique entaille les ailes de son nez, le point de ponction de son cathéter vire au rouge cramoisi, mais Malee n'a ni le temps ni la patience de régler ces problèmes. Selon elle, un patient comateux depuis des mois ne représente pas une priorité. Cependant, en professionnelle compétente et consciencieuse, elle note ces points sur sa fiche de relève infirmière et transmettra les infos à Chloé, si Poupée Barbie daigne revenir un jour dans le service.

Malee déchire le tracé de l'électrocardiogramme, vérifie brièvement le sens des courbes et juge l'examen satisfaisant. Avec l'expérience, elle sait interpréter grossièrement l'amplitude et la durée des ondes, elle est qualifiée pour dépister un problème cardiaque chez un patient. Ici, tout semble normal. Pas d'arythmie, le cœur bat régulièrement.

Elle commence à insulter Julie dans sa tête quand son regard belliqueux se pose sur le faciès d'Archibald, haché par les ombres, éclairé par la veilleuse vacillante au-dessus du lit. Les yeux bridés de Malee s'assombrissent.

En son for intérieur, elle doit avouer que ce type a quelque chose de bizarre. Il émane de son mètre quatre-vingt-dix – à vue d'œil – une sorte d'aura, un fluide qui fait disparaître tout le bonheur du monde. Elle n'arrive pas à l'expliquer, mais plus elle reste à côté d'Archibald, plus un sentiment d'insécurité grandit en elle.

Agacée par ces sottises, elle secoue la tête. Sa queue-de-cheval fend l'air et, précipitamment, elle catapulte le guéridon dans le couloir. Elle arrache sa surblouse, jette ses gants dans la poubelle jaune et, juste à temps, écarte les jambes pour retenir son pantalon qui glisse sur ses cuisses. *Fuck !*

Ce falzar lui sort par les yeux, Malee regrette d'avoir agi dans la précipitation et de s'en être mis partout.

18

Samedi 15 avril 2017, 1 h 56.

— Très bien. Vous ne bougez pas d'où vous êtes. J'arrive tout de suite.

Julie, médusée, raccroche et laisse retomber son bras le long du fauteuil. Le téléphone du service est toujours dans sa main moite, greffé entre ses doigts, elle ne réalise pas ce qu'elle a dit ni la nouvelle que Yazid vient à l'instant de lui communiquer.

Y a quelqu'un qui se promène dans l'hôpital...

Julie assimile l'information avec scepticisme. Elle sait que l'équipe est surmenée, au bord du pétage de plombs collectif, que Yazid a eu une peur bleue tout à l'heure et qu'il a pu s'imaginer des choses. Même si trois témoins affirment avoir entendu des bruits dans les couloirs de l'EHPAD – M. Bruno, Yazid et Chloé –, Julie ne cède pas à la panique.

Peut-être est-ce un résident, tout simplement ? C'est l'explication la plus logique. Un vieux, insomniaque ou somnambule, qui a perdu le chemin des toilettes.

Julie réfute l'hypothèse du psychopathe enfermé. Le meurtre de Marc a un caractère personnel, comme une vengeance, l'acharnement sur les parties génitales suggère à Julie une composante sexuelle, mais sans grande conviction : elle débute dans le profilage. Elle est persuadée que l'assassin connaissait Marc – peut-être depuis longtemps – que cette pulsion haineuse est restée tapie pendant des semaines, des mois, des années – en hibernation – et que le contexte de cette nuit épouvantable a fait sauter tous les verrous qui entravaient cette rage intérieure et destructrice.

Julie constate, avec stupeur, qu'elle est décidément une novice en matière d'investigation. Elle en oublie les bases. Elle repense aux séries télé qu'elle dévore, aux polars qui ont bercé son adolescence, et se rend compte qu'elle n'a aucune idée de l'heure du décès. Le b.a.-ba. Elle doit estimer l'heure du meurtre et dresser l'emploi du temps de toute l'équipe pendant ce laps de temps.

Ses soupçons se portent principalement sur Malee, même si l'attitude de Noémie et les flous dans son passé avec Marc ont éveillé sa curiosité. Elle n'accorde pas tellement d'importance à la bagarre entre Yazid et Marc, bien qu'elle reproche à l'aide-soignant d'avoir omis de lui en parler. La question qui taraude Julie reste la même : pourquoi Malee s'est-elle changée ?

Elle ramasse sa blouse, enfouit le téléphone du service et le portable de Marc dans sa poche, avec son stéthoscope, sort de son bureau placard à balais et tombe sur Malee, assise dans la salle de soins. L'infirmière lui tourne le dos, elle trace ses soins sur un dossier patient et tend une feuille graduée derrière elle, sans lever la tête.

— Tiens, ton ECG. Il est normal.

Sans ouvrir la bouche, Julie plisse les yeux et arrache le tracé des mains de l'infirmière.

— Hum. Hum. Bon, OK. Il est comment, là ?

— Dans le coma, répond Malee, toujours penchée sur son dossier.

Julie réprime l'envie de lui sauter à la gorge. Elle rêve de la faire avouer et qu'elle lui explique pourquoi elle a changé de tenue, mais elle se souvient que Yazid l'attend de l'autre côté de l'hôpital.

— Je vais faire un tour à l'EHPAD. Tiens, je te laisse mon téléphone. Appelle-moi si t'as un souci.

— C'est ça, tire-toi. Va retrouver ton chien-chien et laisse-moi toutes les merdes.

Julie serre les poings. Elle fixe la nuque de Malee, qui ne daigne même pas la regarder quand elle lui parle. Ses joues s'empourprent. Ses jambes flageolent. Elle sent l'adrénaline de la joute verbale se distiller dans son organisme comme un poison. Pas le temps. Ça n'en vaut pas la peine. Julie prend sur elle, laisse le téléphone sur le bureau, pivote sur ses bottines et quitte la salle de soins sans dire un mot, le visage déformé par l'aversion que suscite Malee la mégère.

Elle traverse le couloir en sens inverse, heurte les portes coupe-feu avec violence et les envoie paître contre le mur dans un choc terrible. La vision d'Archibald Tourmenteur s'imprime sur sa rétine et elle repense aux comptes rendus du professeur René Moutrut.

Tourmenteur l'hypnotiseur...

Qu'a bien pu faire Archibald ? A-t-il réussi à tuer avec des mots ? Est-il réellement dans le coma ? Comment diable a-t-il contracté une maladie tropicale dans un hôpital psychiatrique du Lot-et-Garonne ?

Les théories les plus fantasques germent dans son esprit. Le réel et l'imaginaire se mélangent, fusionnent, éclatent dans la tête de Julie comme du pop-corn. Elle atteint le hall, sur ses gardes, descend les escaliers, l'anxiété se propage dans son corps à mesure qu'elle s'éloigne du service. Et si quelqu'un se promenait vraiment dans l'hôpital ?

Julie repense à la bombe au poivre, dans son sac à main, dans sa chambre d'internat, celle qu'elle garde à portée de main quand elle rentre à pied dans Toulouse à trois heures du matin, ivre, ou bien éméchée. Il y a un an, elle n'a pas hésité une seconde à asperger ce type qui l'avait suivie – ce connard qui lui avait mis la main au cul sans aucune pudeur – à la sortie du Borriquito. Et ce n'est pas ce soir, alors que sa santé mentale ne tient qu'à un fil, qu'elle va tergiverser si quelqu'un se pointe devant elle. Elle a besoin d'une arme, même rudimentaire, pour se protéger.

L'anecdote lui rappelle qu'avant cette nuit chaotique elle avait une vie ; un sac à main Chanel magnifique, noir et blanc ; une Twingo – probablement au fond du Lot – ; une soirée prévue demain avec ses copines et Olivier, l'interne beau gosse au physique de rugbyman qu'elle ne sait plus comment accoster.

Curieusement, Yazid lui fait penser à Olivier, Julie ne comprend pas cette soudaine attirance pour l'aide-soignant. Elle n'a jamais vu en lui qu'un mec sympa, parfois drôle, compétent, un père de famille dévoué. Il n'y a jamais eu d'ambiguïté entre eux.

À présent, elle visualise ses grandes mains veineuses, son teint, ses pectoraux bien dessinés, les ombres des courbes de ses abdos sous la lumière tamisée, entre les boutons de sa blouse – une tablette de chocolat appétissante dans laquelle elle aimerait bien mordre. Elle arrête ses délires de célibataire endurcie et pénètre dans l'accueil du centre hospitalier de Saint-Florentin.

Julie traverse le hall d'entrée dévasté. Au lieu de prendre à droite, vers l'EHPAD, elle tourne à gauche, pousse avec son épaule une porte battante qui résiste et atterrit dans le couloir du troisième bâtiment de l'hôpital.

Un sas aux portes entrouvertes lui barre la route. Julie glisse ses mains dans les manches de sa blouse, place ses doigts sur un des montants, sa bottine droite contre l'autre puis, en serrant les dents, tire de toutes ses forces sur ses deux prises. Des matériaux éboulés dégringolent jusqu'à ses pieds, mais le sas s'ouvre assez pour qu'elle puisse se glisser de profil. Elle entre.

Dans la pénombre, le laboratoire est visible sur la gauche, grâce à une série de longues vitres, tout le long du couloir, jusqu'aux escaliers qui mènent à l'étage et au sous-sol.

La vision est navrante. Les coulées de boue ont fait exploser les fenêtres extérieures, envahi le laboratoire, renversé les centrifugeuses, la verrerie, les microscopes, les paillasses, brisé les vitres intérieures, et formé un monticule de pierres et de terre argileuse – en diagonale – s'élevant jusqu'à plus d'un mètre à la droite de Julie et touchant pratiquement le plafond du labo, sur sa gauche.

Elle n'en croit pas ses yeux. Le chemin est impraticable, elle n'est pas équipée pour escalader le talus de boue spongieux avec ses bottines et ne s'imagine pas creuser un tunnel avec ses ongles courts.

Le mur naturel, strié de rigoles qui drainent les écoulements d'eau de pluie, semble plus haut vers le fond du couloir, condamnant l'accès aux escaliers et au reste du bâtiment.

Julie sent son pouls s'accélérer, le corridor est infranchissable, l'internat est inaccessible. Elle est sans défense, seule au milieu de nulle part, les pieds dans une pataugeoire, bloquée par le glissement de terrain qui a démoli le rez-de-chaussée du centre hospitalier.

Son sang ne fait qu'un tour. Forcée de constater son échec, Julie fait marche arrière, court en haletant à travers le hall d'accueil et grimpe quatre à quatre les escaliers de l'EHPAD.

Samedi 15 avril 2017, 2 h 05.

Les jambes en coton, Julie suffoque en ouvrant la porte de la salle de soins du second étage. Elle décrète qu'elle a fait son sport pour la semaine – peut-être même pour le mois – et observe les visages exténués de Yazid et Chloé, sur la défensive, debout, à moitié cachés derrière une armoire à pharmacie.

— Bon, qu'est-ce qui se passe ? souffle-t-elle entre deux respirations.

Julie jette le smartphone de Marc sur le bureau puis ôte sa blouse collante, trempée de sueur au niveau du col et souillée d'éclaboussures de gadoue derrière les genoux. Elle évente son débardeur, pose une fesse sur le bureau en toisant ses collègues d'un air sévère.

— Quelqu'un rôde dans l'hôpital. Il a fait le tour du service avant de disparaître, annonce Yazid en plissant les yeux, ostensiblement irrité par l'attitude hautaine de la grande interne.

— Vous l'avez vu ?

Yazid se tourne vers le minois effrayé de la petite Chloé avant de répondre.

— Non. On était dans une chambre quand on a entendu les bruits. J'ai dit à Chloé de ne pas bouger le temps que j'inspecte l'étage. Y avait personne. M. Bruno a appelé et je suis descendu voir. Il m'a dit la même chose : qu'il avait entendu quelqu'un faire le tour du service mais qu'il n'avait rien vu. À part une ombre.

Julie reste songeuse. Elle évite de fixer les biceps contractés qui tendent la tenue de Yazid, la toison brune sur son torse, visible entre les boutons ouverts, et tourne le regard vers Chloé.

— C'est bien comme ça que ça s'est passé ?

Yazid s'énerve avant que l'infirmière confirme.

— Ça veut dire quoi, cette question ? Tu mets ma parole en doute, maintenant ? Tu ne me crois pas ?

Julie se lève en croisant les bras sur sa poitrine.

— Disons que je me méfie. Venant de la part de quelqu'un qui me cache des choses, je prends mes précautions.

Chloé, outrée, se réfugie contre la fenêtre du balcon. Yazid se décolle de l'armoire à pharmacie et agite ses bras en direction de Julie.

— De quoi tu parles ? s'agace-t-il.

— De Marc !

— Quoi Marc ?

— T'as pas l'impression d'avoir oublié un détail, entre vous deux ?

Yazid fronce les sourcils et commence à effectuer des allers-retours entre la paillasse et le bureau, comme un fauve en cage.

— De quoi tu parles ?

— D'un coup de boule ! Yazid !

— Chut… Moins fort, intime Chloé d'une voix timide, recroquevillée près du radiateur.

— Je croyais qu'on faisait équipe ! s'insurge Julie en ignorant la remarque de l'infirmière apeurée.

Yazid se fâche. Il assène un coup de poing dans l'armoire à pharmacie, jure à voix haute en plaquant son front contre le métal froid de la réserve de médicaments. Il tourne la tête vers Julie, la dévisage de biais. Un voile sombre recouvre ses prunelles.

— Tu voulais que je te dise quoi ?

— La vérité !

— Pour que tu m'accuses direct ? Comme Malee ?

— Dis pas n'importe quoi !

— Tu deviens parano, Miss Toulouse.

— Arrête, Yazid, tu aurais dû me le dire. Et tu le sais.

— Qui t'en a parlé, au fait ? crache l'aide-soignant.

— Peu importe.

Chloé se ratatine dans son coin. Elle observe ses collègues s'envoyer leurs répliques comme si elle assistait à un match de tennis. Julie prend conscience de la présence discrète de l'infirmière et essaie de se calmer.

— Chloé, attends-nous ici, propose-t-elle avec douceur, comme si elle voulait éviter à un enfant d'être témoin de la dispute de ses parents.

— Quoi ? Tu m'emmènes au poste ? ironise Yazid.

— Non ! Tu vas me montrer où t'as entendu tes bruits et me dire exactement ce qui s'est passé entre Marc et toi.

Yazid frappe une seconde fois sur le mobilier. Chloé sursaute, ses yeux se remplissent de larmes. Julie resserre les bras autour de sa poitrine, ses carotides pulsent à vue d'œil, sa jambe droite est prise de tremblements. L'aide-soignant est grand, fort, et Julie se rend compte qu'elle ne sait pas comment il peut réagir à de telles accusations. Peut-il la menacer ? La frapper ? Son instinct lui envoie des signaux de détresse, elle reste sur ses gardes.

— Tu veux vraiment savoir ? demande Yazid en faisant craquer les articulations de ses doigts.

— Je veux connaître la vérité, oui !

— OK. J'ai pété le nez de Marc, il y a deux semaines. C'est bon, t'es contente ?

Julie tape du pied sur le sol, de plus en plus nerveuse.

— Pourquoi tu l'as frappé ?

— Pourquoi ? répète l'aide-soignant en ébauchant un rire jaune – son regard est empli d'hostilité. Par où commencer ? Marc était un mytho, raciste, misogyne, un pervers, un sadique, tu veux que je continue ou je m'arrête là ?

— Il t'a insulté personnellement ?

— Il s'est foutu de ma gueule ! Une histoire de *weed*. Ce con s'est payé ma tête devant tout l'hosto. Si tu sortais de ton bureau de temps en temps, tu serais au courant.

Julie se renfrogne. Elle se sent plus déçue qu'en colère. Elle a l'impression d'avoir été trahie par Yazid, que son nouveau partenaire et équipier d'enquête ne lui fait pas confiance.

— Tu étais au courant ? demande-t-elle à Chloé, agenouillée contre la fenêtre du balcon.

La mini-infirmière acquiesce en reniflant.

— Bon, et alors, c'est tout ?

— Tu veux quoi d'autre ? éructe Yazid avec véhémence.

— L'histoire se termine là ?

Les doigts de Yazid galopent contre l'armoire à pharmacie.

— Ouais. Je lui ai pété le nez, fin de l'histoire.

— Tu l'as recroisé, depuis ?

— Non, je crois qu'il préférerait m'éviter. Heureusement pour lui. Je pense que je l'aurais défoncé, s'il avait continué à me provoquer.

Julie scrute la gestuelle violente de l'aide-soignant, la lueur de haine qui scintille dans ses yeux. Elle est surprise et intimidée par le comportement agressif du jeune père de famille, si calme et attentionné d'habitude.

— OK. Je te crois, conclut-elle avec, malgré tout, une pointe de défiance. Mais tu pensais vraiment que j'allais t'accuser ?

Yazid élude la question en haussant les épaules, son regard est froid, sa main gauche s'agite nerveusement dans toutes les directions.

— À partir de maintenant, plus de secret, annonce Julie, indulgente, en sc tournant respectivement vers l'infirmière accablée et l'aide-soignant surexcité. On forme une équipe. On doit tout partager. Si on reste solidaire, on peut trouver qui a fait ça, l'appréhender et attendre que les secours viennent nous chercher. On peut le faire.

Yazid repart à la charge, toujours aussi remonté.

— Mais arrête ton film, Julie. C'est pas l'un d'entre nous qui a fait ça. Un fou circule librement dans les couloirs. Et toi, tu te pointes avec tes grands airs sans nous prendre au sérieux. Tu délires, ma pauvre fille !

Julie explose. Fulmine.

— Ma pauvre… quoi… Comment tu me parles ? Je ne te permets pas de…

— Tu te fous de notre gueule quand on te dit qu'il y a quelqu'un dans l'EHPAD !

— Moins fort…, chuchote Chloé, les mains sur les oreilles – son corps accroupi bascule d'avant en arrière comme un métronome.

— Alors, prouve-le-moi ! Bordel ! Yazid ! Convaincs-moi ! Retrouve tes couilles et montre-moi où t'as entendu tes soi-disant bruits !

Julie mime des guillemets en prononçant les mots « soi-disant ».

Yazid fracasse pour la troisième fois l'armoire à pharmacie. Il semble hors de contrôle, intenable. Dangereux. Les jointures de ses phalanges se pigmentent de rouge, une larme de sang perle d'une entaille à la base de son majeur.

— Tu fais chier, Julie ! Vraiment chier. Vous me faites tous chier !

— Et moi, j'ai l'impression de m'occuper d'une bande de gamins immatures !

— S'il vous plaît, arrêtez…, susurre Chloé, en boule dans son coin.

— J'aimerais qu'un type s'amène, rien que pour que tu fermes ta grande gueule de prétentieuse ! braille Yazid.

Rouge comme une tomate, Julie lève les yeux au plafond et ricane avec condescendance.

— Mais, mon pauvre Yazid, si quelqu'un se pointait, tu te pisserais dessus avant qu'il franchisse la porte.

Yazid sort de ses gonds, assène un violent coup de pied dans la corbeille à papiers qui vole à travers la pièce et étale son contenu sur le lino.

— Qu'il vienne, ce fils de pute ! J'en ai rien à foutre ! Je l'attends, moi !

Il dégaine son poignard de fortune – la seringue de cinquante centimètres cubes – et la brandit devant lui tel un escrimeur du dimanche.

Julie se fige devant le trocart menaçant et pointu à moins d'un mètre de son visage. Submergée par la peur. Inquiète de savoir jusqu'où peut aller l'aide-soignant dans son accès de colère. Oserait-il s'en prendre à elle ? Sa bouche s'assèche, tous ses membres sont tétanisés. Elle hyperventile.

Le silence s'installe dans la salle de soins, on n'entend plus que les sanglots de Chloé et les grondements de l'orage.

Yazid appuie son avant-bras contre le mur et repose son front dessus. Il semble prendre conscience de sa désinvolture, de cette rage croissante qui l'habite, lui fait perdre ses moyens et terrorise ses collègues. Il ferme les yeux et expire profondément.

Plus personne n'ose parler.

Un ange noir passe.

Julie déglutit avec difficulté sans quitter l'aide-soignant instable du regard. Elle conserve son sang-froid, puise dans son courage pour ouvrir la bouche.

— Ils partaient dans quelle direction, ces bruits ? parvient-elle à articuler.

Yazid paraît revenir à la raison, à nouveau maître de ses émotions, il trifouille sa barbe hirsute avant de pivoter vers l'interne hagarde.

— Viens, je vais te montrer.

Laissant Chloé la pleurnicheuse, Julie emboîte le pas de Yazid et, à pas de loup, les deux soignants sortent dans le couloir obscur.

Samedi 15 avril 2017, 2 h 12.

Assise par terre, Chloé regarde la pluie fouetter la baie vitrée. Les bourrasques de vent modèlent le déluge, façonnent des formes liquides mouvantes, ondulantes, des courbes longilignes qui vrillent et voltigent avant de s'abattre contre les façades de l'hôpital.

L'ampoule de la salle de soins éclaire par intermittence, plongeant la pièce dans une opacité sporadique, dévoilant – à chaque extinction – le reflet du visage craintif de Chloé sur la fenêtre.

Son carré plongeant ne ressemble plus à rien, des mèches de cheveux bruns sont collées contre ses tempes et ses joues. Son nez est rouge – gros comme une patate – enflammé comme si elle était enrhumée, ses narines sont irritées à cause de l'usage répété des mouchoirs et de la rugosité des Kleenex à la menthe.

Chloé est sèche, déshydratée, le contour de sa bouche est fripé, des gerçures apparaissent sur ses lèvres. À force de pleurer, elle a perdu énormément d'eau, comme si elle sortait d'une essoreuse. Elle a l'impression d'avoir eu recours à un lifting tellement sa peau est tendue et dénutrie. Mais son apparence est le cadet de ses soucis. De toute façon, elle ne se maquille jamais pour aller au travail. Les rares fois où elle applique un peu de fond de teint et de l'eye-liner, c'est lors des soirées-expéditions ciné resto à Cahors avec son Sylvain. Elle veut être désirable uniquement pour son fiancé. Le reste, elle n'en a cure.

La tête appuyée contre la fenêtre, Chloé aimerait être une petite souris, pouvoir se dissimuler dans un trou, derrière une plinthe, n'importe où, du moment qu'elle n'assiste plus aux disputes de ses collègues survoltés. Yazid l'intimide. Elle n'aime pas la façon dont il se comporte depuis qu'elle l'a rejoint : cet étalage de testostérone, ses allures de mâle dominant et protecteur, son langage vulgaire, les coups d'œil obliques dans son décolleté. Yazid ne la rassure plus, au contraire il augmente ses angoisses. Elle aimerait qu'il parte. Chloé a peur de lui.

Elle trouve aussi que Julie exagère. L'interne parle grossièrement, elle défie Yazid sans mâcher ses mots et ne fait rien pour apaiser la situation. Chloé n'aime pas entendre les gens crier. Avec son Sylvain, ils ne se disputent jamais, ils n'ont jamais eu aucun conflit. Elle sait qu'elle a une chance exceptionnelle, que leur couple est unique au monde, que leur amour inconditionnel résiste à tous les tracas du quotidien, sans même les mentionner.

Chloé n'a jamais hurlé sur personne – excepté sur ses chats quand ils font leurs griffes sur le canapé – et elle perd aussitôt ses moyens quand elle est spectatrice d'une querelle entre les autres filles du service. Elle ne sait jamais où se mettre, quoi dire, qui soutenir, alors elle baisse la tête et attend que ça passe. Elle n'ose pas donner son point de vue, convaincue qu'il n'intéressera personne, qu'il est dérisoire et qu'il sera tourné en ridicule par un collègue malveillant.

Chloé se lève, réajuste sa tenue et ramasse les détritus éparpillés sur le sol. Quand elle s'est changée, en fin de journée, elle a attrapé le premier pantalon à sa taille, anonyme, et ce haut démesurément trop grand qui exhibe sa poitrine dès qu'elle se penche. À présent, elle doit s'adapter, veiller à ce que son intimité ne déborde pas – surtout quand Yazid est dans les parages.

Distraitement, elle remet les déchets dans la corbeille, époussette son bas de tenue et s'assoit sur le fauteuil à roulettes. Elle a mal aux articulations, la fatigue l'éreinte, chaque déglutition est difficile, sa gorge est nouée par le désespoir qui plane au-dessus du centre hospitalier de Saint-Florentin-sur-Lot.

Son regard tombe sur le smartphone resté sur le bureau : celui de Marc. Machinalement, elle l'attrape et déverrouille l'écran d'une glissade du pouce. Aucun réseau. Aucun opérateur. L'appareil n'est pas protégé par un mot de passe, Chloé navigue à sa guise au milieu des pages d'applications.

Choquée par autant de sites de rencontres, elle appuie sur l'icône des photos. Le visage de Marc apparaît sur l'écran : tête inclinée sur le côté, fâché avec son rasoir, constellé de cicatrices d'acné, tignasse brune indisciplinée, œil vil, regard fourbe.

Chloé fait défiler l'album photo. Une pléthore de *selfies* : Marc accoudé au comptoir de Chez Dédé ; Marc sur le terrain de rugby, en short avec le maillot du XV Florentin, un ballon ovale sous le bras ; Marc avec ses amis ; Marc avec lui-même ; Marc avec une fille ; Marc sur une fille ; Marc sous une fille ; Marc dans une fille.

Chloé grimace, offusquée. Elle passe vite à la photo suivante : Marc sur son scooter, à l'arrêt, à l'orée d'une forêt, en pleine nuit, le casque à la main, une cagoule noire sur la tête. Prise par un tiers, sans doute un membre de sa bande.

Chloé passe à la suivante. Ses yeux s'écarquillent. Son petit cœur s'emballe. Des plaques rouges jaillissent sur son torse. Sidérée et écœurée, elle fixe la photo ignoble qu'elle a devant elle : ce cliché abominable qu'elle tient entre ses mains tremblantes. Sans réfléchir, elle l'efface.

Elle passe à la suivante. Réitère l'opération. Supprime la photo. Puis elle passe à la suivante. Puis à la suivante. Puis à la suivante.

19

Samedi 15 avril 2017, 2 h 20.

Julie arpente le couloir avec détermination, ses bottines clapotent sur le lino humide. Après avoir fait le tour du service et s'être assurée qu'il n'y avait aucun rôdeur, elle a accompagné Yazid au premier étage. Elle a fait la connaissance de leur allié – M. Bruno – et, après avoir récupéré le téléphone de l'EHPAD, elle a abandonné l'aide-soignant avec le senior, ordonnant à ces derniers de garder les yeux ouverts, le temps qu'elle interroge la petite Chloé, restée toute seule au second. Julie a fait preuve de diligence, elle est soulagée de s'être débarrassée de Yazid, temporairement, le comportement du jeune homme l'horripile autant qu'il l'attire. Elle est partagée entre haine et désir, leur engueulade l'a émoustillée et effrayée à la fois.

Julie toque discrètement contre la porte et s'introduit dans la salle de soins. Chloé est assise devant le bureau, visiblement chamboulée, coudes sur la table et menton enfoui dans le creux des mains. Ses yeux brillent, elle esquisse un sourire microscopique en regardant l'interne s'installer, seule, face à elle. Julie déboutonne sa blouse, la suspend au dossier du second fauteuil, puis pose le téléphone du service au centre du bureau – à côté de celui de Marc. Exténuée, elle se laisse choir sur son siège.

— Quelle soirée, soupire-t-elle avec un sourire conciliant en direction de l'infirmière.

Chloé se force à élargir son sourire et approuve en hochant la tête.

— Je nous ai débarrassées de Yazid, poursuit Julie en jouant la carte de la solidarité féminine. Ces mecs, faut toujours qu'ils en fassent des tonnes.

— Moi, il me fait un peu peur, marmonne Chloé d'une voix chevrotante.

— T'inquiète. Il fait le beau, il joue les durs mais, au fond, il est mort de trouille. Peut-être plus que toi.

Chloé arbore une moue dubitative, peu convaincue. Devant la mine déconfite de l'infirmière, Julie, en chef d'équipe, oublie l'humour et décide de faire preuve de gentillesse et d'empathie avant d'entrer dans le vif du sujet. Elle ne veut surtout pas brusquer Chloé.

— Tu tiens le coup, ma p'tite Chloé ?

— J'essaie.

— Je crois que c'est la pire soirée de toute ma vie.

— Ah ça, c'est sûr, moi aussi.

— Tu as mangé quelque chose ?

— J'ai pas faim. Je ne peux rien avaler.

Julie persévère dans son approche en douceur.

— Tu devrais boire, Chloé, tu es toute déshydratée. Je le vois d'ici. Sinon je vais devoir demander à Malee de te perfuser.

Chloé pouffe, les commissures de ses lèvres s'écartent vers ses oreilles, elle cache ses dents avec ses mains en laissant échapper un rire. Les pommettes saillantes de Chloé redonnent du baume au cœur à Julie, elle se lève, remplit le gobelet qui traîne sur le bureau avec de l'eau du robinet, le tend à l'infirmière et inspire un grand coup avant de plomber l'ambiance.

— Écoute, j'aimerais discuter d'une chose avec toi, si tu es d'accord.

Chloé hausse les sourcils et opine en inspectant ses ongles, sans toucher à son verre.

— Comme tu t'en doutes, c'est au sujet de Marc. J'ai appris que vous étiez au lycée de Saint-Florentin avec Noémie. Tu peux m'en dire un peu plus sur cette période ?

— Noémie était dans sa classe. Ils étaient en première quand je suis entrée en seconde.

— Tu as fait quoi comme études ?

— Un bac SMS : science médico-sociale.

— Ce n'était pas un lycée agricole ?

— Si, mais c'était le seul bac technologique qu'il y avait.

— Tu savais déjà que tu voulais être infirmière ?

— Oui.

Julie réfléchit.

— Et Marc et Noémie, ils étaient aussi en SMS ?

— Oui, mais avec une année d'avance.

— OK. Et toi, tu le connaissais, Marc ?

— Non. Juste de vue et de réputation.

Julie s'affale dans son fauteuil.

— Ouais, j'ai cru comprendre que ce n'était pas un cadeau, ce type, tout le monde le détestait.

— Il était méchant.

— Il t'a fait du mal, à toi ?

— Non. Pas à moi.

Chloé renifle, son regard reste focalisé sur ses ongles courts. Julie éprouve une certaine pitié en étudiant le corps frêle de l'infirmière, ses mimiques, ses tics nerveux et l'état de peur panique qui fait trembler ses extrémités. Elle préférerait l'épargner avec ses questions, mais elle continue son interrogatoire.

— Et à Noémie, il lui a fait du mal, Marc ? Tu as dû souvent les croiser au lycée. Tu sais s'il s'est passé quelque chose entre eux ?

Chloé se fige, comme hypnotisée par ses phalanges.

— Chloé ?

L'infirmière reste impassible, perdue dans son monde merveilleux.

— Chloé ? Tu es au courant de quelque chose ? Si c'est le cas, tu dois me le dire.

Le tonnerre fait sursauter Chloé, l'intensité de la lumière tamisée fluctue, plongeant la pièce dans le noir complet pendant une poignée de secondes.

Julie fronce les sourcils, ses yeux verts sondent la réaction de l'infirmière qui tarde à venir. Elle s'impatiente, croise les bras sur sa poitrine et répète sa question.

— Chloé ? Noémie avait-elle des raisons d'en vouloir à Marc ?

Chloé redresse la tête, ses yeux bleus globuleux, brillants, semblent supplier l'interne de la laisser tranquille.

— Il faut que je le sache, Chloé, insiste Julie. Imagine si c'est Noémie qui a tué Marc ? On doit la neutraliser. La mettre hors d'état de nuire. Peut-être qu'elle a d'autres projets sordides en tête pour ce soir.

Julie frissonne à cette idée. Elle pose ses coudes sur la table, prend les mains de Chloé dans les siennes et capte son regard de Chat Potté.

— Dis-moi ce qui s'est passé entre Marc et Noémie.

Chloé dégage une de ses mains, essuie une larme solitaire qui coule sur sa joue et renifle avant de répondre.

— Marc et ses copains ont toujours été odieux avec Noémie. Ils s'en prenaient à tous ceux qu'ils jugeaient différents.

— Qu'est-ce qui s'est passé avec elle ?

— Ils n'arrêtaient pas de l'insulter, de l'humilier en public, de lui faire des mauvaises blagues.

— Pourquoi à elle en particulier ?

— Parce que Noémie a toujours été un peu… spéciale. Elle était toujours toute seule avec son iPod et ses écouteurs dans les oreilles. Elle sortait avec des filles, elle ne mangeait rien à la cantine et, même au lycée, ses vêtements faisaient un peu peur… Elle était toujours habillée tout en noir, comme un vampire.

Julie analyse tout ce que Chloé vient de lui révéler. Elle visualise l'aide-soignante singulière, distante, mélancolique, pliée en deux contre la fenêtre de la salle de soins du service, et imagine le mal-être qui la ronge depuis l'adolescence. Elle constate que la vie de Noémie ne s'apparente pas à un long fleuve tranquille.

— Et puis il y a eu le jour du cross…

Julie se reconnecte avec la réalité.

— Le quoi ?

— Le cross, la course qu'on faisait chaque année autour de Saint-Flo.

— Un cross-country ?

— Oui.

Julie ressent un picotement sur sa nuque. L'excitation de la future confidence papillonne dans son ventre, ouvre les vannes de l'adrénaline. Elle sent qu'elle touche au but. Impatiente, elle réprime l'envie de secouer Chloé pour accélérer les choses, déplie ses longues jambes en s'adossant au dossier.

— Et donc ? Ce cross ? Il s'est passé quelque chose entre Marc et Noémie ?

Du bout des lèvres, Chloé boit une gorgée d'eau. Elle déglutit puis, sans croiser le regard inquisiteur de Julie, elle raconte l'anecdote d'une voix émue et chancelante.

— Ça s'est passé sur la ligne de départ, devant le gymnase du lycée. On était tous en tenue de sport, serrés comme des sardines, moi j'étais devant, avec mes copines, Noémie était tout au fond, seule, comme d'habitude, dans ses leggins et son tee-shirt noirs. Marc et deux de ses copains ont fait comme dans ce film qui était sorti au cinéma, l'adaptation du roman de Stephen King : *Carrie*. Ils ont grimpé sur le toit du gymnase et ont aspergé Noémie avec du sang de porc devant tout le lycée.

Julie, éberluée, n'en croit pas ses oreilles. La cruauté de Marc dépasse son imagination.

— Le cross a été annulé, poursuit Chloé d'une voix éraillée. Noémie ne s'en est jamais remise et, depuis, elle s'est encore plus renfermée sur elle-même, sans parler aux autres. Elle errait dans la cour comme un fantôme, seule, avec sa musique dans les oreilles.

— Et Marc ? demande Julie, encore sous le choc. J'espère qu'il a été viré !

— Il a été exclu trois semaines avec ses deux complices.

— C'est tout ?

— Oui.

Julie s'enfonce dans son siège. Les mains appuyées sur sa tête, elle souffle pour dégager sa mèche châtain et pose ses bottines sales sur le bureau. Son cerveau est en ébullition. Ses petites cellules grises s'activent, combinent entre elles. Les raisonnements s'échafaudent dans son esprit.

Noémie a été victime d'une humiliation publique sans équivalent. Julie voit dans l'acte de Marc une double connotation : Noémie, qui est végane et lesbienne, est souillée par du sang de porc – un animal, qui plus est un mâle. Le message est horrible, diabolique. Inhumain. Marc était un détestable sadique.

Sans le connaître, Julie éprouve, comme le reste de l'équipe, de la haine envers lui. Elle ferme les yeux et renverse la tête en arrière. Elle a complètement oublié Chloé qui se lamente de l'autre côté du bureau, noyée dans son verre d'eau. Dans son esprit logique, une hypothèse prend forme. Un meurtre à caractère personnel avec une composante sexuelle ; une haine mûrie depuis des années : le profil colle parfaitement à Noémie. L'étude du comportement de l'aide-soignante – sa froideur, son détachement, son côté mystérieux, sa part d'ombre – en corrélation avec le mobile énoncé par Chloé font que tous ces paramètres se cristallisent pour aboutir à une conclusion effarante : Noémie a assassiné Marc.

Après un rapide calcul, Julie estime qu'il faut moins de cinq minutes pour aller du troisième étage du centre hospitalier à l'EHPAD. Sans courir, en marchant normalement. Le meurtre a forcément eu lieu après l'arrivée de Marc, soit entre 20 heures et 23 heures – heure approximative où Yazid a découvert le corps. Julie est consternée de constater que n'importe qui aurait pu s'éclipser pendant ce laps de temps, mais Noémie est restée introuvable une bonne partie de la soirée. L'aide-soignante avait donc l'opportunité de passer à l'acte, la tempête et l'isolement lui offrant un contexte optimal pour assouvir ses fantasmes morbides.

Julie lève ses soupçons sur Malee, le mobile de la *sextape* étant trop tiré par les cheveux, même si une question subsiste : pourquoi a-t-elle changé de tenue ?

Non. Julie en est persuadée, les éléments concordent, et elle a confiance en son jugement : l'assassin était parmi eux depuis le début ; Noémie s'est vengée des atrocités que Marc lui a fait subir.

20

Samedi 15 avril 2017, 2 h 35.

Julie a l'impression d'avoir un poids en moins sur la poitrine. Elle s'autorise à se détendre, à relâcher la pression qui l'étreint comme un étau. Elle pense avoir identifié le meurtrier et ce sentiment d'accomplissement la soulage, momentanément, le temps d'élaborer un plan pour neutraliser Noémie. Elle sait que l'aide-soignante suspecte est à l'autre bout du centre hospitalier, loin, très loin de son équipe de détectives en herbe.

Curieusement, elle n'a aucun scrupule à laisser Malee, la mégère, seule avec Noémie. Cette idée fait onduler sa lèvre supérieure en un rictus machiavélique, bien qu'elle doute que l'aide-soignante s'attaque à l'infirmière récalcitrante.

Julie se relaxe, elle est en sécurité dans l'EHPAD, avec Chloé et Yazid, ses « ennemies » sont sous contrôle, parquées au troisième étage de l'hôpital. Chaque camp dans son coin.

Avec la satisfaction du travail achevé, Julie s'octroie le luxe de souffler un peu et de prendre quelques minutes de répit. Elle pioche son smartphone dans la poche de son jean et vérifie l'absence de réseau – encore –, aucune barre n'apparaît et le nom de son opérateur a disparu de l'écran.

Julie compte les heures avant le lever du soleil. Elle se dit que tout ira mieux avec les premières lueurs du jour, que la nuit emportera avec elle son lot de malheurs.

Vautrée sur le fauteuil, les pieds sur le bureau, elle rêve d'un bon bain. Sentir sa peau se friper à force de fermenter dans les vapeurs et la température modérée d'une eau savonneuse et parfumée, le dernier Guillaume Musso ou Michel Bussi entre les mains. Et juste se laver. Sa dernière douche remonte à presque vingt-quatre heures, ses cheveux sont gras, emmêlés, l'odeur sous ses bras lui donne la nausée. L'atmosphère est lourde, chaude, humide, Julie se sent sale. Elle est moite, la sueur colle son débardeur à sa peau huileuse, elle fantasme sur un jet d'eau fraîche dans le dos.

Dans le reflet de son smartphone éteint, elle se trouve hideuse. Aucune trace du maquillage de ce matin, des boutons de fatigue éclosent sur son front, ses paupières sont lourdes, affaissées sur des cernes immondes, sa peau est râpeuse, elle n'a pas approché un rasoir de ses jambes ni de ses aisselles depuis une semaine.

Julie soupire en pensant à son physique de clocharde et se laisse aller dans son fauteuil. À sa droite, de l'autre côté du bureau, Chloé est avachie sur le meuble, muette, la tête enfouie dans ses bras telle une protection contre le monde extérieur.

Un thé ! Julie a envie d'un thé. Moins agressif que la caféine, elle choisit de boire quelque chose de revigorant. Elle demande à Chloé où se trouve la cuisine de l'étage, propose une boisson à la jeune diplômée – inquiète à l'idée de rester seule – et, précautionneuse, elle sort dans les ténèbres du couloir.

D'une démarche athlétique, elle trottine, guidée par la luminosité de l'écran de son smartphone, dépasse une série de chambres et trouve la cuisine, accolée à la salle de bains, à l'angle du couloir. Julie s'y engouffre.

Tasse. Eau du robinet. Soixante secondes au microondes. Un sachet de thé vert.

Julie rebrousse chemin aussi rapidement que possible, sans renverser son élixir, pousse avec les fesses les portes battantes et rejoint prestement la salle de soins.

— T'es sûre que tu ne voulais rien ?

Chloé secoue la tête en grimaçant et se réfugie sous ses bras. Julie grimpe complètement sur le bureau, décale l'ordinateur éteint et ôte ses bottines en s'étalant de tout son long contre le mur. Le thé infuse, son parfum fruité emplit l'air ambiant. Julie se détend, autant que faire se peut.

Claquement des portes coupe-feu.

Julie échange un regard méfiant avec Chloé. Des bruits de pas progressent dans leur direction et, avant qu'elles aient le temps de se concerter, Yazid apparaît dans l'encadrement de la porte, un sourire béat peint sur le visage.

— Regardez ce que j'ai trouvé, les filles.

L'aide-soignant soulève une sacoche en cuir à bandoulière comme s'il brandissait un trophée.

— La sacoche de Marc !

Julie ouvre grand les yeux, elle sent la curiosité poindre en elle.

— T'as trouvé ça où ?

— Au premier, dans la salle de bains. Elle est inutilisée. Elle fait office de vestiaire. J'ai trouvé la sacoche de Marc dans un casier avec ses affaires et son casque.

Julie se redresse, intuitive, l'enquêtrice en elle reprend les rênes de sa conscience.

— T'as fouillé dans ses poches, t'as trouvé des trucs ?

— T'inquiète, belette, bien sûr que je lui ai fait les poches. Y avait que dalle. Mais j'ai ramené sa sacoche. Y a bien mieux dedans.

Yazid enfouit sa main par la fermeture Éclair et en extrait une flasque, un paquet de Philip Morris avec une feuille, un briquet et une petite boîte en bois.

— Y a quoi dans la flasque ? demande Julie avec un sourire en coin en lorgnant le paquet de cigarettes.

— Attends.

Yazid dévisse le bouchon, penche la tête vers l'arrière et expédie une longue rasade directement dans son œsophage.

— Whisky ! annonce-t-il en pinçant les lèvres.

— Rhoo… File-m'en.

Amusé, l'aide-soignant donne la flasque à Julie – qui en a oublié son thé – et l'interne s'envoie une bonne lampée à son tour.

— Magnifique ! jubile-t-elle en s'essuyant la bouche d'un revers de la main.

Elle tend la flasque en direction de Chloé, tapie dans son coin, qui dévisage ses collègues comme des extraterrestres.

— Non… Non merci.

— Vas-y, Chloé, lance Yazid, on ne le dira à personne. Ça te fera du bien.

— Je te le prescris, si tu veux, argue Julie en incitant la petite infirmière du regard. Prescription médicale de whisky, une gorgée si besoin, à renouveler jusqu'à obtention de l'effet escompté.

— Comment tu sauras que c'est efficace ? demande Yazid, hilare.

— Je ne me souviendrai plus de rien, ricane Julie en s'envoyant une deuxième rasade – plus longue que la précédente.

Yazid sourit en ouvrant la petite boîte en bois.

— Bingo ! Largement de quoi faire un joint.

Julie, intéressée, rend la flasque à l'aide-soignant qui en descend la moitié d'une traite.

— File-moi une clope avant, s'il te plaît.

Yazid arque un sourcil, intrigué et amusé.

— Ben dis donc, Miss Toulouse.

— Oh, ça va ! File-moi du feu.

— Mais… Vous ne pouvez pas fumer à l'intérieur, intervient Chloé de sa voix fluette.

Yazid et Julie se retournent vers l'échantillon d'infirmière, l'un comme l'autre semble avoir oublié sa présence.

— Au point où on en est, je pense que tout le monde s'en fout, suppose Julie en portant la cigarette à ses lèvres. En plus, il y a que des déments à cet étage.

— Mais… Et les détecteurs de fumée ?

Prise au dépourvu, Julie échange un regard niais avec Yazid.

— Ah, merde, ouais, les détecteurs.

— Pas de problème !

Yazid enlève la Nike Air de son pied droit, se hisse sur le bureau et, avec acharnement, martèle le détecteur de fumée jusqu'à ce qu'il tombe en miettes.

Julie glousse en réprimant un fou rire, Chloé porte les mains à sa bouche, choquée par l'attitude de ses collègues.

— Et voilà, problème réglé.

Julie lève le pouce en direction de l'aide-soignant – en signe de félicitation – et allume son tube de nicotine. Yazid commence à disposer la feuille pour rouler un joint. Il vide du tabac à l'intérieur, parsème la mixture verte par-dessus et forme un carton avec un morceau du paquet de Philip Morris, sous le regard scandalisé de Chloé.

— Tu ne vas quand même pas faire ça, Yazid, c'est pas sérieux ! l'implore-t-elle.

— Je vais me gêner. Et tu devrais fumer un peu, Chloé, ça te détendrait.

Chloé tourne la tête entre l'interne et l'aide-soignant comme une girouette.

— Mais… Julie… Dis quelque chose. Tu vas le laisser se droguer à l'intérieur de l'hôpital ?

Julie recrache un nuage de fumée avant de répondre.

— Et je vais même participer, si tu veux tout savoir.

— Mais… enfin… Julie…

Chloé est déboussolée par ses collègues, qui ne la prennent pas au sérieux. Yazid donne un coup de langue sur l'extrémité de la feuille et, avec dextérité, façonne un cône qu'il tasse sur le coin du bureau.

Julie tire goulûment sur sa cigarette en notant le désarroi dans les yeux rouges, implorants de Chloé. Yazid allume son joint. Un épais nuage se propage dans la pièce, stagne sous le plafond en un brouillard trouble, impénétrable. Chloé a les yeux qui piquent, elle se contorsionne sur son fauteuil, mal à l'aise, et rouspète à voix basse.

— Tu ne veux pas rejoindre M. Bruno, voir si tout va bien ? suggère Julie à l'attention de Chloé qui, visiblement, n'a plus sa place dans la pièce.

Yazid approuve d'un geste du menton en grattant sa barbe hirsute. Toute penaude, Chloé traîne ses Crocs roses sur le lino. Les bras ballants, la tête enfoncée dans ses épaules menues, elle sort toute seule dans le couloir d'un air désespéré.

— J'ai bien cru qu'elle ne partirait jamais, lâche Yazid en réunissant les deux fauteuils et en s'allongeant dessus.

— Moi, non plus. On est méchants, quand même.

— Oh, ça va.

Toujours perchée sur le bureau, les chaussettes à l'air, Julie aspire la fumée de sa cigarette. La nicotine s'insinue partout dans son corps, elle emplit son nez, sa gorge, ses poumons, une sensation de chaleur apaisante envahit Julie, ses muscles se relâchent. La pression retombe.

La flasque tourne, le joint passe de main en main. Les volutes de fumée les enveloppent dans un cocon douillet, enivrant, désinhibant, où toutes les barrières mentales ont sauté et où on laisse libre cours à tout ce que l'on a sur le cœur.

Julie a la bouche pâteuse, plus une goutte de salive, elle laisse ses pensées vagabonder sans la censure habituelle de son cerveau pragmatique. Elle plane dans une euphorie communicative, sa tête pèse une tonne, un sentiment de bien-être germe à l'intérieur de son ventre, mais une force attractive l'attire inexorablement vers le sol. Elle parle à tue-tête, sans s'arrêter, à un débit accéléré, et est obligée de boire son thé pour continuer de s'exprimer distinctement. Elle partage le fruit de ses réflexions avec Yazid : ses soupçons sur Malee, le changement de tenue, le *remake* de *Carrie* au lycée de Saint-Florentin, sa certitude que Noémie est la meurtrière.

Yazid l'écoute sans l'interrompre, concentré sur les ronds de fumée qu'il expulse par la bouche tout en étant attentif aux raisonnements de la grande interne, qui s'affaisse progressivement sur le bureau. La flasque est vide, le joint est presque consumé, à moitié éteint entre les doigts de l'aide-soignant.

— Putain ! Noémie. J'y crois pas.

— C'est l'hypothèse la plus plausible.

— Tu l'imagines en train de faire… ce qu'on a vu ?

Julie imagine la scène. Sans succès.

— Pas vraiment. Mais qui sait de quoi on est capable dans des circonstances exceptionnelles. Toi-même, t'as failli dégoupiller, tout à l'heure, avec ta seringue. Tu sais que t'es presque impressionnant quand tu t'y mets.

Yazid ricane en levant les yeux au plafond.

— C'est ça, fais la maligne maintenant, Miss Toulouse, mais t'étais toute blanche tout à l'heure.

Julie feint la consternation.

— Genre ! Si tu crois que tu me fais peur.

— Bien sûr que t'as eu peur. Je l'ai lu dans tes yeux.

— Tu l'as lu dans mes… T'en as d'autres, des conneries comme ça ?

Yazid s'esclaffe, attrape le briquet et rallume le joint greffé entre ses doigts. Sa respiration s'accélère, une nuance de rouge teinte ses joues hâlées et poilues.

— J'avoue que tu me bluffes de plus en plus, confesse-t-il dans un nuage de fumée. J'irais même jusqu'à dire que t'assures. Il doit filer droit, ton mec.

Tu dois le mener à la baguette. J'imagine facilement qui porte la culotte à la maison.

— Mon mec ? T'es mignon, toi. Mon mec mesure vingt centimètres, il est tout noir et il vit dans le placard de ma chambre d'internat, si tu vois ce que je veux dire.

Yazid opine en baissant la tête, embarrassé mais avec un sourire en coin.

— Oh ! Le caïd, il est gêné ?

— Quoi ? Non.

— Vous faites tous les beaux, les mecs, mais dès qu'on entre dans le vif du sujet, il n'y a plus personne.

— Parle pour les culs serrés que tu croises à l'internat.

— Vous, les mecs, vous êtes plus timides en matière de sexe. Vous vous lâchez entre vous mais, dès qu'une fille pointe le bout de son nez, vous partez en courant.

— Tu vas voir ce que ça donne si je me lâche.

— Ouh ! Je tremble.

— Vas-y, fais la belle. J'ai bien vécu avant d'avoir ma fille. J'avais du succès à l'époque.

— C'était avant la barbe ?

— Quoi ? Qu'est-ce qu'elle a, ma barbe ?

Julie se surprend à glousser comme une gamine de quinze ans. Elle touche ses cheveux sans arrêt, son regard – de plus en plus aguicheur – se perd entre les boutons de la blouse de Yazid, sur ses pectoraux saillants, sur ses avant-bras aux veines gonflées et apparentes.

— Et sinon, niveau mec, t'as personne en vue, en ce moment ? Ne me dis pas qu'une fille comme toi, à Toulouse, qui écume les bars, reste longtemps célibataire.

— Ça veut dire quoi, ça ? Tu me traites d'alcoolique ?

— Bah, c'est pas moi qui ai fini la flasque.

Julie s'insurge, gentiment, et jette la flasque vide en direction de Yazid, qui éteint le joint dans le fond du verre d'eau de Chloé.

— Non, sérieux, pas de mec dans ton viseur ? J'ai vu ton sac, une fois, tu dois être pétée de thunes. Bientôt médecin, du fric plein les poches, t'es plutôt mignonne, bon, t'as pas de seins mais je suis sûr que ça peut quand même intéresser un mec ou deux.

Outrée, Julie rigole et attrape le stéthoscope qui dépasse de sa blouse. De son point culminant du bureau, elle assène un coup dans l'épaule de Yazid.

— Et j'ajoute les pratiques SM à la liste de tes vices, Miss Détective. De mieux en mieux.

Julie rit comme rarement elle a ri. Les vapeurs de cannabis embaument l'air moite et étouffant de l'orage. Les fragrances de marijuana délient les langues, désinhibent les esprits, décomplexent les corps, une effervescence aphrodisiaque plane dans la salle de soins de l'EHPAD. Julie surprend le regard de Yazid qui s'éternise sur ses seins – même s'ils sont petits. Une vague de chaleur se diffuse dans son pubis, irradie dans tout son corps jusqu'à atteindre un sentiment de plénitude, une fougue, un désir irrépressible de satisfaire ses besoins primaux et bestiaux.

Julie s'empourpre, désorientée par les effluves du joint et l'alcool, la tête lourde, elle essaie de se convaincre qu'elle n'est pas encore nymphomane. Mais elle est sous le charme et elle sait que c'est réciproque. Les signaux des deux soignants en chaleur ont été interceptés avec succès. Sa décision est prise, le feu ardent dans son corps lui hurle de céder à ses désirs. Pour la suite : advienne que pourra. Elle a chaud, elle est poisseuse, elle colle à son tee-shirt et au mur qui la retient, elle peut prolonger son moment de répit le temps d'une douche.

— Bon, assez plaisanté. Je vais prendre une douche, j'en meurs d'envie depuis vingt heures. Ça va me ressusciter.

— Bonne idée. Je ne voulais rien dire à cause de l'odeur mais puisque t'en parles…

— T'es con.

Julie récupère ses bottines en souriant aux bêtises de Yazid. Elle se lève, prend soin de bien se pencher en face de l'aide-soignant pour mettre en valeur son principal atout : son postérieur.

Elle attrape sa blouse, glisse le téléphone du service dans sa poche avec le même rictus coquin figé au bout des lèvres. Avec une sensualité mêlée d'érotisme, elle repousse ses cheveux sur ses épaules, dos cambré, fesses projetées vers l'arrière, et, tout en fixant Yazid avec ses yeux de biche, elle sort dans le couloir avec légèreté.

Samedi 15 avril 2017, 3 h 05.

Yazid n'a pas capté tous les signaux subliminaux mais, pour lui, la situation est limpide : l'interne a faim. Il remercie l'élastique de son boxer de ne pas l'avoir trahi, son sexe est au garde-à-vous depuis qu'il connaît l'existence du *sex-toy* dans la chambre d'internat de Julie.

Le cocktail de drogue et d'alcool lui a fait perdre sa lucidité, ses principes, sa libido a pris le contrôle de son cerveau qui a migré dans son bas-ventre. Il est subjugué par le tempérament de la grande interne, sa détermination sans faille, ses courbes gracieuses, son cul magnifique, le petit grain de beauté près de sa lèvre inférieure, son ouverture d'esprit – sans tabou. Il n'a jamais rencontré une fille aussi directive et autoritaire. Elle l'émoustille.

Aveuglément, sans mesurer les conséquences de ses actes, Yazid se lève, guidé par cet appétit sexuel qui lui brûle le pubis. Il en a oublié tout le reste. Plus rien ne compte. Plus rien n'a d'importance. Il est obsédé par l'interne séduisante et leur numéro de rentre-dedans – je t'aime moi non plus – et retombe dans sa jeunesse, quand il éprouvait encore l'excitation des premières fois, à l'époque où la vie était plus simple, qu'il n'avait pas de responsabilités parentales mais uniquement son insouciance.

Comme un animal en rut, Yazid sort dans le couloir obscur et se dirige vers le trait de lumière qui se réverbère sur une flaque d'eau à l'angle de l'étage. Il franchit la distance au pas de course, balaie le couloir d'un regard coupable avant d'entrer dans la salle de bains.

L'eau coule dans la douche, le miroir du lavabo est embué, une chaleur apaisante et exaltante emplit la pièce surchargée de chariots douches, de chariots de linge, de fauteuils roulants pliés en deux et de déambulateurs.

La blouse et les vêtements de Julie sont posés en tas sur une pile de draps propres. Yazid se fraie un passage au milieu du capharnaüm. La douche ne comporte pas de cabine, seulement un rideau tiré sur son rail. La longue silhouette de l'interne se profile à travers, sous le jet, la tête rentrée dans les épaules, les paumes de mains plaquées contre le carrelage du mur.

Yazid se déshabille en trois secondes. Nu comme un ver, il tire le rideau et s'introduit sous la douche. Julie se retourne et lui sourit. Elle m'attendait, se rassure Yazid, heureux de ne pas avoir halluciné les messages implicites de l'interne.

Pour son plus grand bonheur, l'hôpital dispose encore de l'eau chaude, son érection n'en subit pas les conséquences. Otage de ses désirs, animé par cette flamme érotique, il plaque Julie contre son corps musclé d'une poigne ferme et, sans préambule, l'embrasse fougueusement. L'interne accepte l'étreinte avec passion. Elle enfouit sa bouche dans la sienne, les langues se croisent, se caressent, s'emmêlent, roulent l'une sur l'autre sous la tiédeur du jet vivifiant.

D'une main de fer, Yazid retourne Julie et l'attire contre son torse poilu. Les corps font ventouse, chaque centimètre carré de peau est en contact avec l'autre, en harmonie, en symbiose charnelle. Yazid promène ses grandes mains veineuses sur le corps de Julie, ses lèvres effleurent ses épaules, sa nuque, sa barbe gratte sa peau douce et humide, il dégage ses cheveux châtains qui ruissellent pour accéder à son cou long et fin. Ses doigts se baladent sur sa poitrine, les seins de Julie remplissent à peine les paumes de ses mains. Yazid les malaxe, les pétrit avec de plus en plus de vigueur. Julie lève la tête, les yeux fermés, le cou tendu vers le jet qui lui agresse le visage. Elle laisse échapper des petits gémissements quand l'aide-soignant lui effleure et lui pince les tétons.

Yazid descend ses mains jusqu'à la toison pubienne de Julie. Son index titille et stimule son clitoris proéminent, son sexe n'a jamais été aussi dur. Un peu brusquement, il penche l'interne vers l'avant, cambre son dos et s'introduit en elle le plus facilement du monde. Julie pousse un petit cri, la tête plaquée contre le carrelage.

Yazid est en feu. Son bassin s'agite d'avant en arrière, sa main gauche maintient le dos de Julie en position, la droite s'agrippe à sa chevelure. Julie émet des couinements qui accentuent son excitation et renforcent sa virilité, il est dur comme un roc. Inébranlable.

Il poursuit son va-et-vient avec plus d'intensité, son bas-ventre déborde d'énergie. Il se sent pousser des ailes, il est champion de France, il vient de remporter la *Champions League*, il est ballon d'or, c'est le prince du Parc. Sa main droite tire les cheveux de Julie vers l'arrière, la gauche s'accroche à sa fesse rebondie – une claque s'envole –, Yazid sent l'animal en lui se réveiller, insatiable, dominateur, bestial, son ardeur implose dans son pubis, de plus en plus forte, passionnément, de plus en plus vite, frénétiquement, jusqu'à la jouissance salvatrice.

Yazid se retire. Julie se retourne, joyeuse et ostensiblement comblée, les traces du carrelage quadrillent son visage trempé. Ils s'appuient chacun sur un pan du mur de la douche, s'observent d'un air coupable – mais satisfait – avant d'exploser de rire.

— Waouh ! lâche Julie, rouge écarlate, en passant une jambe devant l'autre pour cacher son intimité.

Soudain, Yazid réalise ce qu'il vient de faire, il se sent idiot, faible, un sentiment de honte lui noue l'estomac.

— Écoute, je…

Le téléphone du service sonne dans la blouse de l'interne. Julie se raidit. Ses yeux s'écarquillent. Sans écouter l'aide-soignant, elle s'extrait des vapeurs de la douche, attrape une serviette propre et se dandine jusqu'à ses vêtements. Le souffle haletant, elle répond en mettant le haut-parleur.

— Allô ? Malee ?

— Ouais. Tu pourrais revenir, j'ai… j'ai un problème avec un des patients de Chloé.

— Euh… OK. J'arrive dans cinq minutes.

— OK. Et tu pourras dire à Noémie de rappliquer ses fesses aussi, je galère toute seule !

— Quoi ? Comment ça ? Noémie n'est pas avec toi ?

— Ben non. Je pensais que tu l'avais invitée dans l'EHPAD à vos réunions des trouillards anonymes. Je ne sais pas où elle est encore passée, celle-là. Ça fait plus d'une demi-heure que je ne l'ai pas vue.

— J'arrive tout de suite.

Julie raccroche et se tourne vers Yazid qui l'observe d'un air confus.

— Noémie a disparu, annonce-t-elle d'une voix fébrile.

21

Samedi 15 avril 2017, 3 h 12.

Julie s'habille en toute hâte. Elle ignore le regard accusateur que lui adresse Yazid, elle n'a ni le temps ni l'envie d'écouter ses épiphanies, le discours moralisateur truffé de remords qu'il s'apprête à lui pondre. Elle le voit venir gros comme une maison. Elle a autre chose à faire que de l'entendre pleurnicher sur sa femme, sa fille, cette vie bien rangée qu'il a vite écartée une fois sa santé menacée. C'est un grand garçon, qu'il assume ses actes. Julie ne l'a pas forcé – juste très fortement encouragé –, Yazid était consentant, il éprouvait le même désir orgasmique qu'elle et il n'avait pas l'air si malheureux sous cette douche, à la chevaucher comme un étalon.

À présent, elle le dévisage avec mépris, comme tous ces mecs infidèles qui fuient leurs responsabilités et rejettent la faute sur *celle* qui est à l'origine de leurs défaillances de couple.

Aujourd'hui, Julie est cette fille, *celle* qui brisera peut-être un ménage. Et puis merde ! Elle a eu ce qu'elle voulait, elle n'a violé personne, que les mecs grandissent un peu et contrôlent leur engin si c'est pour chouiner après !

Julie enfile sa blouse, dégage ses cheveux emprisonnés dans son col et, une fois sur le seuil de la porte, se tourne vers l'aide-soignant désabusé.

— Bon. Je file prévenir Chloé et M. Bruno au premier. Toi, tu restes ici en attendant que je t'appelle. Tiens, garde le téléphone.

Yazid, toujours dans le plus simple appareil, réceptionne le téléphone sans fil d'un air las.

— Écoute, tu ne veux pas au moins qu'on discute de…

— Y a rien à dire ! tranche Julie, remontée. On en parlera plus tard si tu veux. J'y vais… Fais attention à toi.

Julie s'éclipse de la salle de bains avant que Yazid réponde.

Quand le téléphone a sonné, sans savoir pourquoi, Julie a tout de suite anticipé un problème avec Archibald Tourmenteur, s'attendant à entendre Malee lui expliquer qu'Archibald s'était réveillé, qu'il se levait, qu'il parlait, qu'il lévitait…

Julie constate avec étonnement qu'au-delà du meurtre de Marc – vraisemblablement commis par Noémie – ses angoisses se tournent en priorité vers cet homme plongé dans le coma, grand, au visage difforme, qu'elle accuse – sans fondements – d'être à l'origine de cette nuit calamiteuse.

Des phrases du compte rendu du professeur René Moutrut résonnent dans sa tête.

L'homme dont on compte les victimes par centaines…

L'homme que les gens de ma génération connaissent sous le nom suivant : Tourmenteur l'hypnotiseur...

Julie chasse les idées délirantes qui polluent son esprit logique et redouble d'efforts, dévale les escaliers à toute vitesse, pousse les portes coupe-feu et pénètre dans la salle de soins du premier étage.

M. Bruno et Chloé sont accoudés sur le bureau, le nez plongé dans une grille de mots croisés, sous la lumière vacillante. Le retraité semble plus concentré sur le décolleté de l'infirmière que sur les définitions des mots à remplir.

Une branche claque contre la fenêtre, piégée entre les barreaux du balcon, des courants d'air invisibles font frémir les documents punaisés sur le grand tableau en liège, au-dessus de la console des voyants d'alarme des patients.

Julie reprend son souffle et explique brièvement la situation, sans faire part de ses soupçons quant à Noémie. Elle prie Chloé et M. Bruno de ne pas bouger, de rester cachés avec leurs grilles de mots croisés et de prévenir Yazid en sonnant s'il arrive quoi que ce soit.

Julie repart en courant. Inconsciemment, elle empoigne son stéthoscope comme un nunchaku. L'adrénaline du coup de téléphone a épuré son organisme de toutes les molécules d'éthanol et de THC nuisibles à sa concentration. Elle est aux aguets, stressée comme jamais : une meurtrière se promène quelque part en liberté.

Julie sprinte à travers l'accueil du centre hospitalier sans tourner la tête et, d'un coup de bottine, expédie la porte de la cage d'escalier contre le mur. Une main agrippée à la rambarde, elle se fige soudainement. Et si c'était une ruse, un piège pour l'attirer dans le service ? Une embuscade ? Et si Noémie l'attendait là-haut, tapie dans l'ombre, prête à lui sauter à la gorge ? Et si Noémie et Malee avaient comploté pour se débarrasser d'elle, prétextant un problème avec un patient ? Julie frissonne. Ce scénario la pétrifie. Ça y est : il est 3 h 21, elle devient paranoïaque.

Le vent ébouriffe ses cheveux mouillés, le crachin arrose son visage tourné vers le haut, vers les trois étages à gravir, une pellicule aqueuse recouvre ses traits tendus et les muscles contractés de son faciès. Une seule façon d'en avoir le cœur net, se dit-elle : elle doit monter voir. La boule au ventre, le palpitant tambourinant contre sa poitrine, elle grimpe jusqu'au troisième étage de l'hôpital. Le hall des ascenseurs est entièrement plongé dans le noir. Julie progresse vers le service quand une ombre se détache dans l'obscurité du couloir.

L'ombre prend forme. S'avance. Se matérialise devant elle. Une silhouette humaine. Julie tombe nez à nez sur un homme au beau milieu du couloir.

Samedi 15 avril 2017, 3 h 22.

Julie recule, pose un pied derrière elle, le regard horrifié, son cri de détresse est resté coincé dans sa gorge. L'homme approche, le visage invisible, plongé dans l'ombre.

Julie recule encore, brandit son stéthoscope devant elle pour se défendre. Un coup de tonnerre retentit et, deux secondes après, un éclair scintille dans la nuit et illumine le couloir – à travers les fenêtres du secrétariat – dévoilant les traits de l'inconnu.

— Vous ? Je vous reconnais !

— Et moi, je vous cherchais.

— Qu'est-ce que vous faites encore là ?

— Plus tard. Où est-ce qu'on peut parler tranquillement ?

Sur ses gardes, Julie n'en revient toujours pas de cette rencontre improbable. Elle qui était convaincue que l'hôpital était désert, elle se retrouve face à un homme qu'elle pensait parti depuis longtemps. Elle toise ce type approchant la cinquantaine : taille moyenne, regard noir, visage sévère, mâchoire anguleuse et mal rasée, crâne rugueux – presque chauve –, des faux airs de Jason Statham, robuste, large d'épaules et jambes arquées comme un cow-boy, engoncé dans un col roulé bleu marine et un jean usé aux genoux, avec un blouson de cuir sous le bras. Et un brassard gris rayé d'une bande tricolore autour du biceps gauche.

Julie fait un autre pas en arrière, suspicieuse, même si elle n'a jamais été aussi contente de voir un gendarme de sa vie.

— Et votre collègue ? s'enthousiasme Julie à l'idée que le deuxième gendarme qui escortait Tourmenteur soit encore dans l'enceinte de l'hôpital.

— Il est reparti avec l'ambulance.

Julie se souvient de l'accident annoncé par Malee, plus tôt dans la soirée.

— Oh… je suis désolée. Mais, une minute ! Où étiez-vous passé pendant tout ce temps ?

— Plus tard !

Réplique cinglante. Ton bourru. Julie recule la tête, un peu intimidée. Le gendarme s'avance vers elle.

— Où est votre bureau ?

— Euh… Par ici.

Troublée, l'interne essaie de remettre de l'ordre dans ses idées, de digérer l'apparition mystérieuse du militaire. Les sourcils froncés, elle recouvre son tempérament et se concentre sur la raison de son retour dans le service.

— Attendez ! Il y a urgence. Vous savez qu'un meurtre a été commis ? Le veilleur de nuit a été tué dans les w.-c. du premier étage de l'EHPAD.

— Justement, c'est de ça que je voulais vous parler. Allons discuter de…

— Non ! Attendez ! Ma principale suspecte a disparu depuis plus d'une heure.

— Votre quoi ? Vous voulez dire que vous avez enquêté ? Ne soyez pas ridicule.

L'interne s'emporte aussitôt. Elle a largement eu sa dose de contrariétés pour la soirée.

— Exactement ! Et vous, vous foutiez quoi pendant tout ce temps ? Pendant qu'on retrouvait un corps en charpie, hein ? Une aide-soignante a disparu du service et tout porte à croire que c'est elle qui a fait ça. Elle avait un mobile, un…

— Deux secondes, comment ça, disparu ?

— Personne ne sait où elle est.

Julie réfléchit.

— Vous avez réussi à joindre l'extérieur ?

— Non, toutes les communications sont coupées.

— C'est vous qui vous promeniez dans les couloirs de l'EHPAD, pas vrai ?

— J'ai inspecté et fouillé tout l'hôpital, mademoiselle. Chose que vous auriez dû faire, j'imagine. Et je vous surveille tous depuis un bon moment. J'ai vérifié l'autonomie des groupes électrogènes. Les moteurs diesel tournent bien. L'alarme de la jauge de mi-niveau n'est pas atteinte, le générateur de secours peut encore tenir facilement vingt-quatre heures. J'ai senti l'odeur dans les toilettes du premier lors de ma deuxième ronde, mais je n'ai pas voulu ébruiter la nouvelle. Je ne savais pas qui était au courant et je ne voulais pas susciter la panique. Je vous attendais. C'est vous qui avez fermé la porte des w.-c. à clé ?

— Oui, je ne voulais pas qu'un résident tombe dessus.

— Pourtant vous en avez recruté un.

— Parce que je ne pensais pas qu'un poulet jouait à cache-cache avec nous ! Si nous avions été plus nombreux, je n'aurais pas dérangé ce pauvre homme !

— Et vous avez envisagé que ce soit un patient qui ait fait ça ?

— Un patient… Vous êtes sérieux ?

— Absolument. Et c'est justement ce que je voulais vous demander : cessez de jouer les investigatrices du dimanche. Faites votre boulot de médecin, laissez-moi faire le mien et fournissez-moi les dossiers de tous les patients de cet hôpital.

Le visage de Julie vire au rouge vermillon. Ce connard insulte son travail, ses heures d'interrogatoire et en plus, *Monsieur* exige qu'elle lui remette ses dossiers. Elle est fatiguée, à bout de forces, ça fait des heures qu'elle ne prend plus de gants pour dire ce qui lui passe par la tête.

— Mes dossiers et tous les patients de cet hôpital relèvent du secret médical. Je sais qui est l'auteur du massacre dans les chiottes, je n'ai pas eu besoin d'un poulet prétentieux pour me dire quoi faire.

Noémie a quitté le service, elle est dangereuse et, si vous voulez vraiment vous rendre utile, aidez-moi à la chercher avant qu'elle s'en prenne à quelqu'un d'autre.

Le regard du gendarme se modifie, il observe à présent l'interne survoltée avec respect et une pointe d'amusement.

— OK, calmez-vous. Dites-moi ce que vous savez.

Sur la défensive, Julie opine et guide le gendarme surgi de nulle part en direction du service de médecine interne. Elle lui jette des regards méfiants du coin de l'œil, furtivement, elle n'est pas sereine à l'idée que ce type soit resté discret aussi longtemps et la manière dont il élude les explications ne la rassure pas du tout. Elle conserve une certaine distance avec le gendarme et s'assure de le garder constamment dans son champ de vision.

En marchant, une nouvelle vérité éclate dans son cerveau. Si cet homme a su passer inaperçu aussi longtemps, est-il possible qu'un autre individu – un meurtrier psychopathe – se cache dans le centre hospitalier ? Ou pire, s'agit-il d'une seule et même personne ?

Julie déraille. Mais le constat est accablant : elle n'a aucun contrôle sur l'hôpital et ses occupants, elle ne sait même pas qui s'y trouve précisément.

Encore sous le coup de l'émotion, mais soulagée de ne pas regagner le service pour affronter Malee la harpie toute seule, elle ouvre son bureau à l'instant où l'infirmière d'origine thaïlandaise apparaît à l'angle du couloir.

— Ah, enfin ! Tu… Bordel ! D'où il sort lui ?

L'infirmière dévisage le gendarme avec dédain. Ses yeux bridés forment deux fentes obscures, impénétrables.

— C'est un des gendarmes qui accompagnait Tourmenteur. Je t'expliquerai. Tu as retrouvé Noémie ?

— Hum… Non…

— C'était quoi, ton problème ?

Toujours d'une humeur massacrante, Malee tend un dossier patient du service des soins continus.

— Je fais quoi avec le potassium ? J'augmente, je diminue ?

— Ah oui, fais voir.

Le petit groupe entre dans le cagibi salle des internes. L'interrupteur est actionné et pourtant, la pénombre règne dans le bureau exigu. Le vent siffle par les panneaux du faux plafond, une dalle est tombée sur le mobilier et trois autres jonchent le sol.

Julie remue la souris de l'ordinateur, une luminosité discrète émane de l'écran, diffusant un peu de clarté. L'interne feuillette sommairement le dossier qu'elle tient entre ses mains. Étudie les bilans biologiques de la veille, les dosages des traitements en cours puis, après une grimace songeuse, elle griffonne une nouvelle prescription et rend le dossier à Malee.

L'infirmière pose le téléphone du service sur le bureau d'un geste brusque, récupère son support de travail et quitte la pièce en silence, agacée, sans lâcher le gendarme de ses yeux sournois.

— Vous êtes toujours là, vous ? éructe Julie, en colère, en direction du gendarme planté dans son dos.

— Elle ressemble à quoi, cette Noémie ?

— Brune, taille moyenne, pâle comme un cul, maigre comme un clou, des tatouages sur le cou et des piercings partout sur la tronche. Vous ne pourrez pas la rater.

— OK, je vois le genre. Très bien, voilà le plan : je la ramène, on rassemble tout le monde et on éclaircit tout ça. Ça vous va ?

— Ouais…

L'orage mugit, tonitruant, et Julie tressaille en adressant un regard en coin au gendarme qui franchit l'embrasure de la porte. Elle l'interpelle d'une voix nasillarde.

— Au fait, vous ne m'avez pas dit pourquoi vous êtes resté. C'est à cause de lui ? demande-t-elle en indiquant le dossier d'Archibald Tourmenteur ouvert sur le clavier de l'ordinateur.

Le gendarme s'arrête, pivote sur ses talons et fixe l'interne dans le blanc des yeux.

Grondement du tonnerre.

— Vous ne savez pas ce qu'il a fait, n'est-ce pas ?

— Euh… Non…

Grondement du tonnerre.

— Je m'en doutais. Parce que si vous saviez ce qu'il a fait, jamais vous ne le laisseriez sans surveillance. Même pas une seconde.

22

Samedi 15 avril 2017, 3 h 35.

Malee jette son dossier patient sur la paillasse de la salle de préparation des soins. La surface plane est encombrée d'emballages de matériel médical, de médicaments périmés, de piluliers et de boîtes en carton pleines de seringues à ranger.

Les néons du plafond clignotent, capricieux, le robinet fuit et les *plic ploc* des gouttes d'eau sur la faïence se répercutent et résonnent dans la pièce surchargée d'armoires débordant de tubulures, de sondes, de casiers expectorant des poches de perfusion et autres solutés.

Malee attrape un plateau en inox, une grosse seringue de cinquante centimètres cubes avec un trocart et quatre ampoules de potassium. Ses sourcils se haussent sur son visage frigide, elle relit la dernière prescription de la grande asperge interne avec perplexité.

Fuck ! Julie s'est trompée dans le dosage. Encore. Malee sait que quarante grammes de potassium sont mortels pour un être humain, à coup sûr, et c'est avec une exaspération croissante qu'elle raye le 0 – à côté du 4 – pour que la prescription retrouve une cohérence et ne soit létale pour personne.

— Quatre grammes, c'est mieux, souffle-t-elle en maudissant Julie.

Ce n'est pas la première fois que Malee reprend l'interne sur ses prescriptions. En trois mois de collaboration, elle a déjà relevé et corrigé les étourderies de Julie à trois reprises. Cette histoire de potassium – une erreur flagrante – décrédibilise encore plus l'interne toulousaine aux yeux de Malee.

Avec l'expérience, elle arrive à décrypter les hiéroglyphes et les pattes de mouche des médecins quand ils prescrivent. Son intransigeance ne laisse rien passer. De toute façon, si elle ne remarque pas ces erreurs, elle sait que la faute lui incombera aussi et qu'elle partagera la responsabilité du médecin fautif devant les tribunaux.

Malee est vexée d'avoir dû appeler Julie et de recourir à ses compétences médicales, même si elle sait qu'elle n'avait pas le choix. On ne rigole pas avec le potassium. L'électrolyte peut s'avérer mortel s'il est surdosé, ou injecté pur – comme dans les peines de mort aux États-Unis – et Malee préfère ne courir aucun risque. Sa dépendance vis-à-vis de l'interne l'irrite, la renvoie à sa fonction de « simple » infirmière et la haine qui en découle ne cesse d'augmenter. Elle ne supporte pas d'être assujettie, soumise à qui que ce soit, et spécialement quand il s'agit de Julie.

En se dirigeant vers la chambre 1 des soins continus, Malee repense à la bévue de l'interne hystérique. Julie aurait-elle commis une erreur similaire avec M. Dupain, le patient de la 2, mort dans des circonstances étranges ? A-t-il été victime d'une erreur médicale ?

Malee a passé en revue tous ses faits et gestes, elle est catégorique : elle n'y est pour rien.

L'interne a-t-elle manipulé les perfusions en son absence ? A-t-elle administré un médicament sans le prescrire ? Malee ne voit pas d'autres explications. Pour elle, c'est Julie la responsable, cette prétentieuse aux longues guibolles est la fautive. Encore.

Malee entre sans frapper dans la chambre 1 des soins continus. Une femme d'une soixantaine d'années, crinière blonde, bien coiffée, maquillée à outrance, élégante et coquette dans sa propre robe de chambre, emmitouflée dans un châle turquoise, est allongée sur le lit médicalisé. Elle est recroquevillée en chien de fusil, les yeux grands ouverts, hypnotisée par les intempéries qui s'abattent sur la fenêtre ruisselante.

Le déluge décime les arbres et les pylônes électriques rescapés, les coulées de boue s'engloutissent dans le Lot dont le niveau s'élève de façon inquiétante et inonde les berges et les bosquets alentour.

Éclairée par la veilleuse, Malee remonte son pantalon, fixé par vingt tours d'adhésif et une bande avec un double nœud, et remplace la seringue vide par la neuve dans le pousse-seringue électrique. Elle arrête son geste devant le regard horrifié de la patiente.

— Vous devriez vous mettre de l'autre côté, madame Costes.

— Vous avez vu ce temps ?

— Justement. Tournez-vous et vous pourrez vous rendormir.

— Vous ne voulez pas fermer les volets ?

Malee soupire. Sa patience a des limites.

— Vous avez sonné il y a quinze minutes pour que je les ouvre. Le bruit vous empêchait de dormir, vous vous rappelez ?

— Ah, oui. D'accord.

— Mais si vous voulez, je peux les refermer.

— Non. Ça ira.

— Mettez-vous de l'autre côté. Vous n'aurez plus la fenêtre sous les yeux.

La patiente se retourne, souriante. Les fils du cathéter implanté sous sa clavicule lui tirent la peau.

Malee crispe son visage et essaie de rendre le sourire – sans grand succès. Elle programme le débit de sa nouvelle seringue de potassium. Surveille l'absence d'obstruction dans cette tuyauterie de tubes et lâche : « Bonne nuit quand même », en sortant de la chambre et en éteignant la lumière.

Urgence pipi ! Depuis des heures, Malee n'a plus une seconde à elle. Elle gère le service en solo. Ras le bol ! Les patients sonnent pour des broutilles, râlent parce que les télés ne fonctionnent pas, réclament le bassin toutes les demi-heures, exigent un autre cachet pour dormir et s'agitent de plus en plus.

Malee accumule les casquettes : médecin, infirmière, aide-soignante, ASH, psychologue, électricienne, plombier, chauffagiste, réparatrice télé, plaquiste et même, en début de soirée, croque-mort. Mais malgré le surmenage, elle conserve son endurance, ce rythme indéfectible qui fait d'elle une infirmière hors du commun. Elle avoue que cette soirée est éprouvante, un tantinet anxiogène, mais Malee en a vu d'autres. Elle, elle a vécu la guerre, elle a vu les membres tranchés, les mutilés, les dégâts des machettes et des bombes sur le corps des adultes, des enfants, des nourrissons, elle connaît l'odeur de la gangrène qui se propage – faute d'hygiène et de moyens – lorsque l'amputation est inévitable. Elle a touché du bout des doigts la souffrance. La vraie. Pas les caprices de ses collègues égoïstes, centrés sur leur petit monde bien ordonné.

Malee arbore un sourire ironique en traversant le service. Si Julie apprenait qu'elle a rendu visite à Marc, après avoir déposé le corps de la patiente de la 10 avec Yazid, dans le dépôt mortuaire, l'interne s'arracherait les cheveux, exulte-t-elle dans sa tête.

Il suffirait d'une pichenette pour la faire basculer dans la folie…

Malee jubile de son sadisme, franchit les portes battantes du service alors qu'une nouvelle sonnette carillonne dans son dos. *Fuck !* Elle décide de s'accorder tout de même ses cinq minutes de pause pipi bien méritée.

Comme toute la nuit part en vrille, évidemment, c'est aujourd'hui que son horloge biologique a choisi de débuter son cycle menstruel – la zone rouge – avec un jour d'avance. Malee a senti le mal de tête poindre en début d'après-midi, elle a anticipé en emportant ses tampons et ses serviettes hygiéniques dans son sac à main.

Le vestiaire n'est pas alimenté par le générateur de secours, Malee extrait son smartphone et éclaire son chemin jusqu'aux étagères à la recherche de son sac à main. Elle attrape son nécessaire intime – un tampon avec applicateur et une serviette hypoallergénique – puis ressort en pestant contre ses maudites règles qui tombent justement ce soir.

La sonnette retentit jusqu'au hall.

Déprimée à l'idée de soulager sa vessie dans le vacarme strident, Malee opte pour les w.-c. qui jouxtent la salle d'attente, de l'autre côté du hall, près du secrétariat. Un pipi dans le noir sera toujours mieux qu'un pipi bruyant, songe-t-elle en passant devant les ascenseurs.

Malee pose sa main sur la poignée des toilettes dédiées aux visiteurs. Ouvre la porte. Ses baskets pataugent dans une mare pourpre. L'écran du portable illumine les w.-c. *Fuck !* Elle a retrouvé Noémie.

— Julie !

23

Samedi 15 avril 2017, 3 h 35.

Julie est en pétard.

Où était ce gendarme pendant tout ce temps ? Que faisait-il à les espionner ? Qu'a-t-il derrière la tête ? Julie n'a aucune confiance en lui, elle reste sur ses gardes et ne supporte pas la façon dont il l'a prise de haut. Il n'a même pas daigné lui répondre – avant qu'il disparaisse dans le couloir – lorsqu'elle lui a demandé ce qu'avait fait Archibald pour mériter une telle surveillance. Le gendarme a répondu sa phrase fétiche : « Plus tard. »

Énervée, Julie en a après tout le monde. Elle est excédée par ce connard de gendarme, par Malee – comme d'habitude – mais aussi par la réaction de Yazid après leurs ébats – typiquement masculine et immature – comme par l'attitude de Chloé qui se laisse dépérir à vue d'œil. Et où est Noémie ? Où se cache celle qui a déchiqueté Marc dans les w.-c. de l'EHPAD ?

Partagée entre soulagement et méfiance, Julie est tout de même ravie de s'être délestée du poids de l'enquête en déléguant la recherche de l'aide soignante au gendarme mystérieux. En son for intérieur, elle doute qu'il puisse être dangereux – ou pire –, même si elle doit rester vigilante et faire preuve d'une extrême prudence à son égard. Ce type ne lui dit pas tout, elle en est persuadée. Mais de là à être l'assassin de Marc, Julie demeure sceptique. Il lui a certifié que l'hôpital était désert, mais Julie ne le croira pas tant qu'il ne lui aura pas clairement expliqué ce qu'il a fabriqué de 21 heures à 3 heures du matin. Cependant, les paroles du gendarme ont ravivé sa curiosité au sujet d'Archibald Tourmenteur. Encore lui. Toujours lui.

Si vous saviez ce qu'il a fait, jamais vous ne le laisseriez sans surveillance. Même pas une seconde...

Si le Mal existe, Archibald Tourmenteur en est l'incarnation...

Disposant d'un petit répit, Julie, plus intriguée que jamais, retrousse les manches de sa blouse et se penche au-dessus du dossier ouvert de Tourmenteur. Une excitation morbide lui hérisse les poils des bras, le duvet blond dans le creux de ses reins et, impatiente de découvrir la vérité, elle s'autorise à s'évader dans le récit du professeur René Moutrut.

Compte rendu du Pr René Moutrut, chef du service de psychiatrie de l'unité d'hospitalisation spécialement aménagée (UHSA), unité pour malades difficiles, centre hospitalier de Cadillac.

Synthèse des séances des 18, 20, 23 et 25/09/1996

Patient : Archibald Tourmenteur

La première question que je me pose, en préparant le prochain entretien : pourquoi Archibald a-t-il choisi la Thaïlande ? Lui qui n'a jamais quitté la région parisienne, pourquoi décide-t-il de s'expatrier en Asie ? Certes la justice française le surveille, il est assigné à résidence, il n'a plus d'avenir dans le médical ni à l'université, mais pourquoi vouloir partir aussi loin, et spécifiquement en Thaïlande ?

Avec son flegme habituel, il m'explique que son grand-père paternel, Ulysse Tourmenteur, a vécu et s'est battu au nord de la Cochinchine, au sud-ouest de l'Indochine française, l'actuel Cambodge. La Thaïlande est un pays limitrophe dont son grand-père lui a beaucoup parlé pour sa culture, sa cuisine, ses richesses, son patrimoine, et il m'avoue que ce pays est réputé pour sa facilité à se procurer des visas et des papiers d'identité falsifiés.

Archibald tire un trait sur sa vie de bobo parisien en conditionnelle et atterrit en mai 1984 à Bangkok. Il a vingt-deux ans. Il s'exile dans la province de Lampang, au nord du pays, au milieu des parcs nationaux, au cœur du royaume des éléphants.

À cet instant de l'entretien, j'ai du mal à imaginer la scène : Archibald, qui n'a jamais quitté Paris, pour qui la nature se résumait au bois de Vincennes et au bois de Boulogne, se retrouve immergé dans la jungle, à l'autre bout du monde, dans un climat et un pays qu'il ne connaît pas. Curieux d'entendre la suite, je l'incite à poursuivre.

Encore une fois, comme s'il lisait dans mes pensées, il me confesse avoir découvert la nature pour la première fois de sa vie. Il voyage, marche des semaines entières. Il parcourt le nord du pays jusqu'à la frontière birmane, explore la faune et la flore comme un aventurier, à pied ou à dos d'éléphant. Il observe les oiseaux, dort à la belle étoile ou dans des temples, des refuges, des dispensaires, chez des habitants généreux. Il me dit être impressionné par l'hospitalité des Thaïlandais, leur générosité, leurs sourires. Il apprend le thaï en deux jours. Au bout d'une semaine, il parle la langue couramment.

Archibald s'ouvre à cette nouvelle culture et découvre le bouddhisme. Il part vivre dans un monastère dans la province de Nan, au nord-est du pays, dans les montages, au milieu de la forêt tropicale, une région quasiment déserte qui garde les séquelles de la guerre du Viêtnam.

Encore une fois, je m'interroge. Mais qui est cet homme devant moi, immobile et glacial, qui ne cesse de me toiser ? Lors du dernier entretien, nous discutions de la Sorbonne, de ses études de médecine à la Pitié-Salpêtrière, de ses fantasmes sur *les mots qui tuent*. À présent, il me parle d'énergies qui circulent, de méridiens, de plantes, de Bouddha et des bienfaits de la méditation. Quel changement ! Archibald a radicalement troqué son mode de vie. Il a mûri. Il s'est posé. Il semble inoffensif. Connaissant déjà la fin de l'histoire, je sais que c'est seulement une apparence.

Il me raconte sa nouvelle vie au milieu des moines, les repas frugaux, les conditions précaires dans lesquelles il vit, la religion omniprésente qui régit les habitudes du monastère. Archibald m'explique qu'il cherche la paix intérieure, l'harmonie entre le corps et l'esprit. Il pratique quotidiennement la méditation.

En parallèle, à l'insu des autres pensionnaires, il étudie l'hypnose ericksonienne. Il est en désaccord total avec les fondements du psychiatre américain mais il s'inspire de ses méthodes révolutionnaires. Lors de ses études de médecine à la Salpêtrière, pourtant le berceau du neurologue Jean-Martin Charcot, pionnier dans l'étude scientifique de l'hypnose, les travaux de Milton Erickson sont discrédités, qualifiés de magnétisme de foire par les psychanalystes et les psychothérapeutes de l'époque.

Archibald apprend toutes les techniques d'induction, de suggestion, les différents états de transe, et se concentre sur l'autohypnose. Il s'instruit à son rythme, perdu dans son monastère, avalant ses bols de riz dans des conditions rudimentaires, engrangeant les secrets de l'hypnose et libérant son esprit grâce à la méditation. Il y restera deux ans.

À la fin de l'année 1985, il me garantit être resté assis en tailleur, sans manger et sans boire, complètement immobile, deux mois entiers. Quand il m'annonce ça, ma surprise doit se lire sur mon visage tellement je suis abasourdi. Deux mois entiers ? Sans manger ni boire ? J'ai envie de lui rétorquer que c'est impossible mais, jusqu'à présent, je dois reconnaître qu'il m'a dit la vérité. Pourquoi mentirait-il maintenant ? Je l'observe avec une certaine perplexité et toujours avec cette impression désagréable qu'il lit dans mes pensées et perçoit mon scepticisme. Son regard devient plus froid, plus inquisiteur. Menaçant. Il soutient qu'il peut atteindre des zones de son cerveau inaccessibles pour le commun des mortels, qu'il arrive à s'induire lui-même dans une transe si profonde qu'il distord le temps, modifie sa perception pour le faire passer plus vite. Il affirme qu'il a la sensation qu'une heure s'écoule en une minute. J'ai du mal à le croire.

Il m'explique que, durant ces deux années, en réalité, il n'a jamais cessé de penser à sa problématique, au fil conducteur qui dicte sa vie : les mots peuvent-ils tuer ? Il détourne les préceptes religieux et scientifiques pour s'insuffler une sérénité, une sagesse et une persuasion qu'il déploiera au contact de ses prochaines victimes.

Archibald ne croit qu'en une chose : le pouvoir de son esprit sur le reste de l'humanité. Il reformule les mots inscrits dans ses carnets, qu'il garde en mémoire depuis son plus jeune âge, mais cette fois-ci sous la forme de suggestions qu'il pourra administrer dans l'esprit de ses prochains cobayes.

Après ces deux années d'autarcie, il m'avoue être prêt à récidiver, et à assouvir ce fantasme qui empoisonne sa vie depuis qu'il a vu cet homme mourir dans le square de l'Oiseau-Lunaire, à Paris. Cette fois, il doit être méticuleux. Procéder par étapes, intelligemment, pour ne pas se faire prendre. Il veut également trouver des « sujets » prédisposés à la violence, des proies faciles, déjà perturbées psychologiquement. Il compare son projet à une échelle dont il gravirait les échelons pas à pas. Du plus bas de l'humanité jusqu'au sommet. Et pour cela, la Thaïlande héberge un des lieux de pèlerinage de la débauche les plus prisés au monde : Pattaya.

Réputée pour ses soirées sulfureuses et son tourisme sexuel, la station balnéaire est l'endroit propice où Archibald pourra œuvrer à sa guise dans l'indifférence générale. Il s'y installe en août 1986, à l'âge de vingt-quatre ans. Dans un premier temps, il s'attaque aux hordes de prostituées qui pullulent dans la ville une fois la nuit tombée.

À cet instant, je réagis et décide de l'interrompre pour une des rares fois depuis notre rencontre.

Je m'extrais avec difficulté de cette torpeur habituelle qui m'enveloppe lorsque j'écoute ses monologues éloquents et aborde un sujet sur lequel ma conscience professionnelle veut absolument rebondir : son rapport aux femmes.

Très cordialement, il me raconte qu'il a toujours eu un franc succès auprès de la gent féminine. Archibald est grand, plutôt bel homme, il dispose d'un charisme hors du commun et ses parents lui ont inculqué les bonnes manières. Il sait se conduire en parfait gentleman pour arriver à ses fins. Mais sa principale arme de séduction reste sa voix grave, captivante, envoûtante, celle qui me déclenche des picotements sur le crâne et sur la nuque quand je bois ses paroles. Il épilogue sur ses qualités de séducteur en m'avouant savoir ce que veulent les femmes et ce qu'elles attendent des hommes en général. Il poursuit en m'expliquant qu'au fond elles ne sont pas très compliquées et qu'il sait, à coup sûr, comment les ramener dans son lit. Je le fixe avec incrédulité et, je le concède, une pointe de jalousie. Me préparant au pire, je le prie de continuer ses périples à Pattaya.

Archibald n'a aucun mal à s'immiscer dans le monde de la nuit thaïlandais. Cet homme est un caméléon, il peut se fondre n'importe où. Il repère ses proies féminines, majeures ou mineures, les séduit, les invite à dîner, à boire un verre, jusqu'à ce qu'elles se sentent en confiance. Puis il les isole. Il me dit procéder toujours de la même manière avec une facilité déconcertante. Une fois dans un lieu calme, rassurant, quand tout danger est écarté, la plupart du temps dans une chambre d'hôtel, il leur assène sa criminalité verbale.

À la question : « Les mots peuvent-ils tuer ? », je suis forcé de reconnaître que la réponse est oui.

Archibald implante les graines du Mal dans l'esprit de ses « sujets », plongés dans un état de transe hypnotique dont il prétend être le seul à atteindre une telle profondeur. Il fore dans les abysses de l'inconscient de ses victimes où nul thérapeute ne peut accéder, sauf lui, et dissémine ses monstruosités dans les esprits fragiles et tourmentés des prostituées thaïlandaises. Il leur suggère le chaos par l'intermédiaire de sa prose macabre. Il induit ce qu'un être humain peut faire de pire. Il déterre leur passé souvent traumatique et annihile toute joie, tout sentiment de bonheur en leur ôtant tout espoir. Je me mords la lèvre. Si je ne connaissais pas la suite de sa vie, son casier judiciaire, je pense que je ne pourrais pas m'empêcher de le traiter de fou psychopathe. Cette partie de sa vie demeure mystérieuse pour les autorités françaises et j'attends la suite avec impatience.

Archibald a « hypnotisé » trente-trois filles entre août et octobre 1986. Sur ses trente-trois cobayes, vingt-six seront retrouvées mortes. Suicidées. Une bonne moyenne, selon lui. Je déglutis et m'efforce de ne pas réagir. Il me dévisage sans ciller, raconte son histoire comme s'il détaillait des prises lors d'un week-end à la pêche. Je l'encourage à continuer.

Archibald quitte la station balnéaire le mois suivant et s'installe dans le sud de Bangkok. Les prostituées infectées par ses mots deviennent trop difficiles à suivre, à espionner, les macs commencent à le surveiller de près et il désire tester ses aptitudes sur une population moins vulnérable. Le challenge l'excite. Il veut passer à l'échelon supérieur. Il écume les dispensaires, les refuges, les squats, partout où des âmes en peine seront réceptives à sa fausse compassion, son empathie perfide et, surtout, à ses suggestions destructrices. Il corrompt les drogués, les mendiants, les sans-abri, les vagabonds, les conducteurs de touk-touks avec lesquels il transite dans la métropole thaïlandaise pour quelques bahts.

Au début de l'année 1987, Archibald Tourmenteur arrête de compter ses victimes : elles sont trop nombreuses et il ne peut plus toutes les épier. Il est engagé au Bangkok Hospital en juin 1987 comme neurologue grâce à un diplôme et un CV contrefaits.

Pendant trois mois, il va consulter tous les matins et plonger dans une transe hypnotique l'intégralité de sa patientèle. Les victimes s'accumulent, mais aucun journal ne fait le lien avec ce neurologue français fraîchement débarqué en ville. Le seul fait divers mentionné dans les médias thaïlandais est l'histoire de ce chauffeur de bus, traité pour des migraines récurrentes au Bangkok Hospital qui, pour des « raisons inexpliquées », a foncé au volant de son véhicule plein de passagers dans la cour d'une école élémentaire pendant la récréation.

Les mois passent et Archibald perfectionne ses approches, ses inductions, il expérimente de nouvelles techniques, jusqu'au jour où il va tomber sur le mauvais sujet. La patiente de trop. Celle qui sera à l'origine de toutes les tortures qu'il a subies.

Car, oui, Archibald Tourmenteur a été victime des pires sévices, au-delà de l'imaginable et de tout ce qu'un homme peut endurer. Un voile recouvre son visage difforme quand il évoque cette anecdote. Son regard quitte momentanément mes yeux horrifiés et se pose sur la table qui nous sépare. Encore une fois, je m'attends au pire. Il s'apprête à me narrer l'expérience la plus traumatisante de sa vie. Je me redresse sur mon siège, intrigué. Première nouvelle : cet homme est sujet aux traumatismes !

Il commence son histoire en me parlant de cette patiente : une jeune femme de dix-neuf ans, brune, jolie comme un cœur, qu'il suit depuis un mois pour des crises d'épilepsie. Archibald entre dans les arcanes de son inconscient, sème le trouble, crée la confusion et, la semaine suivante, la jeune femme meurt d'une crise fulgurante à la suite d'une overdose de stupéfiants. Jusque-là, rien d'inhabituel, me dis-je en faisant abstraction de toutes les immondices qui sortent de sa bouche et en conservant mon opinion de professionnel. Sauf que, manque de chance, il me révèle que cette jeune femme est la fille d'un baron du crime organisé, Mao Phan, un trafiquant impitoyable dont les trafics d'héroïne, de prostitution et d'organes s'étendent sur toute l'Asie du Sud-Est.

Mao Phan établit le lien et kidnappe Archibald Tourmenteur en octobre 1987. Il le retient prisonnier pendant quatre mois. Quatre longs mois de torture quotidienne, enfermé dans une geôle, dans la jungle de la province de Phetchaburi, au sud de Bangkok.

Les yeux toujours baissés, il me parle de sa captivité, des conditions insalubres de sa détention, de la barbarie de ses ravisseurs et de leur chef, Mao Phan, le père de la patiente décédée. Je passe sur le détail des violences infligées, toutes plus affreuses les unes que les autres, mais je m'attarde tout de même sur une, particulièrement choquante. En trente ans de carrière, je n'ai jamais rien entendu de semblable.

Archibald me confesse qu'une à deux fois par semaine, il reçoit la visite de Banjit dans sa cellule. Banjit mesure un mètre quatre-vingt et pèse cent huit kilos. Il reste toujours dix minutes, pas une de plus. Durant ce laps de temps, il se défoule sur Archibald, le roue de coups, l'assomme, frappe, casse, fracture, tire, tourne et parfois viole. En déportant son regard vers le mien, il m'explique que ce n'est pas ça, le pire. Le pire, c'est que Banjit est un singe. Un authentique orang-outan captif de trente et un ans.

À ce stade de l'entretien, et peut-être pour la première fois de ma carrière, je frissonne littéralement. Je perds mes mots, je bafouille, j'hésite sur la direction à prendre pour poursuivre la thérapie. Et alors que je pensais connaître la source de son traumatisme, Archibald continue son histoire de sa voix ensorcelante. Son pire souvenir n'est pas Banjit, mais les « friandises » de Mao Phan.

Chaque semaine, le trafiquant endeuillé apporte les doigts de ses ennemis. Archibald m'explique que Mao Phan l'accuse d'être capable de donner la mort sans toucher ses victimes, sans contact, seulement par la parole. Ce qui est vrai. Alors pour se venger, il l'oblige à manger des doigts humains hachés. Pour qu'il « digère le sens du toucher », me relate-t-il en thaï, avec les mots de Mao Phan. Je suis cramponné à ma chaise. Dans quelle dimension suis-je passé ? Archibald me décrit qu'encore aujourd'hui, et certainement pour le restant de ses jours, ses doigts sont pris de tremblements, de spasmes, lorsqu'il se remémore ce souvenir. Malgré des heures et des heures d'autohypnose à traiter le problème, il n'y est jamais parvenu et garde des séquelles indélébiles, profondément ancrées dans son inconscient.

Archibald réussit à s'évader en janvier 1988. Grâce à son pouvoir de persuasion, il monte les soldats de Mao Phan les uns contre les autres, déclenchant une mutinerie au sein de l'organisation criminelle. Il quitte le pays la semaine suivante. Toute la pègre thaïlandaise est à ses trousses, il est activement recherché par les autorités et, encore une fois, interdit d'exercer la médecine dans tout le royaume. Il admet que ces quatre mois au cœur de l'enfer thaïlandais l'ont fait évoluer. Il se sent plus fort, plus adulte, plus déterminé. Plus impitoyable. Il maîtrise l'hypnose sous tous ses aspects. Elle lui a permis de supporter la douleur, d'accélérer le temps, de faire abstraction du monde extérieur et d'assouvir ses fantasmes.

Mais Archibald n'est pas pleinement satisfait. Il lui manque un élément essentiel : voir de ses propres yeux les effets des *mots qui tuent*. Il en a assez de lire ses faits divers dans les journaux sans y assister personnellement. Il ne veut plus apprendre les prouesses de son esprit sur le reste de l'humanité par l'intermédiaire des ragots ou de la presse écrite. Il désire voir ses victimes passer à l'acte. Être physiquement présent. Et pour ça, il déborde d'imagination.

Il rentre en France en février 1988 avec des projets plein la tête.

Durant sept années, il sèmera la terreur dans tout le pays, impunément, dans la clandestinité la plus totale avant son arrestation en 1995. Sept années où il repoussera les limites de la cruauté mentale. Sept années d'actes abominables que les personnes de ma génération ne pourront jamais oublier, avant que le nom de Tourmenteur soit associé à celui du diable, et que le débat sur la peine de mort soit relancé après son apothéose finale lors de l'incendie du…

— Julie !

Samedi 15 avril 2017, 3 h 50.

Julie s'immobilise, droite comme un I dans son fauteuil. Elle est tétanisée. Elle n'a pas le temps de digérer les monstruosités qu'elle vient de lire que le cri de Malee lui glace le sang. Pour que l'infirmière hurle ainsi, c'est qu'il doit y avoir un problème. Un gros problème.

Julie pivote sur son siège, attrape le téléphone du service dans la foulée et prend appui sur ses bottines avant de se ruer dans le couloir en quatrième vitesse.

Le cri semble provenir du hall des ascenseurs. De plus en plus inquiète, l'interne accélère. Cerclée par les ténèbres de l'étage, elle trotte sur le lino humide vers l'extrémité du couloir. Une source de lumière discrète jaillit sur sa gauche – l'éclairage d'un écran de smartphone – dans le renfoncement accolé au secrétariat. Julie pêche son portable avec difficulté dans la poche moulante de son jean et éclaire les lieux. Elle se fige. Statufiée.

Noémie est étendue sur le sol des w.-c. collectifs, inanimée, la tête appuyée contre le mur selon un angle improbable. Son regard est vide, inexpressif, elle baigne dans l'hémoglobine, un scalpel repose à côté de sa main droite. Les manches de son tee-shirt sont remontées jusqu'aux coudes, dévoilant des avant-bras tatoués, zébrés de scarifications, d'entailles plus ou moins profondes – plus ou moins anciennes – coagulées sous forme de croûtes brunes et de cicatrices roses ou violettes. Sur ses poignets, deux coupures nettes libèrent le fluide vital de son corps meurtri. Son visage est livide. La flamme s'est éteinte.

Accroupie devant l'aide-soignante et pataugeant dans le sang, Malee comprime les hémorragies des veines avec des serviettes hygiéniques.

— La conne, elle a essayé de se foutre en l'air, crache-t-elle, les mains dégoulinantes de sang.

Julie recouvre sa lucidité.

— Merde ! T'as un pouls ?

— Ouais. Mais très faible et filant.

Julie tape du pied dans le marécage sanguin.

— Faut la perfuser ! La remplir. Tout de suite. Faut la transfuser ! On a une banque de sang dans le service ? Faudrait au moins six culots.

— Le stock de sang est dans la pharmacie au sous-sol ! Ça fait trois mois que t'es là, Julie, atterris, putain !

La grande interne visualise le couloir du rez-de-chaussée obstrué par les coulées de boue.

— Merde !

— Ramène-moi ce putain de chariot d'urgence que je lui pose un *cath*.

— OK. N'arrête pas de comprimer. On va la remplir avec autre chose, je vais trouver. Je préviens Chloé et je te ramène tout ce qu'il faut.

— Dépêche !

Julie jette un dernier regard sur le visage nacré de Noémie et repart vers le U en dégainant le téléphone du service.

Première sonnerie. Deuxième sonnerie. Troisième sonnerie.

— Chloé ? C'est moi ! On a une urgence ! C'est Noémie. Ramène-toi fissa ! Cours !

Julie raccroche avant que l'infirmière jeune diplômée réponde. Elle traverse le couloir au pas de course. La sonnette d'un patient tinte dans le service, aiguë et perçante, accentuant le stress de Julie qui n'arrive pas à croire à la tentative de suicide de Noémie. Le vacarme assourdissant résonne dans son crâne, perturbe sa concentration et ses prises de décision.

Une lumière rouge clignote au-dessus de la chambre 4 du service traditionnel. Julie, hors d'elle, s'y dirige d'une démarche effrénée, le sol est mouillé, ses bottines perdent en adhérence et, *in extremis*, elle évite la chute en se rattrapant au mur. Elle peste en se massant la cheville. Rien de cassé. Sans réfléchir, elle ouvre la chambre 4. Appuie sur le bouton du boîtier pour interrompre le son insupportable.

La chambre est dans le noir complet. Plantée dans l'entrebâillement, une main toujours sur la poignée, Julie ne distingue que des ombres.

— C'est pas le moment ! braille-t-elle à l'aveugle en tournant les talons.

Sans même identifier la tête du patient, elle ressort illico et entre dans la salle de préparation des soins.

Elle cherche, remue, fouille les armoires et les étagères en se maudissant de ne pas venir ici plus souvent, forcée de constater qu'elle n'a aucune idée de l'endroit où sont rangés les solutés. Elle râle, renverse le matériel en s'énervant de plus en plus. Elle prend conscience des minutes qui défilent, s'affole en repensant à la mare de sang qui entoure Noémie. Elle doit faire vite, espérant que Malee contienne l'hémorragie le plus longtemps possible.

Le souffle haletant, en sueur, la panique dictant ses gestes saccadés, incontrôlés, Julie balaie la pièce d'un regard circulaire. Ses yeux verts, pigmentés de rouge, se posent sur un bac rempli de poches à perfusion. Des Ringer Lactate : une solution salée de grosses molécules, indiquée pour pallier le choc hypovolémique causé par l'hémorragie.

Julie attrape deux poches et fonce dans le couloir. Où est ce putain de chariot d'urgence ? Elle fait le tour du U, les solutés plaqués en équilibre contre sa poitrine, sa main libre maintient le portable droit devant elle, illuminant le couloir obscur. Elle arrive à l'intersection des services quand elle repère le chariot d'urgence, poussé contre le mur, face à la chambre 5.

La chambre 5 des soins continus. Julie s'arrête. Lâche les poches de perfusion qui chutent sur le sol dans un bruit mat.

La chambre 5 est ouverte. Les draps sont tirés, le lit est défait. Vide. Entièrement… vide. Archibald Tourmenteur a disparu.

24

Samedi 15 avril 2017, 3 h 52.

Le silence. Le calme après la tempête.

Le volume de la mélodie pluvieuse diminue, *decrescendo*, jusqu'à la note finale – l'ultime coup de tonnerre – avant la clôture de la symphonie orageuse. Les nuages menaçants migrent vers le nord, chassés par le vent d'autan, libérant la vallée du Lot meurtrie par les intempéries.

Après une longue escale au-dessus de Saint-Florentin, la tempête poursuit son chemin, les déflagrations du tonnerre deviennent inaudibles – comme un murmure lointain –, les éclairs prennent de la distance, s'éloignent du centre hospitalier, les javelots électriques qui dardent le ciel deviennent invisibles.

La température chute. Le silence retombe sur la vallée. La colline au nord du village ressemble à un volcan après une éruption. Les torrents de boue imitent des coulées de magma, affluent vers un Lot en pleine crue qui irrigue les berges ravagées. Une brume clairsemée s'installe et recouvre l'isthme, noyant l'hôpital dans une purée de pois grisâtre.

Chloé bat des paupières. Debout devant le bureau de la salle de soins du premier étage de l'EHPAD, elle s'extrait avec difficulté de ce paysage de désolation, digne du Mordor de Sauron. Sa main droite empoigne encore le téléphone du service.

— Un problème, ma p'tite ?

Chloé sursaute, détaille le visage inquiet de M. Bruno, dont la présence lui est totalement sortie de l'esprit.

— Je… C'était Julie… Une urgence. Je dois y aller.

Le senior observe l'infirmière d'un air perplexe, front plissé et sourcils froncés, il gratte ses favoris blancs en opinant à contrecœur. Chloé pose le téléphone du service sur le bureau d'un geste lent et, avant que M. Bruno quémande des renseignements sur la situation, elle tourne les talons et disparaît dans le couloir.

Chloé se dirige vers les escaliers. Sans courir. En marchant. Pourquoi Julie a-t-elle besoin d'elle ? Quelle peut être l'urgence avec Noémie ? L'aide-soignante a-t-elle été appréhendée ? Est-il possible qu'elle ait avoué le meurtre de Marc ? Est-elle ligotée à un fauteuil dans la salle de soins, endurant les interrogatoires musclés de Julie et Malee – *good cop*, *bad cop* ?

Chloé ne comprend pas pourquoi l'interne lui fait traverser encore une fois l'hôpital en ruine. Soudain, elle s'arrête au milieu du couloir. Paniquée. L'appel de Julie a-t-il un rapport avec Archibald Tourmenteur ? Est-il sorti du coma ? Les jambes de Chloé flageolent, sa tête tourne. Elle se retient au mur et s'accroupit pour calmer sa respiration. L'hypothèse qu'Archibald soit réveillé la tétanise. L'idée de rebrousser chemin et de se calfeutrer dans un coin de l'EHPAD lui traverse l'esprit.

Elle repense à son Sylvain. Elle se demande dans quel état il est, s'il dort, si oui à quoi il rêve, si non ce qu'il fait. Après la vision post-apocalyptique de la colline au nord de Saint-Florentin, elle se demande aussi quels seront les dommages sur l'exploitation – sur l'autre versant – dans quel état seront les canardières, quelle sera l'étendue des pertes de volailles quand son chéri enfilera ses bottes demain matin pour évaluer les dégâts. Peut-être que les glissements de terrain ont épargné l'autre pan de la colline ?

Comme bon nombre d'éleveurs, la situation de Sylvain est difficile, parfois précaire selon les mois de l'année, et l'entreprise familiale a déjà assez de problèmes comme ça sans y ajouter une catastrophe naturelle. Chloé croise les doigts. Elle espère que les réparations ne seront pas trop onéreuses, que le coût des pertes – vu l'état du sol, elle est certaine qu'il y aura des pertes – ne les endettera pas davantage et n'influera pas sur les remboursements de leur prêt bancaire. Ils ne méritent pas ça. Ils ont déjà assez de soucis comme ça…

Chloé renifle, prend appui avec sa main sur son genou et se lève. À une dizaine de mètres, la lueur verte de la sortie de secours lui indique le chemin. Elle s'avance dans l'obscurité de la cage d'escalier. Son cœur s'arrête. Il est là. Immense. Il lui tourne le dos. Plié en deux, une main sur la rambarde, un pied posé sur les marches qui mènent au second étage de l'EHPAD. Il porte une blouse de médecin, Chloé reconnaît son crâne dégarni, sa tête difforme, ses longs membres cadavériques de mante religieuse.

Il se retourne. Chloé croise son regard. Froid. Menaçant. Malade. Elle est comme curarisée, son cerveau est en éveil mais son corps refuse de bouger. Une peur paralysante se distille dans son organisme, court-circuitant ses transmissions neuronales. Elle est à sa merci. Sa bouche reste entrouverte, aucun son ne sort, ses traits blafards sont figés dans une expression de frayeur, ses yeux bleus globuleux scrutent – sans possibilité de se détacher – l'homme qui était, quelques heures auparavant, dans un état végétatif : Archibald Tourmenteur.

Chloé recouvre ses esprits. Comme si elle venait de recevoir une décharge électrique, elle hurle, expulse tout l'air comprimé dans ses poumons et fuit en direction du rez-de-chaussée.

Samedi 15 avril 2017, 3 h 55.

Chambre vide. Volets ouverts. Salle de bains allumée. Les draps ont été repoussés au pied du lit médicalisé. Le scope est éteint, les fils reliant les électrodes et le brassard à tension s'enroulent autour de la barrière de sécurité. La perfusion est clampée, le cathéter périphérique gît sur le sol, semant quelques gouttes de soluté dans son sillage. La sonde naso-gastrique tient en équilibre sur la pompe de nutrition, fixée au pied à perfusion. La sonde vésicale, tachée de sang, repose au milieu des draps dans une flaque d'urine.

Depuis le couloir, Julie contemple l'impossible, l'inimaginable. Bouche bée. Ses bottines se sont enracinées dans le lino, elle demeure immobile, hypnotisée, les yeux aimantés par la vision de la chambre vide d'Archibald Tourmenteur.

Les secondes s'égrènent et Julie reste cataleptique, incapable de prendre la moindre décision. Son cerveau vient de subir un formatage – une réinitialisation drastique –, elle en a oublié la raison de sa présence dans cette partie du service, l'état de santé de Noémie, le meurtre de Marc, la date, l'heure, son prénom…

Persuadée qu'elle devient folle, elle se frotte les yeux, constate encore l'absence de son patient et, horrifiée, fait un pas en arrière, le regard toujours rivé sur le lit désert. Elle recule, manque trébucher sur les poches de solutés qu'elle a laissé échapper et repart en marche arrière.

Julie accélère, va de plus en plus vite, court, traverse l'étage en titubant dans un état d'ébriété et d'effroi. Ses jambes vacillent, sans aucune coordination. Elle se rattrape tantôt au mur de gauche, tantôt au droit. Elle chancelle le long du couloir, slalome autour d'obstacles invisibles et finit par atteindre en suffoquant le hall des ascenseurs.

Dans le renfoncement, éclairée par le smartphone posé sur le sol, Malee comprime toujours les poignets lacérés de Noémie.

— T'en as mis du temps. Putain, qu'est-ce que… Il est où, le chariot d'urgence ?

L'infirmière irascible interrompt ses sarcasmes devant la mine déconfite de la grande interne. Ses yeux bridés se plissent.

— Quoi ?

Julie a l'impression d'être ivre, comme si elle avait ingurgité un mètre de shooters. Les sueurs froides lui donnent la chair de poule, caressent son échine.

Elle frissonne, le col de sa blouse colle à sa nuque. Le regard vitreux, elle toise l'infirmière accroupie devant elle et, au prix d'un effort surhumain, elle susurre :

— Il est plus là.

— Qui est plus là ?

— Il est plus là, répète-t-elle, hagarde, déconnectée de la réalité.

— Qui ça ?

Malee émet un sifflement perçant entre ses dents, Julie sursaute.

— Oh ! Julie ! Reprends-toi, bordel ! Qui est plus là ?

Le regard vague, perdu dans la crue d'hémoglobine, l'interne s'appuie contre le mur.

— Archibald Tourmenteur, lâche-t-elle d'une voix éraillée.

— Oh ! Julie ? Julie ! Hé !

Telle une acrobate, Malee fait un pas de côté – tout en maintenant les compressions radiales – et bouscule le genou de l'interne avec sa basket.

— Hein ?

— Hé, meuf ! Ressaisis-toi. Si tu veux pas un autre cadavre dans le service, ramène-moi ce putain de chariot d'urgence. On s'occupera de Tourmenteur après.

Julie soupire profondément et arrive à se canaliser. Ses idées se remettent en ordre. Elle se redresse, décolle ses fesses du mur et retrousse les manches de sa blouse.

— J'en peux plus, souffle-t-elle, dépitée.

— Ouais, on pleurera plus tard. Ramène-moi le chariot, sinon elle va vraiment finir par crever.

— Oui. OK. T'as raison. Je… Ça va aller. Faut le temps que je digère. Mais comment il a fait pour…

— Oh ! Julie ! On verra plus tard pour les explications.

— Oui. Je… OK. Je reviens tout de suite.

Julie décampe dans le couloir au pas de course. Aux aguets, elle franchit le service en sens inverse, ramasse les poches de solutés et les dispose sur le chariot d'urgence. Ses yeux verts scannent chaque recoin de l'étage, la moindre anfractuosité. Elle scrute les ombres qui glissent sur les murs, derrière les extincteurs, entre les chariots de linge et de soins. Elle se tient prête à bondir au premier mouvement suspect, s'attendant à voir apparaître Tourmenteur d'un instant à l'autre.

Inspection sommaire. RAS : rien à signaler. Le service est calme, l'orage a cessé et un silence pesant règne sur l'étage.

Peu à peu, Julie recouvre sa lucidité. Elle fait demi-tour en poussant le chariot à bout de bras quand une porte s'ouvre devant elle. La chambre 4. La même qui a sonné quelques minutes plus tôt. Un homme massif, la soixantaine, carrure imposante, un ventre de bon vivant et des cheveux bruns plaqués en arrière, fait irruption en pyjama dans l'opacité du couloir. Julie découvre le visage du patient qu'elle a rembarré vigoureusement. Il la fusille du regard.

— Qu'est-ce que c'est que tout ce raffut ? Encore vous ? Jamais personne ne m'a envoyé promener de cette façon ! C'est inadmissible. Vous m'entendez ? Je me plaindrai. Croyez-moi, vous aurez de mes nouvelles !

Julie stoppe son chariot à un mètre du patient, même si l'idée de le renverser et de lui rouler dessus lui a traversé l'esprit. Toute sa réserve de patience est épuisée, la situation se détériore d'heure en heure – toujours plus invraisemblable –, l'amabilité ne fait plus partie de son répertoire.

— Retournez dans votre chambre, monsieur…

Elle ne se souvient plus de son nom, peu importe. L'homme reste stoïque. Julie pousse le chariot et commence à contourner son « patient chiant ».

— Ça ne se passera pas comme ça ! Des années que je viens à l'hôpital, jamais on ne m'a parlé sur ce ton.

Julie arrive à son niveau.

— On a une urgence ! aboie-t-elle, en colère. Retournez dans votre chambre et laissez-nous faire notre boulot ! L'infirmière viendra vous voir plus tard.

L'homme pose sa main sur le chariot et lui barre le passage.

— Je me plaindrai à la direction !

— Plaignez-vous à qui vous voudrez, c'est pas mon problème ! Foutez le camp de mon chemin ou rendez-vous utile !

Le patient paraît décontenancé. Julie réalise qu'il lui faudra un brancard pour installer Noémie, une fois qu'elle sera stabilisée, et pense aussitôt au lit de la chambre 10, celle de la patiente décédée en début de soirée. D'une voix autoritaire, elle expédie l'homme en pyjama dans sa chambre.

— Il y a des façons de dire les choses, mademoiselle, vous vous croyez tout permis parce que…

Julie ne l'écoute plus. Elle continue son chemin, trottine jusqu'au hall des ascenseurs, approche le chariot à portée de Malee et déguerpit à nouveau vers le service.

Le relou est toujours là.

— Votre nom, mademoiselle.

— Quoi ? éructe-t-elle sans s'arrêter, en se dirigeant vers la chambre 10.

L'homme en pyjama la suit.

— J’exige votre nom !

Julie entre comme un boulet de canon dans la chambre inoccupée, débranche la sonnette enroulée à la barrière de sécurité et appuie sur la pédale qui débloque les roues du lit. Difficilement, elle le manœuvre pour l’introduire par la porte. Elle se demande comment font certains brancardiers pour les conduire seuls, et rêve d’un de ces robots avec joystick qu’on utilise dans le CHU de Toulouse pour les piloter sans se défoncer le dos.

Elle grince des dents, oriente laborieusement les roues en direction de l’encadrement de la porte. Le lit est vieux, roule mal, il semble incontrôlable, pèse une tonne, et Julie éprouve toutes les peines du monde à le diriger. Sur le seuil de la chambre, le patient l’observe avec circonspection.

— Aidez-moi au lieu de rester là à ne rien faire ! crache-t-elle, essoufflée.

Déboussolé et contre toute attente, l’homme s’exécute, à la grande surprise de Julie. Ils arpentent l’étage, conduisant le lit ambulant en heurtant les murs, les portes, les plinthes, les roues se prennent dans les draps dépliés sur le lino humide et, à bout de forces, ils réussissent à stabiliser le broyeur de dos sur roulettes, en diagonale, près des w.-c. du hall.

Le patient – qui est remonté dans l’estime de Julie – se décompose devant le corps inanimé de Noémie et l’auréole de sang qui l’entoure. L’interne le remercie, lui présente ses excuses pour tout à l’heure et, avec diplomatie, le renvoie dans sa chambre en lui promettant qu’une infirmière passera le voir plus tard. Docile, l’homme en pyjama se remet de ses émotions et finit par coopérer.

— En parlant d'infirmière, elle fout quoi, la Chloé ?

Julie observe Malee, concentrée, penchée au-dessus du bras de Noémie. Pendant son absence, l'infirmière a eu le temps d'appliquer deux pansements compressifs sur les poignets de l'aide-soignante et de poser un cathéter au pli de son bras droit. La perfusion de Ringer Lactate s'écoule à débit accéléré, *en crayon*, pour pallier le plus rapidement possible le choc hypovolémique causé par l'hémorragie.

Julie saisit le téléphone du service dans la poche de sa blouse, et compose le numéro de l'EHPAD. Pas de réponse.

— Ça ne répond pas.

Malee se renfrogne, indique le lit d'un mouvement de tête.

— On l'installe.

Les deux jeunes femmes glissent Noémie vers le centre du hall, étalent un drap propre sur le sol et installent l'aide-soignante à l'intérieur. Elles se positionnent aux pieds et à la tête du corps rachitique de Noémie et, jambes fléchies, dos droit, elles la soulèvent à la force des bras et l'accompagnent dans le lit. Les deux soignantes s'affalent en travers du matelas.

— On l'emmène à la 10, annonce l'interne en se redressant et en essayant une nouvelle fois de contacter l'EHPAD.

Toujours pas de réponse.

Elles brancardent le lit jusqu'à la chambre 10. Malee découpe la blouse maculée de Noémie avec sa paire de ciseaux, habille son corps anorexique avec une tenue de patient, place le brassard à tension, le capteur au bout du doigt pour la saturation et les électrodes reliées au scope – la machine qui surveille les paramètres vitaux. Elle introduit les lunettes à oxygène dans son nez crochu, accroche les poches de perfusion, vérifie que le cathéter est toujours fonctionnel après le transfert un peu brusque et règle le débit avec la molette.

Le moniteur émet un *bip* : 7/4 de tension. 110 battements par minute. État stationnaire.

Julie place une dernière fois son stéthoscope sur la poitrine de Noémie, dont les mouvements respiratoires s'amplifient. Elle écoute, examine les pansements des poignets et, une fois dans le couloir, s'adresse à Malee :

— Fais-lui deux ampoules de *dobu*, s'il te plaît. Ça lui fera pas de mal. Tu pourras la surveiller ? Ça va aller ? Chloé ne devrait pas tarder. Elle pourra te relayer.

— Mouais. T'inquiète.

— Super. Merci. Elle est stable, là, elle devrait s'en sortir. Cette soirée nous a tous rendus fous. Putain, qu'est-ce qui a bien pu lui passer par la tête ?

— Je préfère pas savoir ce qui se passe dans sa tête.

— Ça doit pas être la fête.

— C'est clair.

Julie, penaude, toujours aussi chamboulée après ces cinq dernières minutes riches en émotions, se décale sur la gauche et jette un coup d'œil apeuré vers la chambre 5 des soins continus. Malee note le désarroi de la grande interne.

— T'avais raison… en fait. Chloé aussi, depuis le début.

— De quoi tu parles ?

— Tourmenteur. Il simulait. Il n'était pas dans le coma.

La voix de l'infirmière a baissé d'une octave, moins cinglante, moins agressive, plus cordiale. Julie opine en grimaçant.

— Comment il a fait ?

— Ça serait trop long à t'expliquer, élude l'interne, songeuse. Même moi je n'y comprends rien. Tu l'as vu quand pour la dernière fois ?

— Y a une heure. Peut-être un peu plus. Tu veux faire quoi, maintenant ?

Julie se redresse, bombe la poitrine, le regard toujours figé sur le lit vide. D'un timbre implacable, sûre d'elle, elle mitraille ses raisonnements à voix haute à un débit accéléré.

— Savoir ce qu'il a fait. Qui il est vraiment. Qu'on sache à qui on a affaire. Choper ce connard de gendarme. Il nous cache quelque chose, j'en suis sûre. Archibald n'a pas disparu ce soir par hasard.

25

Samedi 15 avril 2017, 3 h 55.

Le rayon de sa Maglite balaie les lieux. Les semelles de ses chaussures de sécurité résonnent dans l'étage désaffecté, les couloirs du centre hospitalier se succèdent et se ressemblent. Lino vert ; plinthes, portes et poignées marron noisette ; portes battantes ornées d'un hublot central ; les extincteurs et les néons éteints jalonnent les locaux avec le même intervalle, le deuxième étage du complexe est identique aux autres : mélange de vétusté et de rénovation, odeur de désinfectant, silence de mort, ambiance austère. L'hôpital de jour et de semaine gériatrique sont déserts.

Accroché à sa ceinture, sur son flanc droit, un Sig-Sauer SP 2022 réglementaire repose dans un holster en polymère. Calibre 9 mm Parabellum. Quatorze balles dans le chargeur, une dans la chambre.

Fixé à sa cheville droite, un revolver Smith et Wesson calibre 357 Magnum, canon court, cinq coups, est dissimulé dans un holster en cuir – façon *old school* – sous son jean élimé. Son col roulé frotte contre sa mâchoire carrée, rugueuse, mal rasée, sa main droite maintient son blouson de cuir contre son épaule, la gauche brandit la lampe torche qui illumine le chemin jusqu'aux escaliers. Jusqu'à la source du bruit mystérieux.

Richard Cointro – le vrai nom du gendarme – presse l'allure. Il a discerné le son d'une porte coupe-feu, au niveau inférieur, donnant sur la cage d'escalier, et se hâte d'aller inspecter les lieux. Dans ses souvenirs – il a mémorisé le plan du centre hospitalier par cœur –, le premier étage héberge le service de chirurgie et les blocs opératoires. D'une démarche volontaire, roulant les épaules comme un cow-boy, il longe le couloir en direction du hall.

Richard Cointro a une seule obsession dans la vie : Archibald Tourmenteur. En 1995 – l'année de l'arrestation du célèbre hypnotiseur – le gendarme faisait partie de l'équipe de la section de recherches de Paris, saisie par le Parquet de Paris et chargée d'enquêter sur les vagues de morts liées à Tourmenteur. La SR, rattachée au pôle judiciaire de la gendarmerie nationale, était composée – à l'époque – de quatre lieutenants investigateurs et d'un colonel superviseur, Fernand Bramart. Richard Cointro avait vingt-huit ans, c'était le bleu, le petit nouveau, promis à un bel avenir, et c'est lui que ses collègues envoyèrent au casse-pipe. Après l'arrestation et les années d'enquête interminables qui ont suivi, il avait divorcé, voyait son fils toutes les deux semaines, picolait au petit déjeuner, collectionnait les sanctions disciplinaires et les blâmes pour insubordination, défiant l'autorité de ses supérieurs.

Avant cette histoire, c'était un bon flic – ayant fait ses classes pendant trois ans comme OPJ au commissariat de Nanterre –, un mari aimant, attentionné, et bon père de famille. Un type bien. Depuis 1995, il n'est que l'ombre de lui-même. Un homme brisé. Tourmenteur a détruit sa vie, dans tous les sens du terme.

Après l'arrestation, les enquêtes sur les meurtres mystérieux qui gravitaient autour de l'hypnotiseur ont continué pendant huit ans, jusqu'en 2003, avant que le monceau d'affaires non élucidées s'égare dans les archives de la gendarmerie. Cointro demande alors sa mutation et quitte la capitale.

À ses heures perdues – et elles sont nombreuses –, il potasse l'affaire dans son garage, il ressasse tous les éléments en sa possession, en quête d'une faille, un indice, n'importe quoi permettant d'incriminer à nouveau Archibald Tourmenteur. Il est convaincu que ce qui a été médiatisé de l'affaire n'est que la partie visible de l'iceberg, et que l'autre partie, immergée, regorge de monstruosités inavouées.

Depuis douze ans, il croupit à la SR de l'Essonne et stagne au grade de lieutenant. Richard Cointro vit par procuration.

Tous ses collègues sont unanimes : c'est un bon enquêteur. Alors, quand l'interne du service lui a demandé ce qu'il a fabriqué pendant tout ce temps, il a eu honte d'avouer qu'il lui a fallu trois heures pour sortir de l'ascenseur bloqué entre le second et le troisième étage du centre hospitalier, à la suite de la coupure d'électricité.

Dans les films, c'est une situation récurrente mais, dans la réalité, se sortir d'un tel pétrin est beaucoup plus périlleux que ça en a l'air. Après s'être démené pour réussir à ouvrir les portes de l'ascenseur, il a joué les funambules, les spéléologues, les escaladeurs. Puis il y a eu la chute. Une vilaine chute de sa hauteur qui lui a fait perdre connaissance. Il a mis du temps à recouvrer ses esprits, et même plusieurs heures après avoir heurté le toit de l'ascenseur, il a encore l'esprit cotonneux. Il sent qu'il ne dispose toujours pas de toutes ses facultés mentales ni de sa lucidité.

Après avoir récupéré du choc – une fois les yeux en face des trous –, il a réitéré l'exploit d'ouvrir les portes du troisième étage avant de procéder à l'inspection des locaux. Service après service, pièce par pièce, afin d'inventorier le personnel présent et, surtout, de s'assurer que personne ne puisse entrer ou sortir. Il a vérifié l'autonomie du générateur de secours, sillonné l'intégralité du centre hospitalier de Saint-Florentin pour écarter toute menace et se focaliser sur son sujet : Archibald Tourmenteur.

Richard Cointro sait rester discret, voir sans être vu, en totale immersion. Il doute qu'un membre de l'équipe soignante soit responsable du meurtre du veilleur de nuit mais, avec Tourmenteur dans les parages, le passé lui a appris que tout est possible…

Le gendarme pénètre dans le hall du premier étage. Sur le sol, des traces de pas mouillés se dirigent dans les profondeurs du couloir. Une petite pointure, du trente-cinq ou du trente-six, à première vue. Sûrement l'aide-soignante accusée de meurtre, suppose Richard Cointro en esquissant un rictus, sans réellement croire à sa culpabilité.

Guidé par l'éclairage de la Maglite, il suit la piste humide. De chaque côté du couloir : deux sas, un pour chaque bloc opératoire. Les portes vitrées granitées s'ouvrent grâce à un capteur digital, le gendarme passe sa main devant le boîtier fixé au mur : pas de réaction. Il en déduit que les groupes électrogènes n'alimentent pas cette partie de l'hôpital, baisse le faisceau de sa lampe et poursuit son exploration en direction du service de chirurgie, au fond du couloir, agencé selon la même disposition que le service de médecine interne, au troisième.

Les traces de pas lui facilitent la tâche, il se laisse guider bien sagement et arrive dans le service. Lugubre. Désert. Inhospitalier. Toujours cette odeur de solvant ou autres saloperies chimiques qui lui agresse les naseaux. Soudain il se fige. L'oreille tendue. Il entend une respiration. Lampe orientée vers le sol, les empreintes de pas quittent le couloir et se réfugient dans un bureau, certainement celui d'une secrétaire. Richard Cointro s'arrête sur le seuil, appuie son épaule contre le chambranle de la porte.

— Allez, sors de là.

Un frottement retentit sous le bureau.

— Je sais que t'es là-dessous. Sors. T'as rien à craindre.

Une petite silhouette frêle apparaît de l'autre côté du bureau, deux grands yeux bleus globuleux, débordants de larmes, dévisagent le gendarme.

Samedi 15 avril 2017, 4 h 20.

La température a chuté, le fond de l'air est frais. La tempête a emporté avec elle son atmosphère lourde et cuisante, étouffante : cette moiteur qui colle à la peau.

Julie, frileuse, tire sur les manches de sa blouse. Sans le tumulte de l'orage, elle a l'impression que ses oreilles se sont débouchées, un silence de mort plane sur l'étage.

Si le Mal existe, Archibald Tourmenteur en est l'incarnation...

L'homme dont on compte les victimes par centaines...

Julie frissonne. Avait-il tout planifié ? Va-t-il s'en prendre à l'équipe ? À quel point est-il dangereux ? Où est-il ? Que prépare-t-il ? Et que fait ce connard de gendarme ? Pourquoi est-il resté dans l'hôpital ?

Si vous saviez ce qu'il a fait, jamais vous ne le laisseriez sans surveillance. Même pas une seconde...

Certes, mais qu'a-t-il fait pendant tout ce temps, entre 21 heures et 3 heures du matin ? Peut-il être son complice ? La marionnette de Tourmenteur ? Malgré ses doutes, Julie aimerait qu'il revienne, même si elle est persuadée qu'il cache quelque chose. L'homme censé les protéger réapparaît – comme par magie – juste avant que Tourmenteur file en douce, et demeure introuvable quand on a besoin de lui. Un comble ! Le comportement de ce type arrogant dépasse le domaine de l'étrange : il est suspect.

Julie ne sait pas quoi penser du geste de Noémie. La tentative de suicide de l'aide-soignante résulte-t-elle d'un sentiment de remords après son acte abominable ? A-t-elle tenté de mettre fin à ses jours parce qu'elle n'arrivait pas à vivre après ce qu'elle a infligé à Marc ?

Le doute s'empare de Julie. Noémie est-elle vraiment l'assassin ? Pourtant tout concorde : le profil, le mobile, l'opportunité, l'arme – car Julie pense qu'un scalpel peut correspondre aux blessures du veilleur de nuit.

Des théories farfelues germent dans son esprit. S'agit-il réellement d'une tentative de suicide ? Ou est-ce un crime maquillé en suicide ? Elle divague, ses hypothèses dérivent vers le grotesque. Archibald a-t-il suggéré à Noémie d'en finir ? Est-il à l'origine de la tentative de suicide ? Du meurtre de Marc ? Julie secoue la tête, exaspérée par ses propres déductions.

Une chose est sûre : l'aide-soignante sur la sellette est entre de bonnes mains, Julie sait qu'elle peut compter sur Malee pour veiller sur elle et gérer le service. Elle a du mal à l'admettre mais, si ses jours étaient en danger, elle confierait sa vie à l'infirmière grincheuse les yeux fermés. Sa rivale est devenue son alliée, preuve que tous les rebondissements sont possibles durant cette nuit de merde – digne d'être nominée pour la Palme d'or des nuits de merde.

Julie consulte son smartphone. Toujours pas de réseau. Il y a plus de vingt minutes qu'elle a eu Chloé au téléphone mais toujours aucune trace de l'infirmière jeune diplômée.

— Qu'est-ce qu'elle fout ? éructe-t-elle en pianotant nerveusement des doigts sur le bureau.

Lui est-il arrivé quelque chose ? A-t-elle fait une mauvaise rencontre ? Archibald, par exemple ?

Et pourquoi personne ne répond-il dans l'EHPAD ? Que fait Yazid ? Se lamente-t-il dans son coin, perclus de honte, la queue entre les jambes, répétant l'argumentation qu'il pondra à sa femme ou à son coup d'un soir ?

Julie s'empourpre, dégoûtée par la réaction de l'aide-soignant. Perdue dans ses pensées, elle s'alarme en imaginant Archibald Tourmenteur débarquant au milieu des salles de soins de l'autre bâtiment, surprenant Yazid ou M. Bruno. Que faire ? Julie hésite. Ambivalente.

Partir en expédition dans le centre hospitalier à la recherche du gendarme ne serait pas judicieux, ils pourraient perdre un temps précieux à se rater dans la multitude de couloirs qui drainent les innombrables salles du complexe. La meilleure chance qu'elle ait de le recroiser est de l'attendre ici, comme ils en ont convenu un peu plus tôt. En plus, elle pourrait tomber nez à nez sur Tourmenteur… Cette idée la terrifie et lui donne la nausée.

Malgré la panique, Julie s'efforce de relativiser sur son ennemi public numéro un. Archibald a cinquante-cinq ans, il est dénutri, déshydraté, fébrile, affaibli par la maladie tropicale. Il a passé des heures, des jours, des semaines sans bouger, ses muscles se sont atrophiés – en perte de tonus musculaire –, il est fatigué, en mauvaise condition physique. Quoi qu'il ait fait, ce n'est qu'un vieux, se répète-t-elle dans sa tête.

Elle attrape le téléphone du service, compose le numéro de l'EHPAD. Sonnerie interminable. Personne ne décroche.

De plus en plus furieuse, elle réprime l'envie de partir à l'aventure, convaincue que sa place est ici – près de Noémie en cas de problème, à attendre le retour du gendarme. Elle essaie de se rassurer en se disant que Chloé ne va pas tarder et se fie à sa première idée : elle doit connaître son ennemi pour le neutraliser. Elle doit savoir qui est Archibald Tourmenteur. Ce qu'il a fait. Pour anticiper ce qu'il est capable de faire.

D'une main tremblante, elle dégage la frange qui lui barre le front, glisse ses cheveux derrière ses oreilles et s'installe, jambes pliées, les doigts enfoncés dans les manches de sa blouse, avec le dossier d'Archibald sur les genoux.

Compte rendu du Pr René Moutrut, chef du service de psychiatrie de l'unité d'hospitalisation spécialement aménagée (UHSA), unité pour malades difficiles, centre hospitalier de Cadillac.

Synthèse des séances des 18, 20, 23 et 25/09/1996

Patient : Archibald Tourmenteur

… Il rentre en France en février 1988 avec des projets plein la tête.

Durant sept années, il sèmera la terreur dans tout le pays, impunément, dans la clandestinité la plus totale avant son arrestation en 1995. Sept années où il repoussera les limites de la cruauté mentale. Sept années d'actes abominables que les personnes de ma génération ne pourront jamais oublier, avant que le nom de Tourmenteur soit associé à celui du diable, et que le débat sur la peine de mort ne soit relancé après son apothéose finale lors de l'incendie du Zénith de Paris.

Un procès qui restera gravé dans les annales de la justice française, couvert par un déploiement médiatique exceptionnel pour l'époque. Du jamais-vu. Presse écrite, radios, journaux télévisés, reportages, les journalistes se déchaîneront, s'arracheront les fuites du Parquet de Paris, sans édulcorer, l'histoire d'Archibald Tourmenteur défraiera la chronique, plongeant la France dans un climat d'insécurité. Une horreur sans précédent.

La séance touche à son terme et il me promet de me raconter la suite lors du prochain entretien. Bien que je connaisse la fin de l'histoire, je suis curieux de découvrir les détails, des anecdotes, le chemin qu'il a emprunté pour en arriver là. Digérant toujours tout ce que j'ai entendu et masquant mon malaise, je l'observe se lever, attendre devant la glace sans tain que les gardiens viennent l'escorter. Je suis incapable de prononcer un mot.

En apnée, happée par la prose du psychiatre, Julie tourne la page à toute vitesse et la déchire.

Compte rendu du Pr René Moutrut, chef du service de psychiatrie de l'unité d'hospitalisation spécialement aménagée (UHSA), unité pour malades difficiles, centre hospitalier de Cadillac.

Synthèse des séances des 27, 30/09, 02 et 04/10/1996
Patient : Archibald Tourmenteur

Archibald commence à prendre ses marques. Il place sa chaise au même endroit, l'oriente selon le même angle, il conserve, je suis prêt à le parier, la même distance entre son siège et la table qui nous sépare. Sa posture est identique à chaque séance, il me dévisage avec la même inclinaison du visage, ses mains reposent sur ses cuisses en respectant une symétrie parfaite. Il reprend l'histoire de sa vie.

Archibald atterrit à l'aéroport de Roissy en février 1988. Il a vingt-six ans. Il souhaite repartir de zéro. Cependant il reste catégorique sur un point : il veut garder son nom. Tourmenteur. Quoi qu'il fasse, il m'explique qu'il est inenvisageable pour lui d'en changer. À ses yeux, son nom est un signe du destin, il y est profondément attaché et refuse de le modifier sous aucun prétexte.

En revanche, il métamorphose son apparence. Souffrant de calvitie précoce, comme tous les hommes de sa famille, il se rase intégralement le crâne, se laisse pousser le bouc et porte des lunettes à larges montures. C'est ce même visage qui figurera, quelques années plus tard, sur les affiches de ses spectacles, sur la quatrième de couverture de ses livres et à la une de tous les quotidiens français et des journaux télévisés. Il n'a pas besoin de me faire un dessin, j'ai déjà cette image très précise en tête.

Archibald s'installe à Paris, seul, dans l'anonymat. Il est resté captif trop longtemps et éprouve un besoin presque biologique, pathologique, de plonger d'autres victimes en transe pour leur asséner ses suggestions macabres. Il m'avoue avoir du mal à contrôler ses pulsions. Les tortures subies en Thaïlande ont libéré une haine qu'il n'éprouvait pas auparavant : il veut faire le plus de mal possible. Il a besoin de cobayes en abondance, de « sujets » d'expérimentation à foison.

Il sait qu'il ne peut plus exercer la médecine, qu'aucun établissement hospitalier n'acceptera une candidature sous son nom et doute de ses chances d'intégrer une université où il pourrait postuler comme professeur. Philo, socio, histoire, peu importe. L'idée d'un amphithéâtre entier rempli d'étudiants le fait saliver, mais il me raconte que, après réflexion, les risques encourus sont trop importants, pour lui comme pour ses victimes potentielles. Les élèves, quel que soit l'établissement, sont rigoureusement fichés, suivis, convoqués : impossible de ne pas éveiller de soupçons en cas de fort taux de disparitions. Non. Il doit changer de milieu. Couper les ponts avec son passé. Disparaître. Pour resurgir. Et mieux frapper. Il lui faut un domaine d'activité fermé, une industrie restreinte, cloisonnée, sous contrôle, réservée à une population spécifique, peuplée de proies faciles, aisément influençables, qui affluent en quantité. La réponse, évidente, est toute trouvée : Archibald Tourmenteur s'engage dans le show-business.

Il décide de devenir agent artistique. Lui, le surdoué, le génie, avec son QI de 176, collectionneur de diplômes, qui pourrait être astronaute, chercheur au CNRS, l'inventeur du vaccin contre le VIH, ouvre une boîte d'agence artistique en plein cœur de Paris. Cet homme ne cesse de me surprendre. Quel gâchis !

À ce moment de l'entretien, je me permets d'intervenir. Une question qui me brûle les lèvres depuis trop longtemps s'impose à mon esprit de professionnel. Je la lui ai pourtant déjà posée, quand il me décrivait ses premiers mois en Thaïlande, mais il a éludé en répondant simplement : « S'il vous plaît. » Je l'interromps. Après tout je suis son thérapeute, son médecin référent au sein de l'UMD, je dois connaître sa réponse pour mieux le cerner.

Je repose donc ma question : « Comment faisiez-vous pour vivre, monsieur Tourmenteur ? Avec quel argent payiez-vous vos factures ? » Un rictus tord sa lèvre supérieure avant qu'il répète : « S'il vous plaît. » Et il poursuit son histoire. J'insiste. Ma question, pourtant basique, semble l'insulter. Comme si un cerveau aussi développé que le sien devait se justifier de gagner de l'argent. Je n'en démords pas : « Dites-moi, je pense que c'est important. Vous n'aviez pas d'argent lorsque vous êtes rentré en France, comment avez-vous fait pour subvenir à vos besoins ? » Ma première impression se confirme : il se sent humilié. Outragé. Toujours en me fixant avec son regard de prédateur, sans ciller, il conserve cette froideur qui le caractérise et, de sa voix grave et ensorcelante, il répond enfin à mes interrogations.

Pour Archibald Tourmenteur, les hommes ont créé quelque chose qu'ils ne maîtrisent pas : l'argent. Il m'explique que nous vivons dans un monde capitaliste. Les êtres humains passent leur vie à emprunter et à rembourser. Plus on a d'argent, plus il est facile d'en avoir. Le système est fait pour que les riches restent riches et les pauvres encore plus pauvres. Il étaie ses propos en me confiant qu'une poignée de milliardaires possède autant d'argent que le reste du monde. Je me perds un peu dans ses raisonnements. Il me parle de Bourse, d'actions, de taux d'intérêt, de crédits bancaires. Il soutient que la monnaie, au-delà d'un certain seuil, devient fictive, abstraite et éphémère. Elle est illusion. Je ne comprends plus rien à ce qu'il me raconte. Archibald s'en aperçoit et entre dans le vif du sujet.

Au début des années quatre-vingt, lors de ses études, il a inventé un algorithme de *trading* infaillible, sur les premières unités centrales à puce Intel, avec les premiers logiciels Microsoft, permettant de coordonner des actions boursières dans le monde entier. Il me parle du boom d'Apple, d'IBM, du cours du pétrole, d'exploitations minières, de Wall Street, de Tokyo, de Hong Kong, etc. À la fin de son discours, je retiens seulement qu'il est riche. Il a appris le fonctionnement des marchés boursiers à l'âge de dix-huit ans et, durant des nuits entières passées au téléphone, il a engrangé un capital pharaonique qui fructifie avec les années. Pour lui, tout ça n'est qu'un jeu. Pris au dépourvu, j'opine en pensant à mon modeste salaire et l'encourage à poursuivre. Je me suis fait une raison : plus rien de ce qui sort de sa bouche ne peut me surprendre.

En mars 1988, Archibald ouvre son agence artistique sur le boulevard Haussmann, un des quartiers les plus magnifiques de la capitale. L'emplacement hors de prix attire les badauds et, en quelques mois, la réputation de l'agence atteint des sommets.

Comédiennes, chanteuses, humoristes, animateurs, chroniqueurs, écrivains, acteurs, les artistes en herbe, prêts à tout pour accéder à la célébrité, défilent sans interruption dans son bureau. Il me rapporte qu'un agent artistique a plusieurs fonctions : conseiller, coach de vie, offreur d'emplois, banquier, avocat, père, Dieu. Il régit la vie de ses protégés, veille à leur assurer un avenir en protégeant leurs intérêts. Avec sa voix envoûtante, Archibald n'éprouve aucune difficulté à amadouer ses clients.

Son agence devient la destination incontournable pour les stars en devenir. Il se fond dans l'industrie du divertissement, court les soirées branchées, il est autorisé à s'asseoir dans les salons VIP et dégotte des contacts dans la *jet set*. Le monde de la nuit s'offre à lui. Il multiplie les rencontres fortuites avec des jeunes femmes rêvant de strass et de paillettes, les chanteuses prêtes à tout pour réussir, il endoctrine les nouveaux talents écervelés qui ne perceront jamais, les comédiens dénués d'humour qui s'imaginent sur les planches de l'Olympia jouant leur *one man show*. Il m'explique qu'il jette un immense filet et qu'il verra bien ce qu'il attrapera à l'intérieur. Le monde du divertissement regorge de jeunes qui vont et viennent et se renouvellent sans cesse, de soirées dévergondées où l'alcool et les drogues sont omniprésents. Un artiste connu un jour peut tomber dans les oubliettes des projecteurs le mois suivant sans que personne ne s'en soucie. Overdoses. Accidents. Les drames du show-business sont nombreux mais rares sont les scandales qui s'ébruitent hors de ce cercle très privé.

Pour Archibald, c'est une aubaine, un terrain de chasse optimal. Pour reprendre ses termes : il fait un carnage. Le succès de son agence est inespéré et l'oblige à recruter des associés. Il joue son rôle d'agent, négocie, décroche des contrats, le nombre de ses clients augmente de façon exponentielle.

Au quotidien, il perçoit et savoure les effets des *mots qui tuent* sur ses victimes. Dans l'intimité. Au plus près. Pour éviter d'éveiller les soupçons, il ne s'attaque pas toujours à ses clients. Parfois, il choisit un proche, un frère, une sœur, le ou la petite amie. En tant qu'agent, il fait partie intégrante de la vie de ses clients. Il jubile en les voyant se détériorer à petit feu jusqu'à l'extinction finale. Définitive.

En parallèle, il plonge dans la transe autodestructrice des jeunes femmes vulnérables, extérieures à son agence, des filles paumées qui ont déserté leur campagne et tout plaqué pour vivre le rêve américain à la française, dans la capitale, des « sujets » faciles qui ne manqueront à personne.

Durant près de deux ans, Archibald Tourmenteur a phagocyté plus de quarante artistes. Tous morts dans des circonstances étranges. C'est le chiffre officiel recensé dans son agence et dévoilé par la presse. La réalité est bien pire : lui-même est incapable de se souvenir du nombre exact.

En 1990, Archibald est lassé par la stupidité de ses poulains et des rumeurs circulent sur son agence. Les décès suspects et les disparitions de ses clients suscitent trop de questions. Les flics de la BC et la SR de Paris fouinent de plus en plus et l'ont dans le collimateur. Il est temps de changer de cap. De trouver un subterfuge plus sécurisé pour assouvir ses fantasmes. C'est un agent artistique connu et reconnu dans le milieu, son agence jouit d'une belle réputation et, contre toute attente, il décide de confier la boîte à ses associés pour se lancer en solitaire.

Grâce à tous ses contacts, il organise une tournée de représentation unique en son genre, centrée sur l'hypnose. Il veut promouvoir cette discipline méconnue et, par la même occasion, rencontrer un large public pour lui implanter ses inductions criminelles. Il connaît des producteurs, des éditeurs, des metteurs en scène, il est un membre apprécié de la grande famille du showbiz : le chemin vers la réussite est tout tracé.

À force de fréquenter le monde du divertissement, il prend la plume et rédige deux romans policiers. Deux thrillers particulièrement violents qui connaîtront un certain succès : 200 000 exemplaires vendus pour le premier, 150 000 pour le second.

Archibald monte ensuite sur scène. Il engage une troupe et part à travers la France. Il pratique l'hypnose de spectacle. Entouré de volontaires sensibles à l'hypnose, triés sur le volet, et de quelques comédiens professionnels, il joue les prestidigitateurs, les mentalistes de foire, faisant faire toutes sortes de pitreries, d'excentricités, d'imitations d'animaux ou autres absurdités à ses assistants sous les acclamations du public qui n'a jamais vu un tel spectacle.

Le succès est immédiat. Archibald sillonne les routes de France et de Navarre. Il a trouvé l'équilibre qui lui convient. Il est mobile, hors de la ligne de mire des enquêteurs parisiens et, chaque soir, dans sa loge, il reçoit la visite d'un fan. Chaque soir, il installe un admirateur dans son divan, l'isole, le met en confiance. Sa voix éloquente plonge le *sujet* dans une transe d'une profondeur abyssale. Majoritairement des femmes. Il excelle dans le choix des mots, la combinaison des phrases, sa prestance et le timbre de sa voix ensorcellent littéralement ses proies.

Chaque soir, il atteint des zones de l'inconscient inaccessibles et assène ses suggestions mortelles. Sous hypnose, il m'explique qu'il est impossible de forcer quelqu'un à faire un acte contre sa volonté. Archibald puise dans les ressources de ses victimes jusqu'à ce qu'elles se persuadent de laisser libre cours à l'autodestruction, à la souffrance. La décision d'en finir vient toujours d'elles. Archibald induit, propose, émet des hypothèses dans leur esprit. Il sème la terreur, le désespoir, la haine de soi et des autres jusqu'au point de non-retour où le sujet sera persuadé que mettre fin à ses jours est la meilleure solution pour mettre un terme à ses angoisses et retrouver un certain équilibre.

Il dissémine le Mal. Impunément. Comme bon lui semble. Il procédera ainsi pendant cinq années, dans la clandestinité, sans jamais éveiller les soupçons. Ses victimes se comptent par dizaines chaque année.

Je comprends qu'il ne peut pas s'arrêter. Jamais il ne pourra. Cette dépendance à la souffrance des gens est irréversible. Je présume qu'il couche avec la plupart de ses cobayes féminins, comme il le suggère lui-même dans sa narration, mais son vrai plaisir n'est pas dans l'acte sexuel à proprement parler. Archibald prend son pied différemment.

Pour lui, la jouissance, la vraie, est lorsqu'il murmure à l'oreille de ses « patients » sous hypnose. Lorsqu'il sent leur respiration ralentir, leurs membres se relâcher, les spasmes de décontraction de leurs muscles, les frémissements de leurs paupières, quand ils s'acclimatent à sa prose perverse et deviennent de simples pantins, assujettis, instrumentalisés, des objets humains à sa merci, malléables : quand les graines du Mal qu'il implante dans leur inconscient éclosent et qu'ils abandonnent tout amour-propre. Jusqu'à l'autodestruction. Voilà ce qui pousse cet homme à se lever le matin. C'est sa raison de vivre.

En 1995, à l'âge de trente-trois ans, Archibald Tourmenteur aspire à des projets d'une autre envergure. Il veut repousser les limites de la cruauté. Cette notion de défi, de challenge, est toujours ancrée dans son esprit. Il me révèle qu'il est capable de faire mieux. Qu'il *doit* faire mieux !

Pour clôturer sa tournée nationale, il choisit d'effectuer sa dernière représentation au Zénith de Paris. Un certain 28 juillet. Un finale longuement mûri dans son cerveau diabolique. Il fait salle comble, plus de cinq mille personnes viennent assister à son ultime spectacle.

La suite, malheureusement, toutes les personnes de ma génération la connaissent. Grâce à une installation de sonorisation extraordinaire, une acoustique innovante et des résonances de basses de son invention, il plonge dans un état de transe hypnotique l'ensemble des spectateurs. Il les convainc de rester stoïques, immobiles, debout, comme des piliers humains. Avant de mettre le feu.

Le reste sera relaté dans les médias. Cette soirée du 28 juillet 1995 restera à jamais comme une journée noire. Je connais l'histoire par cœur. Au total, plus de mille personnes périront dans les flammes. Une centaine demeureront en transe, comme l'a induit Archibald. Les autres brûleront, étoufferont à cause des fumées ou se feront piétiner par les mouvements de foule en essayant de s'échapper de la salle de spectacle.

Les témoignages des survivants ont glacé le sang de la France entière. Des mères ou des pères de famille tentant désespérément de tirer par le bras un proche sous hypnose, figé en position debout devant son siège, sourd, muet, plongé dans son inconscient, soumis aux suggestions de Tourmenteur, indifférent aux flammes qui lèchent le velours du Zénith. Des statues humaines.

Les rescapés décriront des scènes de désolation, dignes d'une zone de guerre. Archibald assiste à ses prouesses depuis les planches avant de s'éclipser en douce. Il m'explique qu'il n'est pas arrivé à décrocher son regard de cette vision jubilatoire et qu'il a pris du retard dans son planning. Ironie du sort; il est resté hypnotisé devant la salle en feu, savourant les effets de son cerveau malade sur la centaine de cobayes immobiles, dévorés par les flammes, brûlés vifs. Il perd la notion du temps et s'échappe à la dernière minute avant d'être arrêté dans la nuit sur l'autoroute A7, juste avant la frontière belge.

La France retient son souffle. Le 25 août 1995, après un procès éclair et la réouverture du débat sur la peine de mort, la Cour d'assises de Paris prononce une peine de réclusion criminelle à perpétuité. Archibald

Tourmenteur est incarcéré dans l'établissement pénitentiaire de la Santé, à Paris.

En prison, Archibald est ingérable. Malgré l'instauration d'un isolement draconien, il complote, déclenche émeute sur émeute, soudoie les gardiens pour améliorer son confort, monte les gangs rivaux les uns contre les autres, plongeant l'établissement dans le chaos.

Face à l'impuissance de la direction, Archibald enchaîne les expertises psychiatriques et, après dissertation entre les différentes UMD de l'Hexagone, je décroche le gros lot : il est transféré ici dans la nuit du dimanche 1er au lundi 2 septembre 1996.

Toute son histoire est édifiante. À la fin de son récit, comme nous en avons convenu avant de débuter la thérapie, il me demande si je crois en Dieu, avec ce même rictus microscopique qui déforme sa lèvre supérieure. Cet homme est le cynisme incarné.

Sans lui répondre, je me lève, fais signe aux membres de la sécurité de le raccompagner dans sa chambre. Mes sentiments personnels ont entravé ma conscience professionnelle, je me suis laissé submerger par mes émotions. Dans ma tête, ma décision est déjà prise, je ne peux plus m'occuper de lui, je déléguerai cette thérapie à un collègue, si quelqu'un accepte de le prendre en charge. Une chose est sûre : je ne veux plus jamais adresser la parole à cet homme.

Julie repose le compte rendu. Elle est chamboulée comme rarement elle l'a été dans sa vie. Son cœur bat à tout rompre dans sa cage thoracique. Elle a l'impression de manquer d'air, opprimée, comme si elle avait siphonné tout l'oxygène de son bureau.

L'histoire d'Archibald Tourmenteur est surréaliste, défiant l'imaginaire. Et cet homme est dans la nature, quelque part dans l'hôpital. Julie se liquéfie à cette idée, redoutant le pire, tétanisée sur sa chaise, dans la pénombre de la salle des internes. Elle en a oublié tout le reste : le suicide de Noémie ; la disparition de Chloé ; le meurtre de Marc. Elle est obnubilée par Tourmenteur. Hypnotisée.

Un dernier compte rendu parachève le dossier de l'UMD de Cadillac. Curieuse, Julie s'en saisit quand la porte du bureau s'ouvre. Le gendarme surgit dans l'encadrement.

— Il n'est plus dans sa chambre ! s'écrie l'interne, paniquée.

— Je sais.

Julie recule la tête, méfiante, aussitôt sur la défensive. Avant qu'elle s'égare en spéculations, théorie du complot ou autre complicité entre Archibald et le gendarme, Richard Cointro se décale et laisse apparaître la petite Chloé.

— Il est dans l'EHPAD.

26

Samedi 15 avril 2017, 4 h 22.

Le téléphone sonne encore. Albert Bruno ne compte plus le nombre de fois où la mélodie stridente du téléphone l'a tiré de ses songes, de ce sentiment d'insécurité qui le ronge depuis que la petite Chloé a quitté la salle de soins sans explication. Il sursaute à chaque sonnerie, hésitant à décrocher, il se demande quelle est la situation dans l'autre bâtiment, si le tueur a été neutralisé, si la menace plane toujours dans l'enceinte de l'hôpital.

La sonnerie s'interrompt.

Le brouillard recouvre la presqu'île et englobe le centre hospitalier noyé dans la bruine, dissimulant le parking, les dénivelés, les berges du Lot, l'horizon – comme si un immense rideau gris avait été tiré tout autour de l'édifice – plongeant ses occupants dans l'inconnu, dans l'ignorance du monde extérieur. Camouflés dans la brume.

Le senior n'y voit pas à dix mètres, par la fenêtre, et l'absence de visibilité accentue ses craintes. Il est exténué, le fauteuil lui fait mal aux fesses, ses articulations le font souffrir et une invasion de fourmis gambade le long de ses jambes. Il tolère de moins en moins la position assise, ses rhumatismes ankylosent ses membres inférieurs. Il n'a plus la concentration nécessaire pour s'atteler à ses mots croisés qui lui sortent par les yeux, il est devenu suspicieux.

Le comportement de Chloé l'a troublé. Quand elle est revenue, seule, du second étage, Albert a eu le sentiment que quelque chose s'était brisé en elle.

Il a dû se passer quelque chose là-haut, suppose-t-il en sortant son mouchoir en tissu et en se curant le nez.

Albert Bruno se lève. Il doit agir. Se dégourdir les jambes. Les appels incessants sont sans doute destinés à l'aide-soignant – Yazid – caché à l'étage supérieur, à qui l'infirmière a juste oublié de donner le téléphone avant de partir dans la précipitation.

Albert peut rétablir le contact entre les membres du personnel en rapportant ce maudit téléphone et ainsi éviter à l'investigatrice – l'interne Julie – de s'inquiéter inutilement. Il est capable de faire ça. Cette mission est largement dans ses cordes, il doit apporter sa contribution.

Les articulations de ses genoux craquent quand il se lève. Il attrape le téléphone du service, le glisse dans la poche de sa robe de chambre et sort en chancelant de la salle de soins. La porte restée ouverte éclaire un tantinet le couloir obscur.

Albert se laisse guider le long du mur, à son rythme, une main en contact avec les plinthes qui bordent le couloir, l'autre tendue, droit devant lui, à l'aveugle, en protection contre un ennemi invisible. D'une démarche hésitante, il grimpe les escaliers et pénètre au second niveau. Noir complet. Flashs verts des sorties de secours. Albert Bruno n'entend que sa respiration, haletante, sifflante. Il avance, précautionneux, attentif, franchit les portes coupe-feu et suit le fil d'Ariane. Ses doigts restent en contact permanent avec le mur.

Soudain le vide. Plus de mur. Albert s'engage dans la cavité. Ses doigts palpent : des gonds, un chambranle, une poignée, une porte. Il entre dans la pièce. Dans la pénombre, il distingue les ombres d'un lavabo, des chariots de linge, ce qui ressemble à un rideau de douche : une salle de bains. Sa main gauche tâte le mur, près de l'encadrement de la porte, rencontre un interrupteur. Il l'actionne. Ses yeux bleu très clair, inquisiteurs, se déportent immédiatement sur le sol.

L'aide-soignant gît sur le ventre, face contre terre, torse nu, pieds nus, uniquement vêtu de son bas de tenue, au milieu d'une flaque de sang. Avec une seringue plantée dans la nuque. Il semble avoir été poinçonné de plusieurs coups de trocart, dessinant une mosaïque macabre, grossière et abjecte, dégoulinant de sang séché sur son cou et entre ses omoplates. Yazid a été troué comme une passoire.

Horrifié, Albert Bruno recule. Il se retient aux montants de la porte quand une voix étonnamment grave retentit dans le couloir. Une voix qu'il n'a jamais entendue. Un timbre guttural, éloquent, qui asservit aussitôt son interlocuteur.

— Bonsoir.

Samedi 15 avril 2017, 4 h 23.

Malee sort de la chambre 4 du secteur traditionnel avec un Lexomil en moins dans sa plaquette. Fatiguée, elle s'appuie sur son chariot de soins, stationné au milieu du couloir.

Le patient qui a aidé Julie à brancarder le lit vide – le relou pas si relou que ça – va pouvoir dormir grâce à la berceuse chimique qu'elle lui a fredonnée avec une barrette entière. Largement la dose recommandée. *Fuck !* Et alors ? Encore un en moins, souffle-t-elle, à bout de force. Bonne nuit ! Au revoir ! Me soûle plus !

Coup d'œil sur la fiche de transmission infirmière. Pas chassés. *Toc toc toc.* Nouveau patient.

Malee sort de la chambre voisine – la 3 – une minute plus tard avec une perfusion d'antidouleur terminée entre les mains. Le patient a-t-il encore mal ? Arrive-t-il à dormir ? Rien à foutre ! Elle jette la poche vide dans la poubelle mobile fixée à son chariot, coche la dernière case vide sur sa relève – travail accompli – et pousse son infirmerie ambulante vers la clarté de la salle de soins ouverte.

Malee est en mode robot. Elle se concentre sur son boulot, tête baissée, elle réalise les soins sur prescription à la chaîne, à un rythme infernal, créant une barrière émotionnelle qui la préserve des mésaventures de cette nuit désastreuse. Malee est pragmatique. Elle a relégué tous ses patients à de vulgaires tas d'organes assemblés les uns avec les autres qu'elle doit traiter. La médecine est une science, le corps humain est une machine – la plus belle des machines – une harmonie cellulaire, une homéostasie de physique-chimie. Malee, elle, c'est la mécanicienne. Une seringue de vingt centimètres cubes en guise de clé de douze, elle vidange, inspecte, nettoie, rafistole, visse et dévisse ses perfusions, elle fait la révision des cinquante, soixante, soixante-dix ans des ploucs du coin. Elle répare les machines humaines. Le reste, basta ! Elle en a oublié son rôle propre, la compassion, l'écoute, le confort des malades, et se focalise sur les soins techniques les plus urgents.

Malee n'a pas peur. Plus maintenant. Ses expériences humanitaires l'ont immunisée contre la frayeur et l'ont rodée aux situations anxiogènes. La disparition d'Archibald Tourmenteur n'a pas le même effet sur elle que sur ses « collègues ». Cependant elle reconnaît s'être fait berner – comme le reste du service – et ne fait plus la maligne sur ce sujet. Elle ignore comment il a fait pour simuler un coma d'une telle profondeur sans être démasqué par les électroencéphalogrammes qu'il a dû passer. Bizarre.

Même si elle avoue avoir été légèrement perturbée par l'espèce de magnétisme qui émane de Tourmenteur, elle reste maîtresse de ses émotions, contrairement aux autres pucelles hystériques du service. La fuite du patient mystérieux a eu un seul effet sur son cerveau : un patient en moins ! Une joie de courte durée car, dorénavant, elle doit se coltiner la Noémie. *Fuck !*

Malee n'éprouve aucune compassion envers l'aide-soignante. Elle ne l'aimait pas avant, et ce n'est pas parce que l'autre a essayé de se foutre en l'air qu'elle s'est prise soudain de sympathie pour elle. La situation demeure identique : elle ne l'aime toujours pas. Peut-être même encore moins qu'avant, depuis qu'elle l'a empêchée de faire pipi et qu'elle lui a ajouté du boulot supplémentaire. La garce !

Pour la première fois depuis des heures, Malee est à jour dans ses soins. La pause tant espérée se profile, elle va pouvoir décompresser un peu. En professionnelle de santé consciencieuse, elle décide malgré tout de s'assurer que la tension artérielle de Noémie poursuit son ascension vers des valeurs normales.

Noémie est allongée dans le lit, inerte, endormie, livide, le profil droit éclairé par la veilleuse, le gauche immergé dans l'ombre. Elle est enroulée dans un amas de fils, de capteurs, les lunettes à oxygène lui rentrent dans le nez. Elle respire correctement, sa fréquence cardiaque diminue peu à peu. Les pansements compressifs à ses poignets sont propres, l'hémorragie a été maîtrisée, les facteurs de coagulation ont pris le relais.

Malee réprime son aversion pour l'aide-soignante et appuie sur le bouton qui déclenche la mesure de la pression artérielle. Le brassard comprime le bras de Noémie. *Bip !* 9/6 de tension. Mieux que tout à l'heure. Mais encore insuffisant. Malee branche une nouvelle poche de soluté de grosses molécules. Ses yeux bridés se déportent une dernière fois sur l'aide-soignante. Non, décidément, elle n'éprouve aucune peine pour Noémie. L'aide-soignante la dégoûte. Malee est comme une coquille vide. Vide de compassion.

Samedi 15 avril 2017, 4 h 30.

— Plus tard.

Julie ouvre grand les yeux et observe, médusée, ce connard de gendarme repartir dans le couloir. Il n'a même pas daigné répondre à ses questions – encore – et a tourné les talons en retirant le clip de son holster de ceinture, comme un cow-boy, répétant les deux seuls mots de son vocabulaire : « Plus tard. » Qu'a-t-il fait pendant tout ce temps ? Où était-il ? Julie reste encore sur sa faim, le gendarme a juste fait un crochet par le service pour raccompagner l'infirmière apeurée avant de repartir à la chasse à l'hypnotiseur.

L'interne craint que cette histoire ne se termine dans un bain de sang – comme elle a commencé – et, dépitée, elle regarde le gendarme se déhancher et rouler des épaules avant de disparaître dans l'obscurité de l'étage.

Il est dans l'EHPAD...

Julie pense aussitôt à Yazid, à M. Bruno, mais surtout à Yazid. L'idée que ses alliés soient dans le même bâtiment qu'Archibald Tourmenteur la terrifie. Comment vont-ils ? Sont-ils en danger ? Pourquoi ne répondent-ils pas ?

Elle cesse de ruminer la réaction puérile de l'aide-soignant après leur coït bestial, son inquiétude grandit à mesure qu'elle imagine des scénarios incluant un tête-à-tête entre Archibald et lui. Depuis qu'elle connaît son histoire, elle s'attend à tout de la part de l'hypnotiseur. Toujours en colère contre Richard Cointro, elle vocifère.

— Non mais quel con, ce type !

Adossée au mur de la salle des internes, Chloé renifle en baissant la tête, muette.

— Ça va, toi ? demande Julie en couvant la jeune diplômée d'un regard maternel.

L'infirmière acquiesce en contemplant ses Crocs roses. Julie fait un rapide bilan de la situation : la tentative de suicide de Noémie ; ses soupçons sur le meurtre de Marc ; la disparition d'Archibald Tourmenteur – qui n'est pas un scoop pour Chloé.

L'infirmière semble renfermée, fuyante. Elle évite le regard de l'interne au maximum et paraît encore sous le choc de sa rencontre inopinée avec Archibald.

Julie fait preuve de complaisance.

— On va faire un break. On en a toutes besoin. Va voir si Malee a besoin d'aide et, quoi qu'il reste à faire, allez vous poser un peu. Je termine un truc et je vous rejoins. OK ?

Chloé opine, nonchalante. Elle se décolle du mur, amorphe, et sort du bureau cagibi sans prononcer un mot, le dos voûté et la tête enfoncée dans ses épaules menues.

Julie se précipite à son bureau. Impatiente. Malgré les cachotteries du gendarme, le silence téléphonique de l'EHPAD et la présence – quelque part – d'Archibald, une seule idée obnubile son esprit analytique : le dernier compte rendu du professeur René Moutrut.

L'histoire de vie étant achevée, elle se demande ce que peuvent contenir ces dernières pages. Sentant qu'elle touche au but, qu'une partie de la vérité est sur le point d'être révélée, elle croise les jambes, portée par la décharge d'adrénaline, et empoigne les derniers feuillets du dossier de Cadillac. Illuminée par l'écran de veille de l'ordinateur, elle débute sa lecture.

Compte rendu du Pr René Moutrut, chef du service de psychiatrie de l'unité d'hospitalisation spécialement aménagée (UHSA), unité pour malades difficiles, centre hospitalier de Cadillac.

Synthèse de la séance du 03/02/2017 (à la demande du patient)

Patient : Archibald Tourmenteur

Archibald a insisté pour me voir. Durant plus de vingt longues années, il est resté terré dans sa chambre d'isolement. Aucun de mes collègues n'a eu le courage de poursuivre sa thérapie, bien que je doute qu'elle soit utile et que nous puissions apporter une aide quelconque à cet individu.

Il a refusé tous les traitements médicamenteux, tous les examens que nous lui avons proposés. Il est devenu un meuble de l'UMD. Il n'a eu aucune visite médicale, aucun entretien depuis que j'ai refusé de continuer de le prendre en charge.

J'ai sermonné mon personnel pour qu'il ne s'éternise jamais dans sa chambre, sous aucun prétexte, que ce soit lors de la réfection de son lit, du ménage, ou au moment d'apporter les plateaux-repas. Aucun infirmier n'a été autorisé à pénétrer dans sa chambre sans mon consentement. Et je ne l'ai jamais donné. Archibald a tissé quelques liens avec un aide-soignant qui s'est suicidé en décembre 2004, je ne veux pas revivre cette expérience traumatisante.

Toutes ces années, il est resté dans sa chambre, sans jamais en sortir, la plupart du temps dans un état d'autohypnose. Le seul membre de mon personnel habilité à communiquer avec lui, Thibault, un aide-soignant, l'abreuve de littérature mais ne reste jamais plus de cinq minutes dans sa chambre.

J'ai longtemps repensé à tout ce qu'il m'a dit, à son parcours de vie, et plus particulièrement à la question qu'il m'a posée : est-ce que je crois en Dieu ? Après des années de réflexion, je suis arrivé à la conclusion que, si des hommes comme lui existent, alors l'existence de Dieu ne fait aucun doute. Je le soupçonne de s'apparenter au diable. Et donc, rétrospectivement, de prouver la présence de Dieu. L'un doit aller avec l'autre. Si lui incarne le Mal, c'est que le Bien est représenté autre part.

Mon hypothèse est un peu bancale mais, à y bien réfléchir, je pense qu'il m'a posé cette question dans ce but précis : me faire croire en l'existence de Dieu à travers la vie d'un émissaire du Mal.

J'ai arrêté de me creuser la tête pour chercher de quoi souffre cet homme. Je n'ai pas d'explication. Je pense que certaines personnes sont différentes. Sans raison. Je doute qu'il existe un gène du Mal ou du tueur en série mais, malgré tout, je crois que certains possèdent une prédisposition à la cruauté et au sadisme. Sans lien de cause à effet.

Excepté la vision de cet homme agonisant dans le square de l'Oiseau-Lunaire, Archibald n'a jamais subi de véritables traumatismes dans son enfance. Il est né comme ça. Il s'est développé dans le ventre de sa mère comme ça. Différent des autres. Je pense que son QI a plus été un handicap qu'un atout pour s'intégrer socialement. Il n'a jamais compris le monde dans lequel il vivait.

Son père, Alain Tourmenteur, décède en 2010 à la suite d'un AVC. Sa mère se laisse dépérir et meurt l'année suivante d'un cancer du pancréas. Archibald ne les a jamais revus depuis l'époque où il étudiait la médecine à la Pitié-Salpêtrière, avant de s'envoler pour la Thaïlande.

Quand Thibault, l'aide-soignant, lui rapporte la nouvelle, Archibald n'éprouve rien, comme à son habitude. À une période, j'ai cru qu'il culpabilisait, qu'il ressentait des remords vis-à-vis de ses parents mais, en réalité, j'étais loin du compte. Archibald

Tourmenteur est vide. Complètement vide. Un désert émotionnel. Incapable d'éprouver la moindre empathie. Lors de ses premières années d'internement, il a reçu de nombreuses visites : des enquêteurs de la SR de Paris, qui poursuivaient les investigations sur les suicides suspects et les disparitions non résolues ; des flics du 36 ; des journalistes, surtout un : Clément Lorrain, l'auteur des papiers les plus extravagants sur l'hypnotiseur.

J'ai mis un terme à toutes ces sottises, refusant toute nouvelle entrevue sans l'autorisation d'un juge. Les visiteurs se sont faits plus rares. Les gendarmes abandonnaient leurs *cold cases*, l'un après l'autre, faute d'éléments nouveaux, jusqu'au jour où plus personne ne vint le solliciter. La France était passée à autre chose.

Depuis 2006, il n'a reçu aucune visite. Sauf hier. Et c'est la raison pour laquelle il souhaite s'entretenir avec moi aujourd'hui. Bien évidemment, je suis au courant de cette visite, j'ai donné personnellement mon accord à la section de recherches de la gendarmerie.

Vingt et un ans après son arrestation, la venue des forces de l'ordre attire ma curiosité et c'est uniquement pour cette raison que j'accepte de lui accorder un peu de mon temps. Une éternité s'est passée depuis qu'il m'a raconté l'histoire de sa vie. Mais aucune eau n'a coulé sous les ponts. L'homme qui s'installe devant moi a vieilli, inévitablement. Il est maigre, tassé par le poids des années et la sédentarité, il porte une longue barbe tirant vers le gris, son crâne est dégarni, cerclé d'un collier de cheveux poivre et sel et haché de rides. En revanche, une chose perdure : la même étincelle scintille dans son regard de prédateur.

Son statut aussi a changé. L'homme qui tire sa chaise devant moi est devenu une célébrité d'un nouveau genre. Durant des années, il a entretenu des relations épistolaires avec des centaines de fans, des admirateurs malsains qui l'adulent encore aujourd'hui pour ses facultés jugées extraordinaires. Le plus loufoque d'entre eux, le journaliste Clément Lorrain, a conservé cette correspondance, ses lettres m'interpellent toujours sur la nature humaine quand je découvre les énormités qu'il écrit.

Avant de transmettre ces courriers exubérants à Archibald, je me demande systématiquement quel est ce monde dans lequel nous vivons, quelle est cette société qui glorifie les tueurs de son espèce et dévalorise les braves policiers qui les attrapent ? Tout le monde connaît Hannibal Lecter, mais peu retiennent le nom de l'agent Clarice Starling. Le nom d'Al Capone est plus populaire que celui d'Eliot Ness.

En France, tout le monde connaît Tourmenteur, mais rares sont ceux qui connaissent les noms des différents lieutenants et du colonel Bramart, de la vaillante équipe de la SR de Paris, qui l'ont épinglé. Cette époque me dépasse. Archibald a pulvérisé le record d'audimat de l'émission *Faites entrer l'accusé*, diffusée sur France 2 en 2002. Le concept sera repris dans l'émission *Enquêtes criminelles*, en 2009, sur la chaîne de la TNT W9, battant un nouveau record d'audience pour une émission mi-documentaire mi-fiction traitant des faits divers. Cette fois-ci, je me suis défendu de la regarder, déplorant cette fascination morbide qu'ont les gens pour les tueurs de masse.

Archibald plonge ses yeux sournois dans les miens avec la même inclinaison du menton qu'autrefois.

J'ai l'impression que c'était la semaine dernière que nous nous sommes vus pour la dernière fois. Je sens qu'il capte ma réticence, je le laisse m'annoncer le motif de cette entrevue. De cette même voix grave, monocorde et captivante, il me raconte une histoire ahurissante.

Hier dans la matinée, il reçoit la visite du colonel Bramart de la gendarmerie nationale. Le militaire lui narre que début janvier, un jeune homme a été abattu en délit de fuite, au volant d'une ambulance volée, par la BRI de Toulouse, près de la gare Matabiau. La victime était un trafiquant de drogue, une petite frappe de la cité des Izards faisant l'objet d'une surveillance accrue depuis plusieurs mois dans le cadre du démantèlement d'une cellule terroriste.

Les TIC, les techniciens en identification criminelle, investissent la scène de crime, ratissent, passent l'ambulance au peigne fin et récoltent plusieurs prélèvements qu'ils entrent dans le FNAEG, le fichier national des empreintes génétiques. Et là, roulement de tambours : il y a une correspondance ! Un fragment d'ADN, contenu dans un cheveu avec son bulbe, accroché à une couverture dans le sac de linge de l'ambulance, ébranle toute l'administration judiciaire française. Les *experts* approfondissent les recherches et parviennent à établir un profil génétique. Oui il y a correspondance, et pas avec n'importe qui : avec Archibald Perceval Ulysse Tourmenteur. L'affaire prend un virage inattendu.

En 1998, peu de temps après la création du FNAEG, la police a enregistré l'ADN d'Archibald dans la base de données car les disparitions et les « suicides » non élucidés qui gravitent autour de lui restent nombreux.

Après des analyses plus poussées, les techniciens de l'identification criminelle sont catégoriques : celles de l'ADN récolté dans l'ambulance indiquent un lien de parenté avec l'hypnotiseur. Archibald a une fille.

L'affaire est confiée au pôle judiciaire de la gendarmerie nationale. Sous le commandement du colonel Duvauchel, les enquêteurs de la section de recherches de Paris remontent la piste. La couverture où se trouvait le cheveu possède une étiquette mentionnant : centre hospitalier de Saint-Florentin-sur-Lot.

La SR consulte les feuilles de route et la traçabilité de l'ambulance, volée au dépôt de la société en début de soirée, avant l'intervention de la BRI, et découvre que le véhicule a transité toute la journée entre les sites du CHU de Toulouse, une clinique près d'Agen et le centre hospitalier de Saint-Florentin-sur-Lot.

Les gendarmes écartent la piste d'Agen car l'ambulance y a effectué le premier trajet de la matinée. Ils réalisent alors des tests salivaires auprès de tous les ambulanciers présents ce jour-là et des derniers patients transportés dans le véhicule. En collaboration avec un service de médecine du travail indépendant, privé, ils procèdent à un dépistage de routine factice en organisant une visite médicale obligatoire, pour l'ensemble du personnel soignant de l'établissement lotois, masculin et féminin, afin de ne pas éveiller les soupçons. Même la direction de l'hôpital ignore cette supercherie, totalement illégale et honteusement onéreuse.

Les prélèvements sanguins et salivaires sont expédiés à l'institut de recherche criminelle de la gendarmerie nationale, à Pontoise, dans le Val-d'Oise. Fin janvier, le verdict tombe, la propriétaire du cheveu est identifiée :

la fille d'Archibald Tourmenteur travaille dans le service de médecine interne du centre hospitalier de Saint-Florentin-sur-Lot et sera présente le vendredi 14 avril 2017.

27

Samedi 15 avril 2017, 4 h 32.

Le smartphone grésille sur la table de nuit. Les vibrations font trembler son étui à lunettes, la lampe de chevet, sa montre, sa gourmette, sa chevalière. Le parquet flottant réverbère le clair de lune, filtré par les interstices des volets fermés, à travers la fenêtre, traçant des rectangles de lumière blafarde sur le sol de la chambre mansardée.

La pièce suggère un choix de décoration audacieux : papiers peints couleur crème, meubles et penderie taupe, literie et sommier gris souris, le réseau de poutres apparentes contraste entre la rusticité de l'habitat et la modernité des meubles Ikea en Formica. Une chambre d'un pavillon de l'Union, dans la périphérie de Toulouse, au milieu des autres.

Francis Bertoumieu – le commissaire divisionnaire à la retraite – s'extirpe des draps en silence. À l'autre bout du lit, sa femme ronfle, insouciante, plongée dans les limbes du sommeil, indifférente au bourdonnement du mobile. Il empoigne son portable, enfile ses pantoufles, sa robe de chambre pliée sur le fauteuil en osier, et sort sur la pointe des pieds.

— Quoi ? aboie-t-il une fois dans la salle de bains.

— Francis, c'est moi.

— Je le vois bien que c'est toi. Pourquoi tu m'appelles à cette heure-ci ?

— On a retrouvé sa trace. Une partie du réseau a été rétablie. Il a passé un appel. Son portable a activé une balise et les gars ont pu le géolocaliser.

— Il est où ?

— À Saint-Florentin-sur-Lot. Au centre hospitalier.

— Il devait pas aller à Cahors ? Ou à Montauban ?

— Décision de dernière minute. À cause de la tempête, il a été transféré plus près. Je l'ai appris qu'en fin d'après-midi.

— OK. Et tu me réveilles au milieu de la nuit pour m'annoncer ça ? En quoi ça me concerne ?

— D'autres signaux ont été captés dans l'enceinte de l'hôpital. Plusieurs membres du personnel sont bloqués là-bas, apparemment…

— Et ?

— Et ta fille est sur place.

Francis Bertoumieu s'assoit sur le bord de la baignoire, voisine de la douche à l'italienne. Il n'écoute plus les explications du colonel Fernand Bramart, son vieux complice de la gendarmerie nationale. Il imagine le pire. Il a beau être une légende de la justice française, un mythe du 36, quai des Orfèvres, un héros, le bras droit du ministère de l'Intérieur – toujours dans les magouilles politiques de la place Beauvau –, rien ne le préparait à cette situation. Sa fille unique, en danger, isolée, avec Archibald Tourmenteur.

Quand Julie est née, en 1989, Francis Bertoumieu était le patron de la BC, la brigade criminelle, domiciliée au 36, quai des Orfèvres. Il détient le record de 80 % d'affaires résolues, sous son commandement – un ratio encore inégalé aujourd'hui.

Après l'ouverture de l'enquête sur les suicides suspects dans le milieu du show-business – autour d'Archibald Tourmenteur –, il a organisé et dirigé les investigations de sa brigade. Une enquête éprouvante, difficile, accablante, qui a accaparé toute son énergie et l'a rendu insomniaque, oscillant entre état dépressif et hystérique, laissant sa vie privée sur la touche. Et sa petite fille.

Face à l'ultimatum posé par sa femme pour partir de la capitale et aux déconvenues de l'enquête stagnante sur cette vague de morts suspectes, il quitte Paris, après que l'affaire a été déléguée en 1992 à la section de recherches de la gendarmerie nationale commandée par le colonel Fernand Bramart, et choisit le poste de commissaire divisionnaire au commissariat central de Toulouse, parmi le panel de mutations qui lui sont proposées. Il opte pour le sud de la France – la ville rose –, un cadre idyllique pour élever sa fille de trois ans.

De la vieille école, soupçonné de « barbouzeries » par bon nombre de membres de l'état-major, il reste en contact permanent avec son complice et ami de toujours – sa vieille branche –, le colonel Bramart. Grâce à son intermédiaire militaire, il apprend l'arrestation d'Archibald Tourmenteur en 1995, après le massacre du *Zénith* de Paris, puis son transfert dans l'UMD de l'hôpital psychiatrique de Cadillac, près de Bordeaux. Malgré la distance et un mode de vie plus conventionnel – horaires de bureau –, il ne rate aucune des péripéties de l'hypnotiseur qui a choqué la France. Il est au courant de tout. On l'informe. On le rencarde. Même à des centaines de kilomètres, il continue d'avoir son mot à dire.

Pourquoi a-t-il fallu que Bramart aille parler à Tourmenteur ? fulmine-t-il en examinant les poissons brodés sur le tapis de bain, étendu sur le carrelage saumon. Il imagine Julie dans sa blouse, un stéthoscope coincé derrière la nuque, en pleine auscultation d'Archibald, et ne peut s'empêcher de penser que sa fille a grandi trop vite. Il a l'impression qu'elle est passée de dix ans à l'âge adulte en un claquement de doigts. Entre les deux, c'est le flou. Tout est allé trop vite. Le déménagement à Toulouse lui a permis de profiter d'elle – chose impossible à Paris quand il officiait au 36 et qu'il rentrait à quatre heures du matin un jour sur deux –, mais il a le sentiment d'avoir raté un épisode. Il est incapable de citer sa couleur préférée, ses copines de lycée, d'internat, ses films, ses romans favoris, le nom de ses petits amis – a-t-elle un petit ami ? –, les pays qu'elle a parcourus, la spécialisation médicale où elle désire s'orienter, les établissements hospitaliers où elle a effectué ses derniers semestres.

Penaud, Francis Bertoumieu a oublié que sa fille travaillait à Saint-Florentin-sur-Lot. Pour sa défense, déjà petite, Julie ne tenait pas en place. Elle a toujours débordé d'énergie. C'était une petite fille curieuse, intrépide, passionnée dans tout ce qu'elle entreprenait, intelligente, en avance sur son âge, elle faisait déjà preuve d'une grande détermination. Elle ne se laissait pas faire. Un sale caractère, têtue comme sa mère. Peut-être un peu trop orgueilleuse. Mais ça, c'est une qualité chez les Bertoumieu !

Ado, elle lui en a fait baver. Et vas-y que je grimpe derrière le scooter des copains sans casque, que je pique dans les bouteilles d'alcool du buffet avant de partir en soirée, que je bouche les w.-c. avec des mégots de cigarettes, que je ramène des petits copains de plus en plus âgés. Le dernier en date – une petite raclure avec trois poils sur le menton – s'est pissé dessus quand Francis Bertoumieu lui a enfoncé son calibre dans la narine – sans que Julie le sache –, le menaçant de décorer le vestibule avec sa cervelle si jamais il repointait le bout de son nez chez lui. Les vieilles habitudes du 36…

Ensuite, il y a eu les voyages : l'Amérique du Sud, l'Asie. Francis Bertoumieu ne sait plus où exactement. Après, ç'a été le départ de la maison, la colocation avec les copines, l'appartement à Toulouse, les études de médecine, l'internat, le centre hospitalier de Saint-Florentin. Tout s'est passé si vite… Julie a toujours voulu voler de ses propres ailes, gagner son indépendance, pendant que lui s'entêtait à l'étouffer et à la surprotéger.

Reclus dans sa salle de bains, le commissaire à la retraite a le sentiment d'avoir reçu un coup de massue. Il a la désagréable impression que la situation lui glisse entre les doigts. Qu'il n'est qu'un étranger dans la vie de sa fille.

— Francis, t'es toujours là ?

Bertoumieu recouvre sa contenance.

— T'es où ?

— Dans le train. J'arrive à Toulouse. J'ai été bloqué trois heures au sud de Brive à cause des arbres couchés sur la voie. C'était la tempête !

— M'en fous de tes histoires de tempête. T'arrives quand ?

— Dans un quart d'heure.
— Je viens te chercher. Pendant ce temps, affrète-nous un hélico et appelle ton pote au GIGN.
— Pour quand ?
— Pour hier !

Samedi 15 avril 2017, 4 h 32.

Richard Cointro balaie le hall du centre hospitalier avec sa Maglite dans sa main gauche, la droite posée sur le Sig-Sauer fixé à sa ceinture. Une douleur pulse sur la bosse, à l'arrière de son crâne, au niveau du point d'impact où sa tête a heurté le toit de l'ascenseur, au moment de la chute, avant de perdre connaissance. Il ne pense pas souffrir de traumatisme crânien et, de toute façon, ce n'est pas une commotion cérébrale qui va le freiner dans sa mission…

Le halo de la lampe torche éclaire le sas en verre pulvérisé, le toit effondré sur la boutique du Relais H, les chaises de la salle d'attente, disséminées à travers le hall.

L'extérieur est invisible, opacifié par le brouillard qui se densifie, des échantillons de brume clairsemée s'engouffrent par le sas fracturé. Il fait froid. Le gendarme a enfilé sa veste en cuir par-dessus son col roulé. Ses chaussures de sécurité clapotent dans le marécage de boue. Direction l'EHPAD. Direction Archibald Tourmenteur.

Richard Cointro est tombé des nues quand il a appris le transfert de l'hypnotiseur de l'UMD de Cadillac. Estomaqué. Littéralement. Il a eu une crampe d'estomac.

« C'est impossible ! » ont été ses premiers mots. Il a gardé un seul contact avec la SR de Paris : le lieutenant Sergueï Oulianov – Lénine, pour les intimes – un Russe immigré en France au début des années quatre-vingt, toujours en poste au pôle judiciaire de la gendarmerie nationale.

Lénine est l'unique ami de Richard. Le seul qui lui adresse encore la parole. Un bon enquêteur qui, contrairement à lui, a su garder la tête froide lors de la traque de Tourmenteur. Richard sait qu'il peut compter sur lui, le Russe était l'un des seuls de l'époque à ne pas l'avoir jugé.

À la SR, tous ses collègues l'ont vu dépérir et ont remarqué les ravages de l'affaire sur sa personne durant toutes ces années d'enquête – de 1992 à 2003. Ils ont vu, impuissants, cette colère permanente prendre possession du caractère – autrefois si optimiste – de la jeune recrue. Ils ont été spectateurs passifs de sa descente aux enfers.

Alors, quand Lénine, informé par son supérieur – le colonel Duvauchel –, a eu vent du transfert d'Archibald à l'hôpital de Villeneuve-sur-Lot, il a immédiatement prévenu Richard, son ancien partenaire, mais en omettant de lui révéler la correspondance ADN de l'hypnotiseur ; la moindre fuite de cette information aurait de terribles répercussions sur sa carrière. La SR manœuvrait en sous-marin pour étouffer le scandale…

Le lendemain du coup de téléphone, Cointro obtient un congé sans solde et descend dans son Scénic dans le Lot-et-Garonne. Depuis un mois, sur son temps libre, il épie Archibald, surveille l'évolution de son « coma » – Richard n'y croit pas une seconde – et se fait châtier chaque jour par les infirmières psychiatriques quand il quémande des infos médicales.

Il a mis Lénine dans la confidence, bien que son ex-collègue désapprouve, mais, après tout, il ne fait de mal à personne. Excepté à lui-même. Il soupçonne le lieutenant de la SR de Paris d'avoir mis au parfum leur ancien colonel – Bramart – sur ses intentions, mais il ne lui en veut pas.

Richard Cointro n'a aucune confiance en Bramart depuis qu'il a appris que le colonel à la retraite a rendu visite à Tourmenteur dans sa chambre de Cadillac. Que lui a-t-il dit ? Pourquoi cette visite vingt et un ans après ? Cette histoire pue l'embrouille, spécule-t-il en poussant les portes battantes de la cage d'escalier. Le vieux briscard de la gendarmerie n'en est pas à son coup d'essai, Richard sait que le nom du colonel a été sali par le passé : magouilles et compagnie ; affaires étouffées ; corruption ; chantages. Bref, de la politique.

Richard Cointro n'a de comptes à rendre à personne. Aucun rapport. Pas de hiérarchie. À Villeneuve-sur-Lot, il veille sur Archibald aux heures de visite, comme n'importe quel visiteur, en toute légalité. Il dort dans sa voiture, la plupart du temps, et s'offre quelques nuits d'hôtel avec ses économies depuis qu'il a arrêté de verser la pension alimentaire à son ex-femme. Où est son fils ? Comment va-t-il ? Honnêtement, Richard s'en fout. Il a une seule obsession dans la vie, annihilant tous ses autres sentiments, une addiction qui ronge son âme depuis plus de vingt ans : Archibald Tourmenteur.

Le transfert à Saint-Florentin a fait passer tous ses voyants au rouge. Une infection. La malaria ! N'importe quoi ! Impossible. Richard a rappelé Lénine. Cette fois-ci, avec l'aval de l'état-major de la SR de Paris et compte tenu de ses états de service, il est habilité – officieusement – à escorter Archibald Tourmenteur lors de son transfert dans le service de médecine interne de Saint-Florentin-sur-Lot.

Depuis, c'est le fiasco : la tempête ; bloqué dans l'ascenseur ; la chute ; un meurtre ; une tentative de suicide ; Archibald qui se réveille et se fait la malle. De mieux en mieux !

Après avoir réconforté la mini-infirmière dans le service de chirurgie, Richard Cointro a masqué sa joie en découvrant le retour du réseau de téléphonie. Il préfère que la nouvelle ne s'ébruite pas, refusant que le personnel du centre hospitalier s'excite sur ses smartphones et contacte n'importe qui ; ou pire, alimente les réseaux sociaux sur la situation catastrophique à Saint-Florentin.

De plus en plus méfiant face aux décisions de Bramart, qui semble toujours tenir les rênes de tout ce foutoir, Richard a contacté Lénine. Le seul en qui il ait vraiment confiance. Directement. Court-circuitant le colonel Duvauchel, contrairement aux ordres de l'état-major. Il attend la réponse du lieutenant avec impatience depuis dix minutes.

Sig-Sauer armé. Cran de sûreté ôté. Richard Cointro inspecte le premier étage de l'EHPAD. RAS. L'odeur qui émane des toilettes est insupportable, pique les yeux ; les chairs en putréfaction embaument tout le couloir. En revanche, aucune trace du résident réquisitionné par Julie.

Deuxième niveau. Portes coupe-feu. Parfums nauséabonds. Couloirs austères. Ambiance glauque. Une porte ouverte. Il entre dans la salle de bains. Découvre le cadavre de l'aide-soignant. Richard ressert la prise sur son arme. Une goutte de sueur perle sur sa tempe et coule le long de sa mâchoire rugueuse, piquante, mal rasée. Il poursuit son inspection.

Réserves, lingerie, cuisine, salle de soins, w.-c., réfectoire : que dalle ! Hormis les vieux déments qui gémissent dans leur mouroir, aucun signe d'Archibald ou de M. Bruno. Richard se rend à l'évidence : ils ne sont plus ici.

La raison que tout le monde ignore – même Lénine – et qui l'a poussé à tout quitter pour venir se perdre dans les confins du Lot doit encore attendre. Bientôt, se répète-t-il dans sa tête. Bientôt.

Samedi 15 avril 2017, 4 h 38.

Julie ferme le dossier de l'UMD de Cadillac.

... la fille d'Archibald Tourmenteur travaille dans le service de médecine interne du centre hospitalier de Saint-Florentin-sur-Lot et sera présente le vendredi 14 avril 2017...

Elle grelotte. Manque d'oxygène. La température semble encore avoir baissé de plusieurs degrés, l'interne enfouit ses doigts dans sa blouse et se frictionne les bras. Elle est décontenancée. Désorientée. Comme si la pièce tournait autour d'elle. Elle a le sentiment d'être au cœur d'une monstrueuse machination. Comment est-ce possible ? Comment pouvaient-ils savoir, deux mois avant, qui serait présent dans le service aujourd'hui ? Et la question à un million d'euros : qui est la fille d'Archibald Tourmenteur ?

Julie se souvient parfaitement de cette visite médicale « truquée », dès son arrivée, lors de sa deuxième semaine au centre hospitalier de Saint-Florentin. Ses valises Samsonite et son vanity étaient à peine déballés dans sa chambre d'internat. Comme tout le monde, elle a été surprise d'être convoquée, trouvant ridicule l'idée d'organiser un dépistage sanguin de contrôle à l'ensemble du personnel soignant, sans motif valable. Sérologie des hépatites, tuberculose, soit, si ça leur chante ! Elle a évité de se plaindre dès les premiers jours et a tendu le bras. Coopérative. À présent, elle connaît la raison de cette gigantesque farce. Toute cette mascarade était destinée à révéler qui est la fille d'Archibald.

... et sera présente le vendredi 14 avril 2017...

Incroyable. Extraordinaire. Julie peut trouver d'autres superlatifs, elle ne comprend plus rien à rien. Elle regrette presque l'époque où elle n'avait qu'un meurtre à élucider. Plus elle y réfléchit, plus elle doute de la culpabilité de Noémie. Pourquoi vouloir mettre fin à ses jours après avoir assassiné Marc ? La thèse du regret la laisse perplexe, elle imagine mal l'aide-soignante éprouver autant de remords pour décider de se suicider. Mais est-ce vraiment un suicide ? Julie est persuadée que oui, le contexte de cette soirée horrible a dû faire sauter un fusible dans le cerveau tourmenté de Noémie.

Tourmenté... Tourmenteur... Archibald a-t-il influencé l'acte de l'aide-soignante ? Lui a-t-il chuchoté *les mots qui tuent* ? Julie se ronge les ongles, complètement déboussolée.

... et sera présente le vendredi 14 avril 2017...

Autre hypothèse : Noémie est-elle la fille d'Archibald ? A-t-elle tenté d'en finir après avoir découvert la vérité ? Julie arrête de spéculer, elle doit glaner des infos précises.

Elle saute sur ses bottines, ouvre la porte de son placard à balais et arpente le lino jusqu'à la salle de pause. La pièce est vide. Sur la grande table, au milieu d'un tas de magazines périmés, des détritus alimentaires et des gobelets de café froid, elle attrape le cahier plastifié des plannings de l'équipe paramédicale.

Aussi brusquement qu'elle est entrée, elle ressort dans le couloir et regagne la pénombre de son bureau. Elle feuillette, tombe sur le tableur de la semaine. Vérifie le personnel présent. Elle cherche une fille, entre vingt et trente ans – laps de temps où Archibald disséminait sa semence à travers la France. Elle doit dresser une liste, inventorier les filles du service appartenant à cette catégorie d'âge et qui ont travaillé la veille.

Elle décale la souris de l'ordinateur, une lumière blanche se diffuse sur les lignes et les colonnes du planning posé sur ses genoux. Elle saisit son stylo, le premier bout de papier à portée de bras – le verso d'un bon d'examen radiologique – et, concentrée, elle consulte qui de l'équipe était présent le vendredi 14 avril 2017. Le stylo tambourine contre le bureau, Julie mordille nerveusement le capuchon en décortiquant chacun des noms.

Les infirmières du matin : Bérengère, Anaïs. Hum… L'une a quarante printemps. L'autre un peu moins. On oublie ! Les aides-soignantes du matin : Ingrid, Mathieu. La première a la trentaine – ça pourrait coller – l'autre possède une paire d'attributs qui le disqualifie de façon catégorique. Julie note « Ingrid » dans sa liste de filles potentielles d'Archibald. L'équipe féminine d'après-midi

– encore dans le pétrin : Chloé, Malee, Noémie. Elle les rajoute à sa liste.

Les transferts de patients ayant lieu toujours après quatorze heures, elle raye le prénom d'Ingrid. Son instinct lui souffle que le professeur René Moutrut fait référence à l'équipe qui accueillera Tourmenteur, donc celle de l'après-midi. Conclusion : il reste Chloé, Malee et Noémie. Julie calcule – approximativement – les dates de naissance de ses collègues en récapitulant le parcours de vie d'Archibald et en juxtaposant ces données. Les plus jeunes, Chloé et Noémie, ont vingt-trois ou vingt-quatre ans. Donc nées en 1993 ou 1994 – période durant laquelle Tourmenteur sévissait en France. Ça concorde. Malee a trente ans, un peu plus, elle…

Soudain, Julie se statufie. Avec le stress, la fatigue, elle manque de discernement. Peut-être aussi à cause des restes de cannabis et de sa partie de jambes en l'air. Sa logique lui fait défaut. L'évidence est devant elle depuis le début. Qui est née en Thaïlande aux alentours de l'année 1986, quand Archibald y était ? Vers qui se tournaient ses soupçons avant de connaître le passé de Noémie ? Qui avait un mobile pour tuer Marc ? Qui a refusé d'aller inspecter l'EHPAD quand le veilleur de nuit ne répondait pas au téléphone ? Qui a changé de tenue mystérieusement ? Qui est capable d'assassiner un être humain ? Qui est d'une humeur acariâtre – limite sociopathe – insensible et déteste tout le monde ? Une seule et même personne.

Julie en est convaincue : Malee est la fille d'Archibald Tourmenteur.

28

Samedi 15 avril 2017, 4 h 45.

Julie progresse dans les ténèbres du couloir. La température a encore diminué, l'air s'est rafraîchi, l'interne a la chair de poule sous sa blouse. Elle fait le tour du U et se dirige vers l'unique source de lumière de l'étage : la salle de soins. Elle entre, en silence, ferme la porte derrière elle car la conversation promet d'être envenimée.

Les deux infirmières sont installées à l'opposé l'une de l'autre, taciturnes, distantes, à chaque extrémité de la pièce.

Chloé est emmitouflée dans l'une des polaires blanches du service, fermeture Éclair remontée jusqu'au col. Elle est étalée sur le bureau, appuyée sur ses deux airbags bonnets D, la tête enveloppée entre ses bras chétifs.

Malee est près de la fenêtre, assise en tailleur sur son fauteuil à roulettes. Elle a enfilé le sweat à capuche rouge vif qui traîne toujours dans la salle, celui que les filles de nuit mettent pour sortir fumer. La capuche est rabattue sur sa tête, plongeant son visage dans l'ombre, elle mâchouille un des cordons en tapotant sur son smartphone. Avec son sweat ample et son bas de tenue imitation baggy, elle ressemble à un rappeur des années quatre-vingt-dix.

Julie pourrait entendre une mouche voler.

Par la fenêtre, la brume s'intensifie et devient plus compacte, mystérieuse. Les coulées de boue ont creusé des tranchées sur le versant nord de la colline, des sillons gigantesques, des rigoles de terre argileuse tapissées de volutes de brouillard, rappelant un champ de bataille romain ou un épisode de *Game of Thrones*. Julie ne sait pas trop, elle n'a jamais été forte en histoire.

Elle inspire, se racle la gorge pour attirer l'attention des infirmières hostiles. Malee lève les yeux de son écran tactile.

— On a du réseau.

Julie assimile l'info. Il y a quelques heures, cette nouvelle l'aurait comblée de bonheur mais, à présent, elle s'en moque royalement. Elle ne se donne même pas la peine de consulter son portable. Cette soirée l'a enhardie mais rendue paranoïaque. Dorénavant, elle est persuadée que tout le monde lui ment. Elle ne croit plus personne. À la seconde où ses yeux verts, pigmentés de rouge, se sont posés sur Malee la psychopathe, toute sa rage est remontée à la surface. Les disputes, les insultes, leur rivalité, les soupçons, tout se bouscule dans l'esprit vindicatif de Julie. Je sais que c'est toi ! hurle une petite voix dans sa tête.

— Comment va Noémie ? demande-t-elle, sur la défensive.

Malee expulse le cordon du sweat de sa bouche en soufflant.

— Mieux. Sa tension remonte petit à petit. La dobutamine a dû lui faire du bien.

— OK. Et la saturation ?

— Mieux, je te dis ! Ça va. Elle respire bien.

Julie constate qu'au-delà de dix secondes le ton de l'infirmière vire inévitablement à l'agressivité. Elle tire le dernier fauteuil du bureau et s'installe près de la grande armoire, contre le mur de gauche, de façon à avoir les deux infirmières dans son champ de vision.

Les trois soignantes forment un triangle aux angles aigus, pointus. Hostiles. « Qui s'y frotte s'y pique[1] », comme dirait son père. Elle ne souhaite pas semer un vent de panique supplémentaire en informant – ou en rappelant – aux filles qu'Archibald est dans l'EHPAD avec Yazid et M. Bruno, et décide d'aller droit au but.

— J'ai du nouveau sur Tourmenteur.

L'effet est immédiat : Chloé sort de sa tanière, Malee s'extrait du monde virtuel de son smartphone.

— Je sais pourquoi il est ici, continue Julie.

Son regard passe de l'une à l'autre mais, inconsciemment, il s'éternise sur l'infirmière d'origine asiatique. Elle scrute son visage aplati, belliqueux, ses traits figés dans une froideur émotionnelle, ses yeux sombres et bridés, inexpressifs. Julie sent que son auditoire a toute son attention. Elle poursuit.

— Il a une fille. Et elle travaille ici, aujourd'hui.

L'interne aimerait être plus discrète mais elle ne peut s'empêcher de dévisager son éternelle rivale. À l'opposé, près de la porte, Chloé a les yeux exorbités.

1. Devise du 36, quai des Orfèvres.

— Vous vous souvenez de la visite obligatoire à la médecine du travail ?

Malee grogne, Chloé opine vigoureusement.

— Ben, c'était pour nous prélever du sang et faire un test ADN. La gendarmerie a monté cette mascarade pour identifier la fille d'Archibald.

Malee bascule sur sa chaise et se redresse, les mains enfouies dans les poches de son sweat.

— Bon, meuf, arrête ton *speech*, c'est qui ?

Julie se renfrogne, prise au dépourvu.

— Je sais pas.

Malee pouffe de condescendance.

— Toujours les mêmes histoires avec toi. T'arrives, tu nous bassines avec tes salades mais, au final, tu sais que dalle.

Julie sent la colère poindre en elle. Son cœur s'accélère. Ses mains deviennent moites.

— J'ai des pistes, lâche-t-elle en fusillant des yeux sa suspecte.

— Non ? Me dis pas que t'es sérieuse ? Encore ? Arrête de faire une fixette sur moi, Miss Toulouse, t'es pas du tout mon genre.

— T'as connu ton père ?

— Qu'est-ce que ça peut te foutre ?

— Tu veux pas, pour une fois, répondre simplement à ma question ?

— Non. Tu me soûles. Ça vire au harcèlement, là. Au racisme ! D'abord tu m'accuses pour Marc. Ensuite ça. Lâche-moi un peu.

— Mais, putain, Malee, c'est pas compliqué ! Réponds-moi et je serai fixée.

Malee se contorsionne sur son siège, effectue une petite danse provocatrice des épaules en brandissant lentement son majeur. Julie, survoltée et outrée par le comportement de l'infirmière, se lève et sort de ses gonds. Portée par les torrents d'adrénaline qui circulent dans ses veines, les jambes flageolantes, elle crache tout haut ce qu'elle a sur le cœur.

— Avoue ! Dis-moi qui est ton père ! Dis-moi pourquoi tu as changé de tenue ! C'est parce que c'est toi qui as tué Marc ? Je le sais, Malee, t'es une tarée, ça tourne pas rond dans ta tête ! T'avais un mobile, je sais que c'est toi ! Depuis le début !

Malee se lève à son tour, furieuse.

— Va te faire foutre ! Tu sais rien !

— Alors prouve-le-moi !

— Non, toi, prouve-le. Tu m'accuses depuis des heures sans aucune preuve. C'est du délit de sale gueule. J't'emmerde, sale pute !

Julie, qui est devenue imperméable aux obscénités, fait un pas en direction de l'infirmière revêche. Malee se raidit.

— Si t'approches encore, ma parole que je te défonce !

Choquée, l'interne s'immobilise et cherche du soutien dans le regard de la petite Chloé, recluse près de la porte, terrorisée par la violence de l'altercation.

— Aide-moi, Chloé, remue-toi. Dis quelque chose pour une fois dans ta vie !

Incapable de prononcer un mot, la jeune diplômée observe la grande interne d'un air niais. Julie secoue la tête, elle est exaspérée par l'immaturité et la fragilité de Chloé. Sa naïveté – autrefois si touchante – lui sort à présent par les yeux.

— Tu sais où il est, toi, ton père ?

Chloé bafouille :

— Eh bé… avec ma maman.

Le miaulement de l'infirmière timide détend l'atmosphère. Une seconde seulement.

— T'as quel âge, Chloé, huit ans ? feule Malee, sarcastique, en se pavanant devant l'échantillon d'infirmière.

— Tu lui parles sur un autre ton ! hurle Julie, de plus en plus en pétard.

— Sinon quoi ?

— Je te jure que tu vas me dire ce que je veux savoir, Malee !

— J'aimerais bien voir ça !

— Dis-moi qui est ton père ! Merde !

— Va te faire foutre ! Allez tous vous faire foutre ! Et toi aussi, Cendrillon !

— Ne t'en prends pas à elle, Malee, elle n'y est pour rien.

— Arrête de la protéger. Occupe-toi de ton gros cul, un peu.

— Je… Me… Laisse Chloé en dehors de ça ! Je te jure que, si tu ne te calmes pas, je…

— Tu ne me fais pas peur, Malee.

Voix fluette. Accent du Sud-Ouest. Aucune hésitation. Le ton utilisé par Chloé – frisant la menace – déstabilise les deux gladiatrices en blouse. Coupées dans leur élan, bluffées, elles demeurent désarçonnées par cette démonstration de confiance en soi. La spirale de haine verbale se désagrège.

Malee se rassoit, bras croisés, en tailleur : en mode huître. Julie l'imite, encore plus stupéfiée par la repartie de la petite infirmière. Le silence est à couper au couteau.

— J'ai jamais connu mon père, confesse Malee, bouleversée, d'une voix chevrotante, la tête baissée dans les plis de son sweat large.

Julie n'ose pas l'interrompre. Elle jette des regards furtifs, obliques – presque inquiets – en direction de Chloé.

— J'admets qu'il est possible, et j'insiste sur le mot possible, que ce soit moi…

L'interne fait la moue, compatissante, mais préparant intérieurement son prochain assaut pour extirper les vers du nez à cette garce de Malee sur son changement de tenue.

— Ça pourrait être Noémie, aussi, suggère Chloé.

Julie et Malee échangent un regard puis, ostensiblement troublées par la face cachée de leur collègue, elles froncent les sourcils.

— Je sais que son père est parti quand elle était bébé. Ça pourrait être elle, non ?

Julie s'embourbe dans ses raisonnements. Retour à la case départ : Noémie a tué Marc, elle a appris qu'elle était la fille d'Archibald, *paf*, elle se suicide. Elle avait le mobile le plus crédible, l'opportunité et, pour couronner le tout, elle s'est occupée du patient comateux depuis son arrivée. Julie a écarté l'histoire du tueur en série psychopathe – comme le soutient Yazid – depuis le temps qu'ils crapahutent dans les locaux, ils auraient forcément aperçu quelqu'un.

Sceptique, elle acquiesce à contrecœur, même si une partie d'elle est convaincue que Malee n'a pas dit toute la vérité. L'infirmière récalcitrante ne va pas s'en tirer à si bon compte, pas après toutes les horreurs qu'elle lui a sorties. Encore.

— Ça n'explique pas une chose, pense-t-elle à voix haute – elle se tourne vers Malee. Pourquoi t'as changé de tenue ?

— Et c'est reparti. Tu vas pas remettre ça, putain !

— Réponds-moi.

— Sérieux, tu me casses les couilles, Julie. Laisse tomber.

L'interne s'empourpre à nouveau.

— J'attends.

— Oublie-moi. Je reconnais qu'il est possible que je sois la fille de Tourmenteur. Si c'est le cas, je l'ai appris ce soir, comme toi.

— C'était pas ma question. Pourquoi t'as changé de tenue ? Dernière fois !

— Pff. Tu me fais rire quand tu t'énerves. T'es trop pas crédible.

— Malee ! Je te préviens…

— Bouh… J'ai peur.

Julie se lève. Malee aussi.

— Reste assise ! éructe l'interne.

— Non ! J'en ai marre. Je me casse. Essaie de m'en empêcher et tu vas voir ! Dès que la départementale est dégagée, je me barre. Je fais péter l'arrêt maladie et plus jamais vous me reverrez dans cet hôpital de bouseux !

— Tant mieux ! Mais avant, réponds-moi. Pourquoi on voit ta ficelle dès que tu te penches ?

— Ma ficelle, elle t'emmerde !

Julie recule, sidérée.

— Mais comment on peut être aussi bornée ? Malee ! Tu…

Bruit des portes coupe-feu. Des semelles épaisses martèlent le revêtement de l'étage. Les trois soignantes retiennent leur souffle. Les secondes sont interminables.

Plus personne ne bouge. Les pas se rapprochent. S'arrêtent devant la porte fermée. Des ombres se dessinent sous la rainure. La porte s'ouvre. Richard Cointro surgit dans l'encadrement.

— Il est ici ?

— Qui ça ? demande Julie, essoufflée, les cinq sens en alerte.

— Le pape ! lâche Malee, méprisante.

Le gendarme ne relève pas, baisse le faisceau de sa lampe torche et rengaine son arme dans son holster de ceinture. Ses yeux sombres quadrillent le secteur. D'une voix saccadée, il s'exprime en détaillant chacune des occupantes de la salle de soins.

— J'ai perdu la trace de Tourmenteur. L'aide-soignant est mort. Le retraité a disparu. Et j'ai trouvé ça derrière le guichet du hall d'accueil.

Il brandit un sachet transparent. À l'intérieur : un scalpel ensanglanté.

•

Samedi 15 avril 2017, 5 h 05.

Visages fermés. Regards fuyants. Silence coupable. La nuit et son lot de malheurs ont anesthésié toutes les protagonistes du service de médecine interne, les privant de réactions normales, rationnelles, anéantissant leur moral et annihilant leurs émotions.

Accroupie sur son siège, les genoux repliés devant elle, Malee se crispe, tire sur les cordons de son sweat et disparaît sous sa capuche.

Chloé reste impassible, engoncée dans sa polaire, les yeux grands ouverts.

Julie se laisse choir sur le fauteuil. Elle a l'impression que cette soirée cauchemardesque a rendu son cerveau hermétique à toute nouvelle tragédie. Elle est triste – mais pas tellement – et digère l'annonce du décès de Yazid avec un calme inadapté, résignée, comme si plus rien ne pouvait la surprendre et qu'elle s'y attendait presque… Son âme est morcelée, comme si elle avait déjà accepté le fait que personne ne survivra à cette nuit blanche. Cynique, mais réaliste, un détail la chagrine.

— Comment il est mort ?

Richard Cointro jette un œil dans le couloir et ferme la porte.

— Assassiné avec une grosse seringue dans la salle de bains du deuxième.

Julie repense au lieu de la débauche sexuelle, à la douche du plaisir, et imagine le cadavre de Yazid reposant au milieu des vapeurs d'eau tiède. Finalement, elle est encore humaine : une douleur lui vrille l'estomac et un sanglot enraie son élocution.

— Il… Il a souffert ?

— Les coups ont été portés directement dans la moelle épinière. Ça a dû être rapide. Désolé.

L'interne opine en observant les mines déconfites de ses collègues, étrangement silencieuses.

— Et… M. Bruno ?

— Aucune trace.

— Il perd pas de temps, le Tourmenteur ! constate Malee en recouvrant son aplomb, après les hypothèses sur son paternel.

— Justement, reprend le gendarme. Il doit être dans cette partie du centre hospitalier. Je veux que vous restiez ici.

— Vous êtes au courant qu'on est dans un hôpital ? Qu'il y a des malades ? Que c'est un peu notre boulot de s'en occuper ?

— Trop dangereux pour l'instant.

— Vous pensez qu'il va faire du mal à M. Bruno ? susurre Chloé.

Le gendarme la toise comme s'il avait oublié sa présence.

— Si vous saviez ce que cet homme a en tête… Je l'ignore.

— Mais pourquoi tuer Yazid ? s'emporte Malee. Et puis vous foutiez quoi, vous, pendant tout ce temps ?

Julie rebondit sur la réplique pertinente de sa meilleure ennemie.

— Ouais, vous êtes qui, exactement ? Qu'est-ce que vous faites là ?

Les filles se liguent contre le gendarme.

— Plus tard, élude-t-il.

— Non ! s'écrie Julie. Maintenant ! Racontez-nous ce merdier que vous trimballez avec vous. Je suis au courant pour la collecte de sang bidon.

Richard Cointro recule la tête, réellement surpris.

— Qu'est-ce que vous me chantez ?

— Ne faites pas l'innocent.

— Ouais, mec, nous la fais pas à l'envers, renchérit Malee la teigneuse.

— Plus tard, j'ai dit, persiste-t-il en haussant le ton.

— Magne-toi de le retrouver, alors, Homme Mystère ! crache l'infirmière depuis l'intérieur de sa capuche. Il a déjà fait une victime, il a sûrement provoqué le suicide de notre collègue et, maintenant, il a un otage !

Quand Julie écoute Malee déblatérer, elle a une étrange impression. Des mots de la conversation paradent dans son esprit.

Seringue... Moelle épinière... Otage...

Aucun de ces termes n'apparaît dans les comptes rendus rédigés par le professeur René Moutrut. Certes la situation est incomparable, unique, mais, inexplicablement, Julie se sent dérangée. Quelque chose ne va pas.

Elle se remémore les lectures passionnantes de l'UMD de Cadillac, l'histoire de vie d'Archibald, ses *prouesses*, son mode opératoire. L'hypnotiseur n'a jamais usé de la violence. Jamais. Pourquoi aurait-il poignardé Yazid avec – ironie du sort – sa propre seringue ? Pour fuir ? Pour s'échapper ? A-t-il paniqué ? Où était la menace en rencontrant Yazid dans la salle de bains ?

Non, ça ne colle pas. Julie ne trouve pas le geste d'Archibald cohérent. Ce meurtre va à l'encontre de sa personnalité. Le professeur René Moutrut, des années après, a établi le profil de… Non. Impossible. Julie bondit de sa chaise. Se cogne au gendarme qui lui barre la route.

— OK, alors toi, soit tu me laisses passer, soit tu m'expliques sur-le-champ qui t'es et ce que t'as foutu pendant tout ce temps !

— Plus…

— Laisse-moi passer !

Richard Cointro retient l'interne – plus grande que lui – par l'épaule. Elle hurle :

— Me touche pas !

— Arrêtez ! piaille Chloé, à un mètre, ratatinée sur son fauteuil.

Malee ricane dans son coin. Le visage rouge écarlate, Julie dégage sa mèche d'un mouvement de tête et pointe le gendarme du doigt.

— Écoute-moi bien, Machin-truc, tu me laisses aller dans mon bureau ou j'appelle mon père et tu peux dire adieu à ta carrière !

Cointro s'écarte pour éviter le scandale en dévisageant l'interne orgueilleuse. Julie remonte le couloir au pas de course, intriguée par le professeur René Moutrut. L'excitation papillonne dans son ventre, les vannes de l'adrénaline sont grandes ouvertes, elle sent qu'elle tient quelque chose. Un élément primordial. La clé de l'énigme. Peut-être le fin mot de l'histoire…

Déterminée, elle catapulte la porte de son cagibi contre le mur, pose une fesse sur son fauteuil. Ouvre le dossier de l'UMD. Une incohérence dans la chronologie des comptes rendus a éveillé ses soupçons. Comment René Moutrut pouvait-il savoir qui serait présent aujourd'hui, deux mois avant, dans l'enceinte de l'hôpital ? Est-il devin ? Cette question la ronge, reléguant tous ses autres problèmes au second plan – même la mort de Yazid.

Elle feuillette à toute vitesse, portée par l'ivresse de la découverte. En 1996, quand il a reçu Archibald, le psychiatre avait la soixantaine. En 2017, Julie calcule qu'il a plus de quatre-vingts ans… Quel professeur exerce encore après quatre-vingts ans ? Tout l'univers de Julie dégringole, toutes ses convictions s'ébranlent.

Smartphone. Navigateur Internet. Barre de recherche. Elle entre le nom du professeur de l'UMD de Cadillac. Julie se décompose. Aucun résultat. Il n'existe aucun René Moutrut.

29

Samedi 15 avril 2017, 5 h 10.

Albert Bruno se sent bien. Il est apaisé, serein, un sentiment de bien-être l'enveloppe comme une couverture molletonnée, rembourrée de coton, moelleuse, un cocon douillet où il est en sécurité. Il flotte dans un nuage, se sent léger, décontracté.

Ses pantoufles survolent le revêtement du sol, ses articulations ne le font plus souffrir. Ses muscles sont détendus – complètement relâchés –, une seconde peau de soie enrobe son corps indolore, en symbiose avec la paix intérieure qui régit son esprit. Au paroxysme de la zénitude, il lévite le long du couloir.

Il avance mécaniquement – jambe droite, jambe gauche – comme guidé par une force supérieure. Il a conservé son libre arbitre et, indépendamment de sa volonté, il est convaincu que ce qu'il s'apprête à réaliser est la meilleure chose à faire, la solution évidente qu'il a tant cherchée. Il a suffi qu'on lui indique le chemin, la lumière au bout du tunnel et, logiquement, il s'exécute, en parfaite adéquation avec ce qu'on lui a suggéré.

Albert Bruno franchit les portes battantes restées ouvertes. Sa respiration est profonde, ample, son diaphragme soulève et abaisse sa cage thoracique à un rythme lent et régulier. L'oxygène circule, irrigue son cerveau en éveil, conscient de la réalité – en toute connaissance de cause – mais embrumé par les paroles néfastes de son prédicateur.

Dans le noir complet, il avance, attiré par le rai de lumière comme un moustique devant un lampadaire. Il entre dans la salle de soins. L'ampoule aveuglante l'assaille, il éternue, des formes mouvantes, rouges et blanches, se précipitent à sa rencontre. Sa vision est floue, il a du mal à identifier distinctement qui se trouve dans la pièce.

Les ombres chahutent, s'agitent, parlent en même temps, mais le retraité n'entend qu'un brouhaha incompréhensible. Indifférent à la clameur des infirmières, il continue son chemin. Poursuit sa mission. Il traverse la salle de soins et, à la stupeur générale, ouvre la porte-fenêtre.

Comme on le lui a promis, la fraîcheur de la nuit caresse son visage et s'engouffre sous sa robe de chambre, il se sent ragaillardi, revitalisé. Vivant. On ne lui a pas menti. La cacophonie des soignantes, en retrait, est inaudible et ne l'intéresse pas.

Albert est bien. Relaxé. Il sort sur la terrasse mouillée, enjambe la rambarde. Dos au vide – trois étages en dessous –, il se cramponne à la dernière barre métallique de la balustrade. Les infirmières crient, s'alarment et courent dans sa direction. Albert Bruno lâche prise.

Samedi 15 avril 2017, 5 h 10.

Francis Bertoumieu est assis sur le capot de sa Citroën C6, garée sur le parking du funérarium de l'Union. Le moteur est encore chaud, il a poussé la berline en surrégime, multipliant les excès de vitesse, narguant les radars automatiques entre la gare Matabiau et la périphérie nord de Toulouse.

La lune répand sa clarté avec parcimonie, entre les nuages sombres et menaçants qui migrent vers le nord. L'endroit est désert. Silencieux. Un rempart de pins clôture les places de stationnement à l'abandon. Le vent cinglant fouette le visage du commissaire divisionnaire à la retraite, l'obligeant à boutonner le col de son caban.

Grand gabarit, râblé, cheveux bruns coupés très court, chemise blanche et costume noir – sans cravate – chaîne en or, gourmette, chevalière, des paluches grosses comme des parpaings, son mètre quatre-vingt-quinze et ses cent deux kilos ne vacillent pas d'un millimètre face aux rafales. Le colosse ressemble à un golem en peau de cuir tanné, lustré par des décennies d'agissements occultes, d'affaires confidentielles, de conciliabules nocturnes place Beauvau, d'opérations en sous-marin orchestrées par l'Intérieur – l'exécuteur sibyllin de la justice française : l'homme qui « règle les problèmes à coups de karcher ». Des cernes mangent son visage autoritaire, osseux – qui ne fait pas rire les mouettes –, ses yeux perçants scrutent la nuit, impatiemment, à la recherche des deux hélicoptères SA 330 Puma – en provenance de la base militaire de Pau – qui doivent se poser sur la piste d'atterrissage improvisée d'un instant à l'autre.

Dans la Citroën, le colonel Fernand Bramart referme le clapet de son téléphone portable. Il ouvre la portière, se hisse à l'extérieur et rejoint le dinosaure de la justice française. Bramart est la caricature du vieux militaire : rasé de près, quelle que soit l'heure ; cheveux blancs taillés en brosse ; tête carrée, lunettes de vue. Il a laissé son uniforme au placard, optant pour une tenue plus décontractée : pull en laine à grosses mailles, pantalon de velours côtelé et parka beige.

— J'ai eu Duvauchel, de la SR, briefe-t-il.

— L'emmerdeur ?

— Oui. Il a réveillé la substitute du procureur.

— Hum… Une autre emmerdeuse.

— Tu te souviens d'Oulianov ?

— Non.

— Lénine.

— Abrège, Fernand.

— Figure-toi que c'est lui qui a appelé Cointro.

— Quelle enflure. Ce type est instable.

— Quoi qu'il en soit, Oulianov a fait son rapport à Duvauchel.

Francis Bertoumieu perd patience. Irrité, il enfouit ses mains immenses dans les poches de son caban, son front parcheminé se plisse.

— Abrège, Fernand.

— Il m'a fait un bilan de la situation. Il y a deux morts dans l'EHPAD.

Bertoumieu cesse de respirer, Bramart poursuit aussitôt :

— Deux aides-soignants. Et… il a perdu Tourmenteur.

— Quoi ? Comment ça, perdu ? C'est pas un trousseau de clés, bordel !

— Il est caché dans l'hôpital. Il a un otage. Il m'a informé également qu'une aide-soignante a tenté de mettre fin à ses jours.

— Merde, il chôme pas.

— La départementale qui relie Saint-Florentin-sur-Lot au centre hospitalier est pratiquement déblayée. Ils attendent notre feu vert avant d'envoyer les renforts.

— Qui est sur place ?

— La brigade de proximité, un détachement de Cahors, un régiment de pompiers, des ambulances, le chef du service de médecine, un certain Philipo. Bref, tout le tintouin. Il y a même les médias.

— Et Duvauchel ?

— Il est en route.

Francis Bertoumieu gronde :

— Personne n'entre dans le centre hospitalier avant que tes gars investissent les lieux ! C'est compris ? On attend qu'ils aient chopé Tourmenteur pour rameuter tout le monde.

Bramart esquisse un sourire et pose une main chaleureuse sur le bras puissant de sa vieille branche. À côté du flic géant, le colonel à la retraite a l'air d'un Lilliputien.

— On l'aura, Francis.

Bertoumieu, songeur, fixe ses mocassins vernis.

— Ça commence à bien faire, toutes ces conneries.

Il se redresse, effectue des allers-retours en maugréant devant la C6.

— Qu'est-ce que c'est que tous ces transferts ? Ils peuvent pas garder leurs malades dans les hôpitaux ? Franchement ! Et c'est quoi, cette histoire de malaria ?

— Je ne sais pas.

— Comment il a fait, ce con, pour choper un truc pareil ?

— Arrête de me poser la question, je te répète que je ne sais pas. Mais on ne tardera pas à le découvrir. D'après Cointro, il est impossible de quitter le centre hospitalier à pied. Tourmenteur ne peut pas s'échapper, on va l'avoir.

— Cointro… Je t'en foutrai, moi… Pourquoi il a fallu que tu l'ouvres, Fernand ?

— Je t'en prie, Francis. Ne remets pas ça sur le tapis.

Un bourdonnement déchire la nuit, les deux Tontons flingueurs épient le ciel, les hélicoptères du GIGN survolent l'A62 en direction du parking.

Francis Bertoumieu tire sur les pans de son caban et fustige son vieil ami du regard.

— Combien de temps avant d'être opérationnels ?

— Trente minutes de vol plus dix ou quinze minutes, le temps d'examiner les plans des bâtiments et de coordonner l'intervention. Les gars seront près un peu avant 6 heures.

Les hélicoptères entament leur descente sur l'aire d'atterrissage, le bruit des hélices oblige les deux compères à hurler pour se faire entendre, les épines des pins tourbillonnent au-dessus de leur tête.

— On va l'avoir, Francis, encourage Bramart d'une tape sur le bras en avançant vers le centre du parking.

Francis Bertoumieu reste muet, circonspect, il aimerait avoir l'optimisme du colonel de gendarmerie à la retraite.

Samedi 15 avril 2017, 5 h 11.

— Reste là, pépère !

Malee retient M. Bruno par sa robe de chambre.

— Accrochez-vous à la rambarde !

Le retraité s'agrippe à la barre métallique. En contrebas, le mur de boue monte plus haut que le premier étage du centre hospitalier, Malee évite d'évaluer la hauteur vertigineuse.

— Repassez votre jambe par-dessus !

Albert Bruno est tétanisé, il semble enfin réaliser où il se trouve, ce qu'il fait, et reste paralysé au-dessus du vide.

— Je dois parler au médecin responsable ! clame-t-il, les jambes flageolantes à cause de l'altitude.

Une main plaquée contre le dos du senior, l'autre agrippée à la robe de chambre, Malee se fâche :

— Revenez d'abord de ce côté !

— Non ! Je dois parler au médecin !

Sur le seuil du balcon de la salle de soins, Chloé s'arrache la peau autour des ongles, horrifiée, impuissante. Inutile. Elle se dandine comme un poisson hors de l'eau, cherchant son rôle dans cette scène surréaliste à laquelle elle assiste. M. Bruno persiste, incontrôlable.

— Je dois parler au médecin !

— *Fuck !* Chloé, va chercher Julie ! Tout de suite !

Samedi 15 avril 2017, 5 h 12.

Palpitations. Mal à respirer. Sueurs froides. Julie écluse les pages du moteur de recherche Internet.

Elle essaie des variantes, tape le nom de l'UMD de Cadillac, les psychiatres réputés sur Bordeaux, les professeurs en UMD, tout ce qui peut faire resurgir le nom de l'auteur des comptes rendus. Zéro résultat. Il n'existe aucun René Moutrut.

Julie sent qu'elle va perdre ses moyens. Baisser les bras. Se jeter par la fenêtre. Cette histoire rocambolesque, tirée par les cheveux – par un cheveu, en l'occurrence –, est sur le point de l'anéantir. Elle est épuisée, fatiguée de se triturer les méninges depuis le début de la nuit pour résoudre des équations sordides insolubles, comprenant trop d'inconnues. Elle est exténuée physiquement et moralement.

Son visage harassé se reflète sur l'écran du smartphone verrouillé. Des boutons de fatigue constellent son front et le contour de ses lèvres, ses yeux ressemblent à ceux du chien de Columbo. Ses cheveux défient la gravité, raides, rêches, sales et emmêlés. L'interne se sent souillée de l'intérieur comme de l'extérieur.

Elle dégage sa frange d'un geste de la main, glisse ses cheveux derrière ses oreilles en soufflant à pleins poumons. Respirer. Se canaliser. Julie recouvre peu à peu sa perspicacité. L'instinct de survie reprend le dessus.

S'ils parviennent à sortir sains et saufs de ce maudit hôpital, les empreintes digitales présentes sur le scalpel – l'arme du crime – retrouvé par le gendarme désigneront la coupable. Julie en est sûre : un scalpel a bien été utilisé pour lacérer Marc. En attendant, elle doit surveiller ses suspects, les cloisonner – sous contrôle – et se tenir prête à les neutraliser, avec l'aide du militaire énigmatique, si la situation dérape.

Noémie est-elle l'auteur du meurtre abominable de Marc ? Est-elle la fille de Tourmenteur ? Ou est-ce Malee ? La coïncidence avec la Thaïlande est hallucinante : impossible qu'il n'y ait aucun rapport. Et si Archibald n'a pas tué Yazid – comme le prétend Julie –, alors qui a assassiné l'aide-soignant ? Pourquoi ?

Même si la réaction du jeune homme l'a consternée et contrariée, après la levrette endiablée, il ne méritait pas de finir de cette façon. Qui aurait voulu sa mort ? Pour quelles raisons ? Noémie étant entre la vie et la mort, Julie l'écarte de sa liste de suspects : l'aide-soignante n'a pas pu le poignarder en se vidant de son sang. Malee n'a pas quitté le service – présume-t-elle –, trop occupée à courir partout et à gérer les patients. Qui était dans l'EHPAD au moment de la mort de Yazid ?

Julie se fige : bouche ouverte, pupilles dilatées. Il ne reste que… Chloé ?

La porte du bureau s'ouvre brusquement.

— Julie ! Viens vite, c'est M. Bruno.

Méfiante, l'interne se lève, considère la petite Chloé d'un air suspicieux avant de lui emboîter le pas dans la pénombre. Les patients des chambres 3, 4 et 5 sont plantés au milieu du couloir, dans l'obscurité, les poings sur les hanches et révoltés. Les questions jaillissent de leurs bouches.

— Qu'est-ce que c'est que tout ce ramdam ?

— Vous pourriez faire un peu moins de bruit ! Y en a qui essaient de dormir.

— Quand est-ce que quelqu'un va venir réparer la fuite d'eau dans ma chambre ?

Julie les renvoie dans leur lit avec autorité. L'heure n'est plus au tact ni aux bonnes manières. Fermement, elle les congédie comme des enfants punis et privés de dessert. Sa colère s'émousse lorsqu'ils s'exécutent, compréhensifs et obéissants. Un sentiment de pitié s'empare d'elle devant leurs visages naïfs, innocents, à mille lieues de se douter des atrocités qui ont été commises durant la nuit.

Julie et Chloé entrent dans la salle de soins comme deux fusées, l'interne se rue sur le balcon ouvert. Malee retient M. Bruno – en transe –, accroché à la rambarde, le dos au vide, dans un équilibre précaire.

— Il ne veut pas rentrer, explique Malee, déconcertée et à court d'idées.

— Je dois parler au médecin.

— Merde. Où est le gendarme ?

— Au téléphone.

— Je dois parler au médecin.

Médusée, Julie relaie Malee, attrape la robe de chambre du senior en penchant son visage vers le sien.

— Albert, c'est moi, c'est Julie. Je suis là. Revenez sur le balcon.

— Je dois parler au médecin !

— Je suis le médecin. Vous vous rappelez, on s'est vus dans l'EHPAD, tout à l'heure. Tout va bien. Repassez de ce côté de la rambarde, s'il vous plaît.

Albert Bruno, ostensiblement effrayé, opine du menton.

— Il a dit que je devais parler uniquement avec le médecin.

— Et je suis là. Ça va aller. Hissez votre jambe par-dessus. Allez-y.

Le retraité recouvre ses moyens. Les trois soignantes

l'agrippent par les vêtements et l'accompagnent sur le béton humide du balcon.

M. Bruno tremble, il a froid, et Julie lui prend le bras pour le conduire jusqu'au premier fauteuil de la salle de soins. Albert s'assoit, Chloé ôte sa polaire pour le réchauffer, la lui passe autour des épaules, Malee lui assène un regard noir, lourd de reproches, du fond de sa capuche rouge. Julie tire un siège, s'installe à hauteur de « l'hypnotisé », les jambes écartées, le buste en avant et les coudes sur les cuisses.

— Où est-il, Albert ? Que vous a-t-il dit ?

— Il m'a dit que je devais m'adresser au médecin.

— Ça, on a compris ! crache Malee, appuyée contre l'armoire, les mains dans les poches de son sweat.

La porte du bureau heurte le mur, Richard Cointro se matérialise dans l'encadrement.

— C'est quoi, ce bordel ? Les renforts arrivent dans une demi…

Il reconnaît M. Bruno, pose son téléphone et son arme sur le bureau et saute sur le senior. Agrippe sa robe de chambre. Le secoue.

— Où est-il ?

— Non mais, vous êtes complètement fou ! s'offusque Julie – en repassant en vouvoiement.

Elle s'interpose, fait reculer le gendarme, frotte l'épaule d'Albert, recouverte par la polaire de Chloé, puis fait pivoter le fauteuil à roulettes pour réprimander ce connard de militaire.

— Il est mort de trouille. Et vous, vous l'agressez direct. Vous n'êtes pas bien dans votre tête !

Richard Cointro tourne en rond, nerveux, passe une main sur son visage en pointant M. Bruno du doigt.

— Faites-lui dire où il est.

Julie l'ignore. Elle pose sa main sur la cuisse d'Albert et, d'une voix aussi douce que possible, l'encourage à s'exprimer. Calmement.

— Racontez-nous ce qui s'est passé, Albert.

Chloé lui frictionne le dos, attentive, assise sur le bureau, jambes pendantes comme une écolière sur un muret. Malee bougonne, plaquée contre l'armoire qui tapisse le mur, tout en surveillant du coin de l'œil le gendarme surexcité. Julie insiste.

— Que vous a-t-il dit ?

Albert inspire, ses yeux bleu clair retrouvent leur éclat, il se redresse sur son siège en contemplant ses pantoufles.

— Il a dit qu'il était médecin.

— Il portait une blouse quand je l'ai croisé, confirme Chloé.

L'assemblée sursaute, ne s'attendant pas à entendre un mot sortir de la bouche de la petite infirmière. M. Bruno approuve et poursuit son histoire.

— Il m'a dit qu'il avait besoin d'aide pour soigner un patient, dans l'autre bâtiment, ici même, au premier. Il était très persuasif. Je n'ai pas mis sa parole en doute, alors je l'ai suivi. Il m'a expliqué que vous étiez toutes débordées et qu'il ne voulait pas vous déranger. Nous avons marché. En arrivant dans le service, il m'a regardé dans les yeux, il a posé son stéthoscope contre ma poitrine et il m'a dit que quelque chose l'inquiétait, qu'il était préférable que je m'allonge. Comme il m'avait dit être médecin, je lui ai fait confiance.

Julie acquiesce, compatissante. Tous les regards sont rivés sur M. Bruno. Il enchaîne :

— Il m'a installé dans un lit, au calme, et il a continué à m'examiner. Ensuite, il s'est assis à côté de moi et il a commencé à me parler. Le reste est un peu confus. Je me souviens de ma respiration, des mouvements de ma cage thoracique. J'étais bien. En y repensant, je me suis rarement senti aussi bien. Il y avait comme un fluide dans la pièce, une aura bienveillante et rassurante. Je me suis senti aussitôt en sécurité. Je me suis rappelé de bons souvenirs, des anecdotes agréables, des situations apaisantes, des moments de ma vie où j'étais heureux, tout simplement. J'entends encore le timbre de sa voix… Sa voix… Quelle voix ! Je n'ai jamais entendu une voix pareille. Elle était si grave, elle résonnait comme un écho… Comment dit-on, déjà ? Elle était comme surgie d'ailleurs, d'une crevasse ou d'une grotte, aidez-moi.

— Caverneuse, souffle Malee avec suffisance.

— C'est ça. Il avait une voix caverneuse.

Le pouce de Julie fait l'essuie-glace sur la main ridée et pigmentée de taches de vieillesse du senior. Après avoir lu la vie d'Archibald dans les moindres détails, elle est happée par sa curiosité, pressée d'entendre *les mots qui tuent* employés par l'hypnotiseur pour enrôler Albert Bruno dans son stratagème macabre.

— Mais que vous a-t-il dit ? demande-t-elle, impatiente.

— C'est pas tellement ce qu'il a dit, c'est surtout dans sa façon de le dire. Tout ce qui sortait de sa bouche sonnait juste. Vrai. Comme une évidence. Je me rappelle qu'il m'a demandé si j'avais une femme, des enfants, quelle avait été ma vie avant de me retrouver ici.

Richard Cointro intervient avec véhémence.

— Mais il est où ?

— Laisse-le finir, abruti.

L'auditoire se tourne comme une seule personne vers Malee, stoïque, un pied en appui contre l'armoire, dévisageant le gendarme avec sévérité.

— Ne faites pas attention à lui, conseille Julie en souriant à M. Bruno et désignant Richard Cointro d'un geste dédaigneux.

Chamboulé, Albert obtempère et repart dans ses péripéties.

— Ensuite, tout est flou. Je me souviens juste de quelques bribes de son monologue. Comme je vous l'ai dit, je me sentais tellement bien que j'ai bu ses paroles sans me poser de question. Comme s'il était aux commandes de mon cerveau. J'étais complètement détendu, vulnérable. J'étais à sa merci. Je l'écoutais et j'adorais ça. J'avais des frissons tout le long du corps. C'était agréable…

— Mais il vous a dit quoi ? s'obstine Julie.

— Tout est confus dans ma tête. Il m'a dit que l'air pur me ferait du bien. Que j'avais besoin de m'oxygéner, de me revivifier, de respirer un grand bol d'air par rapport à ce qu'il avait entendu avec son stéthoscope. Et que je devais prévenir un médecin pour l'aider avec le patient qui lui posait problème. Il m'a suggéré d'en profiter pour m'aérer sur le balcon. Je ne devais parler à personne d'autre, à aucune infirmière ni aucune aide-soignante. Il avait besoin d'un avis médical pour diagnostiquer un patient. Et après ça, tout s'emmêle. Ma mémoire est brouillée. Il m'a dit que j'avais besoin de me sentir vivant, que je devais goûter une dernière fois aux sensations fortes pour apprécier la vie. Repousser mes limites. Oser. Affronter mes peurs. Que je n'avais jamais été foutu de mettre un enfant au monde, que mes ex-femmes ne m'ont jamais aimé, que Simone, la résidente de la 103, préférerait me voir m'écraser sur le parking plutôt que de me faire une place dans son lit.

Albert Bruno est inarrêtable. Yeux grands ouverts, regard vague, il ressasse sa rencontre traumatisante avec Archibald Tourmenteur à un débit effréné.

— Il m'a dit que je n'ai jamais eu les compétences pour monter en grade, pour évoluer dans ma carrière, qu'au Tchad je n'ai jamais été héroïque, bien au contraire, plutôt un froussard, un tire-au-flanc qui abandonnait ses hommes et qui fuyait ses responsabilités.

Sa voix se casse.

— Il m'a dit que si je mourais je ne manquerais à personne.

Il fond en larmes.

— Où est-il ? rugit le gendarme, dénué d'empathie, obtus dans sa volonté d'appréhender Tourmenteur.

Les soignantes le fusillent du regard.

— Il attend le médecin au premier étage dans une salle comme celle-ci, grommelle M. Bruno, entre deux hoquets, la tête enfouie entre ses mains.

Richard Cointro pivote sur ses chaussures de sécurité en direction de la sortie.

— Il m'a dit aussi que, si le médecin ne venait pas seul, il s'en prendrait aux autres résidents de la maison de retraite.

Le gendarme s'arrête net et jure sur le pas de la porte. Malee soupire en levant les yeux vers les dalles du faux plafond. Chloé, penchée en avant, affiche une moue dubitative en arrangeant la polaire sur les épaules voûtées de M. Bruno.

Julie sourit discrètement à Albert – qui récupère de ses émotions – quand elle aperçoit le décolleté de l'infirmière – visible par l'encolure de sa blouse – son opulente poitrine, débordant de son soutien-gorge – surtout le sein gauche – la démarcation d'une aréole rose, tirant sur le rouge, l'émergence d'un mamelon. Une tenue beaucoup trop grande pour elle.

30

Samedi 15 avril 2017, 5 h 25.

Julie se lève.

— Malee, installe M. Bruno sur la banquette, dans notre salle de pause, qu'il s'allonge un peu.

Elle avance, attrape le bras du gendarme en ouvrant la porte.

— Vous, venez avec moi.

Julie et Richard Cointro traversent le couloir et s'introduisent dans la salle de préparation des soins, au milieu de la réserve de matériel.

Les tensiomètres sont couchés sur le sol, reliés à leur prise électrique. Des solutés jonchent le revêtement, les étagères dégueulent de poches à perfusion, les poubelles sont pleines et la paillasse est ensevelie sous les emballages, les médicaments périmés et les cartons du stock de matériel à ranger.

L'interne domine le gendarme de quelques centimètres, elle croise les bras sur sa poitrine, sous les néons éblouissants de la pièce exiguë et surchargée.

— Laissez-moi y aller seule.

— Hors de question.

— Écoutez, je me suis un peu emportée tout à l'heure, mais faites-moi confiance.

— Impossible, je viens avec vous. Ce type ne m'échappera pas.

— Laissez-moi juste lui parler. Qu'est-ce que vous croyez qu'il va me faire ? Je connais toute sa vie, maintenant, je sais à quoi m'attendre.

— Vous n'avez pas idée de ce qui vous attend.

— Si ! Justement. Et après tout, c'est encore mon patient, c'est à moi d'y aller. Je vous rappelle qu'il est entré avec 39 de fièvre, qu'il y a encore quelques heures, il chiait des selles glaireuses dans une couche, il pissait dans une sonde et une autre lui rentrait dans l'estomac. Il est souffrant. Dénutri. Faible.

— Vous avez vu ce qu'il a fait à ce pauvre…

— Je ne me laisserai pas avoir, comme je vous l'ai dit, je connais son parcours, ses méthodes. Il n'arrivera pas à me duper.

Richard Cointro s'énerve.

— C'est hors de question ! Jamais je ne laisserai une occasion à ce type de s'en tirer !

Julie se gratte la gorge, embarrassée.

— Et il y a autre chose. Je pense savoir qui a tué Yazid… et peut-être même le veilleur de nuit.

— Je croyais que vous soupçonniez celle qui a essayé de se tuer, cette Noémie.

— J'ai des doutes. D'autant plus qu'elle n'a pas pu traverser le centre hospitalier, inconsciente, pour poignarder Yazid. Non, je pense savoir de qui il s'agit et j'aimerais que vous gardiez un œil sur elle le temps que je revienne. Vous l'avez dit vous-même, il est impossible de quitter l'hôpital. Où voulez-vous que

Tourmenteur aille ? Laissez-moi lui parler et me renseigner sur ce qu'il veut sans que vous lui pointiez votre flingue sur la tempe.

Richard Cointro abdique, la dernière phrase de l'interne déclenche comme un signal d'alarme dans son esprit.

— Mon arme ! s'écrie-t-il, je l'ai laissée à côté !

Samedi 15 avril 2017, 5 h 26.

Malee remonte son pantalon – qui menace d'exhiber son postérieur hâlé – et tire sur la couverture qui enveloppe M. Bruno. Elle tape sur l'oreiller, le modèle pour qu'il soit plus compact et le glisse sous la tête de bouledogue du senior.

— Ça va aller, comme ça ?

Albert grogne en guise d'approbation, allongé en chien de fusil sur la banquette de la salle de pause, à bout de forces, encore choqué par sa séance d'hypnose. L'infirmière éteint la lumière et referme la porte derrière elle.

Le service est silencieux – presque trop –, seules les voix étouffées de Julie et du gendarme émanent du renfoncement de la réserve de matériel, dans la salle de préparation des soins.

Malee arpente le couloir. Mains dans les poches de son sweat, capuche rabattue sur la tête, sa queue-de-cheval tend le tissu rouge et étire la forme de son crâne, la faisant ressembler – de profil – à une alien.

Son cerveau cogite à plein régime, elle se remémore tous les événements de cette soirée affreuse qui, elle l'admet désormais, dépasse de loin tout ce qu'elle avait prévu. Même selon ses critères, la nuit a viré au cauchemar.

Elle doute que Tourmenteur soit son père, même si, obligatoirement, un homme a dû participer à sa procréation. A-t-il séjourné en Thaïlande ? Est-ce pour cela que Miss Détective s'acharne sur elle ? Malee ignore comment elle réagirait si elle apprenait qui est son véritable père, si elle le rencontrait, si elle lui parlait. Entre diffamation et explications, son cœur balance. Non, Malee ne pense pas que Tourmenteur soit son père, elle a une autre théorie sur la question…

Pointilleuse jusqu'au bout des ongles, quelles que soient les circonstances, elle veut vérifier les paramètres vitaux de Noémie. L'aide-soignante était la coupable idéale avant que Malee n'apprenne le meurtre de Yazid. Si elle devait élire un membre de l'équipe pour qui elle éprouve un soupçon de tristesse, ce serait probablement l'aide-soignant toulousain. Comment Noémie aurait-elle pu poignarder Yazid en se vidant de son sang, juste après avoir tenté de se suicider ? Impossible. L'histoire ne tient plus la route.

Pour la première fois de la nuit, Malee hésite, s'interroge et s'inquiète. Personne ne lui a rapporté comment Marc était mort – elle n'a pas cherché non plus à se renseigner –, et tout son corps s'est mis à trembler quand elle a vu le scalpel dans le sachet transparent. Elle a compris. Elle sait qui est parti récupérer un stock de scalpels pour strier et gratter les escarres de la patiente de la chambre 1 des soins continus. Les photos des lésions cutanées ont fait le tour du service : un truc dégueulasse.

Après avoir brancardé la défunte de la chambre 10 au dépôt mortuaire avec Yazid et s'être changée, Malee s'est éclipsée discrètement jusqu'à l'EHPAD. Ni vu ni connu. Elle voulait surprendre Marc, le plaquer contre un mur pour lui dire ses quatre vérités : la *sextape* ; le chantage ; la promesse de diffuser leurs ébats sur la Toile ; « je te jure que je te crève si tu fais ça ! » Mais elle n'a jamais pu vider son sac ni se défouler sur ce connard de Marc. Elle a fait le tour du second étage, du premier, mais elle n'a vu personne. Puis son téléphone a sonné et la cadre infirmière de garde lui a annoncé que personne ne viendrait prendre leurs relèves et qu'elles seraient condamnées à *doubler* cette nuit. Déstabilisée et enragée, elle en a oublié le motif de sa visite à Pinpinland et a couru prévenir les autres dans le service de médecine, avant de tomber sur Julie au milieu du couloir.

Plus elle y réfléchit, plus elle est certaine que Marc était déjà mort quand elle a foulé le sol de l'EHPAD. Et elle se souvient de la personne désignée pour aller s'approvisionner en scalpels. Malee presse l'allure et ouvre la porte. La chambre 10 est plongée dans le noir, volets fermés, les alarmes du scope ont été réglées sur silencieux, les fils s'emmêlent au milieu des draps. Le lit est vide. Noémie n'est plus dans sa chambre.

Samedi 15 avril 2017, 5 h 28.

Julie court dans le couloir vers la cage d'escalier. Ses longues guibolles bondissent de marche en marche, sa main droite glisse le long de la rambarde et tire à chaque foulée pour lui donner cette impulsion supplémentaire qui la propulse encore plus vite vers sa destination finale.

La tête comme un ballon de baudruche, remplie d'interrogations et d'incertitudes, elle descend l'escalier à toute vitesse en préparant la rencontre tant redoutée avec Archibald Tourmenteur. Elle se surprend à s'immiscer dans la peau de René Moutrut, le psychiatre imaginaire, et anticipe les questions – et surtout les réponses – qu'elle échangera avec l'hypnotiseur.

En procédant par élimination, elle est arrivée à la conclusion accablante que Chloé a tué Yazid. Pourquoi ? Elle l'ignore. Mais plusieurs détails la tracassent. Pourquoi l'infirmière fiancée a-t-elle changé de tenue ? Julie est certaine que Chloé n'a pas exhibé sa paire de melons – qu'elle jalouse secrètement – toute la journée. Pourquoi Chloé a-t-elle répondu à son appel de détresse – après la découverte du suicide de Noémie – alors qu'elle avait confié le téléphone du service à Yazid ? Dernier point, et pas des moindres : personne d'autre à part M. Bruno n'était présent dans l'EHPAD au moment de la mort de l'aide-soignant.

Julie a fait part de ses inquiétudes au gendarme – bien qu'elle n'ait aucune confiance en lui –, elle l'a même soupçonné un instant d'avoir inventé la mort de Yazid. Cependant elle doit bien s'appuyer sur quelqu'un – même sur un connard prétentieux qui lui cache des choses – pour déléguer la surveillance de ses suspectes.

Chloé a-t-elle également assassiné Marc ? Improbable. Pourquoi aurait-elle fait ça ? La petite poupée Chloé n'a pas le cran pour mettre le veilleur de nuit dans un état pareil.

Julie déraille. Elle refoule ses angoisses – chaque chose en son temps – et doit d'abord rencontrer l'homme dont on compte les victimes par centaines, l'homme qui a terrorisé la France, le père de Malee, ou Noémie ; peut-être même Chloé ; bordel, elle ne sait plus !

Deuxième étage, premier : le service de chirurgie. Tous feux éteints. Les portes battantes se fracassent l'une contre l'autre en se refermant, une série de bruits sourds résonne au loin, dans les étages ou au-delà, rappelant les déflagrations du tonnerre. Julie s'immobilise. Reprend son souffle.

Elle doit être vigilante, ne pas se laisser distraire et rester concentrée sur sa rencontre. Quoi qu'il se passe là-haut, le gendarme peut gérer la situation.

Heureusement, la disposition des lieux étant identique au troisième, elle se repère sans difficultés et avance précautionneusement dans l'obscurité, guidée par la lampe torche de son smartphone qui n'a presque plus de batterie.

Le sol est propre, excepté deux séries de traces de pas, aucun chariot de linge ou de soins n'encombre les couloirs, tout est parfaitement rangé, ordonné, l'odeur de désinfectant est omniprésente et toutes les salles sont fermées à clé – synonyme d'un service en vacances.

Une nouvelle rafale de bruits se répercute dans les couloirs du centre hospitalier. L'interne se hâte, peureuse. Ses longues échasses avalent les mètres, l'angoisse lui obstrue la trachée. Au fond du couloir, la salle de soins est allumée, une lueur discrète se diffuse par les rainures de la porte. Julie ralentit. Son cœur cogne contre sa poitrine, sa respiration s'accélère, ses mains sont si moites que le portable glisse entre ses doigts crispés. Les doutes l'assaillent. À mesure qu'elle se rapproche de la source de lumière, elle panique.

Tourmenteur va-t-il lui administrer les *mots qui tuent* ? Va-t-il prendre possession de son esprit ?

L'interne se raisonne. Comment ferait-il ? Comment réussirait-il à la mettre dans cet état de transe unique que lui seul arrive à atteindre ? Ce n'est qu'un vieux, répète-t-elle sans cesse dans sa tête. Elle doit rester forte. Maîtresse de ses émotions. Conserver – coûte que coûte – son libre arbitre. Quoi qu'il dise. Quoi qu'il fasse. Ce n'est qu'un homme…, essaie-t-elle de se convaincre.

La peur au ventre, elle traverse le couloir. Essuie ses mains dégoulinantes de sueur contre sa blouse immense, attrape son stéthoscope – *self-défense* oblige – et pose ses doigts sur la poignée. Julie ouvre la porte. Les néons lui crèvent les rétines, elle plisse les yeux et détourne le regard. Elle s'habitue à la lumière. Inspecte la salle de soins. Déserte. Aucun papier qui traîne. Aucun hypnotiseur de plus d'un mètre quatre-vingt-dix. Rien qui dépasse. Armoire verrouillée. Sol lavé. Ordinateurs éteints. Tableau effacé. Nickel chrome ! Sauf une lettre manuscrite, posée en évidence sur le bureau épuré.

31

Samedi 15 avril 2017, 5 h 28.

Ses empreintes sont sur le scalpel, sur la seringue plantée dans la nuque de Yazid. Partout. Elle convoite le sachet transparent contenant l'arme du crime depuis deux minutes, celle qu'elle a jetée – apparemment derrière le guichet de l'accueil – pendant qu'elle détalait, hystérique et couverte de sang, avant de foncer dans le vestiaire du service pour prendre une douche et revêtir la première tenue à portée de main. Dans la précipitation, elle a mélangé les tailles.

Elle avance près du bureau, frissonne en pensant aux indices qu'elle a laissés derrière elle et à leurs conséquences. Si ce scalpel tombe entre les mains de la justice, elle sera démasquée. Son regard se déporte sur le pistolet automatique, posé à côté du sachet plastique, et elle imagine un scénario où elle userait de cette arme, détruirait toutes les preuves pouvant l'incriminer avant que les renforts arrivent. Elle est prête à tout pour conserver son secret. Cette soirée l'a métamorphosée.

Elle est capable d'infliger la mort – encore – si nécessaire.

Elle saisit le Sig-Sauer. L'arme pèse son poids, elle ne s'attendait pas à ce qu'un pistolet soit aussi lourd. Elle place ses deux mains autour de la crosse, pose son index sur la gâchette. Elle ferme un œil et vise droit devant elle en direction de la liste des numéros utiles du centre hospitalier, scotchée au mur, au-dessus du téléphone fixe. Soudain la porte s'ouvre, Richard Cointro débarque dans la salle de soins. Chloé pivote vers le gendarme, l'arme pointée dans sa direction.

Après avoir *constanté* Archibald Tourmenteur et confié son dossier à Julie, Chloé a gambadé – toute pimpante – jusqu'à l'EHPAD. L'équipe du matin avait écoulé l'intégralité du stock de scalpels qu'ils utilisent pour soigner les escarres de sa patiente, à la chambre 1 des soins continus. Ayant fini avant sa collègue Malee, attelée à la toilette mortuaire de la dame de la 10, elle a traversé le centre hospitalier pour quémander le matériel médical à Marc.

À 20 h 30, Chloé était heureuse. L'heure de la relève approchait, elle n'avait qu'à faire ses transmissions à l'équipe de nuit avant de sauter dans son Opel Corsa pour rejoindre son Sylvain. Et lui remonter le moral.

En 2016, l'année dernière, l'entreprise familiale d'élevage de canards n'a pas été épargnée par les épisodes d'épizootie, comme la plupart de ses partenaires et concurrents voisins. Une épidémie de grippe aviaire a contraint le ministère de la Santé à faire abattre tous les élevages contaminés par ce fléau, y compris les canardières de Sylvain. L'État a tardé à verser ses indemnités

– bien loin de compenser les pertes –, créant des mouvements d'indignation et des manifestations d'éleveurs à travers tout le sud-ouest de la France. Comme toute la profession, Sylvain a dû emprunter, supplier sa banque de lui accorder un crédit, le temps de remonter la pente et de se renflouer.

Début 2017, la mauvaise passe semblait derrière eux, l'exploitation rebattait son plein, l'année s'annonçait prometteuse et surtout prolifique. Jusqu'à cette vague de morts suspectes qui a décimé une dizaine de canards le mois dernier, rallumant une nouvelle fois les voyants d'alerte du ministère de l'Agriculture. Après examen des volailles, le gouvernement a ordonné l'abattage de tout l'élevage d'ici à la fin avril, refusant de connaître la spirale d'un nouveau scandale sanitaire.

Sylvain n'a jamais cru au retour de l'épidémie, les bêtes présentaient des symptômes différents de ceux de la grippe. Ces morts demeuraient inexplicables. Sylvain est devenu dépressif. Les soirées dans leur foyer de Saint-Florentin étaient de plus en plus lugubres, Chloé voyait son chéri dépérir peu à peu, miné par son élevage qui, comme l'année précédente, allait être exterminé, accentuant davantage la précarité dans laquelle ils vivaient depuis de nombreux mois. Un salaire d'infirmière ne suffit pas à nourrir deux personnes. Alors trois ? Même pas en rêve. Le petit bébé tant espéré n'arriverait pas de sitôt.

C'est dans cet état d'esprit que Chloé se préparait à rentrer chez elle pour câliner son Sylvain. Rencontrer Marc l'émoustillait un peu, mais ça, elle ne l'avouera à personne ! Elle connaissait la réputation du veilleur de nuit au lycée. Elle ne l'a jamais fréquenté mais elle avait entendu les ragots. Un coureur de jupons. Un Don Juan.

Une sorte de Christian Grey à la lotoise, aussi repoussant qu'attirant pour les filles du coin, suscitant le mystère et l'envie d'explorer des contrées érotiques inavouées. Chloé n'a jamais lu les livres ni vu les films, car elle a entendu dire que c'était osé – trop pour elle qui est si pudique et réservée d'ordinaire.

Quand Marc lui a fait la cour, devant l'hôpital, un midi, une partie d'elle a été flattée que quelqu'un comme lui s'intéresse à elle. Chloé a beaucoup rougi. Elle l'a trouvé sympa, rigolo, pas très beau mais transpirant de charisme, entreprenant et sûr de lui. Viril. À sa façon, il avait du charme. Elle a éprouvé une certaine satisfaction de se sentir désirée, importante, belle aux yeux d'un autre homme que Sylvain. Ce flirt innocent l'a comblée de bonheur et a ravivé de vieux souvenirs, bien qu'elle sache que rien ne se passerait entre eux. Juste un sentiment de béatitude. De la reconnaissance. Rien de plus. Jamais elle ne ferait d'infidélités à son Sylvain !

Avec une excitation inédite dans le nombril – même si elle savait pertinemment que ça n'aboutirait à rien –, des plaques rouges de stress sur le torse, le cou, et une mèche de cheveux enroulée autour du doigt, elle a fait le tour de l'EHPAD, récupéré une poignée de scalpels et cherché Marc pendant plusieurs minutes. Elle n'allait tout de même pas repartir comme une voleuse, sans prévenir le veilleur de nuit de son emprunt !

Au premier étage, parmi les résidents autonomes et déjà couchés, elle a entendu des voix – ou plutôt des cris – provenant des w.-c. communs, près de la salle à manger. Des cris féminins. Des gémissements de plaisir. Un peu chamboulée et ne comprenant pas de quoi il s'agissait, Chloé a toqué à la porte pour prévenir Marc qu'elle avait subtilisé quelques scalpels.

La porte s'est ouverte aussitôt, le veilleur de nuit a attiré la petite infirmière dans les toilettes. Avec son pied, il a bloqué la sortie, empêchant toute retraite à Chloé. Elle a assisté alors à la vision la plus répugnante dont elle ait été témoin. Marc, pantalon et caleçon sur les chevilles, hilare et concupiscent, son sexe en érection dans la main droite, une vidéo pornographique dans l'autre, en pleine séance de masturbation devant le visage scandalisé de l'infirmière.

Avec vulgarité, il lui a annoncé que l'équipe de nuit était bloquée à Saint-Florentin, qu'elle ne pourrait pas retrouver son imbécile de Sylvain – nul au rugby, directement responsable de la relégation du XV Florentin en deuxième division, deux ans auparavant. Il a ajouté que le couple qu'elle formait depuis le collège le dégoûtait, l'insupportait jusqu'à lui donner envie de vomir ; qu'il salivait et jouissait parfois en pensant à elle – cette poupée gonflable vivante, ce *sex-toy* humain –, qu'elle n'aurait jamais dû accepter le poste au centre hospitalier ; qu'elle allait le regretter ; que lui seul saurait la baiser comme elle le méritait ; qu'elle avait intérêt à s'agenouiller tout de suite pour le prendre dans sa bouche et que, dans le cas contraire, la soirée risquait d'être très longue pour elle.

Chloé est restée incapable de bouger, statufiée devant cette vision abjecte, horrifiée par tant d'obscénité. Elle qui croyait avoir capté l'attention de Marc, qu'elle était spéciale à ses yeux, s'est retrouvée désemparée devant ce pervers vicieux – finalement fidèle à sa réputation.

Ensuite, il lui a montré les photos sur son smartphone : le scooter garé près de la ferme, en pleine nuit ; les cadavres des canards ; les flacons de détergents qu'il a utilisés pour les empoisonner. Et là, à cet instant, quelque chose s'est brisé à l'intérieur de Chloé.

Elle peut passer pour la cruche du service, pour la chouineuse que ses collègues traitent mal, celle qui se fait incendier par les médecins et certains patients. Elle peut incarner le rôle de la fille naïve, candide, face au queutard le plus immonde que Saint-Florentin ait connu. Ça, elle peut l'accepter. Ce qu'elle ne peut pas accepter, en revanche, c'est que quelqu'un s'attaque à son Sylvain. Personne – oh non, personne – ne peut s'en prendre impunément à SON Sylvain.

Pendant quatre minutes et trente-sept secondes, elle a complètement perdu le contrôle. Et, montre en main, quatre minutes et trente-sept secondes, c'est long. Très long. Assourdie par les ricanements sadiques de Marc, elle a attrapé un des scalpels qui dépassait de sa poche et l'a frappé. Frappé. Frappé. Frappé encore. Frappé toujours. Et encore. Ainsi de suite pendant quatre minutes et trente-sept secondes. Jusqu'à ce que Marc ne ressemble plus à un être humain.

Durant ce laps de temps, les oreilles de Chloé étaient bouchées, sa vision était floue, elle s'acharnait comme une psychotique en crise sur le corps du veilleur de nuit en charpie. Victime d'une bouffée délirante aiguë. Puis elle a recouvré ses esprits et pris ses jambes à son cou.

Après la douche, la Chloé bonne poire était morte. Elle est passée par une phase d'euphorie hystérique, puis s'est laissé glisser dans un état de morosité latente, incapable de rationaliser son geste ni de sécher ses larmes. La seule amertume qu'elle a éprouvée était vis-à-vis des résidents, privés de leur veilleur de nuit, jusqu'à ce qu'un homme chamboule toutes ses perceptions : Archibald Tourmenteur.

Elle a passé le reste de la soirée à pleurer, terrorisée par son geste et le patient comateux, jusqu'à ce qu'elle remonte au second étage de l'EHPAD après s'être fait virer comme une malpropre. Et c'est là qu'elle les a surpris. L'aide-soignant, derrière Julie, sous la douche, dans une position tendancieuse, ambiguë – pas très professionnelle.

Deuxième pétage de plombs. Yazid, père de famille, mari aimant et attentionné, toujours gentil avec elle, qui se laisse aller à des pulsions malsaines avec l'interne, censée montrer l'exemple, en train de forniquer comme des animaux dans la salle de bains.

Chloé a attendu que Julie s'en aille pour retourner voir Yazid. Elle l'a trouvé assis par terre, de dos, torse nu, les jambes enlacées par ses bras musclés, à côté de son haut de tenue et son poignard de fortune. Là encore, tout s'est passé très vite. Une confusion de l'esprit, un acte disproportionné : Chloé n'a pas hésité une seconde. Elle est arrivée par-derrière, s'est emparée de l'arme et l'a frappé à la nuque. Elle ne sait plus combien de fois. Elle l'a puni. Simplement. Sûrement.

Depuis elle n'est que l'ombre d'elle-même. La Chloé maussade a cessé d'exister, un monstre psychopathe a mué dans le costume de la petite infirmière fluette et ses Crocs roses. Sa personnalité a atteint un point de non-retour, elle est devenue insensible, intolérante à la frustration. Elle se sent capable de tout. De ne plus pleurer. De répondre à Malee. Même de tirer sur le gendarme qui vient de surgir dans la salle de soins.

Chloé ajuste sa ligne de mire. Vise en direction de Richard Cointro. Son index appuie sur la gâchette. Elle fait feu.

Samedi 15 avril 2017, 5 h 29.

Richard Cointro voit le canon de son Sig-Sauer pointé dans sa direction. Le coup part.

Comment a-t-il pu laisser son flingue dans la salle de soins ? Comment a-t-il pu être aussi négligent ? Aussi distrait ? Son obsession pour Tourmenteur a bousillé sa vie, et bientôt sa mort. Trop en colère contre cette bande de blouses blanches sans cervelle, il en a oublié de prendre ses précautions quand il a reconnu l'otage d'Archibald assis près du bureau. Aliéné par son addiction, cette volonté maladive de retrouver l'hypnotiseur, il s'est laissé emporter par ses émotions et a sauté au cou du senior pour lui faire cracher la vérité.

Et maintenant voilà le résultat : son propre calibre va mettre un terme à son existence.

Pourquoi Archibald a-t-il été transféré à Villeneuve-sur-Lot ? Comment a-t-il contracté la malaria et a-t-il atterri dans le trou du cul de la France ? Richard ne le saura jamais. Comme il ne saura jamais ce que son ancien patron – le colonel Bramart – a pu raconter à Tourmenteur dans sa chambre de Cadillac, déclenchant ainsi cet engrenage de catastrophes.

Le lieutenant de la gendarmerie emportera ses questions dans sa tombe. Son but était simple en venant ici : suivre Archibald, enquêter, s'assurer que rien ne clochait et, au moindre faux pas, au moindre écart de conduite, au premier signe suspect : l'abattre. Il a été le premier à scander haut et fort le retour de la peine de mort pour l'hypnotiseur. « Cet homme ne mérite pas de vivre ! » est la phrase qu'il a le plus prononcée au cours de sa vie. Une vie qui a gravité autour de celle de Tourmenteur. Une existence souillée par les cadavres semés dans son sillage, pervertie par ses séances d'hypnose mortelles, hantée par les fantômes des suicidés innombrables et par les appels téléphoniques des familles des victimes non répertoriées. Pas vraiment une vie, en somme.

Le destin a un curieux sens de l'humour, quand Richard y pense. Après avoir passé sa vie à pourchasser un des criminels les plus virulents de l'histoire du pays, son bourreau est finalement une infirmière de moins d'un mètre soixante qui pèse cinquante kilos toute mouillée et s'apprête à le dégommer avec son arme de service.

Richard Cointro voit la flamme jaillir du canon et, instantanément, son corps se catapulte vers l'arrière. Il s'empale sur le bureau. Détonation. Deuxième coup de feu. Impact. La balle se loge dans sa poitrine, près de la première. Il hurle, crache du sang, une mousse brunâtre humecte ses lèvres. Il porte la main à sa cheville, palpe sa jambe, attrape son Smith et Wesson et le braque sur l'infirmière.

Pan ! Une troisième balle dans le buffet. Le gendarme dégringole du bureau et s'effondre sur le sol poisseux, son bras gauche appuyé sur le bois lui permet de garder le buste droit. Des éruptions sanguines éclosent sur son torse. Le fluide vital s'écoule par les perforations de son organisme taraudé au 9 mm, son col roulé est maculé d'hémoglobine.

L'infirmière avance d'un pas, vise en direction de la tête. L'arme automatique paraît gigantesque dans ses mains frêles, elle l'observe sans ciller avec une détermination infaillible, surprenante. Criminelle. Elle veut sa mort. Elle reste impassible, froide, ses grands yeux bleus sont écarquillés, un rictus sardonique fait gondoler ses lèvres gercées.

Au prix d'un effort surhumain, Richard Cointro serre les dents, expulse toute sa rage dans un cri salutaire et lève son revolver. Il vide les cinq balles de son barillet dans la poitrine – immanquable – de Chloé.

32

Samedi 15 avril 2017, 5 h 30.

Le mur de boue dévore le balcon de la salle de soins, endigué par la baie vitrée, comme un immense toboggan reliant le sol meuble de la colline, strié de rigoles, au premier étage de l'hôpital.

Le brouillard se dissipe par endroits, moins dense, moins compact, masquant toujours la déchéance lunaire et le scintillement des étoiles, mais révélant des lucarnes de ciel noir, sporadiques, immaculées, entre les nuages brumeux qui voguent en direction du nord.

Julie est en apnée au-dessus de la lettre manuscrite. Elle l'attrape du bout des doigts – comme si elle était toxique – et s'assoit au bord du bureau. Elle balaie l'espace d'un dernier regard, souffle pour se donner du courage et entame sa lecture.

Julie,

Longue fut la route qui m'a mené jusqu'à toi. Un parcours semé d'embûches, littéralement éreintant.

Mais ce n'est pas à toi que je vais l'apprendre, la persévérance permet toujours d'atteindre son but.

Ces quelques lignes permettront, je l'espère, de répondre aux nombreuses questions que tu te poses. Je pense sans risque de me tromper que la liste est longue.

Si tu es là, je te soupçonne également de connaître la vérité, tout du moins une partie.

Ton existence a redonné un sens à ma vie, une motivation qui avait déserté mon âme depuis de nombreuses années.

La vérité est moins élogieuse que celle que tu as pu lire : je n'intéressais plus personne, excepté une bande d'admirateurs dont la stupidité m'a lassé et a cessé de me divertir depuis fort longtemps. Je moisissais dans ma chambre de Cadillac depuis une éternité, seul, interdit de soins et de visites, je ne bénéficiais d'aucune prise en charge. Je dérangeais.

Je me suis laissé aller de décrépitudes en désillusions, acceptant de mourir entre ces murs en observant l'indifférence et la méfiance que le personnel médical me portait. Tel était mon destin. Périr ici. Tout le monde attendait que je sombre. Jusqu'au jour où j'ai appris ton existence.

Tu m'as libéré, Julie. Ma curiosité a pris le dessus et j'ai voulu savoir si, toi aussi, tu avais ça en toi. J'ai donc tout mis en œuvre pour te retrouver.

J'ai passé un mois entier dans un état de transe de ma propre invention, à l'instar d'un coma, confectionné grâce à une induction profonde que j'avais expérimentée pendant mes années de détention. Je suis resté ainsi trente jours. Sans bouger, comme en Thaïlande, conscient de mon environnement mais incapable de distinguer les voix ou de reconnaître mes interlocuteurs, comme un film qui défile en accéléré, mon corps survolait la scène du dessus, sans possibilité d'intervenir.

Je savais que le centre hospitalier de Cadillac ne pourrait pas me garder dans cet état très longtemps, l'UMD n'étant pas équipée pour maintenir des patients inconscients indéfiniment. J'ai donc attendu. La patience finit toujours par payer. J'ai pu quitter ma prison pour le service de psychiatrie fermé de Villeneuve-sur-Lot. Une autre prison. Ma supercherie ne duperait pas les médecins très longtemps, j'ai dû improviser. Je devais encore me rapprocher de toi.

Je savais que, quoi qu'il arrive, je resterais dans le circuit public. Le généreux contribuable insistant pour m'offrir des soins de qualité, j'étais sûr que le ministère de la Justice me garderait toujours sous surveillance dans un établissement public. J'avais cet avantage. Il me fallait juste une raison médicale pour être à nouveau transféré. Je ne présentais plus une menace, aucun être humain ne m'avait vu bouger depuis plus d'un mois et demi.

L'idée m'est venue quand un schizophrène diabétique a été interné dans la même aile que ma chambre. Il avait séjourné en République du Congo et présentait les symptômes de la malaria. Une nuit, après avoir soudoyé un des aides-soignants, je me suis introduit dans sa chambre et j'ai planté ses seringues à insuline dans mes veines, contaminant mon sang avec le parasite. L'incubation a pris une dizaine de jours.

Je pensais être transféré à Cahors, à Agen ou à Montauban, dans un service d'infectiologie. Je savais qu'une fois stabilisé, une fois la maladie traitée, je partirais en convalescence dans un hôpital périphérique (toujours dans le public) et que, tôt ou tard, par élimination, je finirais mon rétablissement à Saint-Florentin, entre ma prison bordelaise et le service qui aurait soigné mon infection. Progressivement, je me rapprochais de toi. J'ai perdu vingt ans de ma vie, je n'étais pas à quelques mois près.

Contre toute attente (j'en fus le premier surpris), en prévision de la tempête annoncée par Météo France et avec le déclenchement des plans blancs dans tous les centres hospitaliers de la région (qui refusent alors d'accepter des patients transférés), j'ai atterri ici. Avec toi. Je n'aurais jamais imaginé arriver à Saint-Florentin aussi vite mais, comme dit le dicton : « La chance sourit aux audacieux. »

J'ai appris mon transfert jeudi dans l'après-midi. Le temps m'était compté pour rédiger les comptes rendus qui, j'en suis sûr, t'ont passionnée, grâce à l'ordinateur portable de mon complice aide-soignant. Comme tu l'as certainement deviné, il n'y a jamais eu de professeur René Moutrut. Ce nom est une anagramme.

R E N E M O U T R U T

T O U R M E N T E U R

René Moutrut est le portrait caricatural que j'ai dressé de l'ensemble des psychiatres auxquels j'ai eu affaire au cours de ma vie.

J'ai subi énormément d'expertises psychiatriques avant mon transfert à Cadillac mais, une fois dans l'UMD, j'ai refusé de leur parler. Je suis resté mutique et aucun d'entre eux n'a insisté pour s'entretenir avec moi. Je crois que je leur faisais peur. Ce sont tous les mêmes, Julie. Seule leur cravate change. Je suis sûr que cette discipline ne t'intéresse pas. Si tu es ici, j'imagine que tu désires t'orienter vers une spécialité plus noble de la médecine. À mon humble avis, la neurologie est la plus passionnante.

René Moutrut représente, selon moi, le cerveau moyen d'un humain. Ses réactions sont prévisibles, il juge, cherche une réponse à tout et s'effare dès que la situation lui échappe et qu'il ne comprend pas.

Je me suis beaucoup amusé à écrire l'histoire de ma vie par le biais de son point de vue si simpliste. Cette nuit d'écriture m'a remémoré l'époque où je m'essayais à la fiction et dont, peut-être, tu as lu les romans.

Quand j'avais ton âge, je me doute que tu ignorais qui j'étais et, connaissant le commissaire Bertoumieu, j'imagine qu'il n'a pas dû souvent te parler de moi. Je souhaitais que tu découvres ma vie de ma propre plume et non par l'intermédiaire d'un charlatan hypocrite qui tapisse les murs de son cabinet avec ses « diplômes » de « médecine psychiatrique ».

Je te suspecte d'avoir compris que ce dossier était factice : tu es bien placée pour savoir qu'aucun compte rendu psychiatrique ne ressemble à ça. Mon véritable dossier est toujours entre les mains de mon complice aide-soignant, qui s'est occupé de l'échange, je pense qu'il en tirera un bon prix sur les sites d'enchères en ligne. Tu n'as pas idée du nombre d'admirateurs prêts à débourser une fortune pour consulter et collectionner mes expertises passées.

Tout ce que tu as lu à mon sujet est vrai. J'ai parfois amplifié la réalité, peut-être exagéré sur les nombres, je le concède, mais l'essentiel est là. Dorénavant, tu connais la vérité sur moi.

Fernand Bramart, le colonel de gendarmerie de la section de recherches de Paris qui a enquêté sur moi, est un homme que j'ai toujours eu en haute estime.

Mon sentiment à son égard n'a jamais été pris au sérieux, pourtant c'est la vérité : j'ai toujours eu beaucoup de respect pour lui. J'ignore quelles sont les véritables raisons qui l'ont poussé à venir me voir. Je le suspecte d'avoir agi sous la contrainte, mais je doute d'avoir un jour la réponse.

Il m'a tout raconté, Julie. Toute l'histoire. Il m'a expliqué comment ta mère (biologique), la sœur d'une des premières actrices suicidées que j'ai eues pour clientes dans mon agence artistique, a témoigné contre moi et a aiguillé la BC de Paris (commandée par le commissaire Bertoumieu) dans ma direction avant de mourir en salle d'accouchement en te donnant la vie.

Il m'a confié que, si elle n'avait pas succombé aux complications de sa césarienne, son témoignage aurait réussi à convaincre le procureur de Paris d'ouvrir un procès qui aurait pu m'être fatal, plus de cinq ans avant mon arrestation. Le commissaire Bertoumieu avait tout misé sur elle pour m'enfermer derrière les barreaux pour le restant de mes jours. Je crois qu'il tenait énormément à elle. Au-delà de l'enquête et des chances que son témoignage débouche sur une arrestation, il s'était pris d'affection pour cette jeune femme débarquée de province avec sa sœur, déboussolée, enceinte, endeuillée, manipulée et esseulée. Il l'a prise sous son aile. Le colonel Bramart m'a confessé qu'à cette période-là Francis Bertoumieu et sa femme venaient d'apprendre qu'ils ne pourraient jamais avoir d'enfants.

Tout s'est passé très vite, m'a-t-il raconté. Le lendemain, grâce aux innombrables appuis de Bertoumieu, tu étais officiellement adoptée. Tu étais rebaptisée : Julie Bertoumieu.

À l'heure où tu lis ces lignes, j'imagine qu'il est tard, que tu es lasse et exténuée après tout ce que tu as vécu et lu durant cette nuit. J'en viendrai donc au motif de ma visite, dont j'ai parlé brièvement au début de cette lettre.

Mon grand-père (ton arrière-grand-père), le général Ulysse Tourmenteur, a perpétré des massacres au Viêtnam pendant la guerre d'Indochine. Il avait une réputation de tyran, de barbare, il a été comparé au diable avant de se suicider la veille de son jugement pour haute trahison. Mon père (ton grand-père) semble avoir été épargné par cette « malédiction ». C'était un homme honnête. Il n'avait rien à se reprocher. Je persiste à dire qu'il n'a aucune responsabilité dans la vie que j'ai menée.

Ce Mal qui nous ronge a sauté une génération. Tu connais ma vie, je te laisse seule juge pour te faire ta propre opinion à mon sujet. Ne t'inquiète pas, je peux tout entendre, j'ai l'habitude des critiques. C'est précisément la raison qui m'a amené ici : le Mal est-il générationnel ?

Je suis lucide, Julie, je ne veux pas interférer dans ta vie et je soupçonne que tu n'as aucune envie de partager la mienne. La raison de ma présence ici est simple : es-tu toi aussi imprégnée par ce Mal ? Sans te rencontrer, j'ai obtenu ma réponse.

Après avoir démarré le compte à rebours pour me déconnecter de l'autohypnose, j'ai voulu te voir. Sortir de cette transe est souvent difficile, cela peut prendre des heures, les souvenirs rejaillissent parfois sans que je m'y attende, je garde encore des traumatismes qui se manifestent sous forme de spasmes au niveau des doigts. Tu m'excuseras auprès de ta collègue, je crois qu'elle a eu une peur bleue.

En revanche, j'étais parfaitement réveillé quand j'ai actionné la sonnette : je voulais calculer votre temps de réaction en cas de problème avec un malade. À mon grand regret, j'ai été contraint de garder les yeux fermés lorsque tu es entrée dans ma chambre. Tu étais furieuse. Comment t'en vouloir ? Quand j'ai découvert la suite, j'ai compris l'origine de ton épuisement. J'ai dû me faire violence pour ne pas ouvrir les yeux et enfin voir ton visage. Je réservais ce moment pour plus tard car, qui plus est, tu n'étais pas seule. Tu m'as fait sourire, intérieurement, quand tu m'as ausculté brutalement. Là encore, je comprends les circonstances. Rassure-toi, tu ne m'as pas fait mal. Comme tu as pu le lire, j'ai connu bien pire.

L'hypnose est une chose magnifique, je t'encourage à te pencher sur ce sujet qui, malheureusement, est encore trop méconnu. Elle m'a permis de supporter la douleur des tortures, des coups, des sondes, des cathéters, des lumières aveuglantes, sans aucune manifestation somatique. Le cerveau humain est fascinant, vraiment, je me répète un peu mais, crois-en mon expérience, la neurologie te passionnerait.

Après ta petite visite, je me suis échappé. Vous étiez toutes tellement occupées que ça n'a pas été très compliqué. En arpentant les couloirs de l'hôpital, j'ai eu enfin ma réponse. J'ai découvert cette jeune femme avec les poignets lacérés, dans les toilettes du hall, puis j'ai vu le cadavre de ce jeune homme, au second étage de la maison de retraite.

Sans te rencontrer, j'étais fixé. Je n'avais plus de raison de rester. J'avais ma réponse. Tu as ça en toi,

Julie. La mort t'accompagne. Indéniablement, tu es une Tourmenteur.

P.-S. : Le lieutenant Richard Cointro est un homme instable et dangereux. Un conseil : méfie-toi de lui. Il fera tout ce qui est en son pouvoir pour m'abattre.

Affectueusement,

Archibald Tourmenteur.

Samedi 15 avril 2017, 5 h 40.

— Bonsoir, Julie.

La voix sépulcrale brise le silence du bureau.

La lettre s'échappe de ses mains, plane quelques secondes avant d'atterrir sur le sol resplendissant. Julie n'ose pas lever les yeux.

— La tentation de voir ton visage a été plus forte que je ne l'imaginais.

Timbre de velours. Intonations graves et notes apaisantes.

Julie se sent drôle, ses membres s'engourdissent et sa tête pèse une tonne. Des fourmis escaladent sa colonne vertébrale, elle frémit. Luttant contre l'envoûtement, elle se tourne vers la porte.

Archibald Tourmenteur est là. Arc-bouté contre le mur. Il porte une tenue d'infirmier sous une blouse de médecin, ses talons dépassent d'une paire de Crocs blanches. Sa main gauche maintient son mètre quatre-vingt-treize aussi droit que possible contre la cloison, la droite se masse le ventre dans le sens des aiguilles d'une montre.

Il souffre. Son long visage osseux est livide, cireux selon l'angle d'éclairage, il affiche une mine algique : dents serrées, sourire en coin, pommettes saillantes, tous les muscles autour de sa bouche sont contractés. La sueur coule de son front interminable, sa collerette de cheveux grisonnants est ébouriffée, ses yeux sombres scrutent l'interne qui reprend ses esprits.

Malgré son teint blafard et les symptômes de la maladie parasitaire qui lui donnent des allures de patient en phase terminale, il dégage une certaine prestance, une aura magnétisante. Un charisme hors du commun émane de sa longue silhouette cadavérique.

Julie déglutit. Archibald inspire, cambre son anatomie et s'efforce d'élargir son sourire.

— Tu es magnifique.

Julie est ébahie. Seuls les abysses de son cerveau reptilien sont en éveil – retour à l'état sauvage –, tous ses autres lobes sont hors circuit.

— Pour des raisons évidentes, je ne peux m'éterniser ici. Néanmoins, je t'autorise à me poser une question avant de m'en aller.

Black-out ! Extinction des feux. Dysfonctionnement de la matière grise. Julie reste interloquée. Tout son univers vient de s'effondrer, elle tient à peine debout, toutes ces révélations ont engendré un début de migraine, elle n'arrive plus à réfléchir, la lumière lui fait mal aux yeux, la fatigue l'a rendue irritable et la véritable identité de l'hypnotiseur l'a décontenancée.

Elle s'est dépersonnalisée. Elle flotte. Elle a l'impression de s'élever, comme une spectatrice omnisciente de son propre corps, abasourdi et flasque, dépourvu de toute capacité de raisonnement et de repartie, qu'elle observerait d'un angle de vue en plongée. Quoi dire ?

Quoi faire ? Julie est désemparée, inapte à utiliser son cerveau. Au bout du rouleau. Elle ressasse les premières pages des comptes rendus, cherche une question intelligible, pertinente, elle sait qu'elle n'a le droit qu'à une seule chance.

Des mots se forment dans son esprit tourmenté, une phrase naît : la première qui s'ébauche dans sa tête.

— Cet homme que vous avez vu murmurer dans le square de l'Oiseau-Lunaire, quand vous étiez petit, vous avez su qui c'était ?

Ridicule ! Tout ce qu'elle trouve à dire, c'est une question de psy de bas étage. Mais Julie s'en fout. Elle est épuisée, elle a hâte que les secours arrivent, que toute cette histoire se termine – peu importe la fin – et que le monstre qui tangue devant elle sorte de sa vie à jamais.

Tourmenteur semble satisfait par le choix de la question.

— Figure-toi que oui. Je l'ai croisé des années plus tard dans ce même square. C'était un mendiant. Il dépouillait un autre SDF ivre mort, exactement dans la même position que je l'avais vu la première fois.

Julie ouvre la bouche, puis la referme. Tout ça pour ça, souffle-t-elle dans sa tête, dépitée et au bord de l'évanouissement.

— Maintenant tu m'excuseras mais je dois me sauver, poursuit Archibald de sa voix caverneuse. J'espère que tu ne m'en voudras pas. Si on t'interroge, dis-leur que nous ne nous sommes jamais croisés. Cela évitera les désagréments et les questions embarrassantes, crois-moi. J'ai été ravi de faire ta connaissance. Sincèrement. Je doute que tu veuilles me revoir un jour mais, s'il t'en sied, fais-moi signe. Je garderai toujours un œil sur toi.

Julie est paralysée par la dernière phrase. Elle observe Archibald Tourmenteur qui traverse la salle de soins, ouvre la porte-fenêtre et grimpe sur le talus de boue qui descend en pente douce vers le versant nord de la colline. Elle ne réagit pas. N'ouvre pas la bouche. N'essaie même pas de l'arrêter. Une larme coule sur sa joue. Puis une deuxième. Julie fond en larmes.

33

Samedi 15 avril 2017, 5 h 55.

Malee fait le service. Cafés, thés, madeleines, biscottes avec beurre et confiture, elle distribue les petits déjeuners frugaux aux sept patients autonomes qu'elle a rassemblés dans la salle d'attente de l'étage, près du hall des ascenseurs.

Les malades sont en état de choc, silencieux, installés en rang d'oignons et absorbés par le smartphone de l'infirmière posé et incliné face à eux, sur la table basse, volume à fond, qui diffuse le *Live* de BFM TV – l'info en continu – sur le site Internet de Play TV.

Les regards se croisent et se fuient aussitôt, les visages sont marqués, personne n'ose bouger ou parler, seules les voix des journalistes qui se coupent la parole grésillent dans les enceintes du portable.

Les duplex s'enchaînent sur le petit écran, les images de désolation causée par la tempête se succèdent, tout le monde retient son souffle quand le reporter s'exprime en direct de Saint-Florentin-sur-Lot. Hormis les trois occupants de l'ambulance ensevelie sous la boue, les gendarmes n'ont pas d'autre victime à déplorer.

Pour le moment, pense Malee en tendant un café noisette à M. Fernandez.

Après avoir retrouvé Noémie dans la salle de bains de la chambre 10, allongée sur le sol, agonisante, la tubulure de sa perfusion enroulée autour du cou et au bord de l'asphyxie, Malee a entendu la fusillade.

Elle a traîné l'aide-soignante qui ne cessait de s'agiter et de se débattre sur le sol, intenable, gesticulante, déterminée à mettre fin à ses jours pour la deuxième fois de la soirée – la première se résumant à de « simples » scarifications. Elle lui a dégagé les voies aériennes avant de la saucissonner à son lit avec les draps – comme une camisole de force – pour qu'elle ne remue plus et qu'elle arrête de se faire du mal.

Malee a ensuite mis un pied dans le couloir, prudente, a longé les murs et a découvert le massacre de la salle de soins de l'horreur : Chloé morte ; le gendarme mort ; un bain de sang. Elle a fermé la scène de crime à clé. Elle est retournée au chevet de Noémie en lui annonçant la terrible nouvelle et en la sermonnant : « Yazid est mort, Chloé est morte, le gendarme est mort, je ne sais pas où est Julie, alors arrête de faire chier à vouloir te suicider ! »

L'effet a été immédiat. Noémie s'est calmée puis a sombré dans une torpeur dépressive, une léthargie mélancolique aux larmes abondantes. Malee a dû la reperfuser et, pour avoir la paix, elle l'a shootée avec vingt milligrammes de Tranxène en intraveineuse.

Malee a fait le tour du U – chambre après chambre – pour rassurer les patients et vérifier que tout allait bien. Elle a réuni tous les autonomes dans la salle d'attente pour un petit déjeuner collectif improvisé, loin de la boucherie de la salle de soins et des fragrances nauséabondes de viscères et de poudre.

Depuis, elle vadrouille aux quatre coins de l'étage pour subvenir aux besoins des malades, veille à ce qu'ils ne manquent de rien, et répond de façon évasive à leurs questions, même si tous les plus cortiqués l'ont compris : des coups de feu ont été tirés ; il y a des morts.

Cette nuit épouvantable a eu un effet inespéré sur l'infirmière : elle est devenue aimable.

Malee est crevée. Sans se plaindre une seule fois, sans s'apitoyer sur son sort, elle a enduré les décès des deux patients, une nuit entière de boulot acharné, les meurtres, les tentatives de suicide de sa collègue, les réanimations, les accusations gratuites et infondées proférées contre sa personne, les cadavres de la salle de soins, l'évasion d'Archibald Tourmenteur.

Elle est lessivée mais, fidèle à son tempérament, elle ne le montre pas. Elle résiste, prouve encore sa robustesse en continuant d'être professionnelle, patiente, en assurant le service des petits déj aux malades valides et en éludant leurs questions avec courtoisie. Toujours au top !

Un bâillement lui décroche la mâchoire, ses oreilles se débouchent. Malee est assise en tailleur, capuche sur la tête et cordon dans la bouche, sur un des fauteuils de la salle d'attente au milieu des patients, des pieds à perfusion et des béquilles. Elle regarde le duplex de Saint-Florentin sur son smartphone.

Le journaliste de BFM est en exaltation, il balance ses sujets comme les numéros du loto : un assassin en liberté, une prise d'otage, l'intervention du GIGN, les cortèges de gendarmes, de pompiers et d'ambulances en file indienne sur la départementale dégagée, l'évacuation imminente du centre hospitalier, le plan blanc maintenu dans les hôpitaux de la région.

Bruit de porte.

Malee sort de la pièce et tend son petit cou dans le couloir. L'ombre de Julie surgit dans l'obscurité, bras ballants, épaules voûtées, elle traîne les pieds comme un zombie.

— T'en as mis du temps. Comment ça s'est passé ?

Pour seule réponse, l'interne, amorphe, brandit un paquet de Philip Morris et continue d'avancer – comme déconnectée de la réalité – dans la pénombre du couloir.

Malee opine, comprend le message et se tourne vers les patients, toujours heurtés par les déflagrations tonitruantes de la fusillade.

— Je reviens. Vous n'avez qu'à crier s'il y a un souci.

Malee talonne Julie, silencieuse, austère, qui semble avoir toutes les peines du monde pour mettre un pied devant l'autre. Elles traversent le service. À l'angle du U, l'infirmière bloque l'accès à la salle de soins en secouant la tête.

— Pas ici.

Elle informe l'interne sur la mort de Chloé et Richard Cointro, Julie acquiesce avec monotonie, pivote sur ses bottines, nonchalante, et part en direction de la chambre de Noémie.

— Elle a encore essayé de se foutre en l'air, argue Malee en justifiant la contention des draps qui ligotent l'aide-soignante au lit. Je lui ai fait vingt milligrammes de Tranxène aussi, tu m'en veux pas ?

Muette, Julie fait non de la tête, continue d'un air apathique vers le balcon et ouvre la porte-fenêtre. Même pas froid. Les deux jeunes femmes s'assoient sur le béton humide, adossées à la vitre.

L'aube point. Le ciel d'encre s'éclaircit, l'opacité décline, les gyrophares projettent des flashs de lumière vive qui se reflètent sur le brouillard clairsemé – tels des kaléidoscopes de bleu et de rouge –, illuminant la nuit d'un bouquet d'éclairs criards, artificiels et aveuglants.

Les camions de pompiers, les utilitaires de la gendarmerie et les ambulances s'agglutinent à l'entrée du parking, se garent où ils peuvent sur le terrain accidenté, recouvert de boue. Les médias ont établi des campements au bord du ravin qui borde la départementale.

En contrebas, Malee et Julie surprennent les hommes cagoulés du GIGN qui contournent l'édifice et gravissent les tranchées creusées par les coulées de boue, le mur naturel d'un étage, puis se dispersent et se positionnent selon une stratégie étudiée avec précision avant d'investir le centre hospitalier. Elles imaginent les hélicoptères posés au milieu du parking, – qu'elles ont entendu atterrir un peu plus tôt – entourés d'un peloton d'hommes habillés en noir, sur le qui-vive, prêts à lancer l'assaut.

Julie, qui n'a toujours pas prononcé un mot depuis son retour dans le service, tend le paquet de cigarettes en direction de Malee.

— J'fume pas.

L'interne arque un sourcil châtain, prise au dépourvu par la réponse, et insiste en désignant le paquet des yeux.

— J'fume pas, je te dis. Ça sert à rien de fumer.

Julie hausse les épaules, la nicotine est le cadet de ses soucis en ce moment. Elle porte une cigarette à sa bouche et l'allume. Recrache un nuage de fumée. Le silence perdure quelques secondes, Malee jette des regards en coin à son interne.

— T'as compris que c'était toi ? finit-elle par demander.

Julie manque laisser échapper sa cigarette et dévisage l'infirmière.

— De… De quoi tu parles ?

— Sa fille, à Tourmenteur. T'as compris que c'était toi ?

— Co… Comment t'as deviné ?

— Logique. T'es grande. Et lui, il est immense. Facile de faire le rapprochement.

Julie soupire en expulsant la fumée, un rictus amusé rehausse sa lèvre supérieure.

— C'est sûr que, vu comme ça…

— Il est où ?

Julie hausse à nouveau les épaules d'un air détaché.

— Parti. J'imagine.

Malee approuve, elle se représente l'état dans lequel se trouve l'interne.

— À la télé, ils disent que tout le centre hospitalier va être évacué.

— Tant mieux.

L'infirmière s'installe en tailleur, baisse sa capuche en plissant ses yeux bridés.

— Et dire que… Chloé…

Songeuse, le regard vague, perdu dans la vallée du Lot, Julie aspire la fumée.

— Depuis le début, confirme-t-elle d'une voix rauque.

— Pourquoi elle a fait ça, d'après toi ?

— Je pense qu'on ne le saura jamais.

Malee opine en fixant l'horizon.

— Sale soirée, hein ?

— Pire que ça.

Julie fronce les sourcils et se tourne complètement vers l'infirmière méditative.

— Pourquoi t'as changé de tenue ?

Malee trifouille les cordons de son sweat ample.

— Je me suis renversé le bocal d'urine de la patiente de la 10, après la toilette mortuaire.

Julie ressent les prémices d'un fou rire hystérique et nerveux – incontrôlable – naître en elle, mais elle manque d'énergie pour l'extérioriser.

— T'avais prévu quoi, ce soir, pour enfiler une ficelle pareille ? lâche-t-elle en feignant la consternation.

L'infirmière ricane.

— Rien. Toutes mes culottes étaient au sale.

Julie glousse. Malee aussi.

Samedi 15 avril 2017, 6 h 35.

Les premières lueurs du jour apparaissent, le relief se profile à l'horizon, le Lot se dessine progressivement autour de l'isthme, exposant à l'œil nu l'étendue des sinistres causés par la tempête et les ravages de la nature sur le complexe hospitalier.

L'équipe d'intervention du GIGN a ratissé chaque centimètre carré du centre hospitalier, a quadrillé toutes les pièces, tous les étages, minutieusement, sécurisant les locaux et écartant la menace Tourmenteur. RAS. Zone *clear*. Ils élargissent à présent le périmètre des recherches aux bosquets qui épousent les berges du Lot et à la colline qui surplombe Saint-Florentin.

Les pompiers s'organisent autour du complexe, évaluent les dégâts et définissent les priorités. Des ambulanciers, des infirmiers et des médecins – y compris le docteur Philipo – procèdent à l'évacuation des treize patients du service de médecine interne, plus Noémie – dans le cadre du plan blanc –, à destination des centres hospitaliers de Cahors, d'Agen et de Montauban.

Deux cars et d'autres ambulances ont été réquisitionnés pour transférer l'intégralité des résidents de l'EHPAD, dont M. Bruno, vers des centres de convalescence, des services de long séjour et des maisons de retraite, pour les plus dépendants.

Les techniciens de l'institut médico-légal de Toulouse chargent les cadavres dans leurs fourgons, les TIC analysent, inventorient et numérotent les indices des différentes scènes de crime.

Une cellule mobile de crise a planté sa tente devant l'entrée principale de l'hôpital, invitant les patients, les résidents ou le personnel survivant à se réfugier et à formuler leurs angoisses avant d'être transportés dans un centre de soins.

Les gendarmes repoussent les hordes de journalistes dans la zone de presse, les esprits s'échauffent, la fatigue est palpable, la tension monte. Les roues des véhicules s'embourbent, patinent et s'enlisent. Tout le monde hurle, les manœuvres pour accéder à l'hôpital et en repartir sont périlleuses, le sol est glissant, argileux, la départementale est étroite, mangée par les coulées de boue, les aires de retournement sont restreintes en raison du nombre astronomique de véhicules garés dans le secteur.

Les vestiges du parking ressemblent à un gigantesque terrain vague en friche envahi de camions, d'ambulances sirènes hurlantes, de fourgons, de breaks, de berlines, par deux hélicoptères de l'armée de terre ainsi que des dizaines d'individus en uniformes différents – bleus, blancs, rouges, noirs – regroupés en un titanesque capharnaüm humain et matériel. Une fourmilière.

Dans les ruines du hall principal, Francis Bertoumieu s'agace.

— Alors ?

Fernand Bramart se tourne vers un homme cagoulé vêtu de noir, MP-5 contre la poitrine, qui lui répond par la négative d'un signe de tête.

— Toujours pas.

— Merde ! Mais il est où ?

Les deux acolytes de la justice française sont encerclés de militaires, au milieu du passage, entre les flux de brancards évacuant les derniers patients du centre hospitalier.

Le GIGN a défini des accès virtuels pour que les forces de l'ordre et les soignants ne se gênent pas et évitent d'empiéter sur leurs zones d'activité respectives. Même à l'intérieur de l'hôpital, les gendarmes régulent la circulation.

Le colonel Bramart pose une main amicale sur le bras de son vieil ami.

— Il ne peut pas aller bien loin, Francis, on va l'avoir.

Bertoumieu se dégage d'un mouvement brusque.

— T'as fait fermer les routes, les ponts ? T'as organisé les barrages ?

— Duvauchel s'en occupe. Il voit ça avec le préfet et le procureur de Toulouse. Ils mijotent ça dehors. Impossible que Tourmenteur passe entre les mailles du filet. En plus, il n'est pas armé. Les gars ont retrouvé les deux armes de Cointro.

— Mouais. Y a intérêt. Navré pour ton Cointro, au fait.

— Ne le sois pas. Ça va te paraître affreux, ce que je vais te dire, mais c'était la meilleure chose qui puisse lui arriver… Ce type avait arrêté de vivre depuis des années.

Le commissaire à la retraite opine, songeur. Ses mocassins balaient les débris du hall.

— Bon Dieu, Fernand, après tout ce qu'on a vécu, toi et moi, pourquoi a-t-il fallu que tu l'ouvres ?

Le colonel enfouit ses mains dans sa parka.

— Arrête, Francis, tu radotes. La nouvelle de la correspondance ADN avait fuité. Un des techniciens de la scientifique était un fan de Tourmenteur et il avait déjà vendu l'info à ce journaliste véreux de Clément Lorrain. J'étais obligé d'accepter le marché de Lorrain. Je te répète le *deal* : soit on disait la vérité à Tourmenteur, soit il divulguait tout. Ce type l'idolâtre, il lui voue presque un culte. Il a même été viré de son journal pour ça. Après avoir neutralisé et écroué le technicien responsable de la fuite, grâce aux commentaires insidieux sur l'hypnotiseur découverts par les gars de la brigade de cybercriminalité sur les réseaux sociaux, Duvauchel n'avait pas le choix. Je n'avais pas le choix. Lorrain a été appréhendé à temps et il ignore toujours qui est la fille d'Archibald. Nous avons évité le scandale de justesse sans que personne ne le sache.

— Super. Et regarde le résultat !

— S'il te plaît, ne recommence pas.

Bertoumieu bougonne.

— Clément Lorrain… Il fut une époque où je l'aurais fait buter, ce fouille-merde.

— Je t'en prie, Francis. Nous avons vieilli. Nous avons passé l'âge d'utiliser ces méthodes. Et puis… il y a autre chose : j'estime que Tourmenteur avait le droit de savoir. Nous sommes des parents, je suis même grand-père depuis un an, je ne t'apprends rien. Essaie de te mettre à sa place.

— Tu vois, ç'a toujours été ça, ton problème. Tu as trop d'amour-propre. C'est ta bonne conscience qui a provoqué tout ce merdier.

— T'exagères. Tourmenteur aurait été informé d'une manière ou d'une autre. Autant que ça soit par moi, et non par l'intermédiaire d'Internet ou grâce à une des lettres bourrées d'inepties de ce fanatique de Lorrain. Comment aurait-on pu savoir ce qui allait se passer ? Toi-même, tu n'y as pas cru quand tu as appris son transfert à Villeneuve-sur-Lot.

Francis Bertoumieu se renfrogne. Du haut de son mètre quatre-vingt-quinze, empaqueté dans son caban au col relevé, il domine toute l'effervescence du hall principal. Bramart le prend par le bras et l'entraîne à l'écart de l'agitation collective qui bout dans l'entrée du centre hospitalier.

— Comment va Julie ? s'enquiert-il une fois devant le sas du laboratoire.

— Secouée. Un médecin l'examine. Elle a besoin de sommeil.

Fernand Bramart temporise, hésite avant de poser sa prochaine question.

— Tu sais s'il lui a dit ?

Bertoumieu soupire.

— Comme elle a refusé de m'adresser la parole, je suppose que oui. Elle doit être au courant.

Le colonel tapote le bras du commissaire.

— Ça ne change rien, Francis, c'est toujours ta fille. Laisse-lui du temps pour digérer. C'est toi qui l'as élevée. Pas lui. C'est une battante. Elle s'en remettra.

— Hum. En attendant, fais-la reconduire chez moi, tu veux bien ? Elle doit se reposer. On verra demain pour les formalités.

Fernand Bramart sourit.

— Bien sûr, Francis.

34

Samedi 15 avril 2017, 6 h 45.

Ses bottines sont pleines de gadoue. Assise à l'arrière d'une ambulance, sur le sol désinfecté, au bord du châssis, Julie prend racine dans la terre spongieuse. Elle ne sait pas où est passé l'infirmier qui l'a examinée ni ce qu'elle attend. Elle reste assise bien sagement, comme on le lui a recommandé.

Elle veut rester discrète, incognito, et ne souhaite surtout pas recroiser son père. Elle en a marre d'être la « fille de ». Elle n'aspire qu'à être considérée comme une fille ordinaire – sans traitement de faveur – pas comme la fille de la légende des flics et encore moins comme celle de l'homme dont on compte les victimes par centaines.

Le temps des explications viendra plus tard – si elle décide un jour de lui adresser à nouveau la parole. Elle ne désire parler à personne, préfère rester seule, elle a réussi jusque-là à esquiver le docteur Philipo car elle ne se sent pas en état de justifier une nuit entière de décisions rocambolesques.

Julie fait profil bas et ça l'arrange. Elle a vu Malee partir à bord d'une ambulance comme la sienne, mais ignore pourquoi son transfert est aussi long. Le froid s'insinue sous sa blouse, mord les pores de sa peau, cingle ses membres frissonnants. Elle est glacée.

Le jour se lève, le parking grouille de monde. Les brancards circulent entre les véhicules enlisés, garés n'importe comment sur les innombrables traces de pneus qui sillonnent la terre et dessinent des quadrillages – courbes ondulantes hachées de rainures et de stries – moulés dans la vase, imprimant la marque des pneumatiques sur le sol marécageux.

Les ambulances projettent des geysers de boue en démarrant, dérapent, s'embourbent – des pompiers accourent pour aider à pousser – elles font demi-tour dans des mouchoirs de poche et s'extraient laborieusement du parking saturé, les unes après les autres, dans une symphonie de sirènes et de klaxons.

Les gyrophares sont aveuglants. Les uniformes sont maculés de boue, aspergés par les gerbes de terre humide projetées par les roues des véhicules. Des grappes de soignants, de pompiers et de gendarmes s'agitent en tous sens, vocifèrent, s'engueulent, hurlent des ordres inaudibles. Le devant du centre hospitalier s'apparente à une zone de guerre.

Julie a la tête qui tourne. Trop de monde. Trop de bruit. Trop de fatigue. Et toujours aucune info sur son transfert. Elle tâte la poche de sa blouse, tombe sur le paquet de cigarettes et, après réflexion, décide de s'éloigner de cette cacophonie assourdissante.

Elle attrape une couverture, l'enroule autour de ses épaules et patauge dans la gadoue. Elle parcourt quelques mètres, vers le Lot, s'isole derrière un camion du SAMU et allume une cigarette. À une vingtaine de mètres, sur sa droite, les gendarmes délimitent le périmètre de sécurité.

Julie tire goulûment sur son tube de nicotine quand un homme s'avance à sa rencontre. Il porte un gilet en cuir sans manches sur un pull fin en V, un jean noir et des Timberland crottées qui montent jusqu'aux chevilles. Il s'approche d'une démarche volontaire, tout en épiant le secteur d'un œil attentif.

Instinctive, Julie l'observe avec méfiance : ce type n'a rien à faire ici. La cinquantaine, mal rasé, blond presque roux, Ray Ban sur la tête, une bouille ronde et avenante, il dégaine un smartphone en arrivant à la hauteur de l'interne.

— Clément Lorrain, pour *L'Obs*, vous êtes l'interne qui est restée coincée dans l'hôpital ?

Julie l'aurait parié : un journaliste.

— Euh… Je ne suis pas sûre que vous ayez le droit d'être ici…

C'est la première fois qu'elle parle avec un journaliste. Elle a entendu son père – le menteur qui l'a adoptée – les traiter de tous les noms depuis qu'elle est toute petite, mais elle n'a jamais eu l'occasion d'échanger directement avec les médias. Elle se remémore les mises en garde de son paternel et tourne les talons en direction de son ambulance. Motus et bouche cousue.

L'autre l'interpelle dans son dos.

— Mademoiselle, juste une question : avez-vous été témoin de phénomènes paranormaux ?

Julie s'arrête. Clouée sur place. Laisse échapper sa cigarette. Elle pivote lentement, dévisage ce drôle d'individu plus petit qu'elle, qui brandit le dictaphone de son téléphone portable.

— De… quoi ?

Clément Lorrain décoche un sourire.

— Je suis l'affaire Tourmenteur depuis vingt-sept ans. J'ai même été viré du *Monde* à cause de ça. Je connais toute sa vie par cœur. J'ai écrit des tonnes de papiers sur le sujet. Cet homme est capable de faire des choses exceptionnelles, inexplicables. Certains, et j'en fais partie, soutiennent qu'il a des pouvoirs. Pouvez-vous m'en dire plus ? Avez-vous vu des « choses » ?

Elle qui croyait avoir eu sa dose de surprises pour la nuit, elle n'en revient pas. Qu'est-ce que c'est encore que ces conneries ? Qu'est-ce que cet imbécile lui chante ? De quoi lui parle-t-il ? Délire-t-elle à cause de la fatigue ou ce type est-il vraiment sérieux ?

— Des pouvoirs…, répète-t-elle, hagarde.

— Vous avez lu son dossier médical ? Vous savez ce qu'il a fait ? Vous n'avez rien remarqué d'inhabituel ?

D'inhabituel ? Mais quel connard ! La liste des choses habituelles de cette nuit tiendrait sur un timbre-poste, comparé aux événements inhabituels qui, eux, rempliraient tout un *Vidal*.

Julie a les idées embrouillées. Elle jette un œil sur le smartphone tendu devant elle, le visage joufflu qui lui sourit, puis souffle d'exaspération. Pauvre mec ! Elle repart.

— Attendez, mademoiselle, vous n'allez pas me dire que vous allez croire à tout ça ?

Julie s'énerve. L'idée de baffer cet allumé lui effleure l'esprit. Elle se retourne.

— Quoi ? Comment ça, croire à tout ça ?

— Vous pensez réellement qu'il est possible de simuler un tel coma, que l'hypnose peut avoir des effets aussi néfastes sur les individus ? Pensez-vous vraiment que les mots peuvent tuer ? Allons, réfléchissez, c'est impossible ! Cet homme est l'incarnation du Mal. La mort l'a accompagné toute sa vie. Il détruit tout sur son passage. Il sème le chaos. Ce n'est pas un être humain, mademoiselle, c'est le diable.

Julie est épuisée, elle ne sait pas quoi répondre. Le journaliste s'obstine dans ses délires.

— Je pousserais même mon raisonnement plus loin : trouvez-vous normal que la tempête soit arrivée en même temps que lui, en provenance du Sud-Ouest, justement, comme son transfert, et qu'elle se soit éloignée quand il s'est réveillé ?

Julie est abasourdie. Clément Lorrain range son smartphone dans sa poche de gilet et continue ses élucubrations.

— Tout ça restera entre nous. J'ai entendu dire qu'il avait franchi les barrages. Un patient de votre service a été retrouvé sur le bas-côté, avant Saint-Florentin. Et le véhicule du SAMU qui devait le transférer à Cahors a rompu le contact radio et est sorti des écrans radars. Il doit déjà être loin à l'heure qu'il est. Cet homme est un caméléon, mademoiselle, il possède une intelligence hors du commun. Il est capable de se fondre dans la masse pour passer inaperçu. Vous voulez que je vous dise : plus jamais nous n'entendrons parler de lui. Jusqu'à un beau jour, dans des années, où on apprendra qu'il a terrorisé un autre pays, les États-Unis ou le Japon, par exemple, et on découvrira qu'il a assassiné des centaines de personnes avec ses séances d'hypnose macabres. Il ne sait faire que ça. Il ne s'arrêtera jamais. Ne croyez pas tout ce que vous avez pu lire ou ce qu'il a pu vous dire, si vous avez eu la malchance de lui parler. Cet homme n'est pas comme nous. Il fera tout ce qui est en son pouvoir pour détruire le plus de vies humaines possible. Ses pouvoirs n'ont d'égal que sa folie. Je vous le répète, mademoiselle, cet homme est le diable.

Julie est proche de la syncope. Elle ne conçoit pas tout ce qu'elle entend, mais un étrange sentiment germe dans son for intérieur. Elle a l'impression qu'Archibald Tourmenteur n'est pas réel, comme s'il n'avait jamais été vraiment là. Elle a lu sa vie dans les moindres détails, elle a appris qu'elle était sa fille et l'a croisé brièvement avant qu'il disparaisse, et pourtant elle a du mal à admettre qu'il était physiquement présent à Saint-Florentin. Comme un mirage.

— J'ai… j'ai l'impression que tout ça n'a jamais eu lieu, murmure-t-elle. Comme s'il n'avait fait qu'une apparition avant de s'envoler.

Clément Lorrain acquiesce en souriant.

— Il a toujours procédé de cette façon. C'est l'effet qu'il fait à tout le monde. Il éblouit, accapare toute l'attention avec sa voix ensorcelante, ses numéros, ses beaux discours, ses phrases habilement formulées, son sens de la théâtralité, sans que vous puissiez vous exprimer. Et avant que vous réalisiez ce qui vous arrive, vous sombrez dans votre inconscient et vous avez du mal à vous souvenir de lui. Comme s'il…

— N'était qu'une illusion, termine l'interne.

— Exactement.

Le journaliste balaie les lieux d'un regard, pour s'assurer que personne n'a remarqué son intrusion, puis se rapproche de Julie. Il baisse la voix façon conspirateur.

— Posez-vous une seule question, mademoiselle, et vous vous forgerez votre propre opinion sur son aura maléfique. À votre avis, tous les événements qui ont eu lieu cette nuit se seraient-ils produits si Archibald Tourmenteur n'avait pas été là ?

Julie se laisse choir contre l'ambulance du SAMU. Que répondre à autant de sottises ? Comment ne pas finir complètement folle ? Le séjour en HP semble inévitable après cette nuit blanche, l'idée d'un cocktail d'antidépresseurs qui la ferait roupiller pendant un mois est alléchante.

Elle songe à la dernière question du journaliste et déroule le fil de la soirée depuis l'arrivée de l'hypnotiseur : la patiente de la 10 qui décompense ; l'isolement provoqué par la tempête ; les passagers de l'ambulance qui meurent ensevelis sous la boue ; le décès inexpliqué de M. Dupain ; Chloé qui assassine Marc avec une violence inouïe ; les tentatives de suicide de Noémie ; la flasque, le joint et la partie de jambes en l'air avec Yazid ; Chloé qui tue l'aide-soignant et le gendarme avant de succomber à ses blessures.

Sa respiration s'accélère, l'épuisement lui fait perdre sa lucidité. Toutes ces tragédies auraient-elles eu lieu si Archibald n'avait pas été là ? Est-il – indirectement – responsable ?

Toute la nuit – sans vraiment y croire – Julie l'a accusé d'avoir amené une malédiction sur le centre hospitalier. Est-ce le cas ? Serait-ce possible ? Elle n'adhère pas à ces fantaisies en temps normal. Mais tout le problème est là : Julie n'est plus dans son état normal.

Toutes ces catastrophes sont-elles simplement les fruits des coïncidences occasionnées par le contexte : l'enfermement, l'isolement, la tempête ? Ou Archibald Tourmenteur a-t-il disséminé la mort à Saint-Florentin ?

Ce n'est pas un être humain, mademoiselle, c'est le diable...

Julie refuse de croire au surnaturel et s'efforce de rester rationnelle. Elle a du mal à se souvenir de ce qu'elle faisait avant que Tourmenteur intègre le service, avant qu'elle s'attelle à dicter ses courriers médicaux.

Avec le recul, libérée de ce sentiment d'insécurité omniprésent qui lui cisaille le ventre, libérée de la présence de l'hypnotiseur, et après avoir digéré le contrecoup des meurtres et des révélations sur l'identité de son père biologique, la brume se dissipe peu à peu dans son cerveau. Elle se souvient.

Quand Archibald était dans le hall de l'accueil du centre hospitalier, elle était… dans la chambre de M. Dupain. La mémoire lui revient – comme une réminiscence. Elle se revoit en train d'administrer la double antibiothérapie qui traitait le pied infecté du patient de la 2. Celle qu'elle s'était juré de prescrire plus tard… Et qu'elle n'a jamais faite. L'image est trouble. Elle visualise les poches de perfusion suspendues au-dessus du lit. Le souvenir est flou.

Soudain elle se fige. Les perfusions étaient-elles purgées ? Oui ? Non ? Impossible d'en être sûre. A-t-elle administré de l'air dans le sang du patient ? Ce qui aurait causé – par exemple – une embolie gazeuse, puis un arrêt cardiaque ?

Julie écarquille les yeux, paniquée, elle porte les mains à sa bouche. Ses jambes se dérobent, elle se laisse glisser le long de la tôle de l'ambulance, ses fesses atterrissent dans la boue. C'est la seule explication plausible. Elle a tué M. Dupain.

35

Samedi 15 avril 2017, 7 h 05.

Julie est décomposée.

Elle refuse d'avouer l'homicide involontaire. Elle nie avoir été sous une influence quelconque – mystique ou spirituelle – assénée par Archibald Tourmenteur, ni même qu'elle possède quoi que ce soit en commun avec son géniteur biologique. Elle n'a rien à voir avec cette ordure mégalomane et narcissique, à l'image des comptes rendus grotesques qu'il a rédigés par le biais du point de vue d'un psychiatre imaginaire, burlesque, en admiration devant son ego surdimensionné.

Julie se raisonne. Non, il n'y a aucune ressemblance entre eux. Tout tournait bien dans sa tête jusqu'à ce que cette nuit épouvantable lui fasse perdre les pédales.

Les gendarmes ont débusqué et brutalement chassé le journaliste Clément Lorrain dans la zone des médias. L'interne a rejoint son ambulance : toujours aucun signe de l'infirmier.

La dernière fois qu'elle a poireauté aussi longtemps sur le parking du centre hospitalier, c'était lors de sa première semaine à Saint-Florentin, le vendredi soir, quand elle attendait Lydia pour le covoiturage à Toulouse. Il pleuvait des cordes, l'interne libanaise avait mis un temps fou pour rejoindre la Twingo et Julie avait patienté en discutant avec un ambulancier – plutôt canon. Elle lui avait tenu la tchatche, avait usé de son charme et l'avait aidé pour transférer le dernier sortant de la journée jusqu'à son véhicule. Elle avait été trempée, ce jour-là. Elle s'était essuyé les cheveux dans l'ambulance…

Julie ôte sa blouse maculée de boue et se blottit dans la couverture. Elle essaie de s'en convaincre : elle est saine d'esprit. Le Mal n'est pas héréditaire. Tourmenteur est fou. Elle a fait une erreur – mortelle, certes – mais elle n'attire pas la mort. Ce journaliste était totalement barge ! Tout va bien dans sa tête.

Elle pioche son smartphone dans sa blouse et, machinalement, ouvre les dernières notifications Facebook. Un message privé de Caro – sa pote interne en rhumato à Purpan – capte son attention.

JULIE, FAUT QUE T'ARRÊTES AVEC OLIVIER. ON NE SAIT PLUS COMMENT TE LE DIRE. TU NOUS INQUIÈTES. JE SAIS QUE C'EST CRUEL… MAIS IL FAUT QUE TU L'ACCEPTES. JE SUIS DÉSOLÉE. OLIVIER EST MORT. ÇA VA FAIRE QUATRE MOIS QU'IL S'EST SUICIDÉ.

Notes et explications

Ne cherchez pas le village de Saint-Florentin-sur-Lot : il n'existe pas. La géographie est inspirée d'une commune existante, mentionnée dans la première phrase de ce roman.

L'état d'autohypnose dans lequel plonge le personnage d'Archibald Tourmenteur n'est pas possible. Ce roman est une fiction. La réalité a été modelée au bénéfice de l'histoire. Il est très important de différencier l'hypnose de spectacle, popularisée par des artistes comme Messmer, de l'hypnose thérapeutique. La première a pour but de divertir – uniquement –, contrairement à la seconde qui intervient dans un véritable processus thérapeutique, encadré par un professionnel diplômé et compétent. L'hypnose conversationnelle, démocratisée par Milton Erickson, est une discipline reconnue, dont les bénéfices ont été prouvés et qui se révèle efficace dans des domaines de compétence vastes et variés ; que ce soit pour le traitement des phobies ou des addictions, la prise en charge de la douleur, ou pour pallier des anesthésies invasives.

REMERCIEMENTS

Avant tout un grand merci aux lecteurs des Nouveaux Auteurs, c'est grâce à vous si ce roman existe aujourd'hui. Ce prix vous revient et je vous en serai éternellement reconnaissant.

Un immense merci à Franck Thilliez qui a choisi mon manuscrit. Ma joie est d'autant plus grande car il est, selon moi, une référence du genre et il fait partie des auteurs qui m'ont influencé.

Merci à la maison d'édition Les Nouveaux Auteurs de m'avoir donné ma chance, à Jean-Laurent Poitevin, Prisma Média, ainsi qu'à Isabelle Humbert et Sophie Gombeau pour leur travail et leur patience.

Je tiens également à remercier mon premier cercle de lecteurs : Agnès, Titi. Mes parents et ma grand-mère pour leur soutien et pour y avoir toujours cru (même plus que moi). Mon pote de toujours, Axel, pour son sens critique et ses remarques pertinentes.

Et enfin merci à celle sans qui rien ne serait possible, celle qui m'a fait découvrir le monde merveilleux de l'écriture et qui me supporte au quotidien : ma partenaire dans la vie, Audrey.

La photocomposition de cet ouvrage
a été réalisée par
GRAPHIC HAINAUT
30, rue Pierre Mathieu
59410 Anzin

Achevé d'imprimer en Allemagne
par GGP Media GmbH
à Pößneck
en mars 2019
S29194/01